REBECCA MARTIN
Das goldene Haus

REBECCA MARTIN
Das goldene Haus
ROMAN

DIANA

Von Rebecca Martin sind im Diana Verlag erschienen:
Die verlorene Geschichte – Der entschwundene Sommer –
Die geheimen Worte – Das goldene Haus

Der Verlag weist ausdrücklich darauf hin, dass im Text
enthaltene externe Links vom Verlag nur bis zum Zeitpunkt
der Buchveröffentlichung eingesehen werden konnten.
Auf spätere Veränderungen hat der Verlag keinerlei Einfluss.
Eine Haftung des Verlags ist daher ausgeschlossen.

Verlagsgruppe Random House FSC® N001967

Originalausgabe 04/2016
Copyright © 2016 by Diana Verlag, München,
in der Verlagsgruppe Random House GmbH,
Neumarkter Straße 28, 81673 München
Dieses Werk wurde vermittelt durch die Literarische Agentur
Thomas Schlück GmbH, 30827 Garbsen
Redaktion: Carola Fischer
Umschlaggestaltung: t.mutzenbach design, München
Umschlagmotive: © Lee Avison/Trevillion Images;
akg images; shutterstock
Satz: Leingärtner, Nabburg
Druck und Bindung: GGP Media GmbH, Pößneck
Printed in Germany
Alle Rechte vorbehalten
ISBN 978-3-453-35883-6

www.diana-verlag.de
Besuchen Sie uns auch auf www.herzenszeilen.de
 Dieses Buch ist auch als E-Book lieferbar

Prolog

Frankfurt am Main, September 1900

»Ich habe Sie erwartet.«

Falk Wessling hustete und wankte zur gleichen Zeit rückwärts. Nach nur zwei Schritten spürte er die Kante des wuchtigen Schreibtischs hart an der Hinterseite seiner Oberschenkel. Der Stoff seiner Hose schob sich etwas nach oben. Seit Anfang des Jahres hatte er nochmals stark abgenommen. Er hatte einfach keinen Appetit, musste sich oft zwingen zu essen, wenn er es nicht ganz vergaß.

Doch jetzt war es endlich so weit. Jetzt würde er das tun, was schon längst hätte getan werden müssen. Er würde sich von dem befreien, was auf ihm lastete. Er würde sie alle befreien. Er konnte den Dingen nicht ihren Lauf lassen. Er musste eingreifen, sonst war alles verloren, und das durfte nicht sein. Arnold war kein Verlierer. Sie alle waren keine Verlierer, dafür würde er sorgen. Er hatte als Einziger die Wahrheit erkannt. Als Einziger besaß er den Mut dazu.

Falk hustete nochmals, dann hob er die Hand und winkte seinen Besuch energisch näher.

»Kommen Sie. Ich habe Sie erwartet. Sagte ich das nicht? Ich halte meine Ohren immer offen, wissen Sie. Ich habe zugehört ...«

Die Gestalt im Türrahmen zögerte, dann trat sie in das Büro ein, machte ein paar Schritte und hielt wieder inne.

Falk wollte ihren Namen aussprechen, doch die Laute weigerten sich, über seine Lippen zu kommen. Es war unmöglich, als klebten sie an seiner Zunge fest.

Er atmete tief durch und sah die junge Frau an. Die Abendsonne schickte ihr tiefrotes Licht durch das Fenster, und dann für einen flüchtigen Moment hatte Falk das irritierende Gefühl, dass er sich geirrt hatte: Wer war das? Was war das in ihrem Arm? Stoffproben – oder doch eine Waffe …? Er kannte sie, doch, er kannte sie … War sie gekommen, um ihn endlich für das zu bestrafen, was er vor so langer Zeit getan hatte?

Falk fröstelte. Er hatte nie darüber nachgedacht, wie es einmal zu Ende gehen würde, doch er zweifelte nicht daran, dass dies sein Ende war. Er würde diesen Raum nicht lebend verlassen. Er hatte immer gewusst, dass es eines Tages so weit war. Er verdiente Strafe. So lange schon verdiente er Strafe.

Die Frau kam näher. O doch, sie war es. Natürlich. Er hatte sie bei den Schneiderinnen gesehen. Er hatte sie bei der Arbeit beobachtet. Er kannte sie. Er kannte ihren Namen und konnte ihn nicht aussprechen.

Für einen Moment horchte er. Hinter der Stille war etwas, draußen vor der geschlossenen Tür: Stimmengemurmel, Schritte, Gläserklirren, Lachen, Arnolds Gäste … Sein Bruder würde stolz auf ihn sein. Er musste stolz auf ihn sein. Es war so einfach gewesen, sie hierher zu locken. Er hatte Frau Beyerlein einen Zettel gegeben, auf dem die Bitte um neue Stoffproben und der Name der jungen Frau gestanden hatte. Frau Beyerlein stellte nie Fragen.

Falk trat vom Schreibtisch weg, straffte den Rücken und stellte sich sehr gerade hin. Er würde jetzt hinter den Schreibtisch gehen, zum Stuhl hin. Er würde der Frau den Rücken zukehren, auch wenn er es nicht gerne tat. Er musste sie in Sicherheit wiegen. Er musste ihr zeigen, dass keine Gefahr bestand.

Als er auf der anderen Seite vom Tisch stand und sich wieder zu ihr drehte, schien es ihm, als hätte sie sich gar nicht bewegt – oder doch?

Er betrachtete sie erneut und überschlug ihr Alter. Er musste zugeben, dass er sich jetzt etwas wunderte. Sie wirkte so jung, in etwa so alt wie sein Sohn, in jedem Fall nicht älter. War das möglich?

Falk runzelte die Stirn. Nein, er musste das nicht verstehen. Er musste lediglich eine Entscheidung treffen. Er hatte so lange auf diesen Tag gewartet, auf den Tag, an dem er alles ins Lot bringen konnte.

Wortlos winkte er sie näher. Sie kam tatsächlich heran, streckte ihm entgegen, was sie in den Händen trug. Sein Zusammenzucken erstaunte sie sichtlich. Etwas Fragendes zeichnete sich in ihrem Gesicht ab. Sein Versuch zu lächeln misslang.

Meine Güte, sie war so jung. Ihre Haut war glatt, ihre Wangen noch rundlich, die Wangenknochen verborgen unter kindlichem Speck, obgleich sie ansonsten sehr schlank war.

Sie wusste offenkundig nicht, was sie von der Situation halten sollte. Er wusste es auch nicht. Sie räusperte sich. Ihre Stimme war dunkler, als er erwartet hatte. Er hatte sie nicht oft reden hören.

»Hier werden die Entscheidungen getroffen?« Ihr Tonfall zeigte, dass ihr nichts anderes zu sagen eingefallen war.

»Ja«, sagte er und ließ sich endlich in den Sessel fallen.

Sie war keine kleine Frau. Jetzt, wo er saß, kam sie ihm

sogar recht groß vor. Falks Fingerspitzen berührten die große Schublade. Er zog sie auf, ließ die rechte Hand unter die Papiere gleiten. In einer fließenden Bewegung zog er die Pistole hervor und richtete sie auf sein Gegenüber. »Und jetzt bleiben Sie, wo Sie sind, und keine Bewegung.«

Bei Thionville, Lothringen, Frankreich, 1870

»Minette, beeil dich, es wird Zeit, *mon petit chou*.«

Das Mädchen, das alle nur Minette, kleines Kätzchen, nannten, drehte sich vom Fenster weg, von dem aus es in den Hof geschaut hatte und dann weiter über die Dächer der niedriger liegenden Stallungen hinweg, bis zu der Stelle hin, wo es immer wieder hell aufblitzte. In den letzten Tagen war das Donnergrollen, das dieses Blitzen begleitete, anhaltender und deutlicher geworden, und es war fast nicht mehr verstummt. Zuerst hatte Minette sich geängstigt, inzwischen war sie daran gewöhnt.

»Minette, komm jetzt.« Die Stimme ihrer *nounou*, der Kinderfrau, wurde strenger. Minette wandte den Kopf. Ihre *nounou* breitete ihre weichen Arme aus.

»Nounou!«, rief das Mädchen aus. Wieder blitzte es, zeitgleich war das dumpfe Grollen zu hören, das ihr jetzt doch wieder ein wenig Angst machte. Es war kein Gewitter. Minette kannte Gewitter. Dieses Geräusch, dieses rollende, metallische Dröhnen war etwas anderes. Sie war froh, dass das Fenster geschlossen war. Es war sicherlich schrecklich laut da draußen.

Die Kleine kletterte von der Fensterbank herunter, lief ein paar Schritte und stürzte sich endlich in die Arme der Kinderfrau. *Nounous* Wärme umfing und schützte sie. Ihr Duft hatte etwas, was Minette sofort beruhigte. Sie spürte, dass ihre *nounou* sie hochhob, spürte, wie ihre Füße den Boden verließen, wie sie doch sicher gehalten wurde.

Mit den Augen suchte Minette das Porträt ihrer Mutter. Man hatte *maman* in einem Garten in Paris gemalt, in leichten, flirrenden Farben, die an einen Sommertag erinnerten. Um *mamans* Lippen spielte ein Lächeln. *Papa* an ihrer Seite trug einen Strohhut und stützte eine Hand auf den Tisch, an dem sie beide saßen. Wahrscheinlich hatte Minette an diesem Tag die Großeltern besucht. Sie konnte sich nicht erinnern, mit den Eltern in diesem Garten gewesen zu sein.

Wo bist du, maman?

Minette wollte ihre *nounou* fragen, aber schon gingen sie auf die Tür zu. Ihre *nounou* bewegte sich schnell und entschlossen. Kurz spürte Minette ihre Lippen auf ihrem Kopf. *Nounou* küsste sie und flüsterte etwas. Die Bewegungen änderten sich, als die Kinderfrau sie die Treppe hinuntertrug. Sie wurde nicht mehr häufig getragen, dazu war Minette bereits zu alt. Heute musste wohl etwas Besonderes vorgefallen sein. Minette schlang ihre Arme fester um den weichen Hals der Kinderfrau. *Nounous* dunkle Locken kitzelten ihre Nase, machten sie prusten und kichern.

Dieses Mal stimmte ihre *nounou* nicht in ihr Lachen ein wie sonst, dieses Mal blieb sie ernst. Die Erwachsenen sind allesamt ernst geworden, dachte Minette. Sie schauten ernst. Sie flüsterten häufig und warfen sich noch ernstere Blicke zu. Minette dachte an *maman*, die geweint hatte und dann mit *papa* fortgegangen war. Sie hatten gesagt, dass sie bald zurückkommen würden, doch das war jetzt schon Tage her. Minette war bereits mehrfach zu Bett gegangen und wieder aufgewacht.

Warum kommen sie nicht wieder?

Im Hof wartete der Kutscher auf sie. Der mit der harten Stimme, vor dem sich Minette manchmal fürchtete. Sie wollte nicht zu ihm in den Wagen steigen, doch ihre *nounou* zwang sie dazu. Minette wollte weinen, doch die *nounou* sah gar nicht zu ihr hin. Sie sagte etwas zu dem Mann, was Minette nicht verstand, weil die beiden Erwachsenen zu weit weg standen. Der Kutscher war alt, er hatte silbergraues Haar. Er trug einen schweren Mantel und derbe Stiefel. *Papa* trug immer viel feinere Stiefel.

Wo bist du, papa?

Minette fragte sich mit einem Mal, warum man ihr nur solch einen einfachen Kittel angezogen hatte. Sie hatte, weiß Gott, schönere Kleider. Und sie mochte ihre schönen Kleider. Warum hatte man ihr keins davon angezogen? *Maman* würde schimpfen, wenn sie das sah. *Maman* hasste Nachlässigkeit.

Nounou und der Kutscher hatten ihr Gespräch beendet. Der Kutscher kletterte auf den Kutschbock. Minette sah Hilfe suchend zu ihrer Kinderfrau hin, die jedoch stehen blieb und keine Anstalten machte, ebenfalls einzusteigen. Minette war verwirrt. Sie sah, wie ihre *nounou* ein Taschentuch an ihre Augen hob und sanft tupfte. Minette starrte sie an, dann erkannte sie: Ihre *nounou* weinte.

»Nein«, schrie das Mädchen auf. Nein, sie wollte nicht allein mit dem Mann fahren. Nein, sie wollte nicht ... »Nein! *Nounou*, nein!«

»Fahren Sie«, sagte die Kinderfrau und wandte sich ab.

»Aber das Kind!« Der Kutscher war unentschlossen.

»Sie ist neun Jahre alt, Robert.« In *nounous* Stimme war ein winziges Zittern. »Sie ist kein kleines Kind mehr. Sie wird sich beruhigen. Fahren Sie, bevor die Deutschen kommen.«

Die Deutschen ... Minette erinnerte sich, dass die Erwachsenen über *die Deutschen* gesprochen hatten. Flohen sie jetzt vor den Deutschen? Aber warum kam ihre *nounou* nicht mit? Für einen Moment war sie abgelenkt. Die Kutsche fuhr los. Minette verlor aufschreiend den Halt. Sie versuchte, sich am Rand der Kutsche festzuhalten, um zurück zu ihrer Kinderfrau zu sehen, doch sie hatte die Kraft nicht. Immer wieder stürzte sie und sackte endlich weinend in sich zusammen.

Sie weinte und weinte. Sie wusste nicht, was geschah, wusste nicht, wohin die Reise ging. Irgendwann schlief sie ein. Als sie aufwachte, regnete es. Vielleicht erwachte sie auch vom Regen. Es war dämmrig. Die Kutsche hatte angehalten. Das breite Gesicht des Kutschers beugte sich über sie. Das Mädchen schlang die Arme um sich und drehte den Kopf weg. Sie mochte den Kutscher, er war ein lustiger Mann, aber heute machte er ihr Angst. Sie wollte nicht, dass er sie so ansah. Wo war ihre *nounou*? Wo waren *maman* und *papa*? Warum hatte man sie alleingelassen?

Familienbande

Erstes Kapitel

Spiekeroog, Ostfriesland, Deutsches Reich, August 1872

Am Vorabend waren sie endlich in Neuharlingersiel eingetroffen, nachdem Arnold Wessling, ihr Schwager, in Bremen einen alten Schulfreund besucht hatte. Die Reise war beschwerlich gewesen, aber das war nicht der Grund für Ludmillas schlechte Stimmung. Zuerst einmal konnte sie die alljährlichen Sommerwochen mitsamt der ganzen Familie fernab von Frankfurt nicht ausstehen, zum anderen hatte sie eine Veränderung an Bettina festgestellt, über die sie sich einfach nicht klar wurde – oder war sie überspannt? Machte sie ihr eigener Zustand, machte sie diese schreckliche Schwangerschaft etwa überempfindlich?

Ludmilla schaute zu ihrer Schwägerin hin, die sich gemeinsam mit dem einzigen Hausmädchen, das sie begleitete, um die Verladung des Gepäcks auf das wartende kleine Schiff kümmerte, welches sie nach der Insel bringen sollte. Bettinas Tochter, die dreijährige Antonie, beobachtete das Ganze vom sicheren Arm ihres Vaters aus. Ludmilla schenkte ihrem Schwager nur einen kurzen Blick, bevor sie die Aufmerksamkeit erneut auf Bettina richtete. Auch Arnold war nur zu deutlich anzusehen, dass er in diesem Jahr lieber zu Hause geblieben wäre. Große Pläne hatte er, das wusste sie, mit denen es aber einfach nicht vorangehen wollte. Kurz vor der Abfahrt hatte er ein weiteres Mal mit seinem Schwiegervater über die Erweiterung des familieneigenen Geschäfts gesprochen, aber Siegfried Kuhn, der alte Starrkopf, hatte kategorisch abgelehnt. Nicht zum ersten Mal, wie Ludmilla von Bettina Wesslings Mädchen zugetragen worden war. Trotzdem hatte Arnold seine Enttäuschung kaum verhehlen können. Ebenso, wie er gewiss von der Tatsache enttäuscht war, dass sich nach der ersten Schwangerschaft seiner Frau keine zweite einstellen wollte.

Nur eine Tochter und seitdem nichts mehr ...

Ludmilla zwang sich, den Blick abzuwenden, um sich nicht doch noch zu verraten. Niemanden ging es etwas an, was sie dachte.

Das Gepäck war inzwischen wohl zur allgemeinen Zufriedenheit verstaut, und Falk, ihr Ehemann, kam erneut auf sie zu. Er sah müde aus. In der Nacht hatte er zuerst schlecht in den Schlaf gefunden, war dann mehrfach aufgewacht und hatte sogar eine Weile wach gelegen. Wie ein geprügelter Hund hatte er sich bei ihr entschuldigt. Sie hasste und liebte seine Unterwürfigkeit.

»Gleich geht es los«, sagte er zu ihr, bemüht, eine sorglose Stimmung zu verbreiten. Ludmilla verbiss sich die spitze Bemerkung, er solle sie nicht mit dem Offensichtlichen verärgern. Falk bemerkte ihre schlechte Laune nicht. »Man nennt Neuharlingersiel übrigens auch das Venedig des Nordens ...«, bot er etwas von dem Wissen dar, das er sich in den Tagen vor der Abreise angelesen hatte. Die ruckartige Bewegung, mit der Ludmilla ihren Kopf höher hob, nahm er aus den Augenwinkeln wahr und verstummte augenblicklich.

»Das hier?« Ludmilla zog die Augenbrauen hoch und schaute sich um. »Wie überaus albern ...«, setzte sie dann hinzu.

Natürlich sagte Falk jetzt nichts mehr. Das hatte sie beabsichtigt, und sie schämte sich dessen auch nicht. Mit der fortschreitenden Schwangerschaft hatte sich Ludmillas Laune stetig verschlechtert. Sie hasste es, ihren Körper zu teilen. Sie hasste die Übelkeit der Anfangstage, das Sodbrennen und das häufige Wasserlassen. Sie wusste, dass Falk bereits Bettina um Hilfe gebeten hatte, aber die hatte ihn nur damit vertrösten können, dass er das Ende der Schwangerschaft abwarten müsse. Für die meisten Frauen sei die Zeit einfach belastend.

Nun, Ludmilla fühlte sich gewiss nicht belastet, aber es machte ihr durchaus Spaß, Falk in diesem Glauben zu lassen. Als sie Falk und Bettina bei ihrem Gespräch im Garten der Wesslings belauscht hatte, hatte sie wirklich an sich halten müssen, nicht laut loszulachen. Falk war mehrmals errötet wie ein Knabe und war sich offenbar vorgekommen, als teile Bettina eine Art Geheimwissen mit ihm, etwas, was bislang nur Frauen wussten.

»Bist du hungrig?«, hörte sie ihn fragen. »Soll ich dir etwas zu essen besorgen?«

Ludmilla beschloss, ihn nicht vom Haken zu lassen. Dazu war Falk einfach ein zu angenehmer Blitzableiter. Sie schüttelte den Kopf, sodass die hellbraunen Locken tanzten.

»Nein, wärest du aufmerksamer, dann wüsstest du, dass mir seit dem frühen Morgen schrecklich übel ist.«

»Das tut mir leid.«

»Vielleicht solltest du doch etwas essen«, mischte sich Bettina ein, die eben herangekommen war und Ludmillas letzte Worte gehört hatte. »Als ich mit Antonie ...«

»Du hast doch nur ein Kind bekommen«, blaffte Ludmilla unterdrückt zurück. »Denkst du, du weißt alles besser?«

Bettina zuckte zusammen. Für einen Moment stand sie

noch unschlüssig da, dann murmelte sie etwas von »um das Gepäck kümmern« und ging mit eiligen Schritten davon.

»Das war aber nicht sehr freundlich von dir«, wandte sich Falk seiner Frau zu.

»Ich habe aber recht«, beharrte die. »Sie will sich nur damit ablenken, dass der Herr sie offenbar nicht mit einem weiteren Kind segnen will.«

Falk sah unsicher zu Bettina hinüber.

»Meinst du …«, stotterte er. »Aber …«

»Natürlich habe ich recht. Glaubst du nicht, dein Bruder wünscht sich einen Stammhalter?«

»Doch, aber …« Falk versuchte, nach Ludmillas Hand zu greifen. »Ist das nicht unglaublich, dass mir so etwas nicht auffallen will?«

Ludmilla zuckte die Achseln. Unglaublich war es vielleicht, überraschen tat es sie nicht. Sie hängte sich an seinen Arm und schenkte ihm ein zartes Mädchenlachen.

»Ach, ich bin eine kleine Hexe. Ich hätte so etwas nicht sagen sollen, oder?«

»Nein«, bestätigte Falk und traute sich doch nicht, sie zu tadeln. »Aber du hast es ja gewiss nicht so gemeint.«

»Nein, gewiss nicht. Es ist eben alles so anstrengend gerade …« Ludmilla sah ihn aus großen Augen von unten herauf an. »Ich brauche einfach meine Ruhe. Ich glaube, ich werde mich kurz dort drüben hinsetzen.«

Sie deutete auf einen herrenlosen Kasten, der ihr stabil genug erschien.

Falk nickte und hielt dann erneut nach seinem älteren Bruder Ausschau. Endlich entdeckte er den auf und ab laufenden Arnold in kurzer Entfernung. Bettina stand neben dem Schiff, hielt inzwischen Antonie an der Hand und sprach mit dem Kapitän. Sie wirkte wieder wie die Ruhe selbst. Für einen Augenblick bewunderte er das dunkelblaue Reisekleid seiner Schwägerin, das auch nach der stundenlangen Reise so sauber aussah wie am frühen Morgen. Nur aus der Frisur hatte sich eine aschblonde Locke gestohlen, tanzte vor Bettinas rechter Wange auf und ab. Falk gesellte sich zu Arnold, nickte schließlich zu dem Schiff hin.

»Jetzt wird es wohl bald losgehen«, sagte er.

Arnold hob den Kopf, und für einen kurzen Moment schien es, als sähe er alles zum ersten Mal.

»O ja«, erwiderte er dann. »Ich freue mich, letztes Jahr konnten wir nicht dort sein.«

»Zwei Jahre war ich nicht dort«, gab Falk zurück. »Der Krieg ...«

»Ja.« Arnold runzelte die Augenbrauen. »Weißt du noch, wie es war, wenn wir damals als Kinder hierhergekommen sind?«

Falk zuckte die Achseln. »Nein«, gab er zögerlich zurück. Er erinnerte sich wirklich nicht.

Arnold schaute zuerst seinen Bruder etwas länger an, dann sah er auf das Meer hinaus.

»Du warst noch recht jung, und nach Vaters Tod sind wir nicht mehr gefahren«, sagte er dann langsam. »Es war Mutter zu anstrengend.«

»Es muss schön gewesen sein. Gemeinsam mit Vater. Leider kann ich mich nicht erinnern.«

Arnold starrte ihn seltsam an, dann nickte er. »O ja, das war es. Es war auch schön.«

Falk wollte etwas sagen, doch es fiel ihm nichts ein, sosehr er auch nachgrübelte.

Falk wich nicht von Ludmillas Seite, während sich ihr Schiff endlich, wenn auch langsam, der Küste Spiekeroogs näherte. Obgleich ihr das Schwanken des Schiffes nichts ausmachte, war die junge Frau froh, dass die Fahrt jetzt ein Ende hatte. Sie war nicht gern gefangen, und auf dem Schiff zu sein gab ihr hauptsächlich ein Gefühl: nicht fort zu können. Wie erleichtert sie war, wieder an Land zu kommen.

Ludmilla machte in kurzer Entfernung einen langen Steg aus, der ins Wasser gebaut worden war, doch offenkundig würde sie das Schiff nicht bis dorthin bringen, denn ein von Pferden gezogener Karren suchte sich eben seinen Weg durch das niedrige Wasser. Also mussten sie zuerst das Schiff verlassen, in den Karren steigen, der sie dann zu dem Steg bringen würde …

Ludmilla biss die Zähne aufeinander. Sie hatte Angst, ja, aber das würde sie nicht zeigen. Als ihr der schmale Gehilfe des Kutschers wenige Augenblicke später die Hand hinstreckte, griff sie zu und hielt sich stolz und aufrecht, während sie so elegant wie möglich das Fahrzeug wechselte. Es gelang ihr recht gut, wie sie fand.

Vom schwankenden Schiff aus ging es auf den Karren, dann auf den Steg und auf diesem entlang, bis man an dessen Ende in eine etwas bequemere Kutsche stieg.

Ludmilla setzte sich neben Bettina, die sie trotz der Bemerkung über den vergeblichen Kampf um ein weiteres Kind freundlich anlächelte. Ludmilla konnte nicht erkennen, ob diese Freundlichkeit nur vorgegeben oder ehrlich gemeint war. Sie jedenfalls wusste, dass sie in Bettinas Lage nicht so ruhig geblieben wäre. Aber ihre Schwägerin machte tatsächlich nicht den Eindruck, ihr etwas nachtragen zu wollen.

Sie fuhren los. Etwas später, im Ort, hielt die Kutsche wieder.

Man stieg aus, wurde nun von den Wirtsleuten und Hoteldienern begrüßt, während sich gleichzeitig eine ganze Schar interessierter Zuschauer versammelte.

Als ob wir Tiere im Zoo sind, schoss es Ludmilla durch den Kopf. Stolz würdigte sie keinen der Anwesenden eines Blickes. Ein Junge beeilte sich damit, das Gepäck der Familie Wessling mit geradezu bewundernswertem Geschick auf seinen Leiterwagen zu stapeln. Ludmilla durfte sich ebenfalls dazusetzen. Es war keine feine Kutsche, aber es war besser als nichts, denn sie war mittlerweile tatsächlich sehr angestrengt, wie sie sich eingestehen musste.

Wieder wich Falk nicht von ihrer Seite. Ludmilla dachte an das Kind, das unter ihrem Herzen wuchs. Sie wusste, dass es ein Mädchen war. Das spürte sie. Ob es beim nächsten Mal ein Junge sein würde? Sie wünschte es sich sehr, dann hatte sie ihre Pflicht erfüllt. Dann hatte sie alles richtig gemacht. Vorerst würde sie sich aber in Geduld üben müssen.

Am nächsten Morgen erwachte Ludmilla früh, bekämpfte einen leichten Anflug von Übelkeit mit einem kleinen Stück trockenen Brots, kleidete sich mithilfe des Hausmädchens an und verließ die Pension, um einen Spaziergang zu machen. Ganz unerwartet fühlte sich die junge Frau nach nur wenigen Schritten zum ersten Mal seit Wochen entspannter. Sie konnte nicht sagen, ob es an der Luft lag, die sich so seidenweich auf ihrer Haut anfühlte und ein ganz klein wenig nach Salz schmeckte, oder an diesem unglaublich klaren, hellen Licht. Während der Nacht hatte sie auch nur wenig Wasser lassen müssen. Zum ersten Mal seit Langem hatte sie gut geschlafen. Als sie aufgestanden war, schnarchte Falk noch leise neben ihr, doch noch nicht einmal das hatte sie gestört.

Für einen Moment war sie sogar neben ihm sitzen geblieben und hatte sich die Zeit genommen, ihn anzusehen. Sein dunkelblondes Haar war ihm halb über die Augen gefallen und hatte ihn wieder einmal jünger aussehen lassen, als er wirklich war. Auf der zarten Haut unter seinen Augen hatten die dichten, geschwungenen Wimpern kleine Schatten geworfen. Sie hatte mit einem Finger die Linie seiner hohen Wangenknochen nachfahren können und ihn doch nicht geweckt. Er war ein hübscher Mann. Man sah es nur nicht, weil er so unsicher war, weil er sich immer zurücknahm und seinem ältesten Bruder geradezu hündisch ergeben war.

Zugegebenermaßen hatte sie ihn nicht geheiratet, weil sie ihn liebte. Er war eine gute Partie, die beste, die ein Mädchen, wie sie es war, erwarten konnte. Trotzdem war er ihr mittlerweile auch nicht mehr gleichgültig. Nein, gleichgültig war er ihr nicht. Das konnte man nicht sagen. Vielleicht ergab sich so etwas ganz von selbst, wenn man Zeit miteinander teilte, so wie sie es beide taten.

Sie dachte daran, wie sie am Vortag noch am späten Nachmittag einen Ausflug zum Strand gemacht hatten. Arnold und Falk, die Hosen bis zu den Knien aufgekrempelt, waren mit Antonie zur Wasserlinie vorgelaufen. Auch Bettina und sie zogen die Schuhe aus und schlenderten stumm, wenn auch nebeneinander her. Manchmal piksten scharfkantige Muschelschalen in ihre Fußsohlen, dann schnappte Ludmilla lediglich leise nach Luft, während Bettina auch mal einen Schmerzensschrei hören ließ.

Sie ist schwach, war es Ludmilla ganz automatisch durch den Kopf gefahren. Sie selbst wusste sich zu beherrschen. Es hatte Schlimmeres gegeben in ihrer Kindheit, mit einem Vater, der erst der Spielsucht und dann dem Alkohol erlegen war und der Schmerz und Verzweiflung über das eigene Versagen an den Kindern und seiner Frau ausgelassen hatte, auch er ein schwacher Mann.

Wie Falk, fuhr es ihr durch den Kopf.

Manchmal fragte sich Ludmilla, ob sie Falk vielleicht doch auch genau deswegen geheiratet hatte – weil er so schwach war, wie sie es von ihrem Vater erinnerte, und weil sie wusste, wie man mit solchen Männern umging.

Vierzehn war sie gewesen, da hatte sie die Schule verlassen und begonnen, in dem kleinen Geschäft des Vaters zu arbeiten, während ihre Mutter den Bruder verhätschelte oder sich einfach mit Migräne zurückzog, wenn ihr wieder einmal alles zu viel wurde.

Natürlich gab es auch schöne Momente, dann, wenn der Vater nüchtern war und sich wieder als der gute Verkäufer entpuppte, der er eigentlich war. Gott, er hatte den Menschen alles verkaufen können, einfach alles.

»Guten Tag, meine Dame, was kann ich für Sie tun? Knöpfe gibt es heute im Angebot, Spitzenware, darf ich Ihnen noch ein Band einpacken? Aber selbstverständlich geht das aufs Haus. Sie wollen noch die neue Lieferung sehen? Aber gerne.«

Sie hatte ihn beobachtet und gelernt. Und wenn sie allein im Geschäft stand, versuchte sie es ihm gleichzutun. Sie war eine gute Verkäuferin, und trotzdem blieb am Ende des Monats wenig übrig, denn die Mutter kaufte stets zu viele Sachen. Sie wollte nie verstehen, dass es ihrer Familie nicht mehr so gut ging wie am Anfang, und der Vater war zu schwach, es ihr zu sagen.

Während sie Fuß auf Fuß setzte, schaute Ludmilla nachdenklich in die Ferne. Nicht zum ersten Mal fragte sie sich, ob das Kind unter ihrem Herzen ihr oder seinem Vater ähnlich sehen würde. Sie war so in Gedanken versunken, dass sie den Einheimischen, der ihr entgegenkam, erst kaum wahrnahm. Er dagegen verlangsamte seinen Schritt und sah sie neugierig und prüfend an. Er war einfach gekleidet, in groben Hosen und einem blauen Hemd. Eine wollene Mütze hatte er über seine struppigen Haare gezogen. Ein Fischer. Ludmilla lächelte und erwiderte seinen knappen Gruß.

Kurz darauf erreichte sie eine Art Wäldchen. Sie erinnerte sich, dass Falk davon gesprochen hatte, weil das nämlich etwas Seltenes auf den Inseln hier im Norden war. Wirklich trug auch das Wäldchen zu dem freundlichen Eindruck der Insel bei. Ob das Badepublikum hier wirklich so vornehm war, wie man sich erzählte? Ob sich hier Grafen, Freiherren, Generäle und hohe Beamte tummelten und solche, die dem Lärm auf Norderney entgehen wollten?

Welcher Lärm? Hier oben konnte es doch nur still sein.

Um Ludmillas Mundwinkel spielte ein leises Schmunzeln. Eine Stunde später kehrte sie in die kleine Pension zurück, in der das Ehepaar Falk Wessling und das Ehepaar Arnold Wessling nebst Tochter Antonie zwei Schlafzimmer mit je zwei Betten bewohnten. Arnold war ebenfalls zu einem Spaziergang aufgebrochen. Falk saß mit Bettina und Antonie beim Frühstück. Ludmilla setzte sich zu ihnen und begann mit gutem Appetit zu essen.

Bettina war es nicht leichtgefallen, Ludmilla dazu einzuladen, Antonie und sie auf ihrem gemeinsamen Ausflug zum Westergroen, der Spiekerooger Kuhweide, zu begleiten. Ludmillas gestrige Bemerkung hatte sie durchaus geschmerzt. Sie war immer noch unsicher, ob es ein Versehen gewesen war oder nicht.

Vielleicht sollte ich es einfach vergessen, überlegte Bettina, während sie der kleinen Antonie beim Spielen zuschaute. Vielleicht sollte ich mich mit meiner Tochter darüber freuen, die Kuhjungen mit ihren Tieren zum Melksett zu begleiten, wo die Kühe gemolken wurden. Wahrscheinlich reagiere ich einfach nur so, weil Ludmilla den Finger in die Wunde gelegt hat, genau dorthin, wo es schmerzt.

Es war wohl kaum die Schuld ihrer Schwägerin, dass Arnold und sie bislang nicht mit einem weiteren Kind gesegnet worden waren. Seit Antonies Geburt wurde sie einfach nicht mehr schwanger. Zwar mochte die Geburt noch nicht lange her sein, aber sie hatte kein gutes Gefühl und deshalb schon die unterschiedlichsten Ärzte konsultiert.

Ludmilla und Antonie rückten jetzt wieder näher, und sie konnte hören, wie ihre Schwägerin die Kleine auf ein paar Enten und Möwen aufmerksam machte. Bettina selbst entdeckte eine Lerche, mehrere Seeschwalben und natürlich die charakteristischen schwarz-weißen Austernfischer mit ihren langen, spitzen, orangefarbenen Schnäbeln und auch Rotschenkel, wenn sie ihrer Erinnerung trauen konnte. Aber sie kannte sich nicht besonders gut aus mit Vögeln.

Einen Augenblick später machte Antonies Jauchzen sie darauf aufmerksam, dass die Kühe nun endlich zum Melken getrieben wurden. Ludmilla ermahnte ihre kleine Nichte, gut aufzupassen. Dann gesellte sie sich an Bettinas Seite. Unruhig verfolgte die, wie ihre Tochter den Kühen entschlossen immer näher rückte. Die Tiere kamen Bettina mit einem Mal riesig vor, doch Antonie hatte überhaupt keine Angst, und sie war offenbar fest entschlossen, die Tiere zu streicheln.

»Antonie, nicht!«, rief Bettina, doch ihre Tochter hörte sie nicht. Als eine der Kühe ihren breiten Kopf zu Antonie drehte, wollte Bettina der Atem stocken. Ein Kuhjunge wurde aufmerksam, mühte sich im nächsten Moment ab, die Kleine hochzuheben, und ermöglichte es ihr damit, die Kuh zu streicheln. Antonie freute sich lautstark. Bettina legte sich eine Hand auf die Brust und versuchte, ruhiger zu atmen.

Es ist alles gut, sagte sie zu sich, alles ist gut.

»Es ist schön, sie so fröhlich zu sehen«, bemerkte sie langsam, bemüht, sich die Aufregung nicht anmerken zu lassen.

»Ja, du hast recht.« Ludmilla lächelte. »Erstaunlich, wie wenig wir zu Hause dazu kommen, auch nur ein ruhiges Wort miteinander zu wechseln, nicht wahr?«, fügte sie dann hinzu.

»Ja.« Bettina vergewisserte sich kurz, wo Antonie war. »Ich …«

Ludmilla legte ihr eine Hand auf den rechten Arm.

»Was ich gestern gesagt habe, tut mir leid. Es war unpassend und wenig mitfühlend.«

Bettina schluckte. Sie musste jetzt etwas antworten, aber würde Ludmilla dann nicht wissen, was sie bislang nur geahnt hatte? Aber wusste sie es nicht ohnehin schon? Wussten sie es nicht längst alle?

»Du hast es gewiss nicht böse gemeint«, sagte sie mit kleiner Stimme. Dann trat sie einen Schritt von Ludmilla weg und rief Antonie zu sich. Sie kämpfte mit den Tränen, doch das, so hatte sie in diesem Moment entschieden, sollte Ludmilla nicht sehen.

Sie schlossen ihren Spaziergang mit einem Abstecher über den Weeksloot ab, wo die Spiekerooger Jungen in ihrer freien Zeit spielten und badeten oder mit selbst gebauten Flößen umherschipperten. Sie konnten ein paar Ältere dabei beobachten, wie sie Angeln auslegten und Reusen aufstellten, um Butt und Aal zu fischen.

Bettina hielt das Gesicht in den Wind und genoss es, wie die Böe an ihren Kleidern riss. Sie hatte erfolgreich gegen das Weinen angekämpft. Wenn ihr jetzt die Augen tränten, dann würde es ein Leichtes sein, den Schmerz zu verbergen.

Ich fühle mich frei auf dieser Insel, fuhr es ihr durch den Kopf, freier zumindest als in dem Korsett, in das ich zu Hause geschnürt bin. Ganz unwillkürlich musste sie an ihn denken, an Richard, Arnolds Bruder, der sie im Frühjahr gen Hamburg verlassen hatte.

Ja, sie war überrascht gewesen. Sie hatte sich nicht vorstellen können, dass er es vorziehen würde, zu gehen – aber hatte er nicht recht? Bettinas Blick ging in die Ferne, ihre Gedanken ließen sich nicht mehr bremsen. Sie huschten fort, ohne dass sie einen Einfluss darauf hatte. Wo war Richard? Wie ging es ihm?

In solchen Momenten war die Erkenntnis, sich falsch entschieden zu haben, wie ein Schmerz, der sie immer begleiten sollte. Sie liebte Arnold nicht und würde ihn nie lieben. Ja, sie achtete ihn. Sie bewunderte seine Zielstrebigkeit und seine Verlässlichkeit, aber sie liebte ihn nicht. Sie liebte ihren Mann nicht. Sie hatte ihn nur geheiratet.

Als sie in der Pension eintrafen, war keiner der beiden Männer da. Ludmilla klagte über Müdigkeit und zog sich zurück. Antonie genoss es, noch ein Weilchen auf Mamas Schoß zu sitzen und über die Erlebnisse des Tages zu sprechen, bevor auch sie sich zu Bett bringen ließ, um sehr rasch einzuschlafen. Danach zog Bettina sich auf die Veranda zurück. Das Mädchen brachte ihr auf ihren Wunsch einen friesischen Tee. Bettina hatte bereits eine Tasse getrunken und beugte sich nun vor, um ein Stück Kandiszucker in die zweite Tasse zu geben und dann Sahne hinzuzufügen. Ein Wölkchen verteilte sich in dem kräftigen, dunklen Braun. Wieder trank sie bedächtig.

Sie genoss es, für einen Augenblick allein zu sein, genoss die Ruhe, die nur von fernen Stimmen unterbrochen wurde. Sie dachte an den kleinen Brief, mit dem Arnold sie darüber informiert hatte, dass Falk und er bereits im Speisesaal waren und dass sie sich anschließen könne, aber sie verspürte keinen Hunger.

Als es kühler wurde, ging sie wieder hinein. Die Männer waren noch nicht zurück. Antonie träumte offenbar und bewegte sich unruhig. Bettina trat an ihr Bett heran und streichelte ihr Köpfchen. Ihre kleine Tochter murmelte etwas Unverständliches. Bettina setzte sich neben sie. Wie so oft kamen ihr mit einem Mal vor Rührung die Tränen. Seit Antonies Geburt konnte sie beinahe über alles weinen. Bettina zögerte, dann versenkte sie den Kopf in Antonies hellem Haar. Wie würde es ihrer Tochter ergehen, wenn sie groß war, wenn man sie in das Korsett presste, dass das Leben für Frauen vorsah? Würde sie sich ihren kindlichen Eigensinn bewahren? Würde sie ihre Wünsche nicht aus dem Blick verlieren und trotzdem ehrlich bleiben? Endlich legte Bettina sich neben Antonie, eine Hand ruhte auf dem runden Bauch des kleinen Mädchens. Irgendwann musste sie eingenickt sein. Arnold weckte sie, indem er sanft ihre Wange tätschelte. Sein Atem roch nach Alkohol.

An diesem Morgen hatte Falk sich allein auf einen langen Spaziergang gemacht, um nach Tagen voller Grübeln endlich auf klare Gedanken zu kommen. Wie wollte er sein Leben weiterführen, was erwartete er sich für sich und seine

Familie? Er hatte es schon auf der Reise in den Norden befürchtet: Jetzt, da er sich nicht in Arbeit stürzen konnte, dachte er zu viel nach. Es war immer dasselbe, seit er aus dem Krieg heimgekehrt war: An ruhigen, einsamen Orten wie diesem hatten seine Gedanken zu viel Spiel. Er konnte sich einfach nicht davon abhalten, ein düsterer Kreislauf, der ihn tiefer und tiefer hinabzog.

Falk hob den Kopf und schaute sich um. Nachdem er die Dünen hinter sich gelassen hatte, hielt sich der Blick an kaum einem Hindernis mehr auf. Der Himmel war weit und blau, mit Wolken und Wolkenfetzen, die darüber huschten und von Augenblick zu Augenblick neue Aussichten boten. Am Horizont gingen der blaue Himmel und das blaugraue Meer ineinander über. Auf einem glänzenden Lichtfleck tanzte eine Jolle.

Er hatte den Weg zum Badestrand gemieden, weil er ungestört sein wollte. Er wollte keinen anderen Badegästen begegnen. Er wollte keine Gespräche führen müssen mit Menschen, die glaubten, man habe etwas gemeinsam, nur weil man hier Urlaub machte. Er wollte den Wichtigtuern entgehen, die er, warum auch immer, anlockte wie ein Stück Fleisch die Fliegen. Er dachte daran, dass er sich vor nunmehr fast genau zwei Jahren falsch entschieden hatte und dass er deshalb in seinem ganzen Leben gewiss nicht mehr glücklich werden würde.

Warum habe ich das getan? Weil er für einen Moment geglaubt hatte, dass es die richtige Entscheidung war.

Falk blieb erneut stehen und legte den Kopf in den Nacken. Möwen zogen über ihm ihre Kreise, segelten über das Wasser hinweg, stießen auf der Jagd nach Fisch hinab und schossen im nächsten Moment mit einer silbrig zuckenden

Beute im Schnabel gen Himmel. Er dachte an das Frederiken-Wäldchen, durch das er auf seinem Weg gekommen war. Soweit er wusste, hatten Frauen aus dem Dorf die Bäume angepflanzt, um zu verhindern, dass der Wind den guten Boden davontrug.

Gestern hatte er Ludmilla davon erzählt. Sie hatte sich deutlich gelangweilt. Dann war Arnold dazwischengegangen und hatte irgendetwas Belangloses von sich gegeben. Natürlich hatte sie gelacht. Sie reagierte so anders, wenn sein Bruder da war. Der große Arnold mit seinen hochfliegenden Plänen.

Falk war sich wieder einmal hilflos vorgekommen, dann wütend. Er liebte seinen Bruder, und er hasste ihn in diesen Momenten. Dann wollte er damit herausplatzen, was geschehen war, und damit, was Arnold wusste, Arnold, der, ohne mit der Wimper zu zucken, Teil ihres Geheimnisses geworden war. Seines und Richards Geheimnis. Arnold, der seine Gelegenheit nutzen wollte.

Nach mir die Sintflut. Drei Brüder auf immer vereint.

Als er die Vertraulichkeit zwischen Arnold und Ludmilla nicht mehr ausgehalten hatte, hatte er das Haus verlassen und war ziellos auf und ab gelaufen. Er hatte fortgehen wollen und doch noch nicht einmal gewusst, wohin es gehen sollte. Auf einer Insel mitten in der Nordsee konnte man kaum entkommen. Dann hatte sich Arnold zu ihm gesellt, hatte ihm auf die Schulter geklopft, und so sehr er sich auch gewünscht hatte, dass es anders sein möge, so hatte er die Berührung doch genossen.

Falk, der kräftig ausschreitend den Kopf gesenkt gehalten hatte, schaute auf. Es war nicht das erste Mal, fiel ihm jetzt auf, dass er seine Schritte zu jenem Friedhof gelenkt hatte, auf dem man die Toten der *Johanne* begraben hatte, der Bark, die bereits auf ihrer Jungfernfahrt vor Spiekeroog gesunken war. Ein Mann, der aus der anderen Richtung gekommen war, blieb ebenfalls stehen.

»Ein schreckliches Unglück«, sagte er unvermittelt, noch bevor Falk mit einem knappen Gruß an ihm vorübergehen konnte.

»Hm.«

Falk versuchte knapp und abwehrend zu klingen und war sich doch sicher, dass ihm auch dies misslang. In jedem Fall sprach der Fremde einfach weiter.

»Sie wollten in die Neue Welt, und was haben sie gefunden? Ein kühles Grab. Mein Vater und mein Großvater, Gott hab ihn selig, waren damals dabei ... Ich war noch ein kleiner Junge von vier Jahren, doch auch ich erinnere mich an das Elend ... Wie das Schiff gestrandet ist und man den armen Menschen nicht helfen konnte, wegen der Flut, und wie so viele ertrunken sind ... Das Meer ist erbarmungslos, das muss man wissen.«

Das Meer ist nicht erbarmungslos, dachte Falk, Menschen sind es. Das Meer ist, wie es ist. Menschen treffen Entscheidungen. Er spürte, wie ihm der Mund trocken wurde, seine Gedanken drehten sich wie in einem rasenden Strudel.

»Wann war das?«, hörte er sich fragen.

»1854. Meinem Vater, dem lag die Schuld damals schwer auf den Schultern, weil er den armen Seelen nicht helfen konnte. Wir konnten nichts tun und ›Trotzdem‹, sagte mein Vater immer, ›wenn man dasteht und kann nichts tun und man hört die Schreie‹ ... Es waren auch Kinder dabei, und mein Vater sagte immer, wenn er mich danach ansah, musste er an die armen Kinder denken, und da wollte es ihm das Herz zerreißen ...«

Falk schwieg. Es war nicht so lange her, wie er gedacht hatte, der Mann jünger, als er geschätzt hatte. Und er hatte nichts vergessen, rein gar nichts. Ich werde auch nicht vergessen können, dachte er, niemals.

Seit vier Tagen waren sie nun schon hier. Fast täglich lockten der Strand, das Meer oder ein Spaziergang durch die Dünen. Gemeinsam mit Bettina hatte Arnold bereits zwei Segelfahrten mitgemacht, allein hatte er ein Bad genossen. Trotzdem konnte er nicht aufhören, an zu Hause zu denken. Was, wenn sich dort in Frankfurt endlich die Gelegenheit ergab, was, wenn er seine Chance verpasste?

Nein, er konnte sich einfach nicht entspannen. Während es sich der Rest der Familie auf Decken am Strand bequem gemacht hatte, während sich die Frauen mit Schirmen vor der Sonne schützten und Antonie beharrlich im weißen Muschelsand wühlte und juchzend immer neue Muscheln zu ihrem allerliebsten Schatz erklärte, starrte Arnold über das blaugraue, von Schaum bekrönte Wasser hinweg.

Als seine Brüder damals aus dem Krieg heimgekehrt waren, als er erfahren hatte, was geschehen war, hatte er nicht gezögert. Er hatte gewusst, was getan werden musste. Doch was nutzte all dieses Wissen, wenn der eigene Schwiegervater ein starrsinniger Esel war und die eigene Frau darauf bestand, der alte Kerl müsse sanftmütig von den neuen Ideen überzeugt werden? Ja, er hatte ihr versprochen, vorerst abzuwarten, und er tat es, weil er sie liebte und an seiner Seite brauchte, aber er hatte sich inzwischen bereits mehr als einmal gefragt, ob diese Entscheidung wohl richtig gewesen war.

»Manchmal denke ich, wir hätten das damals nicht tun sollen«, hörte er plötzlich die Stimme seines jüngeren Bruders

Falk neben sich. »Manchmal denke ich, wir haben uns schuldig gemacht und werden nie wieder glücklich werden ...«

»Glaubst du, Richard sieht das auch so?«, entgegnete Arnold mit der, wie er fand, notwendigen Härte. Für einen Moment lauschte er Falks Atemzügen und ließ seine Worte wirken, dann drehte er sich zu seinem jüngeren Bruder hin.

»Du darfst so etwas nicht denken, Falk. Es war Krieg, im Krieg ist alles ein wenig anders. Du musst dir nichts vorwerfen.«

»Meinst du?« Man sah es Falk an, dass er zweifelte.

»Ja.« Arnold klopfte ihm aufmunternd auf die Schultern. »Ja, natürlich, du hast alles richtig gemacht.«

»Ich ... Ich weiß nicht.«

»Doch«, Arnold tippte seinem Bruder gegen die Brust. »Und tief in dir, da weißt du es auch.« Falk wich seinem Blick aus und schaute auf das Meer hinaus. Arnold musterte ihn prüfend von der Seite. Kann ich ihm trauen?, fragte er sich plötzlich. Jetzt, in diesem Moment, war er sich da nicht sicher. Und wenn er ihm nicht trauen konnte, was dann ...?

Einweihung

September 1880

Zweites Kapitel

Fünf Uhr morgens … Arnold war nicht abergläubisch, war es auch niemals gewesen, aber er fand seit jeher Gefallen an Daten. Er freute sich, wenn der Erste des Monats auf einen Montag fiel, und er begann mit der Umsetzung seiner Pläne ebenfalls gerne montags. Auch für sein Warenhaus, auf das er so lange hingearbeitet hatte, hatte er sich etwas ganz Besonderes ausgedacht: Damals, am 9. September 1869, war im Rahmen einer kleinen Feier der Grundstein für die Erweiterung des Kaufhauses Le Bon Marché in Paris gelegt worden. Die Einweihung vom Warenhaus Wessling würde deshalb ebenfalls am 9. September stattfinden. Arnold wusste, dass die wenigsten dem Datum irgendeine Bedeutung beimaßen – sehr wahrscheinlich sogar war die Besonderheit keinem bekannt –, aber Arnold wusste es, und das genügte.

Arnold schenkte der schwachen Spiegelung in der Scheibe ein kurzes Lächeln. Ja, er hatte es für Bettina getan. Er war ein guter Mann und jetzt auch noch Besitzer des größten Warenhauses, das Frankfurt je gesehen hatte – vom Warenhaus Wessling. Natürlich hatte er über einen französischen Namen nachgedacht, denn Frankreich hatte mit seinen Warenhäusern nun einmal Maßstäbe gesetzt, aber es war ihm letztendlich doch angemessener erschienen, einen ehrlichen deutschen Namen zu wählen.

Arnold atmete tief ein und aus. Heute war es also so weit. Man schrieb den 9. September. Er stand im Erdgeschoss vom Warenhaus Wessling, inmitten seines Ladens, und es war so früh und noch so kalt, dass sich kleine Atemwölkchen vor seinem Mund bildeten. Auch wenn es zuerst nicht danach ausgesehen hatte, war doch noch alles zu seiner Zufriedenheit zu Ende gebracht worden. Der Marmorboden glänzte, wo Licht auf ihn traf. Auf den Tischen waren die ersten Waren verlockend angerichtet worden, wie ein Dessert, auf das man sich die ganze Zeit gefreut hatte. Hier und da hatte man Raumunterteilungen aus glänzendem Edelholz geschaffen. Ein kleiner Schäfer stand inmitten eines plätschernden Brunnens, umringt von drei Schafen. Weiter hinten hielt eine große, weibliche Figur einen Korb im Arm. Arnolds Blick bewegte sich rasch die Treppen hinauf, entlang der Handläufe aus poliertem Messing.

Er war müde, doch dies würde man ihm heute nicht anmerken. Niemand würde bemerken, dass er in dieser Nacht kaum Ruhe gefunden hatte, oder dass er sich tagelang Gedanken darum gemacht hatte, wie die Ware noch gefälliger präsentiert werden konnte, damit sich genügend Käufer fanden. Niemand würde wissen, wie sehr er sich davor fürchtete zu scheitern ...

Was, wenn sich nicht genügend Käufer fanden? Was, wenn sein seliger Schwiegervater recht gehabt hatte und er seine Familie in den Abgrund riss? Ob hier überhaupt genügend Passanten vorbeikamen, genügend Menschen, die vor den Schaufenstern stehen blieben und sich dann zum Kauf hineinlocken ließen? Das Grundstück war auch nicht billig gewesen. Er hatte viel gewagt.

Arnold krampfte die Hände zusammen, bis sie schmerzten.

Sein verkümmertes, rechtes Bein fühlte sich einen Moment lang an, als könne es ihn nicht mehr tragen. Seine Behinderung, die er sich sonst zu vergessen bemühte, drängte sich mit aller Macht in seine Wahrnehmung.

Ich werde es schaffen. Arnold straffte seinen Körper. Ich werde es schaffen, weil es das Richtige ist. Warum soll das, was in Paris Erfolg hat, nicht auch hier erfolgreich sein? Frankfurt ist eine Stadt. Er würde nicht scheitern, das war ganz unmöglich. Die Leute warteten auf das Warenhaus Wessling. Sie wussten es vielleicht noch nicht, aber so war es.

Sieben Uhr morgens ... Zehn Jahre war es jetzt her, zehn Jahre lang hatte Arnold auf diese Gelegenheit gewartet. Zehn Jahre lang hatte ihr Ehemann geträumt, zehn Jahre lang hatte er Pläne geschmiedet, mit Rückschlägen leben gelernt, offenen und versteckten Spott ertragen.

Zehn Jahre lang hat Papa ihm Steine in den Weg gelegt.

Nein, Siegfried Kuhn hatte es Arnold nicht leicht gemacht, und trotzdem hatte Arnold die Stärke gehabt, an dessen Sterbebett persönlich von ihm Abschied zu nehmen. Ein Dreivierteljahr war das jetzt her, und Bettina rechnete es ihm hoch an.

Noch ein Weilchen blieb sie stehen, dann löste Bettina sich vom Schlafzimmerfenster, durch das sie die erwachende Stadt vor ihrem Haus beobachtet hatte. Noch ein letzter Spätsommermonat, bevor der Herbst Einzug hielt und das Jahr unaufhaltsam auf sein Ende zuging. Bald würde Arnold kommen, um sie abzuholen. Bis dahin musste sie fertig angekleidet sein. Er wartete nicht gern.

Bettina drehte sich zum Spiegel hin. Die zurückliegenden zehn Jahre hatten auch sie verändert, das ließ sich nicht verleugnen. Sie war keine dreiundzwanzigjährige Frau mehr, die mit ihren Entscheidungen haderte. Sie war kein Mädchen mehr, das davon träumte, mehr wagen zu wollen. Sie musste unwillkürlich an Richard denken, den sie so lange nicht gesehen hatte. Immer wieder war er in ihren Gedanken, immer wieder verbannte sie ihn daraus.

Noch einmal beugte Bettina sich näher zu ihrem Spiegelbild hin. Ja, sie war älter geworden. Unter den Augen wirkte ihre Haut dunkler. Da waren feine Fältchen um Mund, Nase und Augen. Nein, die Zeit war wirklich nicht unbemerkt an ihr vorübergegangen. Sie war nicht jünger geworden. Sie würde niemals mehr eine junge Mutter sein, niemals mehr die junge Ehefrau, und heute Abend würde sie die Bühne des Lebens mit einer weiteren neuen Rolle verlassen.

Und wer bin ich dann? Bettina Wessling, die Frau des Warenhausbesitzers? Die Frau des Warenhausdirektors? Wie nannte man so etwas? Bettina stützte die Arme auf den Tisch und schloss die Augen. Als Kind war sie Tochter des Kaufmanns Kuhn gewesen. Stunden hatte sie im Geschäft ihres Vaters verbracht, hatte zugehört, beobachtet, gespielt – und genau wie ihr Vater hatte sie lange geglaubt, dass Arnold das Geschäft eines Tages übernehmen würde. Nun, sie hatten sich beide geirrt.

Während Arnold sie rasch von seiner Idee überzeugt hatte, war er bei ihrem Vater auf heftigen Widerstand gestoßen. Siegfried Kuhn hatte ihm entschlossen jede Unterstützung verweigert, und ja, vielleicht war Arnold deshalb auch so lange vor der Umsetzung seiner Pläne zurückgeschreckt. Er hatte durchaus gewusst, dass er Siegfried Kuhns gute Beziehungen nicht außer Acht lassen durfte. Siegfrieds Wort hatte etwas gegolten in der Gemeinde der Frankfurter Kaufleute.

Jetzt aber begann eine neue Ära. Es war kaum eine Woche her, da hatte Arnold sie stolz durch das fertiggestellte Gebäude vom Warenhaus Wessling geführt. Sie war beeindruckt gewesen, das musste sie zugeben. Das Haus war ihr wie ein überdimensionales Schmuckkästchen vorgekommen. Es war nicht das Geschäft ihres Vaters riesenhaft aufgeblasen, wie sie es sich so lange vorgestellt hatte, es war etwas ganz anderes. Dass noch nicht alle Waren da gewesen waren, hatte dem Ganzen keinen Abbruch getan. Arnold hatte ihr sehr anschaulich beschrieben, wie alles aussehen sollte, wenn es erst so weit war. Gestern noch spät am Abend waren die letzten dringlich erwarteten Lieferungen eingetroffen, und Arnold hatte es sich nicht nehmen lassen, sich persönlich um alles zu kümmern.

Bettina öffnete die Augen, nahm mit den Fingerspitzen Creme aus einem Tiegelchen auf und massierte sie auf Wangen und Stirn ein.

Heute war also der große Tag gekommen. Heute würden sie alle kommen, um dabei zu sein. Heute würden sie sehen wollen, ob er scheiterte.

Und ich werde hinter meinem Mann stehen, komme, was wolle. Ich werde hinter ihm stehen. Ich werde ihm eine Stütze sein, so wie ich es ihm versprochen habe, als ich gelobte, ihm eine gute Ehefrau zu sein.

Bettina straffte die Schultern und lächelte sich zu. Dann hielt sie inne. Irgendetwas störte sie an ihrem Anblick. Nachdenklich musterte sie sich. Hals und Schultern erschienen ihr plötzlich zu nackt. Sie zog ihr Schmuckkästchen näher zu sich hin und durchsuchte es ein wiederholtes Mal. Nichts war ihr bisher geeignet für den großen Tag erschienen. Dann öffnete sie kurz entschlossen die Schublade und suchte dort weiter, zog sie schließlich sogar fast ganz heraus. Vielleicht fand sich ja etwas in der hintersten Ecke. Viele Dinge lagen dort, sie hatte lange nicht mehr für Ordnung gesorgt. Unvermittelt blieben ihre Augen an etwas hängen.

Diese Brosche dort ... War das möglich? Sie meinte sich zu erinnern, sie zuletzt kurz vor der Hochzeit in der Hand gehabt zu haben – oder war es am Hochzeitstag gewesen? Danach war sie spurlos verschwunden, und sie hatte sich gedacht, dass sie während des Trubels verloren gegangen sein musste. Und jetzt war sie die ganze Zeit dort gewesen? War das möglich, oder war es vielleicht eine andere Brosche, und Arnold hatte sie dort versteckt, um sie zu überraschen? Nein, dazu war er eigentlich ein viel zu nüchterner Kerl ... In jedem Fall war dies der richtige Schmuck.

Bettina nahm die Brosche und befestigte sie an ihrem Ausschnitt. Dann betrachtete sie sich eingehend und fand, dass ihr das Schmuckstück hervorragend stand. Die ovale Brosche, aus vier filigranen goldenen Blüten zusammengesetzt, in deren Mittelpunkt sich wiederum kleine rosafarbene Steine befanden, passte hervorragend zu dem zartblau gemusterten Festkleid im Kürassstil mit den kleinen Puffärmeln. Das Oberteil des Kleides wies eine enge Taille auf und umspielte dann in mehreren, kleinen Raffungen die Oberschenkel bis zu den Knien. Der sehr schmal geschnittene Rock darunter erlaubte nur kleine, gemessene Schritte. Heute war sie eine Frau, der nichts Praktisches zu tun erlaubt war.

Einen Moment später konsultierte sie die Uhr, deren Zeiger sich unaufhaltsam fortbewegten. Bald musste Arnold kommen, er hatte gesagt, dass er sie gegen acht Uhr abholen würde. Ein Geräusch ließ sie zum Fenster eilen. Die Kutsche war vorgefahren, die sie zum Warenhaus Wessling bringen sollte. Bettinas Herz schlug für einen Moment schneller. Sie wusste, dass sie heute im Mittelpunkt stehen würde, etwas, das sie nicht gerne tat. Sie würde es tun, weil es Arnold half, weil sie an Arnolds Seite stand, weil sie seine treue Ehefrau war.

Acht Uhr morgens ... Bei Bettinas Anblick konnte Arnold ein Zusammenzucken nur mit Mühe verhindern. Natürlich überraschte es ihn nicht, wie wunderschön sie aussah – für ihn war sie immer noch die schönste Frau, die er je gesehen hatte –, nein, es war das Schmuckstück an ihrem Kleid, das ihm ein eisiges Schaudern über den Rücken schickte. Vergebens hoffte er, dass ihr sein Zögern nicht auffallen würde, doch umsonst, und natürlich zog sie die falschen Schlüsse. Er konnte sehen, dass sie erblasste. Sie hatte ihm beim gestrigen Frühstück bereits gesagt, wie sehr sie sich davor fürchtete, im Mittelpunkt zu stehen, doch er konnte sie nicht aus der Verantwortung entlassen: Es war wichtig, dass man die Familie hinter dem Unternehmen sah. Das Warenhaus Wessling – das waren sie alle. So musste es jedenfalls aussehen.

»Findest du mich nicht hübsch?«, erkundigte sie sich unruhig, während seine Gedanken noch rasten. »Bin ich unpassend gekleidet?«

»O doch, natürlich bist du hübsch und auch keinesfalls unpassend gekleidet.« Arnold lächelte seine Frau im Näherkommen an und zwang sich zugleich, nicht auf die Brosche zu starren. »Wer könnte dich nicht schön finden, mein Engel?« Er beugte sich vor und küsste und liebkoste beinahe überschwänglich ihren Nacken. Er musste nachdenken ... Woher hatte sie dieses Schmuckstück? War es nicht verschwunden? War er nicht froh darum gewesen? Diese Brosche würde ihn immer an den Betrug erinnern, den er begangen hatte und von dem sie niemals erfahren durfte. Er räusperte sich.

»Denkst du jetzt auch gerade an das Bon Marché?«, log er in ihr Ohr. Damals hatte er es zum ersten Mal gesehen, ein Kaufhaus, das Le Bon Marché, dieser Tempel der Kauflust, Stockwerk um Stockwerk, in denen es nichts als Luxus und Tand und alles gab, was das Herz begehrte. Räume wie Schatzkammern und nichts, was man nicht vorrätig hatte oder nicht leicht besorgen konnte, verführerisch präsentiert, sodass man rasch ins Überlegen kam, ob man nicht doch eine dritte Tischdecke oder eine zweite Vase benötigte. Ein Kaufhaus, wie es die Welt noch nicht gesehen hatte. Und in diesem Kaufhaus liefen Massen und Massen an Menschen durcheinander, strömend, redend, rufend, suchend, schnuppernd, von morgens früh bis spätabends, dazu Verkäuferinnen, die einem jeden Wunsch von den Augen ablasen: Le Bon Marché.

»Natürlich denke ich daran. Besonders heute.« Bettina lächelte ihn so klar an, dass er sich schämte. »Wie könnte ich unsere Hochzeitsreise vergessen? Unseren ersten gemeinsamen Urlaub … Es war wunderbar, nicht wahr?«

»Und das Bon Marché? Erinnerst du dich daran?« Er hörte das Necken in seiner Stimme und wollte doch zugleich, dass sie dieses Geschäft liebte, wie er selbst es tat.

»O ja, das Bon Marché.«

Nun, für sie war das wohl eher der Wermutstropfen gewesen. Er hörte es an ihrer Stimme. Sie hatte sich Dinge erwartet, die sich junge Ehefrauen eben erträumten, dass er sie ausführen würde, dass sie gemeinsam durch die Stadt schlenderten, um die Sehenswürdigkeiten zu sehen, vielleicht einen Tanzball besuchten.

»Das Bon Marché, wie könnte ich das vergessen«, setzte sie vorsichtig erneut an. »Du hast damals gesagt, es sei *das* Ziel für moderne Touristen.«

»Das weißt du noch?«

»Natürlich.«

»Ich habe es dir nicht leicht gemacht.«

»Nein.« Sie lächelte weich. »Aber wir sind verheiratet, und ich möchte teilen, was du liebst. Ich möchte alles mit dir teilen.«

Er beugte sich vor und streichelte ihre Wange.

Nein, das möchtest du nicht. Es würde immer etwas geben, was zwischen ihnen stand, etwas, was er vor ihr verbergen musste.

Elf Uhr morgens ... Das Stimmengewirr rauschte in Bettinas Ohren. Zu Anfang war sie noch an Arnolds Arm gegangen, hatte nach rechts und links gegrüßt, auch wenn sie zu unsicher gewesen war, um irgendjemanden länger anzusehen. Immer wieder hatte Arnold ihr stolz zugeraunt, dass diese oder jene wichtige Person seine Einladung angenommen habe. Da war der Direktor Gabelung, da die Frau Generalin Riedesel. Die Namen Bethmann, Metzler und Brentano fielen. Wenn sie seine Stimmung richtig wertete, war dieser Tag bislang ein voller Erfolg. Um zehn Uhr, zur Eröffnung, war mit Champagner angestoßen worden. Mit einer auf Hochglanz polierten Schere hatte Bettina zitternd ein rotes Band durchgeschnitten. Arnold hatte sie gelobt und ihr gesagt, sie habe ihre Aufgabe großartig gemacht.

Dann waren sie Ludmilla begegnet, und Arnold hatte sie gefragt, ob sie sich nicht ihrer Schwägerin anschließen wolle, während er die ersten geschäftlichen Dinge besprach, die sie doch gewiss nicht interessierten. Sie hatte Nein sagen wollen, »Nein, ich will nicht allein mit ihr sein«, aber stattdessen hatte sie genickt, und Arnold hatte ihre wirkliche Stimmung nicht bemerkt.

»Am Montag wird das Warenhaus Wessling für den Verkauf öffnen, ich möchte, dass wirklich alles perfekt ist«, hatte er sanft in ihr Ohr gesagt. »Komm, Ludmilla wird sich freuen, mit dir zu sprechen.«

»Natürlich«, hatte Bettina erwidert und die Schwägerin zu einem Stand begleitet, wo Bowle, kleine Fleischbällchen, Würstchen und Gurkensandwiches angeboten wurden. Die Begegnung mit Ludmilla fiel ihr seit der Geburt des kleinen Jakob vor nunmehr vier Jahren noch schwerer. Sie schämte sich dessen und konnte doch nichts dagegen tun. Arnold und sie wünschten sich seit Antonies Geburt ein weiteres Kind, einen Jungen, einen Stammhalter, doch bislang hatte Gott kein Einsehen gehabt. Antonie war mittlerweile zwölf Jahre alt.

Seit zehn Jahren hoffe und bange ich.

Bettina bestellte Bowle für sie beide und überreichte Ludmilla das Glas mit einem Lächeln. Kurz fragte sie sich, ob Gott je ein Einsehen haben würde. Schon mehrfach war sie schwanger gewesen und hatte das Kleine wieder verloren, und jedes Mal war es ein heftiger, ganz unaussprechlicher Schmerz gewesen, von dem sie hoffte, ihn nie wieder erleben zu müssen. Aber natürlich versuchten sie es weiter, denn wer sollte all dies sonst nur erben?

Jakob, dachte Bettina. Wenn ich keinen Jungen gebäre, wird dies alles Jakob erben.

Arnold mochte seinen kleinen Neffen sehr. Zu Weihnachten im letzten Jahr hatte er dem Jungen eine Spielzeugeisenbahn geschenkt, deren mit Dampf betriebene Lokomotive drei Waggons hinter sich herzog, und Bettina hatte mit einem leisen Stich gedacht, dass Antonie niemals etwas Gleichwertiges bekommen hatte.

Sie bemerkte, dass Ludmilla sie scharf beobachtete.

»Ich weiß, dass du Schwierigkeiten mit mir hast«, sagte die Schwägerin dann sehr direkt, aber so leise, dass es keiner der Umstehenden hören konnte.

Bettina zuckte zusammen. »Aber nein, ich …«

»Wegen Jakob, aber …« Es schien, als suchte Ludmilla nach Worten. »Aber ich hatte nie die Absicht, dich zu verletzen, Betty. Falk und ich, wir haben uns einfach ein weiteres Kind gewünscht, und … dann war ich wieder schwanger. Wirklich, es war so einfach, dass ich mich fast schäme.«

»Natürlich wolltest du mich nicht verletzen.« Bettina hoffte, dass Ludmilla ihre Stimme nicht unnötig weiter anheben würde. Es war gut, dass in diesem Moment keiner in der Nähe war, der sich über das Gespräch der Wessling-Frauen seine Gedanken machen konnte. »Natürlich wolltest du das nicht«, wiederholte sie. »Aber wollen wir jetzt nicht über etwas anderes sprechen?«

»Gewiss.« Ludmilla machte eine unbeholfene Bewegung, die gar nicht zu ihr passen wollte. »Aber ich möchte dir doch so gern helfen. Und du wirst den Tatsachen ins Auge blicken müssen. Wir sind Schwägerinnen. Man erwartet, dass wir miteinander auskommen …«

»Ja, ich weiß.« Bettina atmete durch. »Und so ist es ja auch, nicht wahr?«

»Und du hast eine wunderbare Tochter.« Ludmillas Lächeln wirkte wie gemalt. »Es wäre traurig, wenn sich Antonie zurückgesetzt fühlen müsste.«

Bettina benötigte einen Augenblick, um zu verstehen, dann stieg Wut in ihr auf. Was erlaubte diese Frau sich?

Ihr Atem ging schneller. Sogleich versuchte sie, sich zu beruhigen. Sie durfte dieser Wut keinesfalls nachgeben. Arnold verließ sich auf sie. Das hier war sein Tag, und sie würde sich gewiss nicht auf Ludmillas Niveau herabbegeben. Bettina hob das Bowleglas an die Lippen und trank.

Ludmilla lächelte sie sanft an. Es kostete Bettina alle Kraft zurückzulächeln. Sie war sicher, dass ihre Schwägerin das Thema nicht ohne Hintergedanken angesprochen hatte. Vor Ludmilla musste man sich in Acht nehmen. Ludmilla war ein falsches Biest.

Elf Uhr und dreißig Minuten ... Als der Ältesten hatte man der knapp zwölfjährigen Antonie aufgetragen, sich um ihre jüngeren Cousins und Cousinen und deren Freunde zu kümmern. Antonie hasste es schon jetzt. Sie mochte keine kleinen Kinder. Sie würde auch niemals Kinder haben wollen. Es war gewiss einfacher, einen Sack Flöhe zu hüten, als ihren Cousin Jakob davon abzuhalten, Blödsinn anzustellen. Ihre Cousine Emilia und deren Freundin Cassandra hatte Antonie noch mit Erzählungen über ein Kellerlabyrinth ängstigen können, aus dem man nicht wieder herausfinden konnte und in das ungezogene Kinder eingesperrt wurden. Jakob kümmerte das nicht. Jakob, dem einzigen Jungen im Hause Wessling, ließ man viel durchgehen. Antonie konnte ihn deshalb ganz besonders nicht ausstehen. Wenn sie seine speckigen Beine sah, wollte sie immer hineinkneifen, bis er schrie. Man sah ihm an, dass seine Mutter ihren Liebling mit viel zu vielen Süßigkeiten fütterte: Der Junge war so fett, dass seine dunklen Augen wie zwei Rosinen in einem Hefeteig aussahen.

Eben machte er Anstalten, auf einen Stapel teurer Bucharateppiche zu klettern. Antonie zerrte den Kleinen wütend herunter, sodass er auf seine runde Nase fiel und jämmerlich zu plärren anfing. Wenn sie nicht hätte befürchten müssen, dass sein Geheule irgendeinen Erwachsenen anlocken würde, hätte sie ihm gerne weiter dabei zugehört.

»Sei still«, zischte sie ihn an.

»Was gibst du mir dafür?«, brachte Jakob stotternd hervor, während er seine Cousine aus tränenverschmierten Augen herausfordernd anstarrte.

»Gar nichts«, blaffte die zurück.

»Dann schrei ich jetzt. Dann schrei ich ganz laut. Mama wird dich bestrafen.«

Antonie versuchte unbeeindruckt auszusehen, aber ihre Stimme zitterte bei den nächsten Worten doch etwas.

»Das wird sie nicht, du Knirps, sonst sage ich Papa, dass du auf den Teppichen warst.«

»Wirst du gar nicht, und Mama bestraft dich doch.« Jakob fuhr sich mit der dicken Patschhand über das Gesicht, um die Tränen wegzuwischen.

Antonie zögerte. Was sollte sie tun? Vielleicht hatte er recht. Unsicher holte sie zwei klebrige Karamellbonbons aus der Rocktasche ihres Kleides. Jakob verspeiste sie triumphierend, während seine siebenjährige Schwester Emilia und ihre Freundin Cassandra leer ausgingen.

Zwölf Uhr mittags ... Vor einer halben Stunde hatten die ersten geladenen Gäste begonnen, die Erfrischungsräume aufzusuchen, wo heute ein reichhaltiges Speisenangebot bereitgehalten wurde. Auch Bettina und Ludmilla schlossen sich an, wenn Bettina auch kaum einen Bissen hinunterbekam.

Ludmilla hatte es einfach nicht lassen können, weiter und weiter zu sticheln – oder bildete sie sich das ein?

Bettina musterte ihre hübsche Schwägerin aus den Augenwinkeln. Ludmillas Gesicht war fein geschnitten, der Hals schmal und dabei weder zu lang noch zu kurz. Ein Hals wie gemacht für die schönsten Ketten, stellte Bettina auch jetzt wieder neidvoll fest.

Aber war das nicht albern? Worauf wollte sie noch neidisch sein? Auf Ludmillas Schönheit, auf ... Nun, es ließ sich nicht leugnen, dass sie Arnold Wessling bislang keinen männlichen Erben hatte schenken können. Bei ihrer Tochter Antonie war alles so einfach gewesen, dass sie niemals gedacht hatte, dass sich die nächste Schwangerschaft als so kompliziert, als unmöglich darstellen würde.

Bettina spürte, wie ihr Herz eisig wurde. Sie musste und wollte Ludmilla jetzt loswerden. Sie brauchte Zeit für sich allein. Vielleicht konnte sie sich in einen der Büroräume zurückziehen?

Doch Ludmilla machte nicht die geringsten Anstalten, sich von Bettina trennen zu wollen, plapperte daher, während es Bettina allzu bewusst war, dass ihre Unaufmerksamkeit nur gespielt war. Ludmilla war niemals unaufmerksam, und Bettina wäre ihr wohl den Rest des Tages ausgeliefert gewesen, wenn ihr nicht zufällig eine alte Schulfreundin Ludmillas zu Hilfe gekommen wäre.

Während sich die beiden noch begrüßten, rettete sich Bettina ohne ein Wort des Abschieds in den Hof hinaus, in dem sich die zukünftigen Kunden einmal unter schlanken Zypressen und Topfpalmen, auf weißen Kieswegen wandelnd oder auf Steinbänken sitzend, erholen konnten. In einem Bogen vom Haus weg führte der Hauptweg auf einen Brunnen zu. In einem Kreis um den Brunnen waren Rasenflächen und Blumenbeete angelegt worden, über einen Gitterbogen rechter Hand rankte sich eine dunkelrosafarbene Kletterrose. Als Arnold sie durch das Haus geführt hatte, war dieser Hof Bettina als einer der schönsten Orte überhaupt erschienen. In letzter Minute, nein, fast in letzter Sekunde, war alles fertig geworden. Nicht nur Arnold war es wie ein Wunder erschienen, auch Bettina hatte gestaunt.

Ludmilla wollte ihr einfach nicht aus dem Kopf gehen. Sie blieb stehen und tat so, als blicke sie sich um, während sie doch eigentlich gar nichts sah, und ihre Gedanken rasten.

Bin ich zu empfindlich? Ich sollte mich von Ludmilla nicht verletzen lassen ... Sie hat keine Macht über mich, sie darf keine Macht haben ...

Bettina spähte an den Rosen vorbei zur anderen Seite des Hofs hin, wo jetzt ein Grüppchen Gäste aufgetaucht war, das sich angeregt unterhielt. Die meisten waren sehr beeindruckt von dem, was sie sahen, das war ihr schon aufgefallen. Bettina bemühte sich, keinen Blickkontakt aufzunehmen. Keinesfalls wollte sie in ein Gespräch verwickelt werden. Sie musste jetzt allein sein mit ihren Gedanken.

Warum gelingt es Ludmilla nur, mich immer wieder zu beunruhigen? Warum nehme ich mir das alles so zu Herzen?

Bettinas Augen weiteten sich, während sie in die Ferne blickte. Das Rauschen des kleinen verschnörkelten Brunnens übertönte alle anderen Laute. Spät erst nahm sie eine Bewegung seitlich wahr.

»Du siehst wunderschön aus«, sagte eine Stimme, die ihr auch nach so vielen Jahren noch wohlvertraut war.

»Richard!« Bettina drehte sich langsam um, obwohl sie am liebsten herumgewirbelt wäre wie eine viel jüngere Frau.

»Richard, wo kommst du her? Ich wusste ja gar nicht, dass du hier bist! Warum hat mir denn niemand etwas gesagt?«

Richard Wessling lächelte. »Nicht hier? Warum sollte ich nicht hier sein, am Tag, an dem mein Bruder seinen zweitgrößten Triumph feiert? Er hat dir wirklich nichts gesagt? Das sieht ihm ähnlich.«

Bettina schüttelte den Kopf. »Ach, ich denke wohl, es wird sein größter Triumph sein, Richard. Schau dich doch nur um.« Sie machte eine Bewegung, die Brunnen, Rosen, Palmen, Zypressen und auch die Besucher umfasste.

Richard sagte für einen Augenblick nichts, dann schüttelte er den Kopf und sagte leise: »O nein, Betty, dich geheiratet zu haben, das war sein erster und größter Triumph. Daran kommt auch dies hier nicht heran. Für dich hat er gelogen und betrogen, für dies hier ...«

»Aber ...«, setzte Bettina an und sprach dann doch nicht weiter.

Für einen Moment noch standen sie stumm voreinander. Ihre Augen fingen sich in seinen. Sie errötete. Dann bemerkte sie, dass Richard mit dem rechten Zeigefinger die Brosche an ihrem Ausschnitt berührte. Eine Gänsehaut überlief ihren Körper.

»Woher hast du das?«

Man konnte seiner Stimme anhören, wie sehr er sich beherrschen musste.

Dreizehn Uhr ... Das Weib hatte sich einfach davongemacht. Ludmilla lachte still in sich hinein. Bettina war einfach zu empfindlich, und ja, das musste sie zugeben: Sie liebte es, ihre Schwägerin zu reizen. Diese Frau war viel zu weich, eigentlich war sie nicht die Richtige an Arnold Wesslings Seite, und es hatte durchaus Zeiten gegeben – Ludmilla seufzte –, da hatte sie das geschmerzt. Dafür aber würde Jakob eines Tages an der Spitze dieses Warenhauses stehen. All das, was sie heute hier sah, würde eines Tages ihm unterstehen, all diese Pracht. Er würde der Erbe dieses Warenhauses sein, ihr heute Vierjähriger würde dereinst seine Geschicke lenken, dafür wollte sie mit allen Mitteln kämpfen.

Ludmilla stellte das inzwischen leere Glas Champagner, das Falk ihr auf ihren Wunsch hin gebracht hatte, einem Ober auf das Tablett. Arnold hatte wirklich sehr umsichtig dafür gesorgt, dass seine Gäste mit Getränken versorgt wurden. Am Eingang wurde sogar Limonade für die Kinder ausgegeben. Außerdem gab es Bockwürstchen und Brötchen.

»Hier bitte!« Falks Stimme brachte Ludmilla dazu, sich vom Eingang wegzudrehen, wo sich immer noch Neugierige sammelten, um dann nach kurzem Schaudern in das ungewohnte Glitzern und Funkeln vom Warenhaus Wessling vorzudringen. Erstaunen und Bewunderung waren das, was Ludmilla auf den meisten Gesichtern sah. Sie streckte die Hand aus und nahm das Tellerchen mit Häppchen von Geflügelpastete und Lachs entgegen. Falk trank von dem Champagner, den er sich selbst mitgebracht hatte. Er wirkte unbehaglich, wie häufig in großen Gruppen. Ludmilla dachte daran, dass er nie ein besonders sicherer Mensch gewesen war. Dass sie, die schöne Ludmilla, ihn geheiratet hatte, verwirrte ihn heute noch manchmal, das war ihr nur zu bewusst.

Sie musterte ihn aus den Augenwinkeln, während sie aß. Seit Jakobs Geburt waren sie die perfekte Familie, mit einem Jungen und einem Mädchen, einer schönen Frau und einem Veteranen aus dem Krieg. Der Gedanke gefiel ihr.

Und ich habe Verstand, fügte sie im Stillen hinzu.

»Geht es dir gut, bist du zufrieden?«, fragte Falk sie mit jenem unsicheren Ton in der Stimme, der sich in ihrer Anwesenheit nie ganz verlor. Er hatte immer das Gefühl, sie irgendwie zu enttäuschen, und sie wollte den Teufel tun, ihm zu zeigen, dass das nicht so war.

»O ja«, sagte sie, »natürlich.« Sie spitzte die rosigen Lippen und steckte sich eines der Kanapees in den Mund. »Konntest du schon mit deinem Bruder sprechen? Ist Arnold zufrieden?«

»Ja.« Sein Blick lag auf ihr, und es fühlte sich an, als wollte er ihr noch etwas Wichtiges mitteilen, dann sagte er nur: »Ja, er ist zufrieden. Es läuft alles gut, nicht wahr? Er hat alles erreicht, was er wollte. Er muss sich keine Fragen mehr stellen …«

Falk machte eine abgehackte Bewegung, die wohl ihre Umgebung erfassen sollte. Welche Fragen?, überlegte Ludmilla, bohrte aber nicht weiter nach. Da war irgendetwas zwischen Arnold und seinem Bruder Falk, das hatte sie längst verstanden. Sie war allerdings verwundert, dass Falk ihr bislang nicht davon erzählt hatte. Gewöhnlich hatte er keine Geheimnisse vor ihr.

Drittes Kapitel

Vierzehn Uhr nachmittags ... Bettina hatte ihm gesagt, dass sie sich im Büro der Geschäftsleitung treffen würden, wo heute ganz sicher niemand hinkam. Arnold hatte alle Hände voll zu tun und nicht die Absicht, sein Geschäft auch nur kurz aus den Augen zu lassen. Er musste alles und jeden beobachten, musste alles unter Kontrolle haben, er konnte gar nicht anders: Das war Arnold. Richard hatte ihn heute bislang nur aus der Ferne beobachtet und wusste, hier oben hatten sie nichts zu befürchten.

Was würde Arnold wohl tun, wenn er wüsste, dass ich hier bin? Wenn er ehrlich war, wunderte Richard sich, dass dem Bruder seine Anwesenheit noch nicht zugetragen worden war. Er hatte wohl Glück gehabt. Leise schloss er die Tür hinter sich und schaute sich um.

Arnold Wessling, Geschäftsführung hatte in goldenen Lettern an der Tür gestanden. Arnolds Allerheiligstes erschien ihm noch recht kahl. Bis auf ein Porträt von Bettina waren die Wände schmucklos. Dafür stand da ein wuchtiger Schreibtisch nebst einem bequemen Sofa. Kurz überlegte Richard, ob er ein wenig in den Schreibtischschubladen stöbern sollte, entschied sich dann aber dagegen. Es war unnötig. Er kannte Arnolds tiefste Abgründe, und die fanden sich nicht in diesen Schubladen.

Er hatte es sich gerade in Arnolds Sessel hinter dem Schreibtisch bequem gemacht, als Bettina etwas außer Atem und leicht verschwitzt zur Tür hereinschlüpfte. Nachdem sie die Tür vorsichtig wieder hinter sich geschlossen hatte, blieb sie zuerst einmal mit dem Rücken dagegengelehnt stehen. Stumm musterten sie einander, entdeckten die Dinge, die sich geändert hatten, seitdem sie sich zum letzten Mal vor fast zehn Jahren gesehen hatten, feine Falten, ein anderer, noch unbekannter Ausdruck. Und doch war da so viel Vertrautes, so vieles, was einen denken machte, dass die letzte Trennung doch nicht so weit zurückliegen konnte. Mit einem Mal rasten ihm so viele Gedanken durch den Kopf, dass es ihm schwerfiel, die einfachsten Worte zu finden.

»Hat dich jemand gesehen?«, fragte er endlich.

»Nein.« Bettina schüttelte den Kopf. Er sah, dass sie leicht zitterte, auch ihre Hände bebten. Sie verbarg sie hinter dem Rücken. Er wollte ihr sagen, dass sie sich nie vor ihm verstellen müsse, und tat es dann doch nicht. »Arnold hat mir nicht gesagt, dass du kommen würdest«, sagte sie mit einem winzigen Flattern von Unsicherheit in der Stimme.

»Ich habe es ihm nicht gesagt.«

Sie war ihm jetzt schon wieder so nahe, als hätten sie sich gestern zum letzten Mal gesehen, als wären nicht Jahre vergangen, sondern höchstens ein paar Stunden. Er hatte es nicht für möglich gehalten, aber so war es.

Ich liebe sie immer noch, dachte er, ich werde sie immer lieben, und ich werde es Arnold nie verzeihen, dass er sie mir genommen hat.

»Du warst lange weg«, hörte er Bettina sagen.

»Ich war die ganze Zeit in Hamburg.«

»Warum hast du dich so selten gemeldet?«

Er dachte kurz an die Karten, die er zu Weihnachten und Ostern an die Familie Wessling geschrieben hatte. Eigentlich hatte er den Kontakt ganz abbrechen wollen, aber das war ihm nicht möglich gewesen. Dazu war er zu schwach gewesen. Er überlegte, ob er die Hand nach ihr ausstrecken sollte, und verschränkte dann die Arme vor der Brust.

»Du hast Arnold geheiratet. Was denkst du, hätte ich tun sollen?«

Bettina schwieg betreten. Als Richard ihr jetzt doch näher rückte, wollte sie ihm erst ausweichen, dann blieb sie an ihrem Platz. Richard schaute die Brosche an ihrem Halsausschnitt an.

»Woher hast du die?«, wiederholte er seine Frage. Er selbst konnte seiner Stimme anhören, wie sehr er sich in diesem Moment zurückhielt. Damals hatte er sich nicht erklären können, was geschehen war. Jetzt ergaben die Teile des Puzzles langsam ein Bild. Bettina schaute ihn genauso verwirrt an, wie sie ihn eben schon einmal angeschaut hatte, aber sie hatte ihm auch noch keine Antwort gegeben.

»Arnold hat sie mir vor Jahren geschenkt, das habe ich dir doch schon gesagt«, antwortete sie rasch. Erst jetzt fiel ihr offenbar sein Gesichtsausdruck auf, die anders klingende Stimme. Unten im Hof eben hatten die umstehenden Gäste eine Aussprache verhindert, doch jetzt waren sie allein. Sie konnten offen reden.

»Arnold hat sie dir geschenkt«, wiederholte er langsam. Er spürte, dass er blass geworden sein musste, sah es an ihrem Gesichtsausdruck. So kannte sie ihn nicht. Sie schauten einander in die Augen. Sie zögerten. Bettina griff nach seiner Hand.

»Was ist?«, fragte sie. »Bitte sag es mir.«

Richard kämpfte darum, ruhiger zu atmen und der Wut, die sich Stück um Stück in ihm aufbaute, keinen Weg zu lassen. Sie war nicht diejenige, auf die er wütend zu sein hatte oder die unter seinem Zorn leiden sollte. Sie war unschuldig. Man hatte sie genauso betrogen wie ihn auch. Seine Stimme zitterte, als er ihr nun Antwort gab, aber er schämte sich dessen nicht.

»Das war mein Geschenk an dich«, sagte er langsam. »Ich hatte es Heidrun für dich mitgegeben, damals, kurz bevor du Arnolds Antrag angenommen hast.«

»Dieses Schmuckstück? Der Heidrun? Du meinst, eurem Mädchen?« Bettina streifte sanft mit den Fingern über die Brosche. »Sie ist wunderschön, nicht?« Sie runzelte die Augenbrauen. »Aber Arnold hat sie ...«

»Arnold hatte nichts damit zu tun, es war mein Geschenk ...«, sagte Richard mit fester Stimme. Bettina wusste offenkundig immer noch nicht, was sie denken sollte. Er sah es ihrem Gesicht an, wie es in ihr arbeitete. Sie war immer eine Frau gewesen, die ihre Gefühle nur schlecht verbergen konnte. Und sie begann ihm zu glauben, auch wenn es ihr schwerfiel.

Es tat ihm weh, zu sehen, was die Erkenntnis für sie bedeutete. Er wollte sie in den Arm nehmen, um sie zu trösten, und tat es doch nicht. Sie waren nicht mehr das junge Paar, das darüber nachsann zu heiraten. Sie waren Schwager und Schwägerin. Sie hatten Entscheidungen getroffen, vor langer Zeit, und ihrem Leben damit eine neue, eine unabänderliche Richtung gegeben.

»Aber er hat sie mir persönlich überreicht.« Bettinas Stimme bebte. »Ich erinnere mich gut daran, weil er etwas schüchtern war.«

Richard stieß ein Schnauben aus, dann räusperte er sich.

»Weil es mein Geschenk war, Betty. Er war sonst nie so, nicht wahr? Er war nie schüchtern ...«

»Das war dein Geschenk, wirklich?« Bettina lächelte, weil ihr nichts anderes einfallen wollte, weil sie lieber lachen als weinen wollte. »Ach, Richard, ich weiß, dass ihr euch nicht ausstehen könnt. Ich weiß, dass ihr Konkurrenten seid, und manchmal ... Nein, ich denke oft, du und ich ...«

»Das ist mein Geschenk«, wiederholte Richard und unterbrach damit Bettinas Redefluss. »Ich wollte dir damit ein Versprechen geben.« Er brach ab. Sie wirkte mit einem Mal nachdenklich. Richard griff nach ihrer Hand. Sie war kalt wie Eis. »Es ist ein Erbstück, die Lieblingsbrosche meiner Mutter. Ich ...« Richard überlief ein Schauder. »Ich erinnere mich sogar noch daran, wie ich den Brief an dich geschrieben habe. Das Schmuckstück lag die ganze Zeit vor mir. Ich habe es angesehen und mir vorgestellt, wie es an dir aussehen würde.« Er machte eine Pause. »Es steht dir übrigens wunderbar. Das habe ich immer gewusst. Die Brosche ist wie gemacht für dich.«

»Ich trage sie heute zum ersten Mal«, sagte Bettina langsam.

Vierzehn Uhr und dreißig Minuten ... Erinnerungen kamen zurück, wenn er sie am wenigsten brauchte oder erwartete. Aus dem Lärm und den Lichtern der Feier wurde Kanonendonner und Mündungsfeuer, es regnete Gewehrkugeln, das Rollen der Geschütze mischte sich mit dem Gebrüll der kämpfenden Soldaten und dem Schreien der Kameraden, die verwundet worden waren.

Er war als Held zurückgekommen, so wie er sich das gewünscht hatte, aber sein Leben hatte sich nicht geändert. Er war derselbe schüchterne, zurückhaltende Mann geblieben, der er auch vorher gewesen war. Der Krieg hatte ihn nicht gestählt. Anfangs war er zu den Treffen der Veteranenvereine gegangen, doch er hatte bald wieder damit aufgehört. Die bewundernden Blicke der Frauen hatten seine Erinnerungen nicht zu besseren gemacht. Ludmilla wusste, wie es ihm ergangen war, und brachte wohl so viel Mitleid auf, wie es ihr möglich war.

Sie war keine besonders gefühlvolle Frau, das hatte er inzwischen begriffen. Ihr Verstand war messerscharf, ihr Willen eisern.

Eigentlich wollte er auch kein Mitleid. Er wollte, dass seine Frau ihn bewunderte, vielleicht sogar ein wenig zu ihm aufsah, doch das würde nie geschehen. Für einen Moment horchte er in sich hinein: War da etwas? Was spürte er? Er wusste es nicht. Es war ihm immer schwer bis unmöglich gewesen, die eigenen Gefühle zu erfassen, ganz als wäre er ein Fremder in seinem eigenen Körper.

»Falk«, war plötzlich die Stimme seines ältesten Bruders hinter ihm zu hören. Im nächsten Augenblick klopfte Arnolds breite Hand auf seine rechte Schulter. »Gefällt es dir?« Arnold senkte die Stimme etwas, während sich seine Hand auf einmal wie ein Schraubstock anfühlte. »Dieses Fest ist prächtig, nicht wahr? Es ist so viel besser, als ich erwartet habe.«

»Ja«, krächzte Falk und räusperte sich gleich. Er schaute sich um. Immer mehr Menschen drängten sich durch das Erdgeschoss um die schön drapierten Tische herum. Der Strom von draußen wollte nicht nachlassen. Die Lichter funkelten und glitzerten und spiegelten sich in den Glasscheiben wider, von denen es hier mehr gab als andernorts. Es war ein ganzes Haus aus Glas und Licht. Auch von draußen konnte man hier und da einen Blick auf das Geschehen werfen, und von drinnen konnte man, wenn man innehielt, einen Blick auf die im Freien werfen. Manchmal blieb ein Hereinkommender kurz stehen, um sich zu orientieren, und in kürzester Zeit bildete sich eine lärmende Traube um ihn herum, die sich nur langsam wieder auflöste. Überhaupt war der Lärm geradezu betäubend, ein Stimmengewirr, aus dem sich einzelne Laute und Wörter zu einem Teppich aus Klängen verwoben.

»Komm«, forderte Arnold ihn auf, ihm zu folgen. Das Erdgeschoss stand allen offen, deshalb war es hier am vollsten. Man bekam eine Ahnung davon, wie es wohl in den nächsten Tagen zugehen würde. Ins erste und alle weiteren oberen Stockwerke wurden heute nur handverlesene Gäste gelassen: Man staunte über teure Teppiche, auserlesene Lampen, feinste Damenbekleidung, aber auch über die nie gesehene Auswahl an Knöpfen, Bändern, Spitze und mehr. Für sein Kaufhaus war Arnold sogar persönlich bis nach Frankreich, Italien und England gereist, um die erlesensten Stücke zu finden, zukünftige Kontakte zu knüpfen und zu festigen. In England hatte er die neueste Herrenmode ausgesucht, aus Frankreich stammten die schönsten Kleider in der Damenabteilung, aus Russland die Pelze und aus Murano einige sehr hübsche Glasobjekte. Es schien von allem zu viel zu geben, und doch wollte man bereits nichts mehr davon missen. Eine große Zahl an Verkäuferinnen tat inzwischen ihre Arbeit, auch sie handverlesen. Manchmal hörte man von Ferne aus einem der Erfrischungsräume das leise Klappern von Tellern und Besteck. Falk drehte sich zu seinem Bruder hin.

»Du hast dich selbst übertroffen, Arnold.«

»Das sehe ich auch so«, sagte Arnold mit zufriedenem Grinsen und drückte die Brust heraus.

»Dann … dann bist du mir dankbar …«

Das Grinsen verschwand von einem Moment auf den anderen aus Arnolds Gesicht. Sein Ausdruck verhärtete sich.

»Ich, dir dankbar? Wofür?«

»Ja, weil …«, stotterte Falk.

Arnold hob die Hand, und Falk befürchtete, er würde zuschlagen, doch dann strich der Ältere ihm nur leicht und blitzschnell über die Wange, um dann sanft dagegen zu klopfen, als wäre Falk ein kleiner Junge.

»Ich habe alles allein geschafft, Falk.« Er senkte die Stimme. »Gib es doch zu, du hättest gar nichts damit anfangen können. Dein Geld? Du wärst doch unfähig gewesen, so etwas wie das hier auf die Beine zu stellen. Was wärst du denn ohne mich? Komm, es ist gut, dass ich die Sache in die Hand genommen habe. Es wird uns allen zugutekommen. Meinst du nicht? Wir sind eine Familie.«

Falk starrte seinen Bruder an und suchte nach Worten. Arnold schaute sich schon wieder um.

»Ich frage mich, wo Betty ist. Vorhin musste ich sie kurz allein lassen, geschäftliche Dinge, mit denen wir unsere Frauen einfach nicht belasten dürfen, nicht wahr? Sie ist mit Ludmilla weggegangen, aber jetzt wüsste ich sie doch wieder gerne an meiner Seite.«

»Ich kann sie suchen«, bot Falk eilfertig an, während er den Blick schon wandern ließ. Er wollte diese Missstimmung zwischen ihnen nicht. Er hasste es, wenn sein älterer Bruder ärgerlich auf ihn war.

»Würdest du das?« Arnold lächelte etwas zu freundlich. »Ach ja, dann tu es, bitte. Ich muss hier präsent bleiben, Fragen beantworten, meine Gäste versorgen ... Ich muss den Blick einfach überall haben. Das verstehst du doch?«

»Natürlich, Arnold.« Falk nickte heftig. »Ich mache das für dich.«

Fünfzehn Uhr nachmittags ... Bettina konnte nicht sagen, wie lange sie voreinander standen und sich anschauten, ohne ein Wort zu sagen. Je länger sie schauten, desto besser erkannten sie einander. Es war nicht leicht. Sie schlang die Arme um den Körper, um sich vom Zittern abzuhalten oder vielleicht auch davon, Richard um den Hals zu fallen und ihr Gesicht an seiner Halsbeuge zu bergen. Sie wusste genau, wie sich das anfühlte, diese Stelle dort, wie es sich anfühlte, das Leben zu spüren, das unter seiner warmen Haut pulsierte. Sie dachte an früher, als sie jung gewesen waren, so unglaublich viel jünger, als ihr das jetzt möglich erschien. Sie dachte an gemeinsame Ausflüge, an Spaziergänge, an Gelächter, an drei Brüder, die sich aufführten wie die Gockel. An Arnold, der langsam an ihrer Seite lief, weil er es aufgrund seiner Behinderung den Brüdern nicht gleichtun und nicht unter Lachen und Prusten kreuz und quer über die Wiese jagen konnte. Sie dachte daran, wie gut ihr seine ruhige Aufmerksamkeit getan hatte, und an Richards Überschwänglichkeit. Wenn es darum ging, eine Idee in die Tat umzusetzen, hatte Richard immer irgendetwas vergessen, aber er hatte jeden Ärger durch seine gute Laune wettgemacht – bis man sie eines Tages doch hatte glauben lassen, dass er nicht der Richtige war, nicht verlässlich genug eben ...

Sie erinnerte sich an die Zeit, als sie an Heirat gedacht hatte, an Enttäuschungen, an zu hastig gefällte Entscheidungen, Entscheidungen, die getroffen worden waren und jetzt so falsch erschienen.

»Es tut mir so leid«, stieß Bettina mit bebender Stimme hervor, aber auch das klang falsch. Es war nicht das richtige Wort für das, was geschehen war, nicht das richtige, um das zu erfassen, was sie fühlte. In ihrem Kopf formte sich die Vorstellung eines Lebens, das anders hätte verlaufen können, aber sie konnte es nicht ganz fassen, und das tat weh. Tränen stiegen in ihrer Kehle auf. Sie drängte sie zurück, und der Hals schnürte sich ihr zu. Sie schnappte nach Luft, ein seltsamer Laut entrang sich ihrer Kehle.

»Richard ...«

»Betty.«

Richard war plötzlich da, nahe bei ihr. Er berührte ihren Ellenbogen. Sie spürte seine große Hand mit den langen, kräftigen Fingern. Er bedrängte sie nicht, tat es ganz zart. Sie war froh darum. Was sollte sie jetzt tun? Was sollte sie mit dieser Lüge in ihrem Leben tun? Verzweiflung breitete sich in ihr aus, wie eine endlose Spirale, in der sie sich zu verlieren drohte. Es war, als zöge sie etwas mit aller Kraft herunter.

»Lass uns dort hinaufgehen«, hörte sie Richard leise sagen. Er deutete auf die Holzstiege, die im hinteren Teil des Büros auf das Dach hinaufführte. Hier, so hatte Arnold gesagt, als er ihr das fertiggestellte Haus gezeigt hatte, würde man sich im Sommer entspannen können. Zuerst wollte Bettina davor zurückschrecken, dann nickte sie. Sie richtete sich auf, straffte die Schultern. Zum ersten Mal fühlte sie ihren Körper wieder, spürte das Korsett, die Spannung in Armen und Beinen. Sie hob den Kopf.

»Gut.«

Richard musterte ihr langes Kleid, insbesondere den eng geschnittenen, modischen Rock.

»Denkst du, du schaffst es damit?«, fragte er zweifelnd.

Bettina nickte. Sie kletterte die Leiter zuerst hinauf, gestützt von Richards festen Händen. Er berührte ihre Arme, manchmal ihre Hüfte, einmal glaubte sie seinen Griff am Po zu spüren, aber sie schämte sich nicht. Sie hatte genug gegrübelt. Heute würde sie sich nicht mehr schämen. Sie hatte keinen Grund dazu.

Als sie oben angekommen waren, öffnete sie den Mund und holte tief Luft. Dann legte sie den Kopf in den Nacken und schaute hinauf in den dunkelblau-goldenen, funkelnden Herbsthimmel. Solch ein schöner Tag, dachte sie, immer noch solch ein schöner Tag. Sie musste zugeben, dass es sie ein wenig mit Verwunderung erfüllte. Sie hörte, wie Richard hinter ihr aus der Dachluke stieg. Als sie ihn anblickte, schaute er gerade in Richtung Straße. Um sie herum breiteten sich, manche höher, manche niedriger, die dunklen Silhouetten der Häuser aus. Von weiter unten vernahm man das Gebrumm und Gesurr der Stimmen, ab und an punktiert von einem deutlich erscheinenden Wort, das man dann doch nicht verstand. Sie blickten einander an und rückten näher zusammen.

»Es ist ein herrlicher Anblick, nicht wahr?«, sagte Bettina. »Trotz allem. So etwas sieht man doch selten, nicht wahr?«

»Ja.« Richard machte eine kurze Pause. »Wir waren einmal zusammen auf dem Dom, erinnerst du dich?«

»Natürlich. Ich hatte Angst.«

»Ich habe dich im Arm gehalten.«

»Ja, das hast du.«

Sie wussten beide, dass sie jetzt nicht weitersprechen durften. Sie durften diese Erinnerungen nicht erforschen, wenn, wenn … Für die nächsten Minuten sagte keiner etwas.

»Ich möchte oft hier hinaufkommen«, sagte Bettina dann unvermittelt.

»Was denkst du, was damals geschehen ist?«, drang Richards Stimme in ihre Gedanken.

»Ich weiß es nicht.« Sie zuckte die Achseln. »Arnold hat mir diese Brosche überreicht, ich habe keinen Moment gezweifelt, dass sie von ihm ist.« Sie überlegte. Sie konnte sich erstaunlich gut erinnern, denn Arnold hatte ihr nur wenig später den Heiratsantrag gemacht, und Vater hatte ihr gut zugesprochen, diesen anzunehmen.

»Arnold Wessling ist ein verlässlicher Mann«, hatte er gesagt. »Das ist das Wichtigste. Was nutzt dir der fescheste Bursche, wenn du dich nicht auf ihn verlassen kannst, wenn er spielt und raucht und säuft. Schönheit ist vergänglich. Arnold ist die richtige Wahl.«

Er hat Richard nicht ein einziges Mal erwähnt, dachte Bettina, und doch wusste sie, dass er von ihm redet.

»Was ist?«, fragte sie Richard. »Du siehst immer noch so nachdenklich aus.«

»Ich würde wirklich gerne wissen, was damals geschehen ist«, sagte Bettina langsam. Richard schaute sie an. Sie sah, dass er mit sich kämpfte. Er wandte den Blick ab, als wollte er nicht, dass sie den Schmerz in seinem Ausdruck sah.

»Warum, was bringt es? Was können wir heute noch ändern?«

Seine Stimme klang zu ruhig. So kannte sie ihn nicht. Es tat weh, ihn so zu hören. Bettina schlang die Arme um ihren Körper. Wie lange das jetzt alles her war: das Geschenk – es hatte viele Geschenke gegeben, aber jenes war das ausschlaggebende gewesen –, Arnolds Antrag, das Gefühl von Wut und Unsicherheit, das sie dazu gebracht hatte, den Antrag letztendlich anzunehmen, ohne ihn ganz gründlich zu überdenken.

Plötzlich fiel ihr wieder ein, wie sie wenig später die Großmutter besucht hatte, die damals noch lebte, voller Unsicherheit über die Entscheidung. Sie erinnerte sich, wie sie vor ihr auf dem Teppich gekauert hatte, das Gesicht gegen ihre weichen speckigen Knie gedrückt und sich gewünscht hatte, sie wäre ein kleines Kind, dessen Entscheidungen man leichter wieder abändern konnte.

»Kind, Kindchen«, hatte Ruth Rosenthal gemurmelt und ihrer Enkelin über das Haar gestrichen. »So ist das eben. Kann man sich nicht aussuchen als Frau. Liebt man Mann, ist nicht verlässlich, heiratet man anderen.«

Bettina unterdrückte ein Lächeln in Erinnerung an den ostpreußischen Dialekt, den die Großmutter auch nach so vielen Jahren in Deutschland nie abgelegt hatte. Sie beide waren sich nahe gewesen, und jetzt, wo sie an diese Zeit zurückdachte, musste sie heftig schlucken.

»Hat Richard dich denn gefragt?«, hatte Ruth sich erkundigt.

Bettina erinnerte sich, in diesem Moment in Tränen ausgebrochen zu sein. Nein, er hatte sie nicht gefragt. Er hatte wahrscheinlich noch nicht einmal daran gedacht, aber ganz ohne Zweifel hatte er sie geliebt, und er liebte sie noch, und er würde alles für sie tun …

»Es war also eine Lüge«, flüsterte sie. »Ein Betrug … Er muss das Päckchen an sich gebracht haben und …«

Sie überlegte. Nein, in dem Päckchen war nichts gewesen, das sie hätte vermuten lassen, dass es nicht von Arnold stammte.

»Ich hatte eine kleine Karte beigelegt«, hörte sie Richard

sagen. Er stand jetzt hinter ihr, so nah, dass sie sich an ihn schmiegen konnte, wenn sie sich etwas zurücklehnte. »Er muss sie herausgenommen und ersetzt haben.«

Bettina nickte. Sie erinnerte sich jetzt wieder, wie Arnold da in der Halle gestanden hatte. Sie war erstaunt gewesen. Er hatte ihr gesagt, man habe ihn eben hereingelassen und er warte noch auf ihren Vater. Sie hatte das Päckchen in seiner Hand gesehen und war neugierig gewesen, das musste sie zugeben. Es hatte so zart und klein ausgesehen in Arnolds festen, großen Händen.

»Er hat dein Päckchen für seines ausgegeben.«

»Ja.«

Sie hörte an dem Zittern in Richards Stimme, wie sehr er sich beherrschte. Kurz zögerte sie, dann drehte sie sich zu ihm um. Sie fasste nach seinen Händen und hielt sie mit ihren fest. Natürlich waren ihre Hände zu klein, um die seinen zu umfassen. Sie sah, wie er auf die ineinander verschlungenen Finger blickte. Sie sah das schmerzliche Lächeln um seine geschwungenen Lippen. Sie dachte daran, wie sie Arnold in den Salon gebeten hatte, wie sie ihre Neugier kaum hatte bändigen können. Es kam alles zurück, als wäre es erst gestern geschehen. Sie war ein junges Mädchen gewesen, das in diesem Moment noch nicht gewusst hatte, welche Entscheidungen sie erwarteten. Das Dienstmädchen brachte Tee und Rogaliki, Hefehörnchen mit Geleefüllung, die Bettina an diesem Morgen selbst gebacken hatte. Arnold hatte tatsächlich drei davon gegessen und lobte sie überschwänglich für den Geschmack. Er war so unsicher, oder zumindest tat er so. Er trug seinen besten Anzug. Erst im letzten Jahr hatte sie ihn weggegeben, denn Arnold hatte zugenommen und passte längst nicht mehr hinein. Irgendwann hatte er sich ein

Herz gefasst. Es rührte sie, denn in diesem Moment sah er noch ängstlicher aus.

»Ich kann nicht anders, Fräulein Kuhn«, begann er, »aber ... Sie wissen wahrscheinlich längst, dass ich ihretwegen hier bin.«

»Meinetwegen?«, echote Bettina. »Ja, nein ... Eigentlich weiß ich es nicht, Herr Wessling, was führt Sie denn zu mir?«

»Ich darf frei sprechen?«

Sie nickte.

»Mein Herzenswunsch, Fräulein Kuhn, und die Erlaubnis Ihres Vaters, frei mit Ihnen sprechen zu dürfen. Ich ... Ach, es ist mir plötzlich so eng hier drinnen. Geht es Ihnen vielleicht auch so?«

Sie hob unsicher die Achseln. »Sie gehen doch um diese Uhrzeit oft im Garten spazieren?«, sprach er weiter.

Woher wusste er das? Beobachtete er sie etwa? Er hatte einmal gefragt, ob er sie begleiten dürfe, und sie hatte zugestimmt.

Und dann gingen sie nach draußen. Ihr kam in den Sinn, dass er so viel steifer wirkte als sein Bruder, was an der Krankheit lag, der er als Kind fast erlegen war und die dazu geführt hatte, dass sein linkes Bein nicht so belastbar war wie das rechte. Es berührte ihr Herz, wie aufmerksam er war. Sie hatte sich auch gut mit ihm unterhalten, und sie hatte plötzlich an die vielen Male denken müssen, an denen Richard sie versetzt hatte. Und dann hatte sie diese schrecklich falsche Entscheidung getroffen.

Bettina zupfte ein Taschentuch aus ihrem Retikül und tupfte sich die Augen. Jetzt war sie es, die sich abwenden und auf die Straße schauen wollte. Richard streichelte sanft ihre Wange.

»Was ist damals geschehen?«

»Er hat mir das Geschenk überreicht. Ich war plötzlich so wütend, weil du mich am Vortag wieder einmal versetzt hattest und weil Vater mir seit Monaten in den Ohren lag, ich würde als alte Jungfer enden ... Ich war doch damals schon fast dreiundzwanzig Jahre, ich ...« Sie konnte plötzlich nicht weitersprechen. Sie konnte ihn nur ansehen. »Ich habe mich verhalten wie ein kleines Kind.«

Da war diese Enttäuschung in ihr gewesen, diese Enttäuschung darüber, dass Richard offenbar nicht bereit war, weitere Schritte einzuleiten. Sie hatte gedacht, dass er sie wahrscheinlich nie heiraten wollte und ... Und dann hatte Arnold um ihre Hand angehalten, und als der Vater sich an jenem Tag zu ihnen gesellt hatte, war er darüber hochzufrieden gewesen.

»Vielleicht waren wir damals einfach noch Kinder?« Richard lächelte und streichelte nochmals sanft ihre Wange. Sie drehte sich zu ihm hin, legte den Kopf zurück, sodass ihr Gesicht ihm zugewandt war.

»Können wir jetzt noch etwas daran ändern?« Sie schaute ihn hilflos an, dann begann sie zu zittern.

»Nein«, sagte er und nahm sie fest in den Arm.

»Nein?«, flüsterte sie.

»Nein, und das weißt du, oder? Du würdest es nicht aushalten. Du bist ein ehrlicher Mensch, du bist nicht wie ich, niemand, dem es gleich ist, was andere von ihm denken. Du bist nicht unzuverlässig, du bist wundervoll.«

»Ich liebe dich, Richard. Ich habe nie aufgehört, dich zu lieben. Ich habe Arnold nie ...«

Er legte ihr die Finger auf die Lippen.

»Sag das nicht, du machst dich unglücklich ...«

»Küss mich, vielleicht möchte ich ja lieber unglücklich sein.«

Er zögerte, sie drängte sich an ihn. Er sah die Entschlossenheit in ihren Augen. Sie war immer in allem so klar gewesen. Das bewunderte er an ihr.

»Lass uns nach unten gehen.«

Sie nickte nur. Er ging voran. Sie folgte ihm, verlor auf den letzten Stufen den Halt und stürzte in seine Arme. Es war ihm ein Leichtes, sie aufzufangen und an sich zu drücken.

»Ich werde dich doch nicht mehr loslassen«, flüsterte er ihr ins Ohr.

In dem Moment, in dem sie gemeinsam die Entscheidung getroffen hatten, gab es kein Halten mehr. Sie küssten einander in die Atemlosigkeit und flüsterten Liebkosungen. Er versuchte, ihr Kleid zu öffnen. Sie wandte ihm den Rücken zu, damit er ihr aus dem Korsett helfen konnte. Mit einem Arm hielt sie es fest. Er spürte, wie sich sein ganzer Körper vor Lust und Erwartung anspannte. Nein, es gab keine Gelegenheit mehr aufzuhören. Die Entscheidung war gefallen. Bettina ließ das Korsett los. Er umfasste ihren nackten Körper und trug sie zum Sofa hinüber. Etwas ging von ihr aus, dem er sich weder entziehen konnte noch wollte. Sie nahm seine Hand und zögerte. Mit der anderen Hand liebkoste er ihre Brüste. Sie fragten einander nicht mehr. Sie versuchten nicht, den anderen aufzuhalten. Es war ohnehin ganz unmöglich. Auf dem Sofa lag eine Decke, die Richard kurz entschlossen auf den Boden warf. Nur einen Atemzug später lag er darauf und zog Bettina in seine Arme.

Fünfzehn Uhr und dreißig Minuten ... Juliane sah den schwarz gekleideten Verkäuferinnen und den Kassenmädchen staunend und bewundernd hinterher und wusste sofort, dass sie hier auch einmal arbeiten wollte. Gemeinsam mit den anderen Kindern hatte die Achtjährige eine Weile zwischen den Teppichen Verstecken gespielt, überwacht von einer recht mürrischen Antonie, dann hatte sie sich abgesetzt, um selbst ein wenig umherzustreifen, ohne der Älteren dauernd gehorchen zu müssen, die sich aufführte wie ein Feldwebel.

Staunend lief sie umher, die Augen überall, die Ohren weit aufgesperrt. Die Erwachsenen achteten kaum auf das Mädchen, das sich geschickt zwischen ihnen hindurchschlängelte. Manchmal spürte man eine Berührung, ein Streifen, ein Zupfen, doch wenn sich jemand nach ihr umdrehte, war sie bereits weg. Juliane holte sich noch eine Limonade, das Leckerste, was sie bislang getrunken hatte, und auch noch ein weiteres Würstchen. Sie ahnte, dass ihr später der Bauch wehtun würde, doch das war es wert.

Dies war ein prächtiger Tag. Das Warenhaus war überwältigend. Noch nie zuvor hatte Juliane so etwas gesehen. Das Warenhaus Wessling war herrlicher als die Kirche, in die Großmama jeden Sonntag mit ihr ging, und doch erinnerte es das Mädchen an eben dieses Gebäude. Dieser Geruch, die Farben, die Lichter, das Dach mit seinen Verzierungen weit über ihr, wo sich immer wieder etwas Neues entdecken ließ, die Statuen, die den Raum schmückten, die Gemälde, der Brunnen. Noch niemals hatte sie einen Brunnen in einem Haus gesehen.

Da waren so unglaublich viele Eindrücke. Juliane konnte nur umherlaufen und alles in sich aufsaugen, und sie wusste, dass sie heute Abend auf dem harten Sofa in der kleinen Küche, wo sie schlief, an all das hier zurückdenken würde.

Wieder eilte eines der Kassenmädchen geschäftig an ihr vorbei, und Juliane dachte nicht zum ersten Mal daran, dass sie das auch tun würde, wenn die Zeit gekommen war. Sie würde nicht in die Fabrik gehen oder als Magd auf einen Hof. Sie würde Kassenmädchen bei Wesslings werden.

Juliane trank ihre Limonade aus und lief zurück ins Gebäude, drängte sich wieder zwischen Beinen hindurch und an bauschigen Röcken vorbei, war wieder zu schnell, als dass sie jemand rechtzeitig bemerken oder festhalten konnte, obwohl sie manchmal Stimmen hinter sich her schimpfen hörte. An einem Tisch mit Kästen voller Knöpfe blieb sie stehen. Sie staunte, wie viele Knöpfe in den erdenklichsten Farben und Formen es gab. Sie sahen aus wie Schätze.

Dann stand plötzlich Falk vor ihr, Jakobs und Emilias Vater. Erst starrte er sie abwesend an, als würde er sie gar nicht kennen. Dann beugte er sich zu ihr und streichelte ihr über den Kopf.

»Juliane, was machst du hier so allein? Wo sind die anderen?«

»Bei den Teppichen. Antonie passt auf sie auf, aber ich wollte mir lieber alles ansehen.«

»Ja, es ist prächtig, nicht wahr?« Er schaute sie noch einmal an. »Kann ich etwas für dich tun?«

»Nein, vielen Dank, Herr Wessling. Ich glaube, ich gehe jetzt doch zurück zu den anderen.«

»Ja, tu das.«

Es war ihm anzusehen, dass er zufrieden mit ihrer Entscheidung war.

»Auf Wiedersehen, Herr Wessling«, sagte Juliane und knickste.

Sechzehn Uhr nachmittags ... Richard hatte sich als Erster auf den Weg nach unten gemacht. Bettina war noch ein paar Minuten im Büro geblieben, um sich zu sammeln. Sie wusste, dass sie nicht sofort wieder zu den Gästen gehen konnte.

Man würde ihr ansehen, dass etwas geschehen war. Sie war eben so ein Mensch, dem man die tiefsten Gefühle im Gesicht ablesen konnte. Weil sie sich mit einem Mal schwach auf den Beinen fühlte, setzte sie sich an Arnolds Schreibtisch.

Letzte Woche hatte sie schon einmal dort gesessen. Kurz zuvor war er geliefert worden. Arnold hatte ihn nach seinen eigenen Wünschen anfertigen lassen mit Schnitzereien, die Motive aus der Nibelungensage zeigten: Siegfried, der den Drachen besiegte. Hagen, der Siegfried erschlug. Hagen und das Rheingold.

Bettina ließ die Finger über die erlesenen Schnitzereien spielen, während nun Fetzen von Erinnerungen durch ihren Kopf zogen wie dünne Wolkenstreifen. Es waren nur vage Bilder. Sie konnte sich nicht mehr genau an das erinnern, was die junge Bettina gefühlt hatte. Sie konnte ihre Entscheidungen nicht mehr genau nachvollziehen. Ein Ereignis war ihr allerdings im Kopf geblieben, ein Tag, an dem Richard wieder einmal eine Verabredung versäumt und ihr danach davon vorgeschwärmt hatte, wie er die Zeit bei gutem Wetter am Main sitzend vergessen hatte. Sie war sehr ärgerlich gewesen. Gesagt hatte sie nichts, und hätte er es denn verstanden?

Waren wir damals nicht reif genug füreinander? Bettina klapperte unwillkürlich mit den Zähnen. Warum habe ich mich durch solche Kleinigkeiten verletzen lassen? Richard hatte sie nicht verletzen wollen, dessen war sie sich heute gewiss.

Er hat mich geliebt. Er liebt mich immer noch. Ich liebe ihn immer noch.

Am Tag ihrer Hochzeit hatte sie sich gefühlt, als wäre sie in einem Albtraum gefangen, aus dem sie nicht aufwachen konnte. Sie bekam kaum etwas von den Glückwünschen mit, nahm erst wieder die Umgebung wahr, als Arnold sagte, sie habe ihn zum glücklichsten Menschen gemacht.

Da zwang sie sich zu lächeln, und zugleich wusste sie nicht, wie sie den langen Strom von Gratulanten weiter ertragen konnte. Wenigstens hatte Arnold an ihrer Seite das Reden übernommen, der jungen Braut hatte man die Aufregung nachgesehen.

Sechzehn Uhr und dreißig Minuten ... »Da ist sie ja«, sagte Ludmilla mit unterdrückter Stimme. Falk drehte sich in die Richtung, die seine Frau ihm mit einer kaum merklichen Bewegung des Kinns gewiesen hatte. Bettina stand gerade im ersten Stock am Treppenabsatz und sah hinunter zum Erdgeschoss. Sogar auf die Entfernung kam sie ihm nachdenklich vor. Natürlich konnte er ihr Gesicht nicht erkennen, aber da war etwas in ihrer Haltung.

»Ich muss ihr sagen, dass Arnold sie sucht«, hörte er sich sagen. Er hatte das manchmal, dann fühlte er sich, als stehe er neben sich und wisse nicht, was er tun solle. Unwillkürlich hielt er nach Richard Ausschau, doch der war spurlos verschwunden, seitdem Falk ihn vor gut einer Viertelstunde an eben jener Stelle dort oben gesehen hatte. Hatte das etwas zu bedeuten, machte er sich zu viele Gedanken? Er hatte sie nicht zusammen gesehen, aber sie waren gemeinsam dort oben gewesen, und es hatte Zeiten gegeben, auch wenn sie lange her waren, da hatten Richard und Bettina sich sehr nahegestanden.

Ludmilla drückte seinen Arm. »Beeil dich, sonst ist sie wieder weg.«

»Du hast recht«, murmelte Falk und blieb doch stehen.

Dann wandte er sich an Ludmilla. »Vielleicht könntest du das tun?«

»Warum ...?«

»Bitte, ich suche unterdessen nach Arnold. Er wird uns dankbar sein.«

Er sah, wie seine Frau kurz überlegte, dann zuckte Ludmilla die Achseln.

»Wie du willst.«

Sechzehn Uhr und dreißig Minuten ... Das Gefühl, dass ihr jemand Eisenringe um die Brust gelegt hatte, nahm zu. Bettina konnte nicht sagen, wie lange sie jetzt schon hier oben am Treppenabsatz stand, nach unten schaute und sich nicht dazu bringen konnte, noch einen Schritt zu tun. Sie musste jetzt nach unten gehen, nach Arnold Ausschau halten, sich freundlich lächelnd zu ihm gesellen. Sie musste, aber sie konnte nicht.

Wie soll ich ihm je wieder gegenübertreten nach dem, was ich erfahren habe? Wie soll ich ihm gegenübertreten nach dem, was ich getan habe? Vielleicht sah man ihr äußerlich nichts an – sie war wieder angekleidet, Richard hatte ihr geholfen, ihre Frisur zu richten –, aber sie spürte seine Liebe noch auf ihrer Haut und hatte das Gefühl, sich zu verraten, sobald sie sich in die Menge dort unten begab. Sie schwankte leicht und hielt sich an dem glatten, polierten Messinghandlauf fest. Vorübergehend machte ihr der Gedanke Angst, sie könnte die Besinnung verlieren und nach vorne stürzen, aber diese Vorstellung war gewiss absurd. Sie war noch nie in Ohnmacht gefallen. Dieser Gedanke rührte von der Unsicherheit her, die sie seit dem Gespräch mit Richard erfüllte. Sie hatte eine Vorstellung von ihrem Leben gehabt, doch das, was sie geglaubt hatte, war eine Lüge. Konnte sie so weitermachen wie bisher? Konnte sie Arnold einfach wieder gegenübertreten und nichts sagen? Musste sie ihr Leben nicht vollkommen ändern?

Aber was war mit Antonie? Wenn sie Arnold verließ, würde man ihr die Tochter nehmen.

Denke ich wirklich darüber nach, Arnold zu verlassen, ihn, dem ich doch ewige Treue geschworen habe, ganz ungeachtet dessen, was er getan hat?

Eine Bewegung in der Menge am Fuß der Treppe ließ sie aufmerksam werden, dann machte sie Ludmilla aus, die auf sie zukam. Zur Unsicherheit gesellte sich ein Gefühl des Unwohlseins. Ludmilla war die Letzte, mit der sie jetzt zu tun haben wollte. Ihre Schwägerin hatte ein sehr scharfes Auge ...

Hat sie mich beobachtet?, fuhr es Bettina durch den Kopf.

Ludmilla hatte die Treppe erreicht und kam jetzt rasch nach oben. Bettina kämpfte mit aller Kraft gegen den Wunsch an, sich umzudrehen und davonzulaufen. Aber sie war eine erwachsene Frau, und erwachsene Frauen liefen nicht einfach davon.

Warum sieht niemand, wie falsch sie ist?, schoss es ihr durch den Kopf, während sie sich um ein entspanntes Lächeln bemühte. Ludmilla nahm die letzte Stufe.

»Ludmilla, wie schön, dich wiederzusehen. Wir haben uns vorhin wohl aus den Augen verloren. Es ist doch ein ziemlicher Trubel hier, nicht wahr? Es ist ganz herrlich, aber doch auch überwältigend ...«

»O ja.« Ludmilla musterte sie kurz. Sie schien nach irgendetwas zu suchen, fand es jedoch nicht. Bettina spürte, wie Erleichterung durch sie strömte wie ein angenehmer, warmer Fluss. »Wir müssen uns vorhin wohl aus den Augen verloren haben.«

»Aber ich sage ja, es ist nicht überraschend ...« Bettina lächelte. »Unglaublich, wie viele Menschen hier sind. Dabei sehe ich es und kann es doch einfach nicht fassen. Und Arnold hat sich solche Sorgen gemacht, dass niemand kommt und wir alleine hier sitzen.«

»Er sucht dich übrigens.«

Vier Worte wie Nadelstiche und wieder dieser prüfende Blick, aber Bettina wusste, dass sie sich keine Sorgen mehr machen musste. Ludmilla hatte nichts mehr als den Verdacht, dass etwas geschehen war. Sie hatte nichts gesehen. Sie wusste nichts. Bettina lächelte sie an.

»Danke, dann werde ich ihn einmal suchen.«

Sie wollte die Treppe hinunterlaufen, Ludmilla hielt sie am Arm fest.

»Nicht nötig, Falk holt ihn gerade.«

Wieder spürte Bettina den prüfenden Blick ihrer Schwägerin auf sich, doch sie war sich ganz sicher: Ludmilla war ahnungslos.

Sechzehn Uhr und fünfundvierzig Minuten ... Anstatt aus der Büroetage im dritten Stock nach unten zu gehen, hatte Richard eine langsame Runde durch den zweiten Stock gedreht, wo sich die Waren befanden, denen man bei aller Liebe keine Schönheit zubilligen konnte. Allerdings interessierte ihn nichts davon, und weniger als auf die Waren konzentrierte er sich darauf, die Menschen zu beobachten, die sich immer noch im Erdgeschoss und im ersten Stock tummelten. Der Weg in den zweiten Stock war heute noch mit einem Samtband abgesperrt, doch Bettina und er hatten sich nicht darum gekümmert. Sie gehörten ja zur Familie. Natürlich durften sie das Kaufhaus durchstreifen bis in die letzte Ecke hinein. Niemand würde sie aufhalten.

Und was war das überhaupt für eine Familie? Richard

runzelte die Stirn, während er nachdenklich in die Ferne starrte, auf Lichter, auf Dekorationen, auf bunte Plakate und Malereien an den Wänden. In den letzten gut zehn Jahren hatte er sich so oft gefragt, was Bettina letztendlich dazu gebracht hatte, ihm den Laufpass zu geben. Er hatte mit sich und seiner Unzuverlässigkeit gehadert, und er tat es immer noch, doch er wusste jetzt auch, dass Arnold nicht ehrlich gekämpft hatte.

Warum habe ich überhaupt geglaubt, er würde ehrlich kämpfen? Ausgerechnet Arnold, der das noch nie getan hatte …

Richard unterdrückte einen Seufzer. Für einen Moment hatte es sich da oben angefühlt, als könnten sie die Zeit noch einmal zurückdrehen, doch er wusste, dass er Bettinas Leben zerstören würde, wenn sie diesen Weg beschritten. Sie mochte ihn immer noch lieben, das hatte er in ihren Augen gesehen, aber sie fühlte sich Arnold verpflichtet, und sie würde alles hinter sich lassen müssen, wenn sie sich zu ihm bekannte: ihr Kind, die gesellschaftliche Stellung, vielleicht sogar die Heimat. Das konnte er nicht von ihr verlangen. Bettina war keine Frau, die sich außerhalb einer Gemeinschaft stellte. Es lag ihr viel daran, ihre Aufgaben zu erfüllen, Loyalität zu zeigen. Für einen kurzen Moment, aus einem Gefühl der Verletzung heraus, hatte sie dies alles fortwerfen wollen, doch sie war für ein solches Leben nicht gemacht.

Wenn ich hierbliebe, würde sie sich zwischen uns beiden aufreiben, bis nichts mehr von ihr übrig wäre. Bettina war eine zarte Frau. Nein, er konnte nicht zulassen, dass ihre Seele Schaden nahm. Die einzige Möglichkeit war, zu gehen.

Richard war so in Gedanken versunken, dass er erst jetzt bemerkte, dass er nicht mehr allein war. Er drehte sich um.

Falk stand vor ihm und beobachtete ihn. Das Band, das sie seit dem Krieg und auf immer verbinden würde, war sofort da. Richard sah es in den Augen des Jüngeren, in seiner steifen Haltung, dem beobachtenden Ausdruck. Richard wusste, ohne dass er hätte fragen müssen, woran der Bruder dachte, was in seinem Kopf vor sich ging, und für einen kurzen Moment hatte er Angst davor, dass Falk hier und jetzt davon zu sprechen beginnen könnte.

»Falk!« Richard bemühte sich, dass seine Stimme unverfänglich klang. Falk machte keine Anstalten, näher zu kommen, sondern starrte ihn weiterhin nur an.

»Ich habe Bettina gesucht«, sagte er dann.

»Sie ist nicht hier.«

»Das sehe ich.«

Sie schwiegen. Richard sah den Ausdruck der Vergangenheit in Falks Gesicht, ein Abbild davon, was sie getan hatten. Dann räusperte Falk sich.

»Ich hoffe nicht, dass du etwas getan hast, was du später bereuen würdest.«

»Nein«, entgegnete Richard und fügte dann etwas schärfer hinzu: »Aber das würde dich auch nichts angehen. Außerdem bereue ich nie etwas, das müsstest du wissen.«

Falk kam rasch einige Schritte näher.

»Du musst akzeptieren, dass sie Arnold den Vorzug gegeben hat. Ich dachte, du würdest darüber hinwegkommen. Es ist immerhin über zehn Jahre her.«

»Ich bin darüber hinweggekommen, Bruder. Ich komme über alles hinweg.« Er schwieg einen Moment und blickte Falk fest in die Augen. »Gehen wir hinunter, ja?«

Falk zögerte. Kurz sah es so aus, als wollte er noch etwas sagen, dann nickte er nur.

Viertes Kapitel

Siebzehn Uhr nachmittags ... Fritz Karl war auf den Beinen, seit das Kaufhaus die Tore geöffnet hatte. Ruhig durchstreifte er die Menge, kaum dass man ihn sah oder hörte. Vielleicht trug seine dunkle Kleidung dazu bei, vielleicht der Umstand, dass er schon immer Gefallen daran gefunden hatte, andere zu beobachten und Informationen zu sammeln, ohne selbst entdeckt zu werden. Die Jahre hatten ihn geübt gemacht. Als er sich bei Wesslings als Verkäufer beworben hatte, war das Gespräch irgendwann wie von selbst darauf gekommen.

»Ich werde jemanden brauchen, der die Augen für mich offen hält«, hatte Arnold Wessling gesagt. »In einem kleinen Geschäft könnte ich das wohl selbst übernehmen. Hier ist das unmöglich. Ich kann nicht überall sein, und ich denke doch, dass ich Ihnen trauen kann.«

Fritz Karl hatte genickt. Er hatte nicht gefragt, woher Arnold Wessling wusste, dass er sich für solche Dienste eignete. Er wusste es offenbar, und das Angebot war verlockender als alles, was er bis dahin getan hatte. Ob er sich als Verkäufer eignete, würde er so wohl nie erfahren.

Wieder einmal wurde er auf zwei Stimmen aufmerksam. Zwei Herren waren, ohne ihn zu bemerken, in der Nähe der Damenabteilung stehen geblieben. Hin und wieder warfen sie einen Blick hinüber auf die dort ausgestellten Kleider, doch es war deutlich zu merken, dass sie nicht wirklich interessierte, was sie sahen. Fritz Karl schob sich unmerklich näher, hielt inne und lauschte.

»Wollen wir Wessling etwa machen lassen, wie es ihm beliebt?«, sagte eben einer der beiden. »Dann, das sage ich euch, wird die Krake uns bald alle fressen.«

»Aber wir haben doch mehr zu bieten!«, begehrte der andere Mann auf, während seine Augen wieder unruhig zu einem der Tageskleider zuckten. »Keine dieser Verkäuferinnen hier, keines dieser kleinen Kassenmädchen wird einen Kunden je so gut beraten können, wie wir das tun. Sie haben einfach keine Ahnung von dem, was sie tun. Es sind junge Frauen. Welche Erfahrungen können junge Weiber wohl aufbieten?«

»Was nutzt uns das, wenn immer weniger Kunden den Weg zu uns finden?« Der Mann, der zuerst gesprochen hatte, schüttelte energisch den Kopf. »Schauen Sie sich doch bitte um, das ist doch ein Trubel wie auf dem Jahrmarkt hier. Und die, die hier sind, werden es ganz rasch jenen verraten, die zu Hause geblieben sind. Wer heute nicht hier ist, wird morgen kommen, und alle, alle werden sie darüber reden. Wer wird dann noch zu uns kommen, frage ich? Jetzt, nachdem unser lieber Herr Kuhn verstorben ist, gibt es doch ohnehin kein Halten mehr, das habe ich immer gesagt, und es zeigt sich bereits. Unseren Kunden ist ganz gleich, wo sie kaufen, nur billig, billig, billig muss es sein. Ich sage euch, diese Kaufhäuser werden uns allen den Hals brechen. Die Politik muss etwas dagegen tun, sonst werden wir ehrlichen Kaufleute untergehen.«

Siebzehn Uhr und fünfzehn Minuten ... War es der vorangeschrittene Tag, die Müdigkeit, die er sich in den letzten Tagen nicht zu fühlen erlaubt hatte, oder die Unsicherheit über das, was er wagte? Natürlich hatte Falk ihm sofort erzählt, wen er da im zweiten Stock hinter der Absperrung getroffen hatte. Es wunderte ihn nicht, dass Richard sich von dem Absperrband nicht hatte aufhalten lassen. Ein Teil von ihm bedauerte es, dass der Jüngere zur Einweihungsfeier zurückgekehrt war, der andere freute sich. Sie waren Brüder, Konkurrenten, seit er denken konnte, und jeder Sieg fühlte sich süßer an, wenn er von Richard bezeugt wurde. Richard mit seinem guten Aussehen, dem alles immer zugeflogen war, der sich um nichts bemühte, an nichts störte, der immer ein Lachen auf den Lippen trug: Richard, den er für sein ganzes Wesen zugleich bewunderte und verabscheute. Richard, dessen Anwesenheit viele Erinnerungen zurückbrachte, manche gut, manche schlecht, und dann hatte er heute Morgen diese Brosche an Bettinas Kleid gesehen ...

Ich hätte es nicht tun sollen, hatte er da gedacht. Ich hätte mich besser beherrschen müssen. Bettina darf niemals erfahren, was ich getan habe.

Nicht zum ersten Mal dachte er heute an den Tag zurück, als er sich Heidrun in den Weg gestellt hatte. Er erinnerte sich, wie das junge Dienstmädchen verunsichert stehen geblieben war, als er die Hand herrisch nach dem kleinen Päckchen ausgestreckt hatte. Was sie genau gesagt hatte, wusste er nicht mehr, wahrscheinlich, dass es Richards Päckchen sei und dass es ihr Auftrag war, es zu den Kuhns zu bringen ... Bestimmt war sie unsicher gewesen, ob Richard ihr einen solchen Auftrag überhaupt übertragen durfte. Sie war das einzige Dienstmädchen der Familie Wessling und hatte eigentlich anderes zu tun. Und da hatte er ihr versprochen, dass er das Geschenk persönlich überbringen würde, für seinen Bruder, und sie hatte wohl zugestimmt, weil sie anderes erledigen musste.

O ja, diese Dienstmädchen hatten immer schrecklich viel zu tun. Sie standen in aller Herrgottsfrühe auf und putzten, schürten das Feuer und bereiteten das Frühstück, dann wuschen sie ab und putzten wieder und schrubbten den Boden und … Er hatte gewusst, dass sie ihm sehr dankbar sein würde. Und so war es auch gewesen.

»Mach dir keine Sorgen, Heidrun«, hatte er gesagt. »Ich übernehme das für dich. Ich wollte Herrn Kuhn ohnehin besuchen. Du sollst doch keinen Ärger bekommen.«

Tatsächlich hatte er Siegfried Kuhn an diesem Tag einen Besuch abstatten wollen, in dessen Geschäft er damals schon einige Wochen arbeitete. Er war sehr freundlich zu Heidrun gewesen, und trotzdem hatte sie gezögert. Sie hatte ihm das Päckchen nicht gleich übergeben, und als sie es getan hatte, hatte er bemerkt, dass sie noch überlegte, es zurückzufordern, um die Aufgabe selbst zu erfüllen. Doch es war zu spät gewesen. Zum Schluss hatte er ihr noch einmal in Erinnerung gerufen: »Kein Wort zu meinem Bruder, oder ich sorge dafür, dass du entlassen wirst.«

Auf dem Weg zu den Kuhns war er sehr glücklich gewesen, glücklich darüber, dass er die Liaison seines nutzlosen Bruders mit der schönen Bettina Kuhn torpedierte. Für ihn war Bettina Kuhn stets die ideale Ehefrau gewesen, nicht nur ihrer Schönheit wegen, sondern auch, weil er in ihrem Vater einen Unterstützer seiner eigenen Pläne zu finden hoffte.

Wie bitter hatte er sich getäuscht! Denn nachdem er auf solch überraschend einfache Art an das nötige Geld gekommen war, hatte Siegfried Kuhn, inzwischen sein Schwiegervater, ihm die nötige Unterstützung einfach verweigert.

»Ich habe gehört«, sagte er zu Arnold, »dass sich die besten Geschäfte heutzutage in der Kaiserstraße ansiedeln, wozu soll ich dann mein Grundstück für deine unsinnigen, hochfliegenden Pläne hergeben?«

Danach versuchte Arnold jahrelang vergeblich, den Schwiegervater zu überzeugen, übte sich in Geduld, brachte immer neue Argumente vor – ohne Erfolg. Siegfried Kuhn hielt nicht nur nichts von Kaufhäusern, für ihn waren sie die Pest, die man sich als ehrlicher Kaufmann ganz sicher nicht selbst ins Haus holte.

Und doch war er heute am Ziel. Es hatte länger gedauert, aber er war am Ziel. Nun hielt er alle Trümpfe in der Hand. Nun konnte er das tun, von dem er schon so lange Jahre geträumt hatte.

Arnold sah Falk und Richard die Treppe herunterkommen und entschuldigte sich bei seinen derzeitigen Gesprächspartnern. Entschlossen lief er auf seine Brüder zu. Brüder, dachte er, nicht mehr und nicht weniger als das, bereit, einander zu bekämpfen und einander zu verehren, ein Wolfsrudel, als dessen Anführer er sich sah. Er würde nicht zulassen, dass ihm einer von beiden in die Quere kam. Er würde die Augen offen halten. Ob Richard und Bettina schon aufeinander getroffen waren?

»Wir haben noch gar nicht miteinander gesprochen«, sagte er, als Richard fast vor ihm stand. »Warum hast du nicht gesagt, dass du kommen würdest?«

Richard schaute kurz zu Falk und hielt dann wieder Arnolds Blick stand.

»Schickst du mir deshalb einen Aufpasser hinterher?«, entgegnete er mit einem gefährlichen Glitzern in den Augen. Er wirkte angespannt, nicht siegreich. Falk war zwei Schritte hinter Richard stehen geblieben und wartete ab.

»Sollte ich?«, fragte Arnold betont ruhig.

Richard zuckte die Achseln. »Das müsstest du wohl am besten wissen, oder?« Er sah sich wieder zu Falk um, dann wandte er den Blick erneut zu Arnold. »Ich bin übrigens hier, weil ich mich entschlossen habe, nach New York zu reisen. Wir werden uns wohl für längere Zeit nicht sehen. Ich weiß noch nicht, wie lange ich dortbleiben werde.«

»Lass dir Zeit.« Ein Lächeln umspielte Arnolds Lippen. Es erreichte seine Augen nicht.

Dreiundzwanzig Uhr und dreißig Minuten am Abend ... Es ging auf Mitternacht zu, als die letzten Gäste gingen. Bettina fühlte sich sehr erschöpft und zugleich wacher und angespannter als je zuvor in ihrem Leben. Sie hatte getanzt, gelacht, gegessen und gelitten. Sie hatte Dinge erfahren, die sie lieber nicht gewusst hätte, mit denen sie nicht umgehen konnte; Dinge, die sie am liebsten sofort vergessen hätte. Es war schrecklich. Seit ein paar Stunden fühlte sich ihr Leben falsch an, aber hatte sie den Mut, etwas daran zu ändern? Jetzt, da sie wieder allein war, spürte sie, dass dem wohl nicht so war. Sie konnte ihr Leben nicht aufgeben, auch wenn es sich falsch anfühlte, denn Antonie war ein Teil davon. *Ich darf sie nicht verlieren.*

Es klopfte. Arnold kam herein, überschäumend und überglücklich. Sie konnte ihm ansehen, dass dieser Abend ganz nach seinem Gusto gewesen war. Er redete und redete und redete, dann fiel ihm ihre Schweigsamkeit auf, und er griff nach ihren Händen.

»Du bist sehr ruhig, meine Liebe. Ich hoffe, das ist nicht meine Schuld?«

Ihr Herz wollte ihm die Wahrheit entgegenschreien, doch ihre Lippen taten etwas anderes. Sie fragte sich, ob er wirklich keine Ahnung hatte, doch er sah arglos aus, fröhlich und müde.

»Nein«, log sie und schüttelte den Kopf. »Es ist alles gut. Ich bin nur sehr müde. Es war ein langer Tag.«

»Ja, das stimmt.« Er bemühte sich, sie verständnisvoll anzusehen, und war doch mit seinen Gedanken bereits woanders. Wahrscheinlich schmiedete er neue Pläne. Dieser Tag hatte ihn deutlich beflügelt. Jetzt gab es kein Halten mehr, und natürlich erwartete er, dass sie an seiner Seite war, so wie sie es bei ihrer Hochzeit versprochen hatte.

»Ich müsste noch etwas erledigen«, sagte er nach einer Weile. Sie war nicht überrascht und fast ein wenig froh. Heute wollte sie lieber allein sein. Sie brauchte Zeit, um sich zu fassen.

»Keine Sorge, ich werde schon zu Bett gehen«, hörte sie sich sagen. »Ich bin ohnehin sehr müde, wie gesagt.«

Er wollte ihr einen Kuss auf den Mund geben, aber sie drehte den Kopf weg, sodass er ihre Wange traf. Sie konnte nicht anders, als ihn abwehren, doch er bemerkte es nicht. Die Tür fiel hinter ihm ins Schloss. Sie lauschte seinen entschlossenen Schritten. Dann klingelte sie nach dem Mädchen und bat es, ihr beim Auskleiden zu helfen. Offenbar bemerkte das sonst so beredsame Mädchen, dass es Bettina nicht danach war, zu sprechen, und schnürte wortlos das Korsett auf. Zum ersten Mal spürte Bettina Erleichterung, auch wenn ihr Herz weiter schwer war. Sie wollte jetzt so gern schlafen, einfach nur, damit dieses Gedankenkarussell aufhörte, aber sie wusste auch, dass sie heute nicht leicht zur Ruhe kommen würde. Sie brauchte noch ein wenig Zeit für sich selbst, also schickte sie das Mädchen kurz entschlossen hinaus, setzte sich vor den Spiegel und schminkte sich ab.

Dann fröstelte sie kurz und legte den Hausmantel enger um die Schultern. Sie betrachtete ihr müdes Gesicht im Spiegel, die Ringe unter den Augen, den traurigen Ausdruck um den Mund. Endlich stand sie auf und holte das Zigarrenkistchen hinter der Reihe Bücher in dem kleinen Regal in ihrem Zimmer hervor: ein paar Romane, ein paar Klassiker. Sie setzte sich auf ihr Bett und legte das Kistchen vor sich auf den Schoß. Als sie es öffnete, roch es immer noch leicht nach Tabak. Vor ihr lagen drei winzige Liebesbriefe, die Richard ihr geschrieben hatte, eine Murmel, ein getrocknetes Gänseblümchen. Sie hob das Kästchen hoch und versuchte seinen Geruch zu erahnen. Hinter ihren geschlossenen Augenlidern drangen Tränen hervor und liefen über ihre Wangen.

Die ersten Jahre

1880–1885

Fünftes Kapitel

Frankfurt am Main, September 1880

Sie waren alle spät ins Bett gekommen, und doch erwachte Bettina sehr früh am nächsten Morgen. Obwohl sie nicht ausgeschlafen war, fand sie keine Ruhe mehr. Schließlich setzte sie sich fröstelnd auf. Arnold war in der Nacht nicht ins gemeinsame Schlafzimmer gekommen. Nachdem die letzten Gäste das Warenhaus Wessling verlassen hatten, waren sie zuerst gemeinsam nach Hause gefahren, doch er war noch einmal ins Geschäft zurückgekehrt. Sie war nicht böse darum. Es war viel passiert am Vortag, Dinge, die ihre Welt ins Wanken gebracht hatten, und sie wusste immer noch nicht, wie damit umzugehen war. Vielleicht hatte er im Büro übernachtet – er hatte sich dort ein Sofa für solche Fälle aufstellen lassen –, oder er saß bereits am Frühstückstisch und sann über die nächsten Schritte nach. In den letzten Tagen schien er kaum mehr Schlaf zu brauchen. Seit über zehn Jahren, so kam es Bettina vor, beschäftigte Arnold nichts anderes mehr als der Traum vom Warenhaus Wessling. Sie war noch eine sehr junge Frau gewesen, rückblickend kam sie sich fast noch wie ein Mädchen vor, als er damit begonnen hatte, und heute ging sie bereits auf die vierzig zu.

Konnte das möglich sein? Bettina überlegte kurz, nahm dann den Morgenmantel vom Stuhl und schlüpfte hinein. Der Zopf, den sie gestern noch nachlässig geflochten hatte, mochte vorerst genügen. Es waren schließlich keine Gäste im Haus, und sie war niemals eitel gewesen.

Ludmilla, fuhr es ihr durch den Kopf, habe ich allerdings noch niemals im Nachthemd gesehen, noch nicht einmal auf Spiekeroog.

Kurz bevor sie den Raum verlassen wollte, fiel Bettinas Blick auf das Kästchen, das sie gestern Abend noch aus dem Schrank geholt hatte, das Kästchen, in dem sie ihre Briefe und Andenken aufbewahrte. Arnold wusste nichts von seiner Existenz. Sonst ließ sie es nie so offen stehen. Gestern Abend hatte sie es zum ersten Mal seit Monaten wieder in der Hand gehabt.

Richard ist nie ein guter Briefschreiber gewesen ...

Bettina zögerte, entschied dann, das Kästchen schnell noch an Ort und Stelle zu räumen, öffnete es aber schließlich doch noch einmal.

Der Brief vom 24. August 1870 lag zuoberst. Es war der letzte, den Richard ihr damals aus dem Krieg geschickt hatte. Gestern hatte sie angefangen, ihn zu lesen und die Blätter dann wieder zurückgelegt. Nun, nicht ganz, sie hatte diesen *auf* die anderen Briefe gelegt. Warum sie ihn gelesen hatte, konnte sie jetzt gar nicht mehr sagen. Vielleicht war es Zufall gewesen. Heute betrachtet, schienen jene Tage so weit zurückzuliegen. Damals war Antonie noch nicht geboren, Entscheidungen, die sie heute in neuem Licht sah, waren noch nicht lange getroffen worden ...

»Liebste Betty!«, fing der Brief an. Bettinas Lippen bewegten sich stumm beim Lesen. »*Da es mir wieder gestattet ist, Briefe zu schreiben, möchte ich endlich einige Worte an Dich richten. Ich könnte Dir jetzt wohl einiges über die Schlacht von Vernéville sagen, die ich vom Anfang bis zum Ende mitgemacht habe, aber ich will Dich nicht betrüben. Als es jedenfalls hieß, die Preußen seien jenseits der Mosel von den Franzosen bei Vionville mit Übermacht angegriffen & zurückgedrängt worden, gings im Eilmarsch vorwärts. Kaum hatten wir den Fluss überschritten, als uns schon eine Masse Verwundeter entgegenkam, die uns mit den Rufen: ›Ihr habt gefehlt‹ etc. etc. empfingen. Nachts biwakierten wir in der Nähe eines Schlosses, dessen Namen ich leider nicht erfahren konnte, und schliefen ein wenig auf dem nassen Boden. Es fühlte sich weniger abenteuerlich an, als wir uns das als Kinder vorgestellt haben. Die Berge sind hier so steil, wie ich sie noch nicht gesehen habe. Am 17.8. kam dann der König & wurde mit Hoch & Hurra empfangen ...«*

Ein Klopfen ließ Bettina zusammenzucken. Sie ließ den Brief sinken. Wer konnte das sein? Arnold klopfte doch nicht. Das Mädchen? Aber was sollte sie wollen, und ansonsten war doch niemand im Haus. Davon war sie jedenfalls ausgegangen. Offenbar hatte sie sich geirrt. Sie räusperte sich und versuchte, ihrer Stimme einen festen Klang zu geben: »Herein.«

Die Tür öffnete sich. »Bettina!«

»Richard!«

Geliebter, fuhr es Bettina durch den Kopf, während Richard durch die Tür trat und sie sehr behutsam hinter sich schloss.

»Bettina«, sagte er noch einmal sanft und kam dann rasch näher. Fragen rasten durch Bettinas Kopf, Fragen, die sie nicht stellen wollte, nicht stellen konnte, nicht stellen durfte ...

»Ich dachte, ich wusste ...«, stotterte sie. »Ich wusste nicht, dass du hier bist.«

»Hat er dir davon nichts gesagt?«

»Nein.« Bettina zuckte unsicher die Achseln. Natürlich nicht, fügte sie stumm hinzu. Er belügt mich. Er verschweigt mir Dinge. Er ist mein Mann, der, dem ich vertrauen muss ...

»Nun«, sie bemerkte, dass Richard versuchte, sie beruhigend anzulächeln. »Er hat mir gestern auch erst spät gesagt, ich könne hier wohnen, bis es weitergeht.«

»Er lässt dich hier wohnen?«

»Zwangsläufig. Es macht einfach einen schlechten Eindruck, es nicht zu tun. Arnold hat schon immer auf seinen Ruf geachtet, nicht wahr?« Richard schaute den Brief an, den sie immer noch in der Hand hielt. »Was liest du da?«

»Einen Brief, den du mir aus Frankreich geschickt hast.«

»Aus dem Krieg?« Richards Augen weiteten sich, als erinnerte er sich an etwas. »Ja, damals, wenn es krachte und die Welt um einen herum in Fetzen flog, wollte ich es manchmal kaum glauben, aber dann dachte ich an dich, und ich wusste, dass ich trotz allem zurückkehren musste. Du warst meine Hoffnung in jenen Tagen, ein wunderschönes Bild, das ich im tiefen Elend festhielt.« Er sah in die Ferne und schien seinen eigenen Worten nachzulauschen. »So rede ich eigentlich nicht«, fügte er dann hinzu. »Ich habe lange über diesen Satz nachgedacht, aber … aber das ist es, was ich damals gefühlt habe und was ich immer noch fühle.«

»Obwohl ich damals schon mit deinem Bruder verheiratet war und es noch bin.«

»Zu Unrecht.« In Richards Stimme war nicht der geringste Zweifel. »Du hättest ihn niemals geheiratet, wenn du gewusst hättest, was er getan hat.«

»Nein, wohl nicht …« Bettina schaute nachdenklich in die Ferne. »Als du mir diesen Brief geschickt hast, war ich bereits junge Mutter«, fuhr sie dann fort und lächelte wehmütig. »Du hast nicht viel geschrieben.«

»Stimmt.« Richard nickte, als müsste er seine Antwort bekräftigen. »Krieg ist auch nichts, von dem man gern schreibt, und mir hat die Fantasie gefehlt, von schönen Dingen zu erzählen.«

»Ich hätte es dennoch gelesen. Ich wollte immer wissen, was du machst und wie es dir geht.«

»Glaub mir, das hättest du nicht wissen wollen.« Eine längere Pause entstand. Richard hielt den Blick auf den Brief gerichtet. »Dort steht nichts von dem Schlachtfeld, auf dem die grauenhafteste Verwüstung herrscht. Da steht nichts von Leichen, die überall herumliegen, von toten Pferden und jämmerlich stöhnenden Verwundeten ... Da steht nichts von Gewehrkugeln, die wie ein heftiger Regenschauer auf einen niederprasseln. Ich sehe, du wirst blass.«

Er lachte, doch sein sonst kräftiges, mitreißendes Lachen klang jetzt klein. Sie war verwundert, dass ihn der Krieg offenbar immer noch in den Fängen hielt. Sie konnte sich nicht erinnern, ihn je so bedrückt erlebt zu haben. Waren Soldaten nicht alle Helden und die Verteidigung des Vaterlandes etwas Heroisches? Richard schien etwas anderes zu empfinden. Sie hätte ihn gern in den Arm genommen, aber sie wusste nicht, ob sie sich dann noch beherrschen konnte.

»Nein, sprich weiter«, forderte sie ihn trotz allem auf und versuchte zugleich, ihre zitternden Hände in ihrem Schoss zu verbergen. Dafür, dass Richard überlebt hatte, wollte sie Gott am liebsten noch heute auf Knien danken. Auch wenn er nie der Ihre sein konnte und sie nie die Seine. Das war ihr inzwischen klar geworden. Richard seufzte.

»Ich denke immer, es ist schon so lange her, aber ich erinnere mich daran, als wäre es gestern passiert. Ich habe nicht gedacht, dass ich so schwach bin ...«

»Du bist nicht schwach.«

»Ach.« Er machte eine wegwerfende Bewegung. »Wir

haben unsere Toten begraben, den gefallenen Kameraden Kränze aus Eichenlaub geflochten und ihnen mit zwei Stäben Buchenholz ein Kreuz gemacht ...« Er sah sie prüfend an, wartete offenbar auf eine Reaktion, auf Ablehnung, auf irgendetwas ... Bettina biss die Zähne aufeinander und tat nichts dergleichen. »Im Krieg zu sterben ist kein leichter Tod«, fuhr Richard schließlich fort, »was auch immer sie erzählen. Ich habe auch tote Franzosen gesehen, und weißt du was, Betty? Man konnte sie nur an der Uniform unterscheiden. Im Tod sind wir alle gleich. Es ist nichts Heldenhaftes am Krieg. Wir haben schlimme Dinge getan, Dinge, die uns für immer begleiten werden.« Sein Gesicht sah jetzt hart aus. Sie hatte ihn noch nie so ernst gesehen. Ein Ruck ging durch seinen Körper. »Lass uns jetzt von etwas anderem sprechen ... Warum hast du ihn geheiratet? Im Grunde habe ich das niemals wirklich verstanden.«

»Du solltest das nicht immer wieder fragen. Es ist, wie es ist. Wir können nichts mehr ändern.« Bettina wich seinem Blick aus. Richard räusperte sich.

»Ja, ich weiß, das geht mich nichts an.«

Sie hätte sagen müssen, dass das nicht stimmte, aber sie brachte es nicht über sich. Arnold hatte ein falsches Spiel getrieben, aber die Zeit ließ sich nicht zurückdrehen – oder doch? Aber Richard hatte ihr doch gestern deutlich gemacht, dass das unmöglich war. Und sie wusste es selbst auch. Es gab zu viel, was dagegen sprach. Zweifelte er jetzt?

»Was wirst du jetzt tun? Warum bist du hier?«

Er reichte ihr den Brief zurück.

»Ich bin hier, weil ich seit einiger Zeit darüber nachdenke, nach New York auszuwandern.« Bettina zuckte zusammen. »Denkst du nicht auch, dass das besser ist?« Er schaute sie forschend an. »Ich kann dich nicht jeden Tag sehen. Nicht nach dem, was gestern passiert ist.« Sie errötete. »Ich kann mich nicht solchermaßen beherrschen«, fuhr er fort. »Ich weiß, eines Tages würde ich meinem Bruder die Wahrheit entgegenschleudern und dann ...«

Sie schluckte. »New York, ich ... Nun, das kommt doch etwas plötzlich.«

»Soll ich bleiben? Was sollte ich hier noch tun? Kannst du mir das sagen? Mein Bruder wünscht mich nicht in seinem Leben, und wir ... Es gibt nichts mehr, was mich hier hält, wenn man mir nicht erlaubt, ehrlich zu sein.«

Bettina biss sich auf die Lippen. Sollte sie ihm sagen, dass sie tausendmal lieber ihn geheiratet hätte als Arnold und dass sie seine Unzuverlässigkeit letztlich davon abgebracht hatte? Sollte sie ihm sagen, dass sie geweint und ihn verflucht hatte? Nein, sie durfte nicht mehr davon sprechen. Sie war Arnold Wesslings Frau. Sie war Antonies Mutter. Das war ihr Schicksal. Sie musste es akzeptieren.

Vor kaum mehr als einer halben Stunde war Arnold Wessling nach Hause gekommen. Tatsächlich hatte er die Nacht im Warenhaus Wessling verbracht. Er hatte nicht schlecht auf dem Sofa geschlafen und war früh am Morgen, bevor das Kaufhaus seine Pforten öffnete, noch einmal durch sämtliche Stockwerke gelaufen. Beim Hinausgehen war er Fritz Karl begegnet, der am Vorabend als einer der Letzten gegangen war und jetzt schon wieder da war. Er war ein guter Mann, das, was man seine rechte Hand nannte. Mit seiner Hilfe würde er seinen Feinden stets einen Schritt voraus sein. Sie besprachen kurz das Wichtigste, dann machte sich Arnold auf den Nachhauseweg. Der Herbstmorgen fühlte sich frisch und klar an, und Arnold beschloss, zu Fuß zu gehen und nicht die Kutsche zu beanspruchen. Zu Hause ging er zuerst ins Büro, wo er Mantel und Schuhe auszog und die mitgebrachten Papiere auf dem Tisch ablegte.

Er klingelte nach dem Mädchen, um sich einen starken Kaffee bringen zu lassen. Mit der Tasse in der Hand trat er ans Fenster, und da sah er sie: Richard reisefertig, Bettina noch im Morgenmantel, die Haare im Zopf gebunden, so, wie sie sie nachts trug.

Was machten sie da? Mit einem unguten Gefühl fragte er sich, ob Bettina gestern wohl doch Zeit allein mit ihm verbracht hatte. Konnte er sich denn wirklich sicher sein, dass sein Geheimnis immer noch gewahrt war? Richard hatte doch gewiss die Brosche erkannt, und wenn er noch nichts gesagt hatte, würde er dann auf immer schweigen?

Arnold starrte nach draußen. Muss ich mir Vorwürfe machen, wenn Siegfried Kuhn die Zustimmung zu einer Hochzeit mit Richard doch ohnehin niemals gegeben hätte? Sollte er sich schämen, wenn er dem Schicksal doch nur ein wenig auf die Sprünge geholfen hatte? Bettina ist vernünftig, versuchte er sich zu beruhigen, sie ist meine Frau, und sie wird es bleiben, denn sie hat mir Treue geschworen. Sie ist die Mutter meiner Tochter, eine Mutter, die ihr abgöttisch geliebtes Kind niemals alleinlassen würde. Und ganz gleich, was passierte, sie würde ihn niemals betrügen.

Niemals.

Er betrachtete das Pärchen unten auf dem Weg zum Gartentor, sah ihre Körper nebeneinander, gefangen in einer Spannung aus Abstand und Nähe, die Blicke, die sie einander schenkten, und mit einem Mal fragte er sich, ob er wirklich gewonnen hatte.

Ein Blick nach oben zum Schlafzimmer, ein erahnter Schatten, eine Bewegung, und Richard zog Bettina weiter, mitten zwischen die Büsche des kleinen Gartens, aus dem Blickfeld ihres heimlichen Beobachters.

Arnold, er wusste, dass es Arnold war.

»Ein Kuss«, forderte er. »Komm, Betty, nur einer, er wird es nicht merken. Wie sollte er auch!«

Richard grinste frech, so wie er es als jüngerer Mann getan hatte, aber sie waren beide älter geworden, und es fühlte sich nicht mehr richtig an. Nicht nach dem, was sie gestern erfahren hatte. Nicht nach dem, was sie gestern getan hatten. Bettina warf einen Blick über die Schulter zurück. Sie konnte nichts sehen, aber sie fragte trotzdem: »Ist er dort oben?« Richard zuckte die Achseln, aber sie konnte die Antwort in seinen Augen lesen.

»Richard.« Bettina suchte nach Worten. »Wir werden uns nie wieder auf diese Art näherkommen«, sagte sie dann. »Es wäre nicht recht, ich habe meinem Mann Treue geschworen, daran muss ich mich halten. Du hast gestern selbst gesagt, du weißt, dass es mich auf Dauer zerstören würde ...«

Richard tat, als hätte er sie nicht gehört, beugte sich weiter vor, sodass sie seinen Atem auf den Lippen spürte.

»Komm, Schwägerin, ein Kuss nur, du bist keine Nonne, ich bin kein Mönch ... Außerdem dürfen sich auch Verwandte küssen. Es hat nichts zu bedeuten.«

Bettina rührte sich nicht. »Doch, das hat es. Es bedeutet alles, Richard. Mach es uns nicht so schwer.«

Richard wartete. Dann trat er einen Schritt zurück. Bettina fröstelte, als wäre es in diesem Moment einen Hauch kälter geworden. Natürlich bildete sie sich das ein, aber sie konnte nichts dagegen tun. Sie wollte nicht, dass er fortging, aber er konnte auch nicht hier in Frankfurt bleiben. Das war unmöglich.

»Ist dir kalt?«, erkundigte sich Richard besorgt.

Sie schüttelte den Kopf.

Er legte den Kopf in den Nacken und atmete die Morgenluft ein.

»Man riecht den Herbst schon, findest du nicht auch?«, sagte er dann. »Ein Jahr geht zu Ende und vielleicht ein wenig mehr als das. Komm, geh zurück, Betty. Du sollst dich nicht erkälten.«

Bettina wehrte ab. »Es ist nicht die Kälte, es ist ...«

Innerlich, wollte sie sagen, aber sie tat es nicht. Es kam ihr albern vor, und sie wollte sich nicht erklären. Sie wollte ihm den Abschied nicht schwer machen. Es genügte, wenn ihr das Herz schwer war.

»Ja?«

»Ich habe seit gestern viel nachgedacht, und ich weiß jetzt, dass sich die Zeit nicht mehr zurückdrehen lässt. Lass uns das bewahren, was wir hatten. Lass uns unsere Erinnerungen bewahren, und dann, wenn wir einander sehen, dann tauschen wir einen Blick und wir wissen, dass wir etwas sehr Kostbares hatten. Die meisten Menschen können so etwas nicht festhalten, aber viele haben so etwas noch nicht einmal erlebt ...«

»Du lässt andere über dein Leben bestimmen, Betty, das ist nicht recht. Konventionen sind ...«

»Ich weiß, Richard.« Sie lächelte wehmütig. Manchmal, dachte sie bei sich, wäre es gut, weniger pflichtbewusst zu sein. »Ich weiß, dass ich feige bin, aber so bin ich. Ich kann das nicht tun, ich kann mich nicht vor den Augen der Welt zu dir bekennen.«

»Denkst du, du wirst meine Küsse eines Tages vermissen?«, fragte er in einem leicht herausfordernden Tonfall. »Hast du sie schon vermisst?«

»Nein«, log sie. »Und sei nicht so überheblich. Ich bin Arnolds Frau, ich werde an seiner Seite bleiben.«

Er seufzte.

»Dann ist es wohl jetzt so weit.«

»Ja«, pflichtete Bettina ihm bei. Sie hakte sich bei ihm ein, wie das Schwager und Schwägerinnen tun würden. Sie waren sich nicht zu nah und doch auch nicht ganz fern.

»Ich fahre schon heute Richtung Bremen«, sagte er, und sie fragte sich unvermittelt, ob er die Entscheidung in diesem Moment getroffen hatte. »Mein Schiff geht in einer Woche von Bremerhaven aus«, fuhr er dann fort.

»Dann hast du ja genügend Zeit«, hörte sie sich sagen, während ihr das Herz bis in den Hals klopfte: Bleib hier, sagte es in seinem ganz eigenen Rhythmus, geh nicht, lass mich nicht allein.

Ein Gedanke schoss ihr durch den Kopf: Ob er sich gegen die Reise entschieden hätte, hätte sie ihm andere Antworten gegeben?

»Ja.« Er zog seinen Arm aus ihrer Umklammerung und musterte sie nachdenklich. »Es wäre schlecht, wenn ich das Schiff verpasse. Schließlich habe ich eine Fahrkarte, nicht wahr? Man sollte einmal getroffene Entscheidungen nicht überdenken, denn sie sind in Stein gemeißelt.«

Sie schluckte. In diesem Moment wollte er sie verletzen, doch sie entschied sich, nicht darauf einzugehen, und seinem Gesichtsausdruck nach schien ihn das zu erleichtern.

»Schreibst du mir?«, fragte sie.

»Ich bin kein guter Schreiber«, wehrte er ab. »Das weißt

du doch. Du hast es mir selbst gesagt.« Sein Grinsen geriet ein wenig schiefer und unsicherer, als sie es von ihm gewohnt war.

»Nein.« Auch ihr fiel das Lächeln schwer. »Da hast du wohl recht. Ich werde trotzdem warten.«

Sie lachten beide leise.

»Ich weiß, ich sollte nicht wieder damit anfangen, aber ich würde dich doch gern zum Abschied küssen.«

»Ich halte das für keine gute Idee«, log sie. »Ich muss jetzt auch zu Antonie, bestimmt ist sie längst aufgewacht. Eigentlich wecke ich sie immer.«

»Pass auf dich auf.«

Seine Stimme klang ernst.

»Aber ich bleibe ja hier, mir wird es gut gehen«, erwiderte Bettina.

»Achte trotzdem auf dich.«

Stumm musterten sie einander. Bettina konnte später nicht sagen, ob sie unwissentlich den Mund geöffnet hatte, aber Richard war plötzlich nahe bei ihr, und als er sich zum Küssen zu ihr hinabbeugte, da standen ihre Lippen offen. Als sie die Augen kurz öffnete, sah sie wieder das Blätterdach des Torbogens über sich. Sie hatte gar nicht gemerkt, wie geschickt Richard sie dorthin geleitet hatte, aber sie war ihm nicht böse. Er hielt sie in den Armen, und es fühlte sich richtig an. Bald würde er Tausende Meilen von ihr entfernt sein, bald hatte sie nur die Erinnerung. Bettina vergrub die Hände in Richards festem Haarschopf und zog seinen Kopf gegen den Ansatz ihrer Brüste. Er gab ein leises Geräusch von sich.

Dies ist das letzte Mal, morgen ist er fort, und ich werde mir keine Vorwürfe machen.

Auf dem Weg ins Esszimmer, wo das Frühstück auf sie wartete, warf Bettina einen Blick in das Zimmer ihrer Tochter Antonie, die wider Erwarten noch tief in die Kissen vergraben schlief. Natürlich war es auch für Antonie gestern außergewöhnlich spät geworden. Zudem hatte sie ihre Cousins und Cousinen und deren Freunde hüten müssen. Arnold hatte ihr diese Aufgabe übertragen, was Antonie gewiss auch mit Stolz erfüllt hatte.

Bettina spürte, wie sich ein Lächeln auf ihre Lippen stahl, ganz unwillkürlich bei dem Gedanken, wie sehr sie ihre Tochter liebte. Von ihrem Platz an der Tür konnte sie nur Antonies Haarschopf sehen und einen zarten Fuß, der sich unter der Daunendecke hervorstahl. Für einen Moment erinnerte sie sich daran, vor Kurzem noch just unter diesem Fenster dort an einem kleinen Kindertisch gesessen zu haben, während ihr eine jüngere Antonie im Spiel Tee ausschenkte.

Damals hatte sie es kaum erwarten können, dass Antonie älter wurde, hatte sich vorgestellt, wie sie und ihre Tochter vertraute Stunden miteinander teilten. Sie selbst erinnerte sich noch jetzt gern an die Nachmittage, die sie mit ihrer eigenen Mutter verbracht hatte. In solchen Momenten vermisste sie sie besonders. Rebecca Kuhn war viel zu früh verstorben.

Leise schloss Bettina die Tür wieder. Aber vielleicht wird meine Tochter gar nicht die Richtige dafür sein, zweifelte eine leise Stimme in ihr, vielleicht darf ich sie auch gar nicht mit meinen Ängsten und Sorgen belasten – denn natürlich teilte man nicht nur Freuden miteinander …

Richard war so in Gedanken versunken gewesen, dass er die Schritte hinter sich erst spät bemerkte, dann aber, ohne sich umzudrehen, an ihrem ungewöhnlichen Rhythmus erkannte, wer ihn da verfolgte.

»Richard!«

»Warum folgst du mir?« Richard musterte seinen älteren Bruder.

»Ich habe euch gesehen«, erwiderte Arnold knapp.

Richard zuckte die Achseln. Arnold wartete ab.

»Wie lange beabsichtigst du, bei uns zu bleiben?«

Richard spielte kurz mit dem Gedanken, den Älteren noch ein wenig auf die Folter zu spannen, entschied sich aber dagegen. Auch er war erwachsen geworden. Sie waren Männer, sie waren keine Jungen mehr, und sie konnten sich auch nicht mehr prügeln, wie sie das früher manchmal getan hatten. Er konnte nicht mehr in dieses Gesicht vor sich schlagen, er würde mit dieser Wut in sich leben müssen und damit, dass Arnold gewonnen hatte. Er konnte ihn nicht verraten, denn damit würde er Bettina verraten.

»Ich reise heute ab«, hörte er sich sagen. Arnold schien überrascht. Richard fiel jetzt auf, wie ängstlich er dreingeblickt hatte. Eigentlich hatte er Arnold nie so unsicher erlebt, zugleich begann sich etwas wie Erleichterung auf seine angespannten Züge zu stehlen. »Mein Schiff fährt in einer Woche von Bremerhaven aus, und ...«

»Ich wusste ja nicht, dass deine Pläne schon so weit gediehen sind, als wir gestern ...«, unterbrach Arnold ihn. Richard grinste schief und mit mehr Überlegenheit, als er wirklich fühlte. Eigentlich war ihm, als würde er genau jetzt Bettina noch einmal und endgültig verlieren.

»Ach, Bruder«, sagte er. »Ich werde dir nicht zur Last fallen oder mich in dein Leben drängen. Du bist ein Betrüger, aber Bettina hat mir unmissverständlich klargemacht, dass sie dir treu sein will.«

Richard fühlte etwas wie Genugtuung in sich, als er Arnold

schlucken sah. Es fühlte sich gut an, den Älteren wissen zu lassen, dass er alles wusste.

»Siegfried Kuhn hätte dir seine Tochter ohnehin nie zur Frau gegeben«, gab der jetzt mit brüchiger Stimme zurück. Richard lachte auf.

»Vielleicht nicht. Aber weißt du, ob sie dich genommen hätte? Vielleicht wäre sie lieber als alte Jungfer gestorben.« Richard sah, dass sein Bruder die Fäuste ballte, um ihm nicht an die Gurgel zu gehen, und dann konnte er sich nicht mehr halten: »Vergiss nie, was du Falk und mir verdankst. Ein Wort von mir, und ich zerstöre alles, was du dir aufgebaut hast.«

»Das würdest du nie tun.«

»Nein, momentan nicht, aber das absolut Einzige, was mich davon abhält, ist Bettys Glück. Merk dir das. Ihr würde ich nie ein Leid zufügen, aber vergiss dabei auch nie, dass sie dein einziger Schutz ist, Arnold.«

Sechstes Kapitel

Bei Thionville, 1875

Minette sah Mathildes angespanntes, entschlossenes Gesicht und wusste, dass es wieder einmal so weit war.

»Du freches Biest«, schrie Agnès Pounay und ballte die Faust, während Mathilde schon schützend die Hände über den Kopf hob und die Lippen in Erwartung der Schläge aufeinanderpresste. Minette wusste, dass ihre Freundin der Bäuerin nicht die Genugtuung geben wollte zu schreien. Sie selbst stand stocksteif da, während Mathilde die Bestrafung über sich ergehen ließ. Warum konnte sie nicht einfach den Mund halten? Warum nicht? Warum musste Mathilde Widerworte geben? Ihre Prellungen waren doch kaum verheilt. Auf ihrer rechten Wange gab es immer noch Abschürfungen. Warum duckte sie sich nicht einmal und schluckte die Worte hinunter, die ihr im Mund brannten? Minette hatte in den fünf Jahren auf dem Bauernhof der Pounays gelernt, dass es manchmal besser war, sich einfach zu ducken. Agnès Pounay war keine schlechte Frau, doch manchmal hatte sie einfach üble Laune, und dann hob sie die Fäuste und schlug zu.

Sie sah, wie Mathildes Lippen ganz weiß wurden, so fest presste sie sie aufeinander. Agnès Pounay schlug heute besonders fest zu, was bedeutete, dass sie Mathilde schreien hören wollte, und sie würde so lange schlagen, bis das Mädchen es nicht mehr aushielt.

»Bitte«, flüsterte Minette, »bitte, Mathilde, sie schlägt dich noch tot.«

Minette hatte schon einige Monate bei den Pounays gewohnt, als man Mathilde gebracht hatte. Es hieß, das Mädchen habe einige Zeit ganz allein gelebt. Sie wusste zu kämpfen und war vorsichtig wie eine Straßenkatze. Zuerst hatte Minette sie für einen Jungen gehalten, denn man hatte ihr das Haar stoppelkurz geschoren – der Läuse wegen. Sie trug einen grauen, verwaschenen, viel zu kurzen Kittel und grobe Socken in zu großen Holzpantinen. Ihre Beine waren nackt. Sie kam, wie Minette, aus dem Waisenhaus zu den Pounays. Minette hatte Waisenkinder kommen und gehen sehen, aber niemand war so gewesen wie Mathilde.

Agnès Pounay ließ endlich die Fäuste sinken und rieb sich die Handgelenke. Mathilde ging mit steifen Schritten davon, eilends gefolgt von Minette. Am Brunnen draußen wusch sich Mathilde immer noch stumm das Gesicht. Dann schaute sie Minette an. Tränen liefen über ihr Gesicht. Minette zögerte nicht und nahm die Freundin fest in die Arme.

Sie beide waren froh, dass sie einander hatten.

Die Arbeit bei den Pounays war hart, die Fäuste flogen schnell, aber es gab doch ausreichend zu essen. Anfangs hatte Minette manchmal von ihrem alten Leben erzählt, doch man hatte sie eine Lügnerin geschimpft, und irgendwann hatte sie geschwiegen. Je länger ihr altes Leben zurücklag, desto häufiger kam es ihr selbst so vor, als habe sie sich vielleicht alles nur eingebildet.

Also bemühte sie sich, den Ansprüchen der Pounays gerecht zu werden, die doch jetzt so etwas wie ihre Eltern waren, die ihr zu essen gaben und ein Bett, die ihr manchmal zuhörten. Agnès Pounay war keine herzliche Frau, aber Minette wollte ihr doch gefallen. Das Leben war einfacher, wenn man sich anpasste.

Mathilde dagegen, so forsch sie auch auftrat, tat sich schwer. Sie hatte nach dem Tod ihrer Eltern noch ein paar Jahre bei einer älteren Tante gewohnt, aber als diese gestorben war, hatte auch sie mutterseelenallein dagestanden. Eine Nachbarin hatte sie schließlich ins Waisenhaus gebracht, nachdem Mathilde bereits einige Zeit allein für sich im Haus ihrer Tante gesorgt hatte.

»Ich hätte es geschafft«, sagte sie stur. »Ich kann ganz gut für mich sorgen.«

Minette bewunderte sie für ihre Energie. Sie, da war sie sich sicher, hätte sich so etwas nicht zugetraut. Aber jetzt hatten sie ja einander.

Siebtes Kapitel

New York, Oktober 1880

Richard lief zur Reling, als er hörte, dass sich der Hafen von New York unaufhaltsam nähere. Seit Beginn seiner Reise hatte er dem Tag entgegengefiebert, da er endlich wieder Land sehen würde. Alle an Bord wussten, dass ihr Ziel dann zum Greifen nahe war, dass sie es dann fast geschafft hatten und wohl nicht mehr auf dem Meer elendiglich zugrunde gehen würden, wie das manche gefürchtet hatten. Albern, schließlich lebte man nicht mehr im Zeitalter der Segelschiffe ... Trotzdem hatte auch Richard seit Tagen an kaum etwas anderes gedacht, hatte sich Gedanken darum gemacht, wie der Anblick der Stadt wohl vom Meer aus wirken und was er dabei empfinden würde. In der Ferne zeichnete sich undeutlich Ellis Island ab, die Manhattan vorgelagerte kleine Insel. Bald hatten sie den Hafen von New York erreicht.

Würde es wirklich so beeindruckend sein, wie man allenthalben hörte? Natürlich hatte er Beschreibungen gelesen, aber gewiss konnten die das eigene Erleben nicht ersetzen. Er hatte jedenfalls fest vor, jeden seiner Eindrücke im ersten Brief an Bettina zu beschreiben.

Ja, er hatte gezögert, als es darum ging, sich endgültig von ihr zu verabschieden. Für einen Moment hatte er sogar überlegt, ob er doch bleiben sollte, aber nein: Er konnte Betty nicht tagtäglich an Arnolds Seite sehen. Er wollte sich nicht jeden Tag vorstellen müssen, wie sie in Arnolds Armen lag und wie sie ihm selbst ferner und ferner wurde.

Nicht zum ersten Mal dachte Richard an diesen letzten heimlichen Kuss und die Unsicherheit in ihren Augen. Er starrte in die Richtung, in der er das Land vermutete, sah ein paar Vögeln hinterher. Dies hier war jetzt sein neues Leben. Er musste das Beste daraus machen. Er würde Erfolg haben, er würde wieder glücklich werden.

Der heftiger werdende Wind riss fest an seinen Haaren und schlug ihm den Kragen des Mantels gegen den Mund, dass es schmerzte. Plötzlich hörte er jemanden rufen. Andere schoben sich an ihm vorbei, bald drängten immer mehr Menschen an Deck. Er war nicht mehr allein: Stimmen mischten sich, die verschiedensten Reisenden drängten sich um ihn, Alte und Junge, Arme und Reiche. Einige erkannte er. Mit ein paar von ihnen hatte er auf der Reise ein paar Worte gewechselt. Da war der Musiker, der seiner Braut hinterherreiste, die Frau, die als Kindermädchen arbeiten würde, ein paar junge Burschen, die sich ein paar Dollar auf Baustellen verdienen wollten, so lange, bis auch sie das große Glück fanden.

Träumen wir denn alle vom Glück?

Richard verschränkte die Arme vor der Brust, um nicht noch mehr Raum abzugeben. Er hörte Murren, dann starrten alle wieder in Richtung Land. Es war etwas nebelig, aber die Konturen wurden rasch deutlicher.

Und da war endlich New York. Richard spürte die Bewegung, die durch die Menge ging, das gemeinschaftliche Raunen. Eine Frau neben ihm hielt die Arme um den Körper geschlungen und versuchte, sich vom Zittern abzuhalten. Ein Mann beugte sich so weit vor, dass man befürchten musste, er könnte über die Reling stürzen.

Was erhofften sich diese Menschen, und würden sie es bekommen? Was erhoffe ich mir? Er wollte das Geld, das er besaß, klug einsetzen. Vielleicht konnte er sich in ein Handelshaus einkaufen, vielleicht würde er in Anteile an einem Bergwerk oder der Eisenbahn investieren. Natürlich hatte er sich noch keine abschließenden Gedanken gemacht.

Er war Richard Wessling, jemand, der die Dinge lieber auf sich zukommen ließ, als sie im Detail zu planen. Das hatte er nie getan. Er brauchte nur ein wenig Glück. Das Schiff lief in den Hafen ein, die Taue flogen wie riesige Schlangen durch die Luft, Anweisungen wurden gebrüllt, einige Passagiere wirkten unruhig, einige starrten gedankenverloren zum Land hinüber. Auch in der Gruppe erschienen manche, als seien sie ganz allein.

Achtes Kapitel

Frankfurt am Main, Sommer 1881

Eineinhalb Jahre war es auf den Tag her, dass sie Siegfried Kuhn auf dem Hauptfriedhof zur Ruhe gebettet hatten. Eineinhalb Jahre, in denen sich unglaublich viel geändert hatte, in denen zuerst das Warenhaus Wessling mit jedem Tag höher in den Himmel gewachsen war, in denen Arnold mit ihr über die Innenausstattung hatte reden wollen, bis Bettina der Kopf schwirrte; ungezählte Monate waren vergangen, in denen sie fast tagtäglich ihre Meinung zu Schriftzügen und Werbeannoncen hatte abgeben müssen.

Dann die Einweihungsfeier, die man als vollen Erfolg bezeichnen musste. Die wichtigsten Persönlichkeiten waren gekommen, die ersten Neugierigen hatten sich im Erdgeschoss vom Warenhaus Wessling gedrängt, das erste Geld klingelte in den Kassen.

In den folgenden Tagen waren die Frankfurter in das neue Geschäft geströmt, als hätte es in der Stadt niemals zuvor eine wirkliche Gelegenheit gegeben, einzukaufen.

Und sie hatten gekauft. Sie hatten so viele Dinge gekauft; Dinge, von denen Bettina sich nicht vorstellen konnte, dass ein Mensch sie benötigte. Und sie taten es immer noch, jeden Tag, immer und immer wieder. In diesem Jahr würde das Wesslings sein zweites Weihnachtsgeschäft erleben, und man hoffte, dass es noch erfolgreicher sein würde als das erste.

Es lief gut, und trotzdem ließ es sich Arnold nicht nehmen, einmal am Tag selbst durchs Warenhaus Wessling zu laufen, um nach dem Rechten zu sehen. Manchmal sprach er dann auch mit jenen Mädchen und Frauen, die darauf hofften, eine Arbeit bei Wesslings zu bekommen. In den ersten Wochen hatten sich täglich junge Frauen mit dem Wunsch vorgestellt, als Verkäuferinnen zu arbeiten. Vierzehnjährige suchten eine Stelle als Kassenmädchen. Wurde ein Kassenmädchen mit sechzehn Jahren zu alt, so warteten bereits drei bis vier und mehr jüngere Mädchen darauf, seinen Platz einzunehmen. Arnold konnte frei zwischen ihnen wählen. Jede Anwärterin, für welche Stelle auch immer, wurde in einem eingehenden Gespräch genau geprüft. Er konnte nur die besten Kräfte gebrauchen, denn heute, so pflegte er zu seiner Frau zu sagen, »verkauft sich einfach nichts mehr von allein. Heute braucht es gutes Personal, Aktionen, stets neue Waren, reizvolle Angebote … Die Leute dürfen niemals denken, sie hätten schon alles. Sie müssen immer auf der Suche nach dem sein, was ihnen noch fehlt. Und es fehlt immer etwas. Sie dürfen nicht zufrieden sein. Niemals.«

»Natürlich«, hatte Bettina verständnisvoll geantwortet.

Jetzt senkte sie den Kopf. Ihr war das manchmal alles zu groß. Auch das Haus fühlte sich zu groß an, dabei hatte sie dort die ersten fünfzehn Jahre gemeinsam mit ihren Eltern und dann mit ihrem Vater allein gewohnt. Sie kannte hier jedes Zimmer, jede quietschende Tür. Sie kannte den speziellen Geruch, der ihre Kindheit begleitet hatte, aber jetzt, da sie selbst die Hausherrin war, fühlte es sich alles anders an. Jetzt trauerte sie der kleineren Wohnung hinterher, die sie sich mit Arnold und Antonie geteilt hatte: dem Elternschlafzimmer, der guten Stube, der Küche, Antonies Zimmerchen …

Anfangs hatte Bettina Antonie lange Zeit im Elternbett schlafen lassen, und obgleich es Arnold nicht recht gewesen war, hatte er sie doch gewähren lassen. Kaum eine Woche nach Vaters Tod hatte er darauf bestanden, in das Haus der Kuhns zu ziehen, denn jetzt musste es etwas Größeres sein. Er legte ihr seine Pläne für den Umbau vor. Sogar einen Rauchsalon richtete er ein, obwohl Arnold selbst nicht rauchte. Er vertrug es nicht. Bettina dagegen fühlte sich mit einem Mal im Haus ihrer Kindheit verloren.

»*Du* wirst dieses Haus einrichten«, versuchte Arnold sie aufzumuntern, und sie musste zugeben, dass es die beste Möglichkeit war, sich dem Haus ihrer Kindheit und Jugend wieder anzunähern. Irgendwann begann sie damit, jeden Raum mit schönen Dingen zu dekorieren, brachte Teppiche, Bezüge, Deckchen, Vasen, Bilder und anderen Zierrat aus dem Warenhaus Wessling mit. Sie hatte keine Ahnung, ob es zusammenpasste. Sie wusste auch nicht, warum sie so etwas tat. Sie kannte sich so nicht. Da war eine Sehnsucht in ihr, die sich nur manchmal, wenn sie sehr geschäftig war, für einen Augenblick beruhigen ließ.

Während der Bauphase von Wesslings hatten sie der Baustelle mittags regelmäßig einen Besuch abgestattet, so, wie andere einen Spaziergang auf den alten Wallanlagen machten. Danach ging Arnold in Vaters Geschäft, um nach dem Rechten zu sehen, denn natürlich führte er es nach Vaters Tod zunächst weiter. Sie fragte sich, wann er das Geschäft endgültig aufgeben würde, denn ihr war nur zu bewusst, dass er es nur noch um ihretwillen öffnete. Weil sie sich damit verbunden fühlte. Sie machten längst keinen Umsatz mehr, seit es das Warenhaus Wessling gab. Das hatte ihr Friedrich Siebert, der alte Gehilfe ihres Vaters, gesagt.

Bettina nippte nachdenklich an ihrem Tee. Dann dachte sie an den Schlüssel zum Laden ihres Vaters, den Arnold in seinem Büro aufbewahrte. Sie trank noch einen Schluck Tee und überlegte weiter. Antonie machte gerade Hausaufgaben mit ihrem Kindermädchen, die beiden würden sie auf kurz oder lang nicht brauchen. Sie selbst hatte im Haus nichts zu tun. Sie stellte ihre Teetasse ab und stand entschlossen auf.

Sie besuchte das Büro nicht oft, auch nicht, wenn Arnold dort arbeitete. Das war seine Welt. Er traf die Entscheidungen. Trotzdem fand sie den Schlüssel rasch, denn Arnold war ein ordentlicher, nahezu pedantischer Mensch. Sie dachte wieder an das Geschäft ihres Vaters, das sehr bald, wie so viele andere, der Vergangenheit angehören würde. Erinnerungen würden damit weniger greifbar werden und eines Tages einfach verschwinden. Wie lange würde man sich noch an Kuhn & Söhne erinnern? Söhne, die es im Übrigen nie gegeben hatte, außer auf dem Namensschild. Auch Vater und Mutter waren nicht mit einer großen Kinderschar gesegnet gewesen.

Bettina nahm den Messingschlüssel fester in die Hand. Fünfzig Jahre lang hatte Vater das Geschäft geführt. Es war da gewesen, als sie geboren wurde. Es hatte sie durch ihre Jugendzeit und ihre ersten zwölf Jahre als Ehefrau begleitet.

Nun war sie elternlos, nun musste sie mit den Dingen allein fertigwerden. Bettina versank vorübergehend in Gedanken, dann drehte sie sich entschlossen um, verließ das Büro, durchquerte die Halle, zog einen Mantel über und war auch schon zur Tür hinaus, bevor sie sich weitere Gedanken machen konnte. Vom Haus ihrer Eltern bis zum Geschäft benötigte sie kaum fünf Minuten.

Noch einmal blieb sie stehen und schaute zurück zu dem Fenster, aus dem sie geschaut hatte, wenn sie mittags auf ihren Vater gewartet hatte. Punkt zwölf Uhr und fünf Minuten war er an dieser Stelle um die Ecke gebogen. Um zwölf Uhr und fünfzehn Minuten hatten sie zu Mittag gegessen. Fast sah sie das kleine Mädchen mit der großen Schleife mitten auf dem Kopf vor sich, das sie gewesen war.

Dann wandte sie sich entschlossen ab, um an der nächsten Straßenecke gleich noch einmal stehen zu bleiben. Wenn sie sich aus dem Fenster gebeugt hatte – was nur möglich war, wenn niemand außer ihr dort war –, hatte sie ihren Vater genau hier an dieser Stelle das erste Mal sehen können. Hier hatte er häufig gestanden, um die Zigarre zu Ende zu rauchen, die Mama so gehasst hatte. Manchmal hatte er sie dann gesehen, aber er hatte ihr Geheimnis bewahrt, genauso wie sie das seine. Er hatte gewusst, dass sie nicht stürzen würde.

Du hast an mich geglaubt, Papa.

Bettina ging weiter. Vorbei am *Kolonialwarenladen Fritsch*. Dann stand sie vor *Kuhn & Söhne*. Ohne zu zögern, schob sie den Schlüssel ins Schloss und drehte um. Es knirschte leise, metallisch. Dann schob sie die Tür auf. Im Halbdunkel des Ladens musste sie wieder innehalten. Wie oft hatte sie ihren Vater begleitet. Sie ging weiter in den Raum bis zu dem Stuhl hin, auf dem sie immer gesessen hatte. Dann trat sie hinter die Theke und ging in die Knie, um die Größe eines Kindes zu haben. Aus dieser Perspektive wirkte der Raum riesig, dabei war er wirklich klein, wenn man stand.

Sie stellte sich neben die Kasse und zog die Schublade auf: ein gespitzter Bleistift, ein Tintenstift, der Quittungsblock, die weißen Handschuhe, die Siegfried Kuhn stets trug, wenn er einen der kostbaren Stoffe aus dem Regal holte, als handele es sich um ein rohes Ei. Bettina begann zu weinen.

Neuntes Kapitel

Wieder einmal fuhr Falk mitten in der Nacht aus dem Schlaf. Wahrscheinlich hatte er vom Krieg geträumt, doch vorerst konnte er sich nicht erinnern. Manchmal überraschte es ihn, aber auch über zehn Jahre nachdem er heimgekehrt war, schwammen manche Nächte in Blut, und oft erwachte er mit einem Gefühl drückender Übelkeit.

Falk runzelte die Stirn und starrte auf das nachtdunkle Fenster. In seinem Traum, fiel ihm jetzt wieder ein, hatte es bereits gedämmert, er war über ein Schlachtfeld an einem brennenden Hof vorbeimarschiert. Tatsächlich ... Es war kein Traum gewesen, sondern eine Erinnerung. Das hatte er genau so erlebt ... Gemeinsam mit Richard. Er sah den Bauernhof vor sich, als wäre alles erst gestern passiert. Wenig später hatte ihre Abteilung haltgemacht, um vor dem nächsten Kampf noch etwas Kraft zu schöpfen. Sie hatten Speck abgekocht, den man sonst nicht hätte essen können. Manchmal schmeckte Falk noch heute den furchtbar ranzigen Geschmack auf seiner Zunge, doch sie hatten Hunger gelitten in jenen Tagen, und der Hunger, so sagte man doch, war ein guter Koch ...

Falk schauderte beim Gedanken an den Geschmack, an den schmierigen, manchmal grünlich-weißen Film, der über jedem Stück Speck lag und an den Fingern klebte, daran, wie sich alles in seinem Mund anfühlte. Natürlich hatte er gegessen, ganz einfach, um nicht zu verhungern, doch er würde für den Rest seines Lebens keinen Speck mehr sehen oder riechen können, ohne dass es ihn würgte.

Er atmete zitternd ein und wieder aus. Jetzt war die Erinnerung vollständig zurück: das Gefühl der Angst, als zum Abmarsch geblasen wurde, das Herz, das einem bis in den Hals hinauf pochte, als steckten einem Marschtrommeln in der Brust. Vor jeder Schlacht hatte er den Geschützführern des Zuges Briefe mit ein paar Worten des Abschieds an seine Familie anvertraut, für den Fall, dass er nicht zurückkehrte. Richard hatte immer darüber gelacht. Richard konnte über vieles lachen, mochte es noch so bitter sein.

Ob es auch für ihn diese Nächte gab, in denen er nicht schlafen konnte, weil man das, was man getan hatte, nie wieder rückgängig machen konnte?

Falk starrte wieder gegen das Fenster und dachte daran, wie sie aufgestiegen und losgeritten waren, dann die ersten vereinzelten Schüsse, die immer stärker wurden, und das eigentümliche Rollen und Arbeiten der Geschütze, die Granaten, die in Massen einschlugen, als sie im vollen Galopp aus einer Waldlichtung hervorbrachen. Die über ihren Köpfen zerplatzenden Schrapnelle. Die Schreie. Das unmenschliche Heulen.

Die Schlacht hatte sich über Stunden hingezogen. Das Feuer war so mörderisch gewesen, dass er es niemals vergessen würde. Richard und er waren schließlich als Teil einer Truppe abgeordnet worden, die unablässig auf ein Haus zu schießen hatte, in dem sich Franzosen verbarrikadiert hatten. Den Feind hatte man nicht gesehen, nur den aufsteigenden Rauch, auf den man gezielt und geschossen hatte, als wäre man eine Maschine. Am Ende waren sie so erschöpft gewesen, dass sie trotz ihres großen Hungers eingeschlafen waren, wie die Steine.

Drei Tage später hatte er nach Hause geschrieben und um eine Tafel Schokolade gebeten. Seit Tagen, hatte er geschrieben, habe es nichts als einen Laib Brot gegeben, welchen man in zu viele Stücke hatte teilen müssen, und ein paar im Feuer gebratene Kartoffeln.

Falk ließ sich vorsichtig zurücksinken, schloss die Augen, öffnete sie jedoch gleich wieder. Die Zimmerdecke schälte sich langsam aus dem Dämmerlicht. Die Schatten begannen über ihm zu zucken und sich zu bewegen, sie wurden zu Fratzen, bekamen Münder, die nach ihm schnappten, wie damals, als er ein kleines Kind gewesen war.

Er hoffte, dass seine Unruhe Ludmilla nicht aufweckte, doch vergeblich. Sie war eine leichte Schläferin. Es dauerte nicht lange, da hob sie den Kopf und schaute ihn aus ihren schmalen, blauen Katzenaugen an.

»Was ist?«, fragte sie mit einer Stimme, die schwer war von Müdigkeit und doch so aufmerksam. Er fragte sich, wie sie das schaffte.

»Nichts.« Falk gähnte. »Ich hatte plötzlich Durst. Jetzt, wo du wach bist, hole ich mir doch etwas zu trinken. Entschuldige bitte, ich wollte dich nicht stören.«

Sie sagte nichts, entließ ihn aber nicht aus dem Gefühl, dass er sie unrechtmäßig geweckt hatte. Als er aufstand, verstärkte sich die Unruhe noch. Er ging zur Tür, dann hinüber ins Wohnzimmer, wo stets eine Karaffe mit Wasser stand. Früher hatte beides im Schlafzimmer gestanden. Er schenkte sich ein Glas ein und leerte es auf einen Zug. Jetzt fiel ihm doch noch etwas ein. Er hatte von dem Mädchen geträumt.

In letzter Zeit tauchte sie wieder häufiger in seinen Träumen auf. Meist sah er sie im Stall stehen, und dann wachte er mit dem Gedanken auf, dass sie die Kleine dort vergessen hatten, dass niemand sie gefunden hatte und dass sie schließlich verhungert und verdurstet war. Sein Hals fühlte sich mit einem Mal unangenehm trocken an. Falk schenkte sich ein weiteres Glas ein, dann musste er plötzlich Wasser lassen und ging zur Toilette.

Als er wieder zurückkam, war Ludmilla noch nicht eingeschlafen, wie sonst immer. Er strich ihr über das Haar.

»Was ist? Warum schläfst du noch nicht? Es tut mir wirklich leid, dass ich dich geweckt habe.«

Sie drehte sich auf den Rücken und schaute ihn fest an.

»Ich habe eben einen leichten Schlaf«, sagte sie nur. »Übrigens habe ich inzwischen mit Arnold über Jakob gesprochen.«

»Über Jakob?« Falk musste zugeben, dass er verwirrt war. Immerhin zählte sein Sohn gerade mal fünf Jahre. Während er an Jakob dachte, musste er auch wieder an das Mädchen denken. Es war falsch gewesen, was sie damals getan hatten, falsch und richtig, denn ohne ihn gäbe es Wesslings nicht, trotzdem durfte nie, niemals irgendjemand etwas davon erfahren. »Was gab es denn zu besprechen?«, erkundigte er sich, während er versuchte, den Erinnerungen endgültig keinen Raum mehr zu lassen und sich auf das Hier und Jetzt zu konzentrieren.

»Ich will, dass er Jakob das Geschäft näherbringt, wenn er das rechte Alter erreicht hat.«

»Aber der Junge ...«

»... ist erst fünf Jahre alt, ich weiß. Aber der frühe Vogel fängt den Wurm, Falk, lass dir das gesagt sein. Es ist gut, wenn sich dein Bruder jetzt mit dem Gedanken anfreundet. Außerdem mag er Jakob.«

Falk nickte langsam. Ja, das stimmte. Er konnte nicht umhin, einen leichten Anflug von Eifersucht zu spüren.

Zehntes Kapitel

»Onkel Arnold!«, rief Jakob fröhlich, und Arnold ging wie von selbst in die Knie und fing seinen heranstürmenden kleinen Neffen in seinen ausgebreiteten Armen auf. Der Fünfjährige war viel ungestümer, als Arnold das von seiner eigenen Tochter erinnerte, und – auch wenn er das vor Bettina nie zugegeben hätte – er fühlte sich dem Jungen viel näher. Er war der Sohn, der ihm verwehrt geblieben war, doch er würde sich dem Schicksal nicht beugen, denn er hatte Jakob, seinen Neffen, Blut von seinem Blut.

»Aber Jakob«, sagte Ludmilla in einem Tonfall, der zeigte, dass sie eigentlich gar nicht beabsichtigte, ihren Sohn zu tadeln, »sag Onkel Arnold und Tante Bettina brav Guten Tag. Sei ein guter Junge.«

»Guten Tag, Tante Bettina, guten Tag, Onkel Arnold!« Jakob strahlte sie beide an. Der Junge hatte im letzten Jahr deutlich abgenommen. Seine Gesichtszüge waren dadurch viel klarer geworden. Er war ein hübsches, durchaus einnehmendes Kind. »Hast du ein Geschenk für mich, Onkel?«, fragte er jetzt halb fragend, halb fordernd und sprang dazu auf und ab, wie ein kleiner Floh.

»Aber Jakob«, tadelte Ludmilla ihn erneut halbherzig. Auch sie liebte ihren Jungen.

»Würdest du Ludmilla mit in den Salon nehmen«, forderte

Arnold seine Frau auf. »Ich möchte heute etwas mit dem jungen Mann besprechen. Bleibst du bei mir, Jakob?«

»Hör gut auf den Onkel, dann wirst du ihm auch später eine große Hilfe sein«, sagte Ludmilla, und Arnold lächelte, denn er wusste, dass seine Schwägerin nichts einfach so dahinsagte. Er legte dem Jungen eine feste Hand auf die linke Schulter und stellte sich ihn als jungen Mann vor, der ihn ins Arbeitszimmer begleitete. Es war durchaus keine Vorstellung, die ihm missfiel. Es stand inzwischen wohl außer Frage, dass Bettina ihm jemals den Erben schenkte, auf den sie beide schon so lange vergebens hofften.

»Komm«, sagte er. Der Junge folgte ihm in den Flur. Sie gingen hinaus in die Halle und durchquerten sie. Gemeinsam betraten sie das Arbeitszimmer, und Jakob stürmte, ohne zu zögern, auf die Schublade zu, in der Arnold die neuen Spielsachen aufbewahrte. Jauchzend hielt er seinem Onkel wenig später zwei Dragoner zu Pferd entgegen und ließ sie gleich darauf über den Teppich auf dem Boden galoppieren. Kurzerhand ließ sich Arnold an seiner Seite nieder. Die Dragoner stürmten gegen einen unsichtbaren, aber umso gefährlicheren Feind.

Die Wangen des Jungen röteten sich. Er rief einen Befehl. Arnold befolgte ihn. Dann sprang Jakob auf und rannte um den Tisch herum. Er ahmte heftiges Gewehrfeuer nach. Arnold erinnerte sich an die Zeit, zu der er noch auf unsicheren Beinchen einhergetapst war. Er erinnerte sich an eine kleine Hand auf seinem Knie und an ein rundes, fröhlich lachendes Gesichtchen.

Kurz nach seinem ersten Geburtstag hatte Jakob zu laufen begonnen. Er war ein besonderes Kind. Vielleicht traute er Ludmilla zuweilen nicht, aber Jakob gehörte sein Herz, voll und ganz.

Jakob krabbelte jetzt unter dem Schreibtisch durch und warf seinem Onkel dann die Arme um den Hals. Er war ein wenig verschwitzt.

»Attacke«, rief er lauthals, »Attacke!«

»Attacke«, entgegnete Arnold, und dann kugelten sie miteinander gemeinsam über den Boden.

Ludmilla war Bettina in den Salon gefolgt. Obgleich ihre Schwägerin in diesem Haus lange Jahre gemeinsam mit ihren Eltern, später allein mit ihrem Vater und nun schon seit fast zwei Jahren mit ihrem Mann und ihrem Kind lebte, wirkte sie zu Ludmillas Verwunderung fast fehl am Platz.

Ich, dachte Ludmilla, würde mich nie fremd fühlen.

Sie hatte immer gewusst, dass ihr nur das Beste zustand und dass sie bereit war, über Grenzen hinauszugehen, um es zu erreichen. Wie gleichgültig war es ihr, was andere von ihr dachten. Ja, sie träumte schon lange von einem solchen Haus, von einem Haus mit zu vielen Räumen, mit Salons und Empfangszimmern, mit mehr als einem Schlafzimmer und Räumen, die man nicht wirklich brauchte, die einfach ungenutzt leer standen, die man sich aber leisten konnte, weil das Geld eben da war.

Jakob wird mir solch ein Haus schenken. Mein Sohn wird es möglich machen. Er war der beste kleine Junge, den man sich wünschen konnte.

Bettina bot ihr einen Sessel an mit dieser Höflichkeit, der auch immer ein wenig Ablehnung innewohnte. Ludmilla tat, als bemerkte sie nichts, setzte sich und bewunderte einen neuen Stich an der Wand. Von ihrer Schwägerin wusste sie, dass Arnold gerne Bilder aus dem Warenhaus Wessling mitnahm, eine Art wechselnde Ausstellung in den eigenen Räumlichkeiten. Ihr selbst hatte er einmal gesagt, dass er Kunden so viel leichter davon überzeugen könne, dass dieses oder jenes Bild, diese oder jene kleine Statue, oder für was der Kunde sich sonst noch interessierte, ein Gewinn auch für ihn war. Sie hatte sich gefragt, ob er sich mit Bettina über Verkaufsargumente austauschte, und entschieden, dass dem nicht so war. Auch Bettina war als Tochter eines Kaufmanns aufgewachsen, aber sie hatte, anders als ihre Schwägerin, wenig Ahnung vom Geschäft.

Ludmilla blickte sich nochmals um. Ja, sie erkannte es: Alles hier diente nur dem Zweck, das Warenhaus Wessling voranzubringen. Sie hörte, wie Bettina sich räusperte, tat aber vorerst so, als habe sie es nicht bemerkt. Sie wusste nicht, warum, aber manchmal ließ sich Bettina durch solche Verhaltensweisen verunsichern. Der Gedanke gefiel ihr. Auf dem Tischchen neben Bettinas Sitzplatz bemerkte sie einen Stickrahmen, mit dem sich ihre Schwägerin offenbar die Zeit vertrieben hatte.

Ludmilla hatte nicht die Absicht, sich je die Zeit mit Sticken zu vertreiben. Sie war diejenige, die ihre Familie voranbringen musste. Ihr Mann würde dazu nie in der Lage sein.

Eines Tages, fuhr es ihr unvermittelt durch den Kopf, werde ich auch in einem solchen Haus wohnen, eines Tages wird mein Sohn Jakob Arnold Wesslings Erbe sein. Jakob Wessling, der Warenhauskönig.

Sie schauderte bei diesem Gedanken und wusste doch, dass es vollkommen richtig war. Sie hatte einen Jungen geboren, Bettina lediglich ein Mädchen. Antonie Wessling würde niemals das Warenhaus Wessling erben. Das würde Arnold nicht zulassen.

»Tee?«, fragte Bettina mit jener belegten Stimme, die zeigte, dass sie sich mit irgendetwas beschäftigte.

»Gern«, hauchte Ludmilla zart. Nein, sie würde nie zu diesen Weibern gehören, die nur Tee tranken und plapperten, dazu hatte sie gar keine Zeit. Sie würde immer ihren Vorteil, ihre Zukunft und das Schicksal ihrer Kinder, vor allem Jakobs Schicksal, im Blick haben. Für Emilia musste sich nur ein guter Ehemann finden, dann hatte sie ihre Schuldigkeit getan. Sie musste sich zwingen, freundlich zu Bettina zu sein. Dieses Weib war schwach, aber es lohnte sich nicht, sie zum Feind zu haben. Wenn sie ihren Weg mit Konsequenz weiter beschritt, das wusste Ludmilla nur zu gut, dann würde sie ohnehin genug Feinde haben.

Sie schaute Bettina zu, wie sie sich und ihrem Gast Tee einschenkte. Sie dachte an die Tage zurück, in denen Bettina besonders stark mit dem Schicksal gehadert hatte, das ihr kein weiteres Kind schenkte. Sie dachte daran, wie sie, Ludmilla, stolz ihren Bauch vor sich hergetragen hatte, weil es einerseits nichts Schöneres gab und weil dieser Anblick Bettina so sehr schmerzte. Manchmal wusste sie nicht, was sie dazu brachte, so zu handeln, woher dieser Wunsch kam, anderen Leid zuzufügen, dann wieder war es ihr schrecklich gleichgültig.

»Ich weiß, dass Falk zu so etwas nicht fähig ist«, sagte Ludmilla ohne das geringste Zittern in der Stimme. Arnold hob die rechte Augenbraue und lehnte sich in seinem Sessel zurück. Er musste zugeben, dass es ihn wunderte, dass Ludmilla nicht schon viel früher zu ihm gekommen war. Da war etwas gewesen, seit Jakobs Geburt, seit er Falk und ihr gratuliert hatte. Schon da hatte er etwas gespürt. Schon an jenem

Tag war er sich sicher gewesen, dass sie eines Tages vor ihm stehen und das Folgende so oder so zu ihm sagen würde: »Ich weiß, dass Falk zu so etwas nicht fähig ist, aber Jakob wird einmal anders sein.«

Arnold holte tief Luft, beugte sich dann wieder vor und stützte die Ellenbogen auf dem Tisch ab. Erst verzog er keine Miene, dann lächelte er, was sie kurzzeitig verunsicherte.

»Du willst, dass ich meinen Bruder zugunsten deines Sohnes übergehe, ist es das? Deshalb kommst du zu mir, Ludmilla?«

Er sah, wie sie nach Worten suchte.

»Du weißt, dass es so ist. Er kann es nicht. Falk wird niemals ein Geschäft führen können. Niemand kennt ihn besser als wir beide. Deshalb bin ich heute zu dir gekommen.« Ludmilla zögerte, dann fuhr sie fort: »Ich möchte, dass es Jakob einmal gut geht. Ich weiß, dass Falk nicht in der Lage sein wird, das Richtige zu tun. Er ist mein Mann, ja, ich liebe ihn und habe ihm Treue geschworen, aber er ist schwach. Mein Sohn wird nicht schwach sein, das lasse ich nicht zu.«

»Und deine Tochter?«

Ludmilla war deutlich überrascht, fing sich aber rasch wieder.

»Sie ist ein Mädchen. Sie wird heiraten, genau wie Antonie, oder?«

Arnold lachte deutlich hörbar in sich hinein.

»Leben wir noch in solchen Zeiten?«, fragte er dann in provokantem Ton.

Ludmilla zuckte die Achseln. »Ich muss zugeben, es wäre mir ganz gleichgültig, oder sagen wir: Wenn es Jakob gut geht, wird es auch Emilia gut gehen. So ist es doch.«

Arnold stand auf und ging zu seinem Spirituosenschrank

hinüber. Er nahm ein Glas und schenkte sich einen Whisky ein, dann drehte er sich zu Ludmilla hin.

»Auch etwas zu trinken?«

»Nein.«

Sie schüttelte den Kopf.

Also wollte sie die Kontrolle behalten, fuhr es ihm durch den Kopf. Er fragte sich, ob Jakob etwas hiervon wusste, doch nein, er war gewiss noch zu jung. Ludmillas Kaltblütigkeit imponierte ihm. Sie hatte keine Angst. Sie hatte ihm gerade gesagt, dass sie seinen Bruder für das Wohl ihres Sohnes opfern würde, ohne mit der Wimper zu zucken. Wo hatte Falk diese Frau nur kennengelernt?

Er drehte sich um und stellte die Flasche zurück an ihren Platz. Dann setzte er sich mit seinem Glas an den Schreibtisch.

Sie war eine schöne Frau, wirklich. Plötzlich fragte er sich, ob sie etwas wusste, aber das hatte Falk ihr gewiss nicht erzählt. Falk wollte immer nur, dass man das Beste von ihm dachte. Gewiss wollte er nicht, dass seine geliebte Frau erfuhr, was er getan hatte. Der Gedanke erleichterte ihn, denn es gab Tage, da lag diese verdammte Vergangenheit wie ein grauer Schleier über allem, wie ein Missklang in einer wunderschönen Melodie. Er trank etwas von dem Whisky.

»Jakob ist noch jung«, sagte er dann.

»Ich will nur, dass du weißt, dass er da ist, wenn der passende Moment gekommen ist.«

»Danke, ich werde es mir merken.«

O ja, es hatte die gegeben, die den Untergang vom Warenhaus Wessling innert drei Monaten prognostizierten, doch dazu kam es nicht. Hatte es anfangs auch ein paar schleppende

Tage gegeben, so nahm die Zahl der Neugierigen doch stetig zu, und bald verbrachte manch einer sogar seine Pause in Wesslings Erfrischungsräumen, von denen es einen größeren und einen kleineren gab. In Letzterem konnte man Kaffee und verschiedenes Gebäck zu sich nehmen, der große Erfrischungsraum bot ein täglich wechselndes, warmes Mittagessen.

Das Heer der Verkäuferinnen vergrößerte sich ebenfalls stetig, sodass Arnold sich bald wie ein General vorkam, der über seine Truppen befahl. Ebenso hart führte er das Regiment. Das oberste Ziel für alle war, viel Ware möglichst schnell umzusetzen. Vielleicht waren die Gewinnspannen bei Wesslings geringer, doch dies fiel nicht ins Gewicht, wenn nur genügend verkauft wurde. Wer also mit guten Ideen aufwartete, wie es gelingen konnte, Kunden länger im Haus zu halten, wurde dementsprechend belohnt. Bald richtete man in dem kleinen Erfrischungsraum eine Leseecke mit Tageszeitungen, Illustrierten und einer kleinen Bibliothek ein. Dazu gab es auch bald Schreibzeug und Briefpapier, damit der Kunde das Angenehme eines Kaufhausbesuches nach Möglichkeit auch mit dem Nützlichen verbinden konnte. Gezahlt wurde überall nur in bar. Es gab feste Preise, die Preisauszeichnung hatte unmissverständlich zu sein. Oberste Regel war, dass die Preise nicht den Vermögensverhältnissen der Kunden angepasst wurden, denn auch der Begüterte, wurde Arnold nicht müde zu wiederholen, will nicht gern übervorteilt sein, weshalb ein solches Vorgehen auch ganz und gar gegen den guten Ton verstieß.

Mehrmals in der Woche stattete auch Bettina dem Warenhaus Wessling ihren Besuch ab. Sie wusste, dass Arnold es mochte, wenn sich seine Frau dort sehen ließ.

Wir sind eine Familie. Das sagte er oft. Sie alle standen für das Haus Wessling. Sie kauften dort ein. Sie trugen Kleidung von Wesslings, benutzten Wesslings Toilettenpapier, kauften Wesslings Bettwäsche und aßen dort zuweilen auch zu Mittag.

Bettina selbst konnte nicht genau sagen, was das Kaufhaus ihr bedeutete. O ja, es war beeindruckend. Waren über Waren stapelten sich hier. Tische quollen über von Angeboten. Durch unzählige Wandöffnungen fiel der Blick auf immer neue Waren, üppige Stoffballen, zarteste Spitze, Porzellanvasen und Knöpfe in allen Farben und Formen. Lichter spiegelten sich in buntem Glas bis in die Unendlichkeit wider. Man hielt den Atem an, wenn sich mehrere Kunden gleichzeitig durch die Porzellanabteilung schoben, in der Teppichausstellung schienen die Töne gedämpfter, das Parfumkabinett verfügte über seinen ganz eigenen Duft.

Wirklich, wohin man auch blickte, türmten sich Angebote, manche zu kunstvollen Gebilden aufgestapelt, dass man sich unwillkürlich fragte, wer das alles nur kaufen sollte. Nirgendwo war es leer, überall hatte das Auge etwas, an dem es sich festhalten konnte oder festhalten musste, und manchmal war Bettina des Ganzen fast überdrüssig. Die Erinnerungen an das Geschäft ihres Vaters stiegen in solchen Momenten quälend in ihr hoch. Inzwischen hatte man es verkauft, der alte, treue Friedrich Siebert war in den Ruhestand entlassen worden. An Ostern würde sie ihn besuchen und ihm ein kleines Geschenk bringen. Da er nie geheiratet hatte, lebte er allein in einem kleinen, kahlen Zimmerchen.

Bettina dachte jetzt an die riesigen Schubladen, in denen Vater seine kostbarste Ware aufbewahrt hatte, und an das eine Buch, in dem alles aufgeschrieben wurde – ein Buch nur, bei

Wesslings waren es nach nur wenigen Monaten derer sicherlich zehn gewesen.

Ach, die Schubladen – das Holz war ganz glatt gewesen, und die Oberfläche hatte immer so wunderbar geglänzt, sie hatte sogar ihre Bewegungen darauf erkennen können. Sie dachte an das knarzende Geräusch, wenn eine der Schubladen geöffnet worden war. Auch wenn der Vater Verkaufsgespräche geführt hatte, war die Atmosphäre immer ruhig und gediegen gewesen. Wenn sie die Augen schloss und sich konzentrierte, dann sah sie ihren Vater, wie er die kleinen Etiketten, die vorne an der Stoffrolle angebracht waren, überprüfte. Unterdessen wickelte Friedrich Siebert einer Kundin eine Handvoll Garnrollen in etwas Zeitungspapier ein und verstaute sie in ihrem Korb.

Bettina nahm ein Taschentuch zur Hand und tupfte sich rasch die Augen und dann die Nase, bevor sie das Tuch wieder in dem Beutelchen an ihrem Handgelenk verschwinden ließ. Heute konnte sie die Tränen wieder einmal nur schwer zurückhalten. Während sie gegen ihre Trauer ankämpfte, schaute sie hinunter in den ersten Stock.

Auf dem Weg in den zweiten Stock wurden die Kunden etwas weniger. Hierhin gelangten nur diejenigen, die wirklich etwas kaufen wollten. Unten im ersten Stock war das anders. Im Eingangsbereich wurden die günstigen Waren angeboten, jene, die alle Schichten anlockten und den Anschein verstärkten, im Warenhaus Wessling werde es nie leer, denn hier herrschte ein ständiges Gedränge.

Auch Bettina musste zugeben, dass der Aufenthalt im Erdgeschoss zugleich erdrückend und verlockend war. Jetzt blieb sie länger stehen, als sie sich vorgenommen hatte, um das Treiben zu beobachten. Menschen strömten zur Tür herein und wieder hinaus, brandeten an die recht eng gestellten Tische wie eine riesige Welle aus Köpfen, Armen und Beinen, teilten sich, wimmelten um die Angebote herum und stauten sich bald andernorts. Hier kaufte man ein weiteres Paar Handschuhe und ein, zwei Taschentücher, auch wenn man eigentlich keines mehr benötigte. Die Ware mochte günstig sein, doch auch im Erdgeschoss hatte man an der Ausstattung nicht gespart: In den Zweigen zweier riesiger vergoldeter Lorbeerbäume blühten elektrische Lampen. Dazwischen stand eine weibliche Figur aus Bronze mit einem Warenkorb am Arm. Manchmal wunderte es Bettina, dass sich noch niemand in dem Labyrinth aus Waren, Treppen, Aufgängen und Etagen verloren hatte: Hier tauchten Wände an Stellen auf, wo man sie nicht erwartete, Spiegel verwirrten, und schmale Durchgänge wurden von Waren verdeckt, sodass man allzu leicht die Orientierung verlor.

Und so sollte es auch sein. Immer wieder gingen Säle, Höfe und Hallen ineinander über. Gänge führten lockend tiefer ins Gebäude hinein, Farben, Glanz, Licht und Lärm verwirrten und berührten zugleich die Sinne, dass man einfach weitergehen musste. Es schien so viel Licht: Da waren Gehänge von Lampen und Laternen, hoch oben an der Decke oder ganz niedrig in Bodennähe. Es gab runde, eckige, mehrarmige Leuchter, Lichterbündel, Lichterkugeln, eine permanente Abwechslung, die noch weiter unterstützt wurde von dem Säulen- und Deckenwerk, bei dem es auch keine Gleichmäßigkeit zu geben schien, wo sich Farben und Formen abwechselten und das verzückte Auge stets etwas Neues entdeckte.

Es war zu viel und doch wollte man immer mehr. Bettina wusste und fürchtete, dass sich Geschäfte wie das ihres Vaters angesichts von Warenhaus Wessling auf Dauer nicht würden halten können. Sie war froh, dass Siegfried Kuhn diese Entwicklung nicht mehr miterleben musste.

Anfang 1880 ... Am Nachmittag war die überraschende Nachricht gekommen, dass es Siegfried schlechter ging, und Arnold war sofort ins Haus seines Schwiegervaters geeilt. Der Arzt war bald danach eingetroffen, schüttelte jedoch nur den Kopf. Bettina war bereits in Tränen aufgelöst und wusste zum ersten Mal nicht, was sie tun sollte.

Arnold bemühte sich, sie zu stützen, während seine eigenen Gedanken rasten. Da war etwas in ihm, das sein Glück nicht fassen konnte. Hatte er nicht eben noch gedacht, Siegfried würde ewig leben? Ja, so war es ihm vorgekommen, und wer hätte auch voraussehen sollen, dass sich der Husten zu einer ausgewachsenen Lungenentzündung mausern würde?

Es war vorbei. Jetzt war die Zeit gekommen, da er seinen Traum in die Tat umsetzen konnte. Er hätte aufjubeln können, doch er beherrschte sich. Stattdessen nahm er seine schluchzende Frau in die Arme und streichelte sie sanft. In seinem Kopf aber waren die Gedanken auf einmal frei. Sein Bauch, sein ganzer Körper, sein Rücken, alles entspannte sich in Aussicht auf das, was vor ihm lag. Endlich würde er seine lang gehegten Pläne umsetzen können. Es fühlte sich fast ein wenig an, als hätte er Alkohol getrunken, was natürlich nicht der Fall war. Er trank keinen Alkohol, weil er nichts so sehr hasste, wie die Kontrolle zu verlieren.

»Danke, dass du bei mir bist«, sagte Bettina mit belegter Stimme.

»Natürlich bin ich das, ich bin doch dein Mann«, erwiderte Arnold leise.

Er sah zu Siegfried hinüber. Ihm fiel auf, dass sein Schwiegervater plötzlich kleiner auf ihn wirkte, als sei er in den letzten Tagen geschrumpft. Er war niemals groß oder kräftig gewesen, aber in diesem Moment wirkte er geradezu winzig. Siegfried stöhnte und rang nach Luft. Bettina riss sich los, eilte auf das Bett ihres Vaters zu und ging dann mit unterdrücktem Schluchzen in die Knie. Arnold fiel es schwer, seine Frau weinen zu hören. Er liebte sie. Er wollte sie unterstützen und sah doch gerade jetzt keine Möglichkeit. Stocksteif stand er da und ließ Siegfried nicht aus den Augen.

»Mama«, piepste es irgendwann von der Tür her.

»Aber Antonie, was machst du denn da?«

Bettina sprang auf, betupfte sich die Augen mit einem Taschentuch und eilte zu ihrer Tochter.

»Was ist mit Großvater?«

»Es ... Es geht ihm nicht so gut. Du solltest nicht hier sein, Täubchen, komm ...« Bettina führte die Elfjährige nach draußen. Arnold nutzte die Gelegenheit, neben seinem Schwiegervater in die Knie zu gehen. Er nahm einen Waschlappen aus der Wasserschüssel auf dem Nachtschrank, wrang ihn aus und betupfte Siegfrieds eingefallenes Gesicht.

»Du weißt, was ich jetzt tun werde, nicht wahr?«, sagte er leise. »Ich werde das tun, was ich schon vor Jahren tun wollte. Heute Morgen schon habe ich mit dem Architekten geredet. Wir haben uns das Grundstück auf der Zeil angesehen. Er hat mir einige sehr interessante Vorschläge gemacht.«

Siegfried öffnete den Mund, doch es kam nur ein Krächzen heraus. Man hörte ihn nicht mehr. Bald würde man ihn nie wieder hören.

Elftes Kapitel

Paris, 1884

Christine Meyer beugte sich tiefer über die Schleppe, die sie seit ihrem Arbeitsbeginn am frühen Morgen mit winzigen Perlen bestickte, und nahm sich den nächsten Abschnitt vor. Unter ihren Händen nahm das Blumenmuster langsam Gestalt an, aber es würde wohl noch drei weitere Wochen dauern, bis die über und über bestickte Robe endgültig fertiggestellt war.

Madame Achaud, die zukünftige Besitzerin, hatte Madame Souzas Atelier am Vortag erst wieder einen Besuch abgestattet, um sicherzugehen, dass das Kleid zur Eröffnung der Opernsaison fertig war, wie sie sagte. Doch Christine wusste, dass sie eigentlich nur neugierig war. Sie selbst galt als eine der besten Kräfte von Madame Souza und arbeitete schnell und sorgfältig. Es gab nicht wenige, die darauf bestanden, dass die Stickereien nur von Madame Meyer angefertigt werden sollten. Bei Christine sah keine Stickerei steif oder beschwerlich aus, ihren Motiven wohnte stets eine Leichtigkeit inne, sogar wenn das Material eher steif war: Ihre Vögel sahen aus, als könnten sie wirklich fliegen, die Blüten verleiteten einen dazu, daran schnuppern zu wollen.

Zu ihren Füßen saß heute sehr still und in ihr Spiel vertieft ihre fünfjährige Tochter Lynette. Christine hatte ihr eine Puppe aus Stoffresten genäht, Madame Souza hatte sie mit weiteren bunten Stoffresten versorgt, die Lynette wie einen Schatz hütete. Gerade hatte sie die Stoffstücke wie zu einem Teppich ausgebreitet und ihr Püppchen darauf gelegt, während sie sehr leise mit ihm sprach.

Christine legte ihre Arbeit kurz aus der Hand, beugte sich nach vorne und streichelte ihrer Tochter über das schwarze, wellige Haar. Lynette drehte ihr das runde Kindergesichtchen zu und lächelte sie an.

Manchmal dachte Christine, dass ihre Tochter schon viel zu verständig für ihr Alter war. Selten musste sie ermahnt werden. Es erleichterte Christine die Arbeit und machte sie doch zuweilen traurig. Sie konnte sich zwar selbst nicht recht an ihre Kindheit erinnern, aber sie wusste, dass sie häufig gespielt hatte – und manchmal war da eine Frau gewesen, in deren weiche Arme sie sich gestürzt und die sie sicher und warm gehalten hatte.

Mit einem Seufzer beugte Christine sich wieder über ihre Stickerei und fuhr mit ihrer Arbeit fort, bis es zu dunkel wurde. Dann schlug sie die Schleppe in ein sauberes Tuch ein und ordnete zu guter Letzt mit schnellen Griffen ihren Arbeitsplatz, an dem andere gewiss nichts auszusetzen gehabt hätten. Doch Christine, die man lange Zeit nur Minette genannt hatte, benötigte Ordnung zum Leben, wie man auch Luft, Wasser und zumindest etwas Brot brauchte. Ordnung war ihr ein Herzensbedürfnis, seit sie ein Kind gewesen war. Vielleicht lag es daran, dass sie so viel verloren hatte: die Eltern und die Heimat. Etwas in Ordnung halten zu können ließ sie glauben, sie habe Einfluss auf ihr Leben. Wenn die Dinge geordnet waren, war alles richtig.

Christine rückte das Nähzubehör nochmals zurecht und straffte den Rücken. Sie war inzwischen dreiundzwanzig

Jahre alt, verheiratet und hatte eine kleine Tochter, doch wenn sie auch Mutter war, so war sie doch immer noch schmal, und wenn sie sich bewegte, wirkte sie geschmeidig wie ein Ast im Wind. Lynette, die aufgestanden war und nun geduldig auf ihre Mutter wartete, hatte die Größe ihres Vater geerbt, ebenso wie seine blauen Augen, während das Haar dem ihrer Mutter ähnelte, ebenso wie das Netz feiner Muttermale auf ihrem linken Unterarm.

Sie ist wunderhübsch, pflegte Christines beste Freundin Mathilde zu sagen, mit der sie Seite an Seite für Madame Souza arbeitete, seit sie vor nunmehr sieben Jahren beide als Sechzehnjährige nach Paris gekommen waren. Seitdem nähten und stickten sie in Madame Souzas Atelier acht Stunden am Tag und mehr und teilten sich – inzwischen gemeinsam mit Christines Ehemann Hans – eine Wohnung in der Nähe des *Gare de l'Est*.

Die Wohnung war klein, bestand lediglich aus einem Zimmer, in dem Christine, Lynette und Hans schliefen, und einer Küche, in der sich ein Bett für Mathilde befand, doch sie war sauber, und es gab sogar einen Ofen. Christine und Mathilde verdienten nicht viel, aber Madame Souza war zumindest eine gerechte Chefin. Und sie hatten einander. Christine wollte weder Mathilde noch Hans je missen. Sie und Lynette waren ihre Familie.

Wenn die Arbeit beendet war, wartete Hans manchmal schon auf der Straße. An warmen Tagen machten sie am Wochenende oft einen Ausflug in ein Weinlokal, vielleicht auch hinauf auf den *Montmartre*, wo sich die Künstler und Freidenker tummelten, und aßen selbst mitgebrachte Baguettes mit Schinken, den Mathilde neuerdings günstiger bei einem Metzgerburschen bekam, der sich in sie verliebt hatte.

Danach gingen sie meist spazieren, neuerdings am Bauplatz von *Sacré-Cœur* vorbei, während Lynette vor ihnen hersprang und auch einmal lauthals sang. Mit den Ausflügen war es allerdings bald wieder vorbei, denn die Tage wurden bereits kürzer, und irgendwann war es zu kühl.

Eine Bewegung ließ Christine aufblicken. Mathilde hatte eben damit begonnen, ebenfalls ihre Arbeitsmaterialien zu verstauen. Christine schaute erneut auf die große Uhr über Madame Souzas Schreibtisch. Sechs Uhr. Feierabend.

»Soll ich warten?«, fragte Mathilde leise.

Christine schüttelte den Kopf. Sie hörte, wie sich Mathilde von Madame Souza verabschiedete, tat es ihr wenig später gleich. Wie immer saß die Besitzerin des Nähateliers als Letzte an ihrem Arbeitsplatz. Sie sortierte Arbeitsproben, denn seit sie begonnen hatten, für die Pariser Kaufhäuser zu produzieren, musste Madame Souza weiteres Personal einstellen. Gerade hielt sie eine Stickerei näher an das Licht ihrer Gaslampe und beäugte sie kritisch. Es war nicht leicht, ihren Ansprüchen gerecht zu werden, auch deshalb hatte Madame Souza einen solch guten Ruf. Christine spürte, wie ihre Tochter ihre kleine Hand in ihre große schob. Ob Lynette auch einmal hier arbeiten würde? Sie wünschte es ihr. Es war eine gute Arbeit. Man saß recht warm und im Trockenen. Madame Souza war streng, aber gerecht.

»Einen guten Abend, Madame Souza«, sagte sie.

»Einen guten Abend, Christine«, erwiderte Madame Souza.

Als Christine hier angekommen war und sich mit dem Namen Minette vorgestellt hatte, hatte Madame Souza sie harsch gefragt, ob sie denn keinen »richtigen Namen« habe? Und Christine hatte sofort mit den Tränen kämpfen müssen. Doch das weitere Gespräch war weniger schlimm gewesen, als sie es erwartet hatte. Sie hatte ein paar Arbeitsproben zeigen müssen und war dann aufgefordert worden, am nächsten Morgen pünktlich zu kommen. Seit ihrem ersten Tag war sie immer die Letzte, die Madame Souzas Atelier verließ. Sie nahm den Umhang, den sie sich genäht hatte, und legte ihn um die Schultern, drehte sich dann zu Lynette und achtete darauf, dass ihre Tochter den ihren trug und ihr Spielzeug in dem Beutel verstaut hatte, den Madame Souza ihr geschenkt hatte.

Leise schlossen sie beide die Tür hinter sich. Dann ging es vier Stockwerke nach unten. Das Atelier befand sich ganz oben in dem Miethaus, wo es große Fenster und den Tag über viel Licht gab. Christine mochte das Atelier, besonders früh am Morgen, wenn man die Sonne aufgehen sah, und auch abends, wenn die Sonne unterging und alles mit einem warmen, goldenen Rot übergoss. Die Tür unten war immer sehr schwergängig, sodass sie sich mit ihrem ganzen Gewicht dagegenlehnen musste.

Lynette plapperte die ganze Zeit unablässig. Christine hörte ihr zu. Als sie auf die Straße traten, wartete Hans auf sie. Lynette jauchzte auf, als sie ihren Vater sah, und stürzte sich in seine Arme. Er hob das kleine Mädchen hoch und wirbelte es einmal im Kreis, bevor er, seine Tochter auf dem Arm, stehen blieb und Christine zur Begrüßung auf beide Wangen küsste. Während er Lynette auf dem rechten Arm hielt und den linken um Christine legte, erinnerte die sich an den Abend, an dem sie ihn zum ersten Mal gesehen hatte.

Genau dort hatte er gestanden, auf der anderen Seite der schmalen Gasse. Sie hatte ihm einen kurzen, prüfenden Blick zugeworfen und sich in Bewegung setzen wollen, da hatte er den Fahrweg überquert, um zu ihr zu kommen. Verunsichert blieb sie stehen. Dass er ein Arbeiter war und keiner der Angestellten, die auch hier vorbeikamen, war ihm deutlich anzusehen. Seine kräftige Gestalt zeugte von harter Arbeit, sein Gesicht und die Hände würden, obgleich er sie täglich schrubbte, wohl nie mehr ganz sauber werden. Ihr fiel zuerst sein blondes, kurz geschorenes Haar auf und diese sehr blauen Augen. Augen, die Lynette erben sollte. An jenem Abend grüßte Hans sie, und sie zuckte zusammen, weil seine Stimme so viel wärmer und ruhiger klang, als sie sich das offenbar vorgestellt hatte. Da war nichts Grobes an dieser Stimme gewesen.

»Woran denkst du?«, hörte sie ihn jetzt fragen.

»An den Tag, als ich dich zum ersten Mal gesehen habe.«

Sie spürte, wie er einen neuen Kuss auf ihre Schläfe drückte, während sich Lynette an ihn lehnte und über seine Schulter spähte.

»Ich bin glücklich, dass ich es damals gewagt habe, dich anzusprechen.«

»Ich kann immer noch nicht glauben, dass du Angst vor mir gehabt hast.«

»Na ja, so ein einfacher Kerl, wie ich es bin«, neckte Hans sie. »Außerdem wollte ich dich nicht verschrecken.«

Christine schmiegte sich enger an ihren Mann. »Zuerst war ich misstrauisch.«

»Ich weiß.«

»Du hast recht viel geredet«, erinnerte Christine sich.

»Und du hast mich stehen lassen.«

Lynette begann auf seinem Arm zu zappeln. Hans setzte sie ab, und die Kleine hüpfte vor ihren Eltern her, den Gehsteig entlang. Hans und Christine folgten ihr, die Arme umeinandergeschlungen.

»Aber ich habe nicht aufgegeben ...«, sagte Hans nachdenklich. Lynette rannte auf ihn zu und überreichte ihm eine geschliffene Glasscherbe, die er bewundernd begutachtete. Christine lächelte in sich hinein.

»Du hast mir selbst gepflückte Blumen gebracht.«

»Wo hast du die Blumen gefunden, Papa?«, mischte sich Lynette ein.

»In einem Park«, sagte Hans leise und legte den rechten Zeigefinger auf die Lippen.

»Ich habe sie angenommen«, sagte Christine gedankenverloren, »obwohl ich das eigentlich nicht wollte. Zu Hause habe ich sie in eine Flasche gestellt. Mathilde musste sie schließlich wegwerfen, ich habe es nicht über mich gebracht.«

Lynette rannte wieder weg und brachte ihrem Vater einen neuen Schatz, den dieser eingehend bewunderte.

»Und dann sind wir unseren ersten Becher Wein trinken gegangen«, sagte er zu Christine gewandt. »Und haben uns alles erzählt.«

»Ja, alles«, bestätigte Christine. Hans hatte ihr von seiner Familie erzählt, und sie hatte bemerkt, dass sich die Erinnerungen an ihre eigene Kindheit zunehmend auflösten.

Hatte sie wirklich einmal in einem großen Haus gewohnt, oder bildete sie sich das ein? Hatte sie einmal ein Kleid getragen, das aussah wie das einer Prinzessin? Hatte es diese warme, weiche Frau mit ihrem großen Busen wirklich gegeben, in deren Arme sie sich geflüchtet hatte, und den Mann, der sich über sie gebeugt und ihr Angst gemacht hatte?

Bald beschloss sie, ihr Leben mit neuen Erinnerungen zu füllen, mit Besuchen auf dem Jahrmarkt, gemeinsam mit Mathilde, mit Spaziergängen an der Seine, mit Hans, der sich in ihr Herz schlich, jeden Tag ein unwiderrufliches Stückchen mehr.

Die Hochzeit, einige Monate nachdem sie sich kennengelernt hatten, war eine einfache Zeremonie gewesen. Keiner von ihnen konnte viel Geld ausgeben. Sie hatten schlicht keines. Madame Souza schenkte Christine einen Stoff für ein neues Kleid und drei bezahlte freie Tage. Ein Freund von Hans war da und natürlich Mathilde, Christines beste Freundin. Sie hatten nichts, aber die Sonne strahlte freundlich auf sie herab, und gutes Wetter konnten sich auch die Reichsten nicht kaufen. Als Christine Hans am Abend zum ersten Mal nackt vor sich sah, war sie neugierig und wusste zugleich kaum, wo sie hinschauen sollte. Natürlich hatte sie schon Statuen gesehen, auch Männer beim Baden, trotzdem war es etwas anderes, den eigenen Mann so vor sich zu sehen. Es war verunsichernd und schön. Ein halbes Jahr später wusste sie, dass sie schwanger war.

Nach und nach rundete sich ihr Leib. Das Leben in ihr wuchs. Sie arbeitete weiter. Ihre Stiche wurden noch feiner und achtsamer. Sie dachte an das Wesen in ihrem Bauch, das sie schützen wollte. Hans war stolz und befangen zugleich. Er arbeitete härter und länger, wo immer er Arbeit fand. Er half auf Märkten und Baustellen, belud und entlud Schiffe. Für nichts war er sich zu schade. Sie beide träumten von einer größeren Wohnung, die sie sich nicht leisten konnten. Aber sie würden dem Kind all ihre Liebe geben. Das musste genügen.

Zwölftes Kapitel

New York, 1884

Richard hatte noch nie eine Frau gesehen, die so rotes Haar hatte, ja, ganz unglaublich rote Haare waren das, die ungebärdig über ihre cremeweißen, etwas knochigen Schultern fielen. Ihr Mund wirkte ein wenig zu groß und breit für ihr Gesicht, ihre Augen waren schmal und unruhig. Ständig schienen sie nach etwas zu suchen. Natürlich wusste er längst, dass in New York alles schneller, hektischer, betriebsamer vonstattenging, aber diese junge Frau wirkte noch einmal unruhiger. Ihr Gesicht war geradezu übersät von Sommersprossen, keine kleinen zarten Flecken, sondern große, goldschimmernde Flatscher. Sie war nicht elegant, nicht zart. Sie wirkte groß und etwas plump, und doch hatte sie etwas mitreißend Lebendiges an sich, ein Lachen, das man überall erkannt hätte, ein Lachen, nach dem man sich umsah, ein Lachen wie ein Versprechen auf den Neuanfang, den er immer noch suchte.

Auch wenn sie auf seinem Heimweg lag, hatte Richard die Bar an diesem Tag zum ersten Mal betreten. Anfänglich hatte er viel gearbeitet und keine Zeit für solche Unternehmungen gehabt. Später hatte man ihn vielleicht etwas zu häufig vor diesem Etablissement gewarnt, sodass er irgendwann einfach neugierig geworden war. Außerdem hatte er nicht vor, für den Rest seines Lebens nichts weiter zu sein als ein langweiliger Geschäftsmann, der sich an jede Regel hielt.

Immerhin hatte sich die ganze Sache gut angelassen. Sein Geld hatte ihm rasch Türen geöffnet, so wie er sich das erwartet hatte. Es wurde viel gebaut in New York, und er machte Geld mit allem, was es dazu brauchte. Er investierte in Sand und Stein und Holz, in Stahl, auch in Getreide und ins Fleischgeschäft, denn die Arbeiter, daran dachten die wenigsten, mussten ja auch essen. Vielleicht machte er seine Geschäfte nicht immer mit den richtigen Leuten, vielleicht musste er besonnener sein, aber es lief doch gut, wie er fand, und er war und wollte auch kein vorsichtiger Mensch sein. Anfangs hatte er häufiger an Arnold und Falk gedacht. Heute tat er es nur hin und wieder. Manchmal schämte er sich, Falk mit Arnold allein gelassen zu haben, aber war er seines Bruders Hüter? Er konnte Falk nicht retten, das musste Falk selbst tun. Nur er selbst konnte die eigenen Ketten sprengen und erkennen, dass man nichts Falsches getan hatte.

Nein, ich fühle mich nicht schuldig. Ich bin es nicht. Ich habe nichts verbrochen ... Wir haben dem Kind nichts getan. Außerdem war Krieg. Im Krieg verloren sich manche Regeln. Dann wurden die Menschen zu Wölfen.

Mehr aus Reflex grinste Richard die Rothaarige an. Man sah, dass sie auf der Suche nach jemandem war, und war er das nicht auch? Sie trug ein Kleid, das zu schick für den Anlass und die Umgebung wirkte. Er vermutete, dass es ihr einziges gutes Kleid war. Es sah ein wenig abgenutzt aus.

Ich habe noch nie eine Frau allein in einer Bar gesehen, fuhr es ihm durch den Kopf. Sie erwiderte sein Lächeln und machte dann Anstalten, auf ihn zuzukommen.

»Hallo, Cowboy!«, grüßte sie ihn mit lauter, rauer Stimme.

Aus den Augenwinkeln erkannte er, wie der Barmann auf sie beide zusteuerte, bereit, die Rothaarige in ihre Schranken zu weisen. Er warf Richard einen entschuldigenden Blick zu, dann packte er die junge Frau am Arm, etwas härter als nötig, wie Richard fand. Sie schimpfte wie ein Rohrspatz.

Ein echtes Gossenweib, dachte er. Sie gefiel ihm.

Sie war so anders als Betty. Es erstaunte ihn durchaus, dass er jetzt an sie denken musste.

»Komm, Mädchen, raus, deinesgleichen brauchen wir hier nicht«, hörte Richard den Barmann sagen und war sich doch sicher, dass sie nicht zum ersten Mal hier war. Unter anderen Umständen hätte man sie geduldet. Aus irgendwelchen Gründen fürchtete man, dass er sich belästigt fühlte.

»Was soll das?«, schimpfte sie auch gleich los. »Willst du jetzt so tun, als würdest du mich nicht kennen? Aber nachher wieder die Hand aufhalten, o ja. Ich würde ja ausspucken, wenn ich nicht so ein feines Mädchen wäre. Pfui Teufel!«

»Darf ich Sie auf ein Getränk einladen?«, unterbrach Richard sie und gab dem Barmann ein Zeichen, die Frau in Ruhe zu lassen. Die Rothaarige lachte breit und siegesgewiss.

»Wer sind Sie?«, fragte sie. »Sie gefallen mir. Es gibt wenige Herren, die den Mumm haben, für ein echtes Mädchen einzustehen.«

Zielstrebig war sie, das musste man ihr lassen. Und sie sprach kein feines Englisch. Trotzdem verstand er sie. Seit seiner Ankunft in der Stadt vor vier Jahren hatte sich sein Englisch wirklich sehr verbessert.

»Belästigt Sie die Dame wirklich nicht?«, erkundigte sich der Barmann, wofür er einen wütenden Blick erntete.

»Nein, nein ...« Richard schüttelte den Kopf. Die Rothaarige schaute den Barmann triumphierend an, bevor sie sich zu Richard drehte und ihn eingehend musterte.

»Ein Geschäftsmann aus Europa«, hörte er sich auf ihre Frage hin sagen. Sie neigte den Kopf etwas zur Seite. Gegen das dunkle Grün ihres Kleides wirkte ihr Haar noch feuriger. Dann schob sie sich etwas näher zur Bar hin, legte einen weißen Arm auf die polierte Fläche aus dunklem, glänzenden Holz.

»Bestellst du mir jetzt einen Drink und erzählst mir ein bisschen mehr davon, Geschäftsmann?«

Richard grinste. Er mochte ihre Forschheit, wirklich. Sie steuerte direkt aufs Ziel zu. Er mochte auch die Art, wie sie sich bewegte, geschmeidig, kraftvoll, entschlossen. Sie war eine Frau, mit der man vergessen konnte. Er fragte sich mit einem Mal, wie sich ihre Haut anfühlte, wie sie roch, wie ihre Küsse schmeckten. Er musste Deutschland mit all seinen Erinnerungen endlich hinter sich lassen. Er war ein Mann im besten Alter, keiner, der sich mit der Vergangenheit aufhalten sollte.

»Natürlich, was trinkst du?«

»Bourbon.« Sie lächelte ihn wieder an. »Traust du einer Frau, die Bourbon trinkt?«

»Warum sollte ich nicht?«

Sie streckte eine schlanke, weiße Hand nach ihm aus und strich über seinen Unterarm. Er fröstelte wohlig.

»Du bist also wirklich aus Deutschland?«

»Ja, warum sollte ich das sonst sagen?«

»Eine Frau, die euch Männern einfach traut, ist dumm.« Sie zwinkerte ihm zu. »Und du machst Geschäfte?«

»Ja.«

»Das sieht man dir an.«

»Findest du?«

Er grinste. O ja, es hatte nicht lange gedauert, bis er die ersten Kontakte geknüpft hatte. Er wusste, was er wert war, und er hielt sich nicht mit Niederlagen auf. Er war ein entschlossener Mann, der sich zu verkaufen wusste. Er war nie der beste Schüler gewesen, aber er war, weiß Gott, nicht dumm. Arnold hatte sich immer darüber geärgert, dass er mit harter Arbeit genau so viel erreichte wie sein jüngerer Bruder mit seinem Charme.

»Das ist nicht gerecht«, hatte er oft gemurrt. »Das ist nicht gerecht.«

Aber das Leben war eben nicht gerecht. Es war am besten, das schnell zu verstehen.

»Ihr macht wohl alle Geschäfte«, sagte die Rothaarige. Sie sprach langsam. Wieder streiften ihre Finger über seinen Arm. Er konnte nicht sagen, ob sie es absichtlich tat.

»Was machst du hier?«, fragte er.

»Ich wollte nicht allein sein.«

»Wie kann eine schöne Frau wie du denn allein sein? Du hast gewiss zahllose Bewunderer.«

Für einen Bruchteil sah sie ihn prüfend an. Dann warf sie den Kopf mit einer kleinen Bewegung zurück und zuckte die Achseln.

»Ich warne dich, ich bin nicht leicht zufriedenzustellen.«

»Muss ich gewarnt werden?«

Der Barmann brachte den Bourbon und ließ sie nicht aus den Augen. Sollte etwas Unanständiges geschehen, so war sich Richard sicher, würden sie beide rasch vor der Tür landen. Sie prosteten einander zu. Der Gedanke kam ihm, dass ihre Sommersprossen der Farbe des Bourbon ähnelten. Er dachte daran, was er über rothaarige Frauen und ihre Zügellosigkeit im Bett gehört hatte. Plötzlich überkam ihn eine Lust auf sie, die ihn beschämte und der er doch nachgeben wollte. Bettina hatte Arnold geheiratet. Er hatte einen Ozean zwischen sie beide gebracht, um ein neues Leben zu beginnen, und er konnte nicht für den Rest seines Lebens leben wie ein Mönch. Er streckte die Hand aus.

»Richard«, sagte er.

»Liddy«, antwortete die junge Frau.

Richard war angetrunken, als er Liddy erstmals mit aufs Zimmer nahm, in der Hoffnung, dass er sich gemeinsam mit ihr weniger einsam fühlen würde. Sie sagte ihm, was er tun müsse, damit sie mitkäme. Er hatte genug Geld, um ihre kleinen Wünsche zu erfüllen. Seine Vermutung, dass sie ein einfaches Mädchen war, bestätigte sich, als er ihr aus dem Kleid half. Es war noch schäbiger, als es im Dämmerlicht der Bar gewirkt hatte. An manchen Stellen war der Stoff bereits dünn, ein Riss war sorgsam geflickt worden.

Liddy war gut im Bett, aber nicht so aufsehenerregend, wie Richard sich das bei seiner ersten Prostituierten vorgestellt hatte. Vielleicht behinderte ihn auch das schlechte Gewissen, das ihn doch beschlich. Als er danach auf dem Bett lag, schaute er auf ihren Rücken und den Ansatz ihres Pos, der oberhalb der Decke gerade noch zu sehen war. Sie war eine sehr hübsche Frau, nicht schön, aber doch hübsch und vor allem übersprudelnd von Leben. Sie wirkte arglos, wie auch immer ihr das gelungen sein mochte, denn es bestand kein Zweifel daran, dass sie ein Straßenmädchen war. Er fragte sich, wo sie ursprünglich herstammte, denn kamen hier in Amerika nicht alle irgendwo her? Da sie Liddy Perkins hieß, war sie wohl Engländerin.

»Wo kommst du her?«, fragte er trotzdem.

Sie drehte sich zu ihm und präsentierte ihm ihre Brüste. Mit ihrer Nacktheit war sie ganz und gar ungeniert. Daran musste er sich erst gewöhnen.

»Wie meinst du das? Ich bin New Yorkerin.«

»Aber vorher? Ich meine vorher.«

Sie schüttelte den Kopf und lachte ihr rotziges, freches Lachen.

»Ich bin hier geboren, Mr. German.«

Richard verstummte. Eine Amerikanerin, dachte er, eine echte Amerikanerin. Vielleicht war das ein gutes Omen, vielleicht würde er jetzt noch schneller Fuß fassen, vielleicht würde er mit ihr lernen, sich zu Hause zu fühlen. Zuerst einmal würde er sie nicht wieder gehen lassen. Er würde für sie sorgen.

Wenn Richard sich nach Bettina sehnte, ging er in die Bar und kaufte Liddy einen Bourbon. Sie tranken gemeinsam, dann gingen sie zurück in sein Zimmer und geradewegs ins Bett. Natürlich blieben sie dabei auf Dauer nicht unbemerkt. Eines Morgens sprach ihn die Vermieterin darauf an, solches Verhalten könne sie in einem ehrbaren Haus wie dem ihren nicht dulden. Richard nickte verständnisvoll, während ihm erstmals der Gedanke kam, ob das wohl Liebe war, was er für Liddy empfand. Er wünschte es sich sehr. Er durfte sich nicht weiter mit der Vergangenheit belasten. Die Geschäfte liefen gut, auch wenn oder gerade weil er immer noch hoch pokerte. Nur wenn er Angst spürte, wenn er kämpfte, wenn er etwas aufs Spiel setzte, fühlte er sich lebendig.

Aus Deutschland kamen keine Nachrichten. Er selbst schrieb selten und wenn, dann nur an seinen Bruder. Er war sich sicher, dass Arnold Bettys Post ohnehin kontrollierte.

Nach der Rüge seiner Vermieterin entschied Richard sich, eine neue gemeinsame Wohnung zu suchen. Liddy kannte jemanden, der nicht viele Fragen stellte. Trotzdem war das neue Haus auch repräsentativ genug, um dort Geschäftspartner zu empfangen.

Kaum eine Woche später zogen sie als Mr. und Mrs. Perkins ein. Mit hocherhobenem Kopf schritt Liddy am ersten Tag an seinem Arm durch die Räume. Ihre kleinen Ohren schmückten weiße Perlen, die er ihr geschenkt hatte, ihr schlanker Hals wirkte noch feiner durch den Spitzenkragen. Die Mode kam ihrer schlanken Gestalt zupass, das dunkle Blau des Seidenkleids, das er ihr gekauft hatte, ließ ihre helle Haut fast durchscheinend wirken. Die zurückhaltende Ausschmückung des schmalen Rocks unterstrich die Eleganz ihrer Haltung.

Am nächsten Morgen zeigte sich Liddy wieder einmal ganz kurz missmutig über ihre Sommersprossen. Richard bestand darauf, jede einzelne davon zu lieben, und stimmte dann dem Kauf eines dicken Zopfes aus Kunsthaar zu, den sie sich in das eigene Haar einarbeiten ließ. Er fand das unnötig, sie betonte, etwas lauter, als er das von wohlerzogenen Mädchen kannte, dass es modisch sei und er einfach keine Ahnung habe.

»Eine schöne Frau hat immer recht«, sagte er mit einem Lächeln.

An diesem Abend tranken sie drei Flaschen Wein, wobei Liddy tapfer mithielt, bevor sie einschlief und er sie ins Bett tragen musste. Er schnürte ihr Korsett und Schuhe auf, zog das Kleid aus und betrachtete sie dann nachdenklich, wie sie im Unterkleid leise schnarchend vor ihm lag. Ohne das Kleid wirkte sie zarter. Er sah alte Verletzungen an Armen und Beinen, vernarbte Striemen, die ihn nachdenklich werden ließen. Sorgsam deckte er sie zu und verließ leise das Zimmer.

Er überließ es Liddy, die Räume auszustatten, und stellte bald fest, dass sie keinen Geschmack hatte. Rasch nahmen die Kleinigkeiten zu, an denen Frauen offenbar Gefallen fanden. Warum, hatte er sich nie erklären können. Plötzlich standen Porzellantänzerinnen auf der Anrichte und Schäferinnen und kleine Hirtenjungen mit springenden Hunden. An die Fenster kamen bauschige Gardinen, die Möbel trugen Schnörkel. Nun, solange sie Liddy gefielen, war es ihm gleich, und sie freute sich wie ein Kind.

Dreizehntes Kapitel

New York, 1885

Fünf Jahre waren nun bereits vergangen, seit er seine Familie, Frankfurt und Europa endgültig hinter sich gelassen hatte. Richard legte die Arme hinter den Kopf, rekelte sich etwas und schaute zu Liddy hinüber, die unbekleidet vor dem Spiegel saß und selbstvergessen mit ihren Fingern durch ihre roten Locken fuhr. Sie war zauberhaft. Er hatte noch nie eine Frau kennengelernt, die so selbstverständlich mit ihrem Körper umging. Manchmal kam er nach Hause und fand sie vor mit nichts als ihrem Schmuck oder einem Seidentuch bekleidet. Tatsächlich war sie auch heute nackt, trug nur die teure Kette, die er ihr kürzlich geschenkt hatte, ein Saphir, der in der Mitte zwischen ihren Schlüsselbeinen zu liegen kam und den sie immer wieder selbstvergessen berührte. Eigentlich konnte er sich das nicht leisten, aber was sollte es. Er ließ den Blick genüsslich über Liddys Körper wandern. Etwas unter dem Saphir lockte der Ansatz ihrer kleinen, runden Brüste, dann die schlanke Taille, der Apfelpopo.

Wer nicht wagt, der nicht gewinnt.

»Sehen wir uns heute Abend?«, fragte sie, während sie ihn durch den Spiegel beim Anziehen beobachtete. Er knöpfte sich das Hemd zu, rückte die Manschettenknöpfe zurecht, überprüfte seinen Anblick in ihrem Spiegel.

»Natürlich, *sweetheart*. Mittags treffe ich ein paar Geschäftsfreunde, aber abends könnten wir ausgehen.«

Sie drehte sich um und legte den Kopf schief. Ihre Stimme wurde ein paar Oktaven höher. »Bekomme ich ein neues Kleid, Mr. German?«

Sie lachte dunkel. Er gab vor zu überlegen. Sie war durchaus teuer, aber sie tat ihm gut. Sie war kompliziert, und sie hielt ihn auf Trab.

»Bleibst du heute hier?«, erkundigte er sich.

»Ich weiß es nicht. Vielleicht gehe ich ein wenig spazieren?«

»Du solltest das Mädchen einmal dazu anhalten, hier ein wenig Ordnung zu machen«, sagte er und betrachtete das Chaos, das sie beide hinterlassen hatten.

Liddy gab vor zu gähnen.

»Ach, ich bin einfach keine Hausfrau. Kann sie das nicht allein?«

»Nun, ein Haushalt muss zumindest geführt werden.«

»Aber ich bin keine, die ein anderes armes Mädchen zur Arbeit anhalten will. Das kann ich einfach nicht.«

Sie schmollte ihn an. Er kam sich vor wie ein strenger Vater, eine Rolle, die er gar nicht mochte.

»Das musst du aber, das gehört jetzt zu deinem Leben dazu.« Er schlüpfte in den Gehrock, nahm die Mappe mit den Unterlagen. Als er wieder zu ihr hinsah, war Liddy wieder dazu übergegangen, sich im Spiegel zu betrachten.

»Kommst du spät?«, erkundigte sie sich.

»Nein.« Er schüttelte den Kopf. Er wusste, dass sie Angst vor dem Alleinsein hatte. Sie hatte ihm davon erzählt, wie sie als Kind in den Slums von New York erst die Mutter und dann den Vater verloren hatte. Sie war lange allein gewesen, zu lange, um es gut zu ertragen. »Du könntest auch einmal zum Dinner einladen«, sprach er dann eine neue Überlegung laut aus.

»Etwa die Frauen deiner Geschäftspartner? Die wollen nichts mit mir zu tun haben.«

»Hast du es schon versucht? Sie hatten dich doch bereits eingeladen.«

»Blablabla ...« Liddy rollte mit den Augen. »Das ist nichts für mich.«

Er runzelte die Stirn.

»Du würdest mir damit helfen.«

»Würde ich das?« Sie drehte sich um und schaute ihn fragend an.

»Ja, natürlich.«

»Dann will ich das. O ja, dann will ich das.«

Sie klatschte in die Hände und warf sich ihm an den Hals. Nach einer Weile machte er sich von ihr los. Für einen Moment fürchtete er, ihre Stimmung könnte schon wieder wechseln, aber er irrte sich. Sie küsste ihn noch einmal und verschwand im Schlafzimmer, um sich anzuziehen. Er verabschiedete sich. Auf dem Weg zur Tür fiel sein Blick auf das Datum der Zeitung, und er musste erneut an Bettina denken. Was auch immer er versuchte, es gab einfach immer wieder zu viele Gründe, an sie zu denken. Er blieb noch einmal stehen.

»Liddy«, rief er.

»Ja?« Sie stand im Unterkleid in der Tür zum Schlafzimmer und schaute ihn fragend an.

»Willst du mich heiraten?«

»Wie bitte, Mr. Perkins?«

»Ob du mich heiratest, Liddy Perkins?«

Vierzehntes Kapitel

Frankfurt am Main, 1885

Es war kaum acht Uhr durch, aber Bettina war schon seit zwei Stunden auf den Beinen. Zuerst hatte sie mit Arnold gefrühstückt, der heute noch früher ins Geschäft wollte, um sich die neuen Verkäuferinnen anzuschauen, dann hatte sie ihr Mädchen und ein weiteres, welches sie extra für diesen Tag angestellt hatte, bei der Wäsche beaufsichtigt. Nun wartete sie auf die Post. Sie tat das jeden Tag, seit Richard fortgegangen war, und sie wusste, wie sinnlos es war, denn Briefe kamen oder sie kamen nicht, darauf hatte sie keinen Einfluss. Leider war es ihr aber ganz unmöglich, sich zu beschäftigen, nachdem Arnold das Haus verlassen hatte, solange sie nicht wusste, ob nicht endlich wieder ein Brief von Richard eingetroffen war. Aber Richard war nie ein guter Briefschreiber gewesen. Schon damals im Krieg waren Falks Briefe häufiger gekommen als die seinen. Manchmal hatte ihr Richard Grüße mitgeschickt, hastig hingekritzelt am Ende von Falks Brief. Und diese wenigen Zeilen hatten für sie aus Falks eintönigen Episteln, die sie so wenig berührten, etwas Besonderes gemacht.

Ach, Falk. Sie hatte einfach kein Gefühl für ihn. Er war grau, jemand, an den man sich nur schwer erinnerte, wäre da nicht diese verzweifelte Liebe seinem ältesten Bruder gegenüber. Manchmal hatte sie den Eindruck, dass Arnold für Falk der Vater war, den dieser nie gehabt hatte und den er offenkundig so sehr vermisste. Herr Wessling senior war gestorben, als Falk gerade einmal neun Jahre alt gewesen war.

Sie schenkte sich noch etwas Kaffee ein, stand dann auf und ging zum Fenster. Die beiden Mädchen hatten gerade damit begonnen, die weiße Wäsche zum Bleichen auf der Wiese auszubreiten. Die eine lachte über irgendetwas, die andere besprengte die Wäsche mit Wasser. Der Anblick war Bettina noch von früher vertraut und zugleich ungewohnt. Einmal war es ihre eigene Mutter gewesen, die das Bleichen überwacht hatte, dann die Haushälterin.

Sie trank einen Schluck Kaffee und bemerkte, dass er kalt geworden war. Dann schaute sie auf die Uhr. Wenn Antonie aus der Schule kam, musste das Mittagessen bereitet sein. Sie räumte das Frühstücksgeschirr zusammen und trug es in die Küche. An den Waschtagen übernahm sie das Kochen. Arnolds Angebot, eine Köchin anzustellen, hatte sie abgelehnt.

Bettina öffnete die Tür mit dem Ellenbogen, schob sich hinein und stellte das Tablett auf der Anrichte ab. Früher hatte sie hier manchmal mit Mama und Großmama zusammengesessen, aber das war lange her. Sie öffnete die Tür zur Speisekammer und holte Karotten und Kartoffeln heraus, aus denen sie eine Suppe zubereiten wollte. Das Mädchen hatte gestern noch eine Brühe aus guten Rindsknochen angesetzt. Bettina öffnete den Herd und schürte das Feuer neu an. Dann setzte sie den Topf auf, begann Gemüse zu schneiden. Sie mochte diese Arbeit. Sie ließ ihr Zeit, nachzudenken. Zwei Mal noch meinte sie den Postboten zu hören, doch offenbar hatte sie sich geirrt.

Um zwölf Uhr saßen Antonie, Arnold und sie am Tisch.

Bettina tat allen Suppe auf. Arnold wünschte einen guten Appetit, und erst dann begannen sie, wie jeden Mittag, zu essen.

Bettina merkte, dass sie immer wieder ins Grübeln versank. Sie fragte Antonie nach der Schule und bekam die üblichen einsilbigen Antworten, denen sie selbst kaum zuhörte. Arnold war recht ruhig. Soweit sie wusste, liefen die Geschäfte auch in diesem fünften Jahr sehr zufriedenstellend, und das Weihnachtsgeschäft stand erst noch vor der Tür.

Sie fragte sich, ob sie im Sommer wie immer in Urlaub nach Spiekeroog fahren würden. Letztes Jahr waren sie erstmals zu Hause geblieben und hatten nur einige kleinere Ausflüge unternommen, denn Arnold war im Geschäft unabkömmlich gewesen.

Sie hörte, wie ein Teller zur Seite geschoben wurde, dann raschelte es. Bettina hob den Kopf. Arnold hielt einen Brief in der Hand.

»Das hatte ich ganz vergessen«, sagte er mit fester Stimme.

Bettina starrte den Brief an.

Richard, schoss es ihr durch den Kopf.

»Er ist gestern schon gekommen«, fuhr Arnold fort. »Du warst gerade im Zimmer bei Antonie …«

Richard, dachte Bettina, Richard …

»Jedenfalls habe ich Richards Brief einfach eingesteckt und bis jetzt nicht mehr daran gedacht. Es tut mir leid.«

»Das macht doch nichts.« Bettina versuchte, ihre Stimme ruhig klingen zu lassen. Manchmal fragte sie sich, ob er wusste, was sie wusste, oder ob er wirklich so ahnungslos war, wie es schien. Jetzt aber war sie so ungeduldig, dass sie sich die Finger nur eilig an der Serviette abputzte und den Brief auseinanderfaltete.

Liebste Betty ...

Sie stockte. Ja, so hatte er sie immer genannt. Sie erkannte auch seine starke Linienführung, und wenn sie die Augen schloss, hatte sie seine Hand vor sich, die den Stift locker und doch entschlossen hielt. Und dann sah sie, wie er ihr tief in die Augen blickte und mitten in ihr Herz hinein.

Ihr Herz begann schneller zu schlagen, es wechselte den Rhythmus. Vorübergehend hatte sie das Gefühl, ihr Hals werde enger. Arnold ließ die eben erhobene Zeitung wieder raschelnd sinken.

»Was schreibt er denn, mein lieber Bruder?«

Bettina verwunderte es, wie viel Verachtung man in das Wort »lieber« legen konnte. Sie zuckte die Achseln.

»Ich habe noch nicht mit dem Lesen begonnen.«

»Und ich habe geglaubt, du könntest es nicht erwarten.« Arnold zwinkerte ihr zu, aber da war ein gefährlicher Ernst in seinem Tonfall.

»Wir waren immer gute Freunde.«

»Hm, o ja.« Arnold hob die Zeitung wieder. Bettina dachte an früher. Wie sie zuerst miteinander gespielt hatten, wie sie älter geworden waren, wie die Brüder um sie konkurriert hatten. Vieles hatte sich geändert. Vielleicht wäre auch an Richards Seite bald die Alltäglichkeit eingezogen, aber sie konnte es sich nicht vorstellen.

Sie senkte die Augenlider und sah Richards gebräuntes, schmales Gesicht vor sich – man hatte immer gesehen, dass er sich gerne draußen aufhielt –, die Haarsträhne, die ihm in die Stirn fiel, wenn er sie nicht mit Pomade bändigte. Das Kinn, auf dem sich schon am Nachmittag wieder die dunkle Ahnung eines Bartes zeigte. Die scharfen Augenbrauen, die er so spöttisch verziehen konnte, der weiche Mund, eine einzige Einladung zum Kuss.

»Woran denkst du, Bettina, du siehst so abwesend aus? Was schreibt er denn? Es geht ihm doch gut, oder?«

Bettina schrak zusammen. Sie hatte gar nicht bemerkt, dass Arnold die Zeitung erneut hatte sinken lassen. Sie wusste, dass es ihn nicht interessierte, wie es seinem Bruder auf der anderen Seite des großen Ozeans erging. Es war ihm vollkommen gleichgültig. Ihre Augen richteten sich wieder auf den Brief. Aber natürlich wollte Arnold wissen, was Richard von ihr wollte …

Liebste Betty, las sie wieder. Sie schaffte es einfach nicht, über die erste Zeile hinauszulesen.

»O ja, o ja, nein, es ist alles in Ordnung. Mir ging nur dieses und jenes durch den Kopf, und jetzt weiß ich nichts mehr davon.«

Sie lachte. Es klang steif in ihren Ohren. Arnold tupfte sich den Mund ab und stand auf. Dann kam er um den Tisch herum. Er streichelte ihre Wange, führte dann zwei Finger seitlich an ihrem Gesicht entlang.

»Mach dir keine Gedanken, du musst dir keine Gedanken machen, ja?«

»Nein.« Es gelang ihr, ihn anzulächeln. »Natürlich nicht.«

Er sah sie einen Moment länger an, eindringlich, als könnte er etwas in ihrem Gesicht lesen. Wusste er etwas von dem, was vorgefallen war, damals auf dem Fest und dann, als sie sich geküsst hatten? Aber sie hatte den Eindruck, dass er ihr weniger traute. Jetzt beugte er sich vor und küsste ihre Wange.

»Geht es dir wirklich gut, meine Liebe?«
»Ja.«

Bettina nickte bekräftigend. Fragte er sie, weil er dachte, man müsse das tun, oder kam es von Herzen?

Bei Richard hätte ich die Antwort gekannt, fuhr es ihr durch den Kopf. Sogleich schämte sie sich dafür.

»Ich werde jetzt lesen«, sagte sie und hoffte, dass nur sie hörte, wie ihre Stimme zitterte.

Der Brief war eher belanglos. Sie musste zugeben, dass sie anderes erwartet hatte. Die Seiten waren angefüllt mit Informationen, die wohl nur geschrieben worden waren, um die eine zu verhüllen, und diese war ihr so unerklärlich, so unverständlich, dass sie sie immer und immer wieder las. Irgendwann schaute Arnold sie wieder an.

»Was schreibt er denn nun?«

Bettina spürte, wie ihr Hals trocken wurde und ihre Hände zitterten. Sie räusperte sich, schluckte und krächzte doch.

»Richard hat sich verlobt«, sagte sie, während sie mit aller Macht gegen die Tränen ankämpfte.

Blütezeit

1886–1891

Fünfzehntes Kapitel

Spiekeroog, Sommer 1886

Antonie war bereits eine ganze Weile am Wasser entlanggelaufen und hatte die Eltern längst aus dem Blick verloren. Sie genoss es, allein zu sein. Anfangs hatte sie manchmal noch die Stimme ihrer Mutter gehört, die sie an ihre Pflicht erinnerte, dann war sie einfach noch schneller gelaufen. Es war Ebbe, das Meer zog sich immer weiter zurück. Die ersten Priele bildeten sich. An den Stellen, wo bereits kein Wasser mehr war, konnte man hübsche Muster im Sand bewundern.

Die Siebzehnjährige drehte sich um und schaute zurück. In der Ferne zeichneten sich die Eltern, Onkel Falk und Tante Ludmilla und die jüngeren Kinder als schmale, dunkle Silhouetten gegen den blauen Himmel ab. Auch die Tante würde sie jetzt nicht mehr ermahnen können, die Schuhe wieder anzuziehen oder gar den Sonnenschirm aufzuspannen, um die zarte Haut zu schützen.

Bevor ihr jemand winken konnte, ging Antonie einfach weiter. Siebzehn Jahre ... Sie war kein Kind mehr ... Aber wer war sie und wohin gehörte sie? Das wusste sie plötzlich nicht mehr.

Nach einigen Schritten blieb sie wieder stehen und starrte aufs Meer hinaus. Nirgendwo anders erschien ihr das Licht so strahlend wie hier im Norden. Nirgendwo anders bildete es einen solch wunderbaren Kontrast mit dem hellen Sand und dem Gras, ein lebendiges Bild aus verschiedenen Grüntönen, dem Weiß des Sandes und der verschiedenen Blüten und Beeren: das Rot der Hagebutten, das Weiß und Pink ihrer Blüten, das Orange des Sanddorns. Mehr als einmal hatte sie schon vergebens versucht, diese klaren Farben mithilfe ihres Wasserfarbkastens einzufangen. Es war ihr nicht gelungen.

Ein plötzlich auffrischender Wind zupfte an ihrem Haar. Eine Haarsträhne wurde aus dem Zopf gerissen und bewegte sich zuckend vor ihrem Gesicht. Antonie schob sie sich fest hinter die Ohren, breitete dann kurz entschlossen die Arme aus, um Wind und Sommerwärme mit ihrem ganzen Körper spüren zu können. Dann lief sie mitten zwischen die Dünen hinein.

Hier konnte sie niemand sehen und niemand finden, der nicht nach ihr suchte. Sie wollte allein sein.

Der Weg durch den Sand leicht bergauf war durchaus beschwerlich und brachte sie zugleich zum Lachen. Zwei Schritte vor, zwei zurück. Sie fiel nach vorne, fing sich auf, genoss es, den warmen Sand zu spüren, bevor sie sich auf die Knie hochrappelte und weitereilte, bis sie ganz außer Atem doch liegen blieb.

Endlich setzte sie sich auf und streifte mit den Fingern über den Boden, nahm schließlich eine Handvoll Sand auf, suchte Muscheln und größere Muschelschalen heraus, verglich einzelne Stücke miteinander, grub endlich die Zehen in den weichen, warmen Untergrund. An einer Stelle konnte sie zwischen den Dünen hindurch aufs Meer blicken. Wieder nahm sie eine Handvoll Sand auf und ließ ihn dann aus ihren geöffneten Fingern herabrieseln. Sie war so vertieft in ihr Tun, dass sie zu spät bemerkte, dass sie nicht mehr allein war.

»Guten Tag, schönes Fräulein!«

Antonie zuckte erschrocken zusammen. Einige Schritte entfernt von der Landseite her war ein junger Mann aufgetaucht. Stumm musterte sie seine lange, helle Hose und den dunkelblauen Pullover mit Zopfmuster und dem weiß eingefassten V-Ausschnitt. Seine Füße waren nackt, wie auch ihre. Wahrscheinlich verbrachte er die Sommerferien auf Spiekeroog, so wie ihre Familie, aber sie konnte nicht sagen, ob sie ihn schon einmal gesehen hatte, geschweige denn, ob sie ihm trauen konnte. Ein plötzliches Gefühl der Unruhe brachte sie dazu, eilig aufstehen zu wollen. Bei dem Versuch verfing sie sich in ihrem Rock, strauchelte und fiel zu Boden. Von einem Moment auf den anderen breitete sich Feuerröte auf ihren Wangen aus. Der junge Mann lief herbei, um ihr auf die Füße zu helfen. Antonie ignorierte seine Hand und bemühte sich, so graziös wie möglich aus eigener Kraft aufzustehen. Er war etwa einen halben Kopf größer als sie und lächelte immer noch freundlich. Antonie schwankte zwischen Ärger und Neugier.

»Was machen Sie denn hier so allein?«, fragte er.

»Ich bin nicht allein«, platzte es aus ihr heraus. Sie deutete zum Strand hinüber. »Meine Familie macht einen Spaziergang.«

Der junge Mann schüttelte den Kopf.

»Unmöglich, Sie sind kein Engel, der vom Himmel gefallen ist?«

Antonie hob eine Augenbraue. Der junge Mann zwinkerte ihr zu. Nun, er flirtete nicht so gut, wie er aussah, aber sie wollte mal darüber hinwegsehen. Das machte es auch leichter, mit ihm zu reden. Vor ihm brauchte sie keine Angst zu haben.

»Wie heißen Sie?«

»Jesko Turnbull. Und Sie?«

»Antonie Wessling.« Sie wartete noch einen Augenblick, dann fragte sie: »Und wo kommen Sie her?«

Jesko deutete zu einem Segelboot, das man in einiger Entfernung hatte trockenfallen lassen und das ihr tatsächlich erst in diesem Moment auffiel.

»Von diesem Schiff dort.«

Es war eine prächtige Segeljacht, das erkannte sogar Antonie, obgleich sie eigentlich nicht die geringste Ahnung von Schiffen hatte. Der junge Mann sah sie wieder an. Antonie nahm die Hand herunter, mit der sie sich gegen die Sonne geschützt hatte, um besser sehen zu können. Jesko lächelte.

»Wollen Sie sich das Schiff vielleicht ansehen? Es ist Ebbe, wir werden also noch eine Weile hier sein. Halten Sie mich bitte keinesfalls für aufdringlich, aber ich fände, es wäre unhöflich, würde ich Sie nicht fragen, Fräulein Wessling.«

Für einen kurzen Moment fragte Antonie sich, ob er sie wohl für eine Dirne hielt, aber Jesko Turnbull schaute sie so freundlich und ehrlich an, dass das wohl kaum sein konnte. Also nickte sie.

Zwei Tage später saß der zehnjährige Jakob am Strand und wühlte mit beiden Händen tiefer und immer tiefer im Sand. Den feuchten Sand warf er nach oben auf den Kamm seiner Burg, ohne sich um Antonies empörte Rufe zu kümmern, die wenige Schritte entfernt im Schatten eines Sonnenschirmes saß und zu lesen versuchte. Im vorigen Jahr hatten sie die Sandburg noch gemeinsam gebaut, heute fühlte sich

Antonie zu erwachsen dafür. Jakob schleuderte noch einmal Sand nach ihr. Seine ältere Cousine stand murrend auf und klopfte ihr weißes Kleid aufwendig sauber, bevor sie sich zu Ludmilla und ihrer Mutter gesellte.

Werde ich auch irgendwann nur dasitzen?, überlegte Jakob, während er sich daranmachte, noch mehr feuchten Sand auf seiner Burg zu verteilen und festzuklopfen. Die eine Seite hatte Emilia bereits mit einem Mosaik aus Muscheln versehen. Eben kam sie mit einem weiteren Eimer voll herangesprungen und setzte ihre Arbeit konzentriert fort.

Jakob arbeitete schneller. Ein Schatten fiel über ihn. Er schaute hoch, sah die Hand, die Onkel Arnold ihm hinstreckte. Offenbar waren Papa und er von ihrem Spaziergang zurückgekehrt. Sie sahen ernst aus, aber das taten sie immer. Papa schien irgendetwas zu beschäftigen. Das war nicht neu.

»Kommst du mit ins Wasser?«, fragte Arnold.

Jakob sprang auf und nickte. »O ja, gerne, sehr gerne, Onkel Arnold. Darf ich, Papa?«

»Natürlich«, sagte Falk und klang zugleich, als würde er es seinem Sohn am liebsten verbieten.

Jakob rannte vorneweg über den Strand auf das Meer zu, ohne dabei eine gerade Linie einzuhalten. Immer wieder lief er kleinere Sandverwehungen hoch, hüpfte dann jauchzend, so weit er konnte, ließ sich zwischenzeitlich auf den Boden fallen, um eine Strecke zu rollen, und kam dann wieder zu seinem Onkel zurück. Er erinnerte Arnold an ein junges Pferd, das spielerisch seine Kräfte erprobte. Arnold folgte mit langsamen, gleichmäßigen Schritten.

Er mochte Jakob. Das war schon immer so gewesen, schon

während des ersten Besuchs bei Falk und Ludmilla, als ihm sein Neffe vorgestellt worden war, als Falk ihn stolz zu der kleinen Korbwiege hingeführt und sehr behutsam den Vorhang beiseitegezogen hatte, um das Kind zu präsentieren.

Damals hatte es Arnold für unmöglich gehalten, aber der Anblick des Säuglings hatte ihn tatsächlich berührt. Ludmillas und Falks Sohn hatte so winzig ausgesehen und zugleich so kräftig mit seinem dichten, braunen Haarschopf und den tiefdunklen Knopfaugen. Auch heute noch fühlte sich Arnold mit seinem Neffen verbunden. Er mochte seine übersprudelnde Lebensfreude und die Neugier, mit der Jakob jeden Tag entdeckte.

An der vordersten Wasserkante war der Junge jetzt stehen geblieben und schaute zu, wie das Meer an seinen Zehen leckte. Noch ein paar Schritte mehr, und Arnold stellte sich neben ihn.

Er bedeutet mir sehr viel, dachte er, aber soll ich ihm wirklich eines Tages alles vererben, was ich mir aufgebaut habe? Soll ich wirklich so handeln, wie Ludmilla das will?

Arnold legte den Kopf in den Nacken und kratzte sich den Hals. Als er wieder nach seinem Neffen schaute, hatte der sich gerade nach einem Krebs gebückt. Das Haar des Jungen wurde vom Wind durchgepustet. Seine Haut schimmerte warm und glatt unter den hellen Sonnenstrahlen, so wie nur die Haut eines Kindes schimmern konnte. Man konnte sehen, wie sich seine Wirbelsäule abzeichnete.

Natürlich hatte Ludmilla darauf bestanden, dass es die bestmögliche Lösung sei, aber Arnold konnte und wollte sich noch nicht entscheiden. Jakob war noch ein Kind. Es würde noch lange dauern, bis solche Entscheidungen getroffen werden mussten.

Als hätte er den Blick seines Onkels bemerkt, drehte Jakob sich um und schaute ihn fragend an. Arnold streckte dem Jungen die Hand hin. Der griff zu, und sie liefen gemeinsam in die Wellen hinein.

Es verwunderte Antonie, doch niemand bekam etwas von Jesko mit. Auf Spiekeroog war es ihr erlaubt, größere Spaziergänge auch allein zu unternehmen. Deshalb sagte auch heute niemand etwas, als sie sich auf den Weg machte. Tante Ludmilla hatte sich ins Zimmer zurückgezogen und klagte über Kopfschmerzen. Mama passte auf Emilia auf. Papa hatte Jakob zum Segeln mitgenommen. Antonie beeilte sich davonzukommen, bevor noch jemand den Vorschlag machte, dass sie Emilia doch mitnehmen könnte.

Jesko wartete schon.

»Wir bleiben noch ein paar Tage länger«, sagte er, als er sie sah und sie sich begrüßt hatten, und sie freute sich. Es war ein erstaunlich herrliches Gefühl, einmal nicht vernünftig zu sein. Als Jesko dieses Mal die Hand ausstreckte, ergriff sie sie, ohne zu zögern. Gemeinsam spazierten sie ein Stück am Meer entlang. Noch war der Strand fast leer, und die wenigen Spaziergänger verteilten sich großzügig. Sie wusste, dass Jesko mit seinem Vater unterwegs war.

»Was hast du ihm gesagt?«, fragte sie jetzt.

»Dass ich dich kennengelernt habe.«

Antonie blieb abrupt stehen und schaute ihn an.

»Wirklich?«

»Ich habe gesagt, dass ich eine besondere junge Frau kennengelernt habe, von der ich noch viel erfahren möchte.«

Er zog sie weiter mit sich, und etwas später lagen sie bereits nebeneinander im Schutz einer Düne. Antonie hatte die Augen geschlossen und spürte die Sonne auf ihren Lidern. In diesem Moment dachte sie an nichts. Es tat gut, nicht zu grübeln. Sie bewegten sich kaum. Nur manchmal berührten ihre Hände einander flüchtig, als trügen sie einen eigenen Willen.

»Hast du deinem Vater wirklich von mir erzählt?«

»Ich habe ihm gesagt, dass ich dich vielleicht heiraten werde.«

Antonie setzte sich abrupt auf. Jesko öffnete die Augen und erwiderte ihren forschenden Blick.

Scherzte er? Aber er sah vollkommen ernst drein, und sie war verwirrt.

»Du willst doch einmal heiraten?«, fragte er vorsichtig.

»Ich, ja, schon, natürlich, aber ...«, stotterte sie.

»Nur, weil es Frauen gibt, die heiraten nicht«, erklärte sich Jesko und stand auf. Antonie gab keine Antwort. Sie hatte sich bislang nur sporadisch Gedanken um ihre Zukunft gemacht. Ja, sie sammelte seit zwei Jahren für ihre Aussteuer. Eigentlich wusste sie sogar, wie ihr Mann einmal aussehen würde und wie viele Kinder sie haben wollte – nämlich ein Mädchen und einen Jungen.

Und ja, sie war sich natürlich gewiss, dass sie nicht arbeiten musste wie ihre Spielkameradin Juliane, die nach diesem Sommer als Kassenmädchen bei Wesslings anfangen sollte. Zugleich gab es aber auch nicht viele Möglichkeiten für eine Frau ihrer Stellung. Sie hatte sich deshalb auch nie gefragt, ob sie ihr Vater einmal in die Leitung eines Geschäfts wie das von Wesslings einführen würde. Sie hatte nie darüber nachgedacht, doch sie glaubte, sich die Frage selbst beantworten zu können: Papa sah sie gewiss nicht als zukünftige Geschäftsleiterin. Für einen Mann wie Jesko verlief das Leben natürlich anders.

»Ich gehe noch zur Schule.«

»Ich habe die Schule in diesem Jahr abgeschlossen, und ich kann sagen, ich vermisse das alles kein Stück.«

Antonie fuhr durch den Kopf, dass sie Mathematik liebte und dass sie nichts würde damit anfangen können, weil so etwas in ihrem Leben nicht vorgesehen war. Aber sie würde auch jetzt keinen weiteren Gedanken daran verschwenden. Sie klopfte auf den Platz neben sich.

»Bitte, setz dich wieder.« Er tat es. »Würdest du mich küssen?« Als er sie in den Arm nahm, musste sie kurz gegen ein Zittern ankämpfen. Dann berührten seine Lippen ihren Mund. Es fühlte sich anders an, als wenn man sich selbst auf die Hand küsste. Jesko küsste sehr gut. Da war ein warmes Gefühl in ihrem Unterleib.

Bettina wartete auf der Veranda, als Antonie nach Hause kam.

»Antonie«, sagte sie sanft, um das Mädchen nicht zu erschrecken. Ihre Tochter, die eben noch selbstvergessen ihre Lippen berührt hatte, zuckte zusammen. »Du warst lange weg«, stellte Bettina fest.

»Ich war spazieren, Mama.«

Bettina musterte ihre Tochter einen Moment lang.

»Trinkst du mit mir Tee?«, fragte sie dann.

Sie konnte an Antonies Gesicht sehen, dass diese eine ablehnende Antwort hinunterschluckte. In den letzten Tagen war sie häufig allein spazieren gewesen. Manchmal hatte Bettina sie irgendwo in der Ferne am Strand entdeckt, manchmal war die Siebzehnjährige aber auch eine Stunde oder länger verschwunden gewesen. Bettina hatte sich zuerst nichts dabei gedacht, dann war sie aufmerksamer geworden. Es war nur so ein Gefühl gewesen. Heute hatte sie die beiden gemeinsam gesehen. Sie hatte die Idee, Arnold von ihrer Beobachtung zu erzählen, sehr rasch verworfen. Sie machte eine Bewegung mit der Hand.

»Komm, setz dich zu mir.«

Antonie kam der Aufforderung nach. Die beiden Frauen setzten sich einander gegenüber. Bettina bot ihrer Tochter den Teller mit frischen Butterkeksen an. Die lehnte dankend ab. Bettina goss ihnen beiden Tee ein, nahm ihre Tasse auf und trank einen Schluck. Antonie tat es ihr gleich. Bettina betrachtete sie nachdenklich. Antonies Wangen waren gerötet. Rechts an ihrem Hals und auf ihrem Zopf fand sich eine Spur Sand. Bettina fragte sich kurz, warum sie sich nicht zu erkennen gegeben hatte, warum sie sich leise wieder entfernt hatte, als sie Antonie und diesen jungen Mann in den Dünen sitzend entdeckt hatte. Sie hatten miteinander geredet. Sie hatte plötzlich an Richard und sich selbst denken müssen.

»Als ich ein junges Mädchen war, gingen wir nicht so häufig vor die Tür«, sagte sie unvermittelt. »Eine junge Dame hatte sich nur in Begleitung des Vaters sehen zu lassen, sonst konnte sie sicher sein, dass man über sie redet.«

Antonie hatte den Kopf gesenkt und schaute auf die Tischplatte. Bettina entdeckte noch mehr Sand, auf ihrer rechten Schulter und an ihrem Arm. Wenn sie ihre Vorstellung ein wenig bemühte, konnte sie sie im Sand liegen sehen. Und sie sah Richard und sich auf dem Sofa in Arnolds Büro liegen und etwas später davor, auf einer Decke.

Steht es mir denn überhaupt zu, meine Tochter zu tadeln?

»Was ist denn, Mama? Warum sagst du nichts mehr?«

Bettina tauchte aus ihren Gedanken auf. Sie schluckte.

»Ich habe dich gesehen.«

»Mich gesehen? Ich, aber ...«

»Wer ist der junge Mann?«

Antonie überlegte, doch man konnte es ihrem Gesicht ansehen, dass ihr nichts Rechtes einfallen wollte.

»Er heißt Jesko Turnbull«, antwortete sie endlich leise. »Er kommt aus Hamburg.«

»Bedeutet er dir etwas?«

Antonie nickte, und dann brach sie in Tränen aus.

Ludmilla schloss die Augen und hielt ihr Gesicht in den weichen, nach Salz schmeckenden Wind. Der Wind konnte auch hart sein, eiskaltes Wasser vor sich herpeitschen, aber diesen zarten Wind kannte sie wirklich nur von der Küste her. Sie spürte die warme Sonne auf ihren Lidern. Sie lauschte und hörte Jakob jubeln. Falk und Jakob ließen einen Drachen steigen. Arnold wartete heute auf die Post und hatte sich dem Ausflug zum Strand nicht angeschlossen. Falks und Jakobs Stimmen mischten sich mit denen der anderen Badegäste.

Ludmilla öffnete die Augen wieder. Während Falk und Jakob Badeanzüge trugen, war sie voll bekleidet. Sie hatte lediglich den langen Rock etwas geschürzt und die Schuhe, obgleich es ihr nicht leichtfiel, auch hier am Spiekerooger Weststrand nicht ausgezogen. Etwas entfernt hatte ein kleines Mädchen ein paar Muscheln aus dem Sand aufgenommen und betrachtete interessiert den Inhalt seiner Hand. Eine Möwe flog kreischend über ihren Kopf hinweg. Sie schaute nach oben, musste den Kopf in den Nacken legen und verlor das Gleichgewicht. Sie plumpste auf den Po. Aus der Richtung ihrer Familie war ein Lachen zu hören. Das Mädchen lachte ebenfalls. Ludmilla dachte daran, dass Emilia nach diesem Sommer ein Schweizer Internat besuchen würde, und wie froh sie darum war. Es war ihr ganz gleichgültig, was ihre Schwägerin darüber dachte. Emilia war ihre Tochter, und damit entschied sie, was das Beste für sie war. Auf dem Internat würde man Emilia den rechten Schliff verpassen. Mochte man sie für herzlos halten, aber sie würde die Zukunft ihrer Kinder nicht dem Zufall überlassen.

Wieder ließ Bettina ihre Augen den Wolken folgen, die hier so frei und ungebunden über den Himmel getrieben wurden. Keine Verpflichtungen, kein Ziel, kein wo komme ich her, wo gehe ich hin. Sie sah zur Meereslinie. Dort stand Arnold, der eben zu ihnen gestoßen war, und legte einen Arm um die schmalen Schultern seines Neffen. Sie spürte einen Stich. Mit seiner eigenen Tochter hatte er kaum gespielt, auch wenn er sie liebte. Lag es daran, dass sie ein Mädchen war, oder gab es andere Gründe?

Manchmal hatte Bettina den Eindruck, dass Arnold seinem Neffen die Liebe schenkte, die er seinem Bruder nicht zeigen konnte. Wenn sie ehrlich war, hatte sie das Verhältnis von Arnold und Falk immer seltsam gefunden. Der Jüngere kam ihr wie ein Hündchen vor, das vergeblich um Aufmerksamkeit buhlte.

Sie drehte den Kopf und schaute zu den Dünen hinüber, wo Antonie saß und vorgab, ein Buch zu lesen, doch sie konnte erkennen, dass ihre Tochter nicht bei der Sache war. Gestern war Jesko Turnbull abgereist. Sie hatte Antonie erlaubt, den jungen Mann noch einmal zu treffen. Antonie hob den Kopf und bemerkte, dass ihre Mutter sie beobachtete. Die benötigte einen Moment länger, um den Blick wieder abzuwenden. Das seltsame Gefühl blieb.

Sechzehntes Kapitel

Frankfurt am Main, 1886

Der Sommer blieb heiß, und am liebsten hätte sich der zehnjährige Jakob heute das Hemd nicht nur aus der Hose gezogen, sondern sich Hemd und Hose kurzerhand entledigt. Den Mund leicht geöffnet, die Fäuste geballt, den Körper angespannt, rannte er hinter seiner älteren Schwester Emilia her, die wieder einmal die Schnellere war. Nur Cassandra Fürst war noch langsamer und schrie und keifte in seinem Rücken, man solle auf sie warten. Aber sie durften keine Zeit verschwenden. Heute war der letzte Sommertag, bevor es wieder in die Schule ging, der letzte Tag, an dem sie Freiheit spüren konnten, der letzte Tag, bevor Juliane im Warenhaus Wessling als Kassenmädchen zu arbeiten begann. Er mochte Juliane. Sie war nicht so zickig wie Antonie oder, Gott bewahre, seine Schwester. Inzwischen war es einige Jahre her, dass sie Juliane beim Spielen am Main kennengelernt hatten, als die Wessling-Kinder mit ihrem Kindermädchen unterwegs gewesen waren. Zuerst war es ihren Eltern nicht recht gewesen, aber sie hatten doch nichts gegen die Freundschaft der Kinder tun können und diese irgendwann einfach geduldet. Inzwischen war Juliane vierzehn Jahre alt. Es fühlte sich seltsam an, dass sie nun nicht mehr Teil ihrer Kinderbande sein sollte.

»Erste, Erste«, schrie Emilia in diesem Moment. Sie hatte

den Fluss erreicht und warf die Arme in die Luft, als habe sie einen Hundertmeterlauf gewonnen. Jakob, der sich immer noch anstrengte, schneller zu laufen, konnte nicht mehr bremsen und prallte gegen seine Schwester. Sie gingen beide zu Boden.

»Pass doch auf, du Blödmann«, keifte die Dreizehnjährige, als sie sich unter ihm hervorkämpfte. Jakob hätte am liebsten nach ihr geschlagen, wie er das als viel kleinerer Junge getan hatte, bremste sich aber. Er durfte keine Mädchen schlagen, das hatte Mama ihm gesagt. Cassandra holte sie endlich ein. Er drehte den Kopf und schaute für einen Augenblick zu ihr hoch. Wie sie so über Emilia und Jakob stand, schien die Sonne von hinten durch Cassandras helles, lockiges Blondhaar und zauberte einen Kranz um ihren Kopf, der wie ein Heiligenschein wirkte. Dann kam auch Juliane heran, ihr Quartett war komplett. Der Tag konnte beginnen.

Antonie sah auf ihre Fußspitzen, während sie langsam einen Fuß vor den anderen setzte. Es war noch nicht lange her, da hatte sie gemeinsam mit Emilia, Jakob und den anderen gespielt, doch in diesem Jahr fühlte sie sich dafür endgültig zu erwachsen. Sie ging noch einige Schritte weiter, drehte sich dann um und schaute zu ihren Cousins und Cousinen und deren Freundinnen zurück. Jakob warf Steine ins Wasser. Juliane stand im Wasser. Emilia und Cassandra drehten sich im Kreis und ließen ihre Röcke wirbeln.

Es fühlte sich gut und schlecht zugleich an, nicht mehr zu ihnen zu gehören. Antonie rückte ihren Strohhut zurecht und knüpfte das Band unter dem Kinn neu. Einige Wochen, nachdem sie von Spiekeroog heimgekehrt waren, hatte sie die Angst umgetrieben, sie könnte schwanger sein. Sie war nicht dumm. Ihre Eltern mochten denken, dass sie keine Ahnung hatte, aber dem war nicht so. Sie wusste, wie Kinder entstanden.

Als die Monatsbeschwerden eingetroffen waren, hatte sie neben der Erleichterung auch Bedauern verspürt.

Wäre ich gezwungen gewesen, mich anders zu entscheiden, mit einem Kind unter dem Herzen?, fragte sie sich. Wie wäre mein Leben weiterverlaufen? Nun, manchmal wünschte sie sich solch einen äußeren Einfluss, der ihr sorgsam geplantes Leben einfach durcheinanderwürfelte …

Juliane hatte Strümpfe und Schuhe ausgezogen und schürzte ihren Rock, um im flachen Mainwasser hin und her zu laufen. Es war schrecklich heiß, und sie genoss es, sich hier abzukühlen, eine Möglichkeit, die sie in der kleinen Wohnung ihrer Eltern kaum hatte. Samstag badeten sie alle nacheinander in dem großen Zuber – seit die beiden älteren Brüder das Haus verlassen hatten, nur noch die Eltern und am Schluss sie –, ab und an reichte das Geld auch, um eins der öffentlichen Bäder zu benutzen.

Juliane war entschlossen, nur noch die öffentlichen Bäder zu benutzen, sobald sie bei Wessling zu arbeiten begann. Sie war nicht sicher, wie sie es anfangen würde, aber dieses Geld würde sie für sich behalten. Sie war auch fest entschlossen, im Warenhaus Wessling zu wohnen, in einem der Zimmer unterm Dach, die den jüngeren Mitarbeitern zur Verfügung standen.

Zum ersten Mal in ihrem Leben würde sie dann ein eigenes Bett haben. Dass sie sich das Zimmer mit drei bis fünf anderen Frauen teilen musste, störte sie nicht. Sie war neugierig darauf, wie sich die Arbeit im Warenhaus gestalten würde. Man erzählte sich Gutes und Schlimmes über Arnold Wessling. Streng sollte er sein, fordernd, keiner, der einem schlechte Arbeit nachsah. Juliane versuchte, sich nicht verrückt machen zu lassen. Sie freute sich auf ihre Zukunft. Sie war stolz, dass man sie eingeladen hatte, um ihre Verwendbarkeit zu überprüfen. Wesslings war wie ein funkelndes Schloss für sie, das Angebot, die vielen Dinge, die man sich dort kaufen konnte, ließen sie immer noch sprachlos zurück.

Bald würde sie das Haus noch besser kennenlernen. Eines Tages würde sie selbst dort einkaufen gehen. Sie drehte sich um und schaute zurück. Etwas entfernt spielten Jakob, seine Schwester Emilia und ihre Freundin Cassandra mit dem neuen Ball. Sie mochte diese langen Sommertage am Main, aber die Zeit, die Dippemess zu besuchen und gemeinsame Ausflüge zu machen, näherte sich in diesen heißen Tagen des Jahres 1886 unwiderruflich ihrem Ende.

Siebzehntes Kapitel

An jenem Morgen, als Juliane zum Gespräch im Warenhaus Wessling erwartet wurde, erwachte sie vor Aufregung sehr früh und konnte danach nicht mehr einschlafen. Eine Weile versuchte sie ruhig auf dem Küchensofa liegen zu bleiben, ohne sich zu bewegen, den Blick auf das Fenster gerichtet. Das hereinfallende Licht wurde nur langsam heller und klarer. Die Mutter war schon vor Stunden aufgestanden und hatte sich auf den Weg zur Arbeit gemacht. Heute half sie irgendwo bei der Wäsche aus. Manchmal war sie auch Erntehelferin. Eine Zeit lang hatte sie in einer Fabrik gearbeitet. Der Vater hatte die Wohnung vor ein paar Wochen wieder einmal verlassen, so wie er das immer tat, wenn ihm alles zu viel wurde. Bislang war er nicht zurückgekommen. Juliane vermisste ihn nicht. Wenn er sich unter Druck fühlte, schlug er noch schneller zu als gewöhnlich.

Sie fröstelte unvermittelt und zog die Beine an, im Versuch, sich selbst noch etwas Wärme zu geben. Endlich richtete sie sich auf und setzte die Füße in den groben Strümpfen auf den Boden. Sie hatte sie gestern anbehalten, denn in diesen Tagen des Spätsommers war es nachts schon recht kalt.

Mit schnellen Schritten ging sie zum Fenster hinüber. Auch wenn es geputzt war, wirkte es immer schmutzig.

Juliane rückte ganz nah an die Scheibe heran. In Gedanken versunken sah sie zu, wie die Sonne aufging, wie der Himmel heller wurde, erst mit Streifen von Blau und Lila und dann von hellem Gelb.

Sie dachte an das Warenhaus Wessling, das sie heute zum ersten Mal als vielleicht zukünftige Mitarbeiterin betreten würde, und fragte sich, ob sich das anders anfühlen würde. Nun, ganz sicher würde es das. Die Zeiten, in denen sie dort mit Emilia und Jakob Verstecken gespielt hatte, waren vorbei.

Juliane nahm ihr bestes Kleid, das sie gestern noch einmal auf Löcher und Flecken überprüft hatte, und zog es an. Sie war überrascht, als sie feststellen musste, dass der Rock und die Ärmel schon wieder ein Stück zu kurz waren. Das letzte Mal hatte Mama den Rock noch etwas auslassen können, doch jetzt war das nicht mehr möglich. Sie würde sich von ihrem ersten Gehalt ein neues Kleid kaufen müssen. Juliane bückte sich, um die groben Schuhe zu binden, die sie am Vorabend sorgfältig geputzt hatte. Dann flocht sie sich ihr Haar zu zwei festen Zöpfen, die sie zu einem Kranz feststeckte, und schlüpfte in ihre schwere Strickjacke.

Sie erreichte das Warenhaus Wessling nach einem kräftigen Fußmarsch. Das Gebäude wirkte heute noch beeindruckender auf sie. Drei Stockwerke erhob sich das Haus in die Höhe. Hinter den großen Glasscheiben konnte man bereits Mitarbeiter in ihrer ordentlichen schwarzen Kleidung hin und her eilen sehen. Im Erdgeschoss wurde eben noch letzte Hand an die Verkaufstische gelegt.

Juliane ging seitlich am Haus vorbei, wie man es ihr beschrieben hatte, und durch einen Seiteneingang in den hinteren Hof und stellte nun fest, dass sie nicht die Einzige war, die heute bei Wesslings vorsprach. Ein Mann in Livree begrüßte das kleine Grüppchen junger Mädchen, das aufgeregt durcheinanderschnatterte. Er gehörte zu den Hausdienern, die, an den Eingängen postiert, jedem Auskunft und Rat erteilten und zugleich Angestellte und Publikum überwachten.

Wenig später brachte man die Mädchen – Juliane zählte fünf – in einen kleinen Warteraum und holte gleich darauf das erste ab. Juliane wartete. Keine der Anwesenden hatte offenbar Lust, sich zu unterhalten, nur zwei, die sich wohl kannten, wisperten angeregt miteinander.

Im Warteraum gab es keine Fenster, nur die Tür hatte eine Milchglasscheibe. Ein dunkler Tisch stand darin, ringsherum Stühle. Auf dem Tisch befand sich eine Karaffe mit Wasser nebst Gläsern. Nach kurzem Zögern goss sich Juliane etwas Wasser ein. Der Hausdiener, der auch das erste Mädchen abgeholt hatte, holte ein weiteres, keines kam zurück.

Sie wurde als Vorletzte in einen weiteren Raum gebracht. Schon wenig später öffnete sich die Tür bereits wieder, und eine groß gewachsene, recht hagere Frau erschien. »Guten Tag«, sagte sie, den Blick auf die Unterlagen in ihrem Arm gerichtet. »Mein Name ist Evelyn Beyerlein, Sie sind ...?«

»Juliane Schroeder.«

»Schroeder«, wiederholte Beyerlein und setzte einen Haken auf ihrer Liste, um dann zum ersten Mal länger aufzublicken.

»Gute Güte«, entfuhr es ihr. Sie musterte Juliane scharf von oben bis unten. »Haben Sie etwa die Absicht, den Kunden so gegenüberzutreten? Sie wissen hoffentlich, dass bei Wesslings eine strikte Kleiderordnung herrscht. Die Herren tragen einen schwarzen Anzug, Gehrock, schwarze Stiefel und schwarze Halsbinde, die Damen arbeiten in schwarzen Kleidern. Sommers sind hochgeschlossene, helle leichte Blusen wohl erlaubt, aber natürlich ganz ohne Schmuck.«

Juliane fühlte sich verunsichert. Was sollte sie tun? Das Geld zu Hause reichte gerade für das Nötigste. Sie hatte sich nicht einfach ein neues Kleid kaufen können. Sie zupfte nervös an ihren Ärmeln, aber natürlich war es ganz unmöglich, den zu kurzen Stoff über die Handgelenke zu ziehen.

»Es tut mir leid, ich werde natürlich etwas Neues kaufen, sobald ich mein erstes Gehalt ...«

»Für ordentliche Kleidung sollte man immer genügend Geld haben«, entgegnete Frau Beyerlein ungerührt. »Nun ja ... Sie sind also sicher, dass Sie Teil der großen Wessling-Familie werden wollen?«

Der spöttische Ton in Evelyn Beyerleins Stimme machte Juliane nervös. Bevor sie etwas entgegnen konnte, öffnete sich eine schmale Tür auf der gegenüberliegenden Seite, und ein schlanker, dunkelhaariger und dunkel gekleideter Mann trat ein. Juliane war erleichtert, denn sie kannte ihn.

»Herr Karl!«, rief sie aus und knickste. Er war von der ersten Stunde an Teil von Wesslings gewesen. Manchmal hatte er die Kinderschar zurechtgewiesen, wenn sie alle zu wild gespielt hatten. Manchmal hatte sie den Eindruck gehabt, er könnte sich unsichtbar machen, aber das war natürlich Unsinn. Das konnte niemand.

»Fräulein Schroeder! Frau Beyerlein«, sagte er mit seiner warmen Stimme, »jetzt verschrecken Sie doch keine neuen Mitarbeiterinnen. Es freut mich, Sie zu sehen, Fräulein Schroeder.«

»Mich auch, Herr Karl.«

Sie konnte nicht sagen, warum, aber seine Anwesenheit gab ihr neuen Mut.

»Sie braucht etwas zum Anziehen«, mischte sich Evelyn Beyerlein ein. »Sie kann den Kunden unmöglich in diesem Aufzug entgegentreten.«

»Das dürfte kein Problem sein.« Fritz Karl musterte das junge Mädchen kurz von oben nach unten. »Wenn wir sie einstellen, wird Wesslings ihr fürs Erste die Kleidung stellen. Wir vereinbaren dann Ratenzahlung.« Er lächelte Juliane aufmunternd an. »Sorgen Sie sich nicht, das passiert nicht zum ersten Mal.«

»Übrigens sind auffallende Frisuren und farbige Stiefel verboten«, mischte sich Frau Beyerlein erneut ein. »Ich sage das nur zur Sicherheit.«

Fritz Karl nahm die Unterlagen auf, die Frau Beyerlein auf dem Tisch abgelegt hatte, und blätterte langsam darin.

»Haben Sie übrigens Verwandte in unserem Haus?«, erkundigte er sich kurz darauf.

»Nein.« Juliane schüttelte den Kopf. Fritz Karl blätterte weiter, las etwas, blätterte vor und zurück.

»Gibt es verwandtschaftliche Beziehungen zu Beschäftigten anderer Warenhäuser?«

»Nein.«

Juliane fand, dass ihre Stimme klein klang, aber sie konnte nichts dagegen tun. Eigentlich hatte sie gedacht, dass sie vielleicht heute schon mit dem Arbeiten beginnen würde, aber jetzt war sie unsicher. Vielleicht, ja sehr wahrscheinlich bedeutete es gar nichts, dass sie mit den Wessling-Kindern zusammen gespielt hatte. Die Entscheidung, ob sie bleiben konnte oder gehen musste, war gewiss noch nicht gefallen. Fritz Karl legte die Unterlagen mit einem leisen Rascheln ab.

»Es gibt vielerlei Kritik an unserem Warenhaus«, sprach er weiter. »Tatsache ist aber, dass Herr Wessling weitaus besser bezahlt als viele seiner kleineren Konkurrenten und ebenfalls bessere Bedingungen bietet. Unsere Arbeitszeit ist geregelt, nämlich von neun Uhr morgens bis sechs Uhr abends. Es gibt sogar ein paar Tage bezahlten Urlaub jedes Jahr.«

Juliane nickte. Ihre Eltern, dachte sie, hatten niemals einen freien Tag gehabt. Sie rackerten sich ab, von morgens bis abends, und wenn es dem Vater einmal wieder zu viel wurde, machte er sich einfach auf und davon. Wie eben wieder.

»Außerdem hat Frau Wessling angeregt«, riss Frau Beyerleins Stimme Juliane aus den Gedanken, »dass der Herr uns einmal im Jahr einen Theater- oder Konzertbesuch ermöglicht.«

»Das ist ja wunderbar.«

Evelyn Beyerlein schaute sie seltsam an. »Ja, das ist es. Ich nehme an, Sie waren noch nie in einer solchen Veranstaltung?«

»Nein.« Juliane schüttelte den Kopf.

Ein leises Schnalzen machte sie wieder auf Fritz Karl aufmerksam, der ihr ein Formular überreichte.

»Füllen Sie dies bitte aus. Sie können doch schreiben?«

»Natürlich, ich hätte mich doch sonst nicht bei Wesslings...«

»So natürlich ist dies nicht.« Fritz Karl reichte ihr einen scharf gespitzten Bleistift. Juliane überflog das Formular. Der Bleistift in ihrer Hand zitterte. Sie sollte genaue Angaben machen über bisherige Stellungen, Namen und Beruf der Eltern und Geschwister sowie natürlich darüber, ob Verwandte in anderen Warenhäusern angestellt waren. Als sie den Bleistift zur Seite legte, nahm Evelyn Beyerlein ihre Unterlagen sofort entgegen.

»Ich zeige Fräulein Schroeder jetzt das Haus und führe sie in alles Notwendige ein«, sagte sie zu Fritz Karl gewandt.

Der nickte. »Ich warte auf das letzte Mädchen und komme dann hinterher. Die anderen sind bereits in der Kantine.«

Evelyn wies Juliane mit einer Handbewegung an, ihr zu folgen. Ihre Schritte waren energisch und rasch. Juliane hatte Mühe, ihr zu folgen. Dazu gab sie unablässig leise Informationen zu allem.

Es war jetzt fast neun Uhr. In Kürze würden sich Wesslings Pforten für die Kunden öffnen, von denen einige, wie Juliane durch die Scheiben erkennen konnte, bereits ungeduldig draußen warteten.

»Die Verkäuferinnen«, sagte Evelyn Beyerlein eben, »sind in Gruppen von zehn bis zwanzig Personen geteilt. Das hängt von der Saison ab. Zu Weihnachten stellen wir immer zusätzliche Kräfte ein. Auch weitere Kassenmädchen.« Evelyn blieb abrupt stehen. »Ein Kassenmädchen ist bei uns übrigens noch niemals Verkäuferin geworden. Nur damit Sie es wissen, Fräulein Schroeder.« Frau Beyerleins hageres Gesicht sah für einen Moment noch strenger und unerbittlicher aus. »Ihr Kassenmädchen kommt mit vierzehn und geht mit sechzehn. Es ist leicht, euch zu ersetzen, also bilden Sie sich nichts ein. Ihr seid austauschbar. Der Herr Wessling hat noch nie für die Ausbildung seiner Verkäuferinnen bezahlt, nimmt sie aber gerne zurück, wenn sie die Ausbildung anderswo gemacht haben. Er ist eben ein schlauer Fuchs, unser Herr Wessling.«

Juliane wunderte sich über Frau Beyerleins unterschwellige Angriffslust. Die Frau kam ihr jetzt vor wie ein Hund, der sein Revier verteidigte und dabei auch schon einmal zur Warnung zubiss.

»Entscheiden Herr Karl und Sie über die Einstellung der Kassenmädchen?«

»Wir legen Herrn Wessling unsere Vorschläge vor, aber er hat sie noch niemals abgelehnt.« Frau Beyerlein eilte auf die Treppe zu, die in die oberen Stockwerke führte. »Allerdings hat er darauf bestanden, dass Sie eine Anstellung erhalten.«

Juliane wurden für einen Moment vor Erleichterung die Knie ganz weich, dann musste sie sich beeilen, Frau Beyerlein einzuholen.

»Wissen Sie, ich kenne seine Kinder, wir …«

»Das geht mich gar nichts an, und es ist mir auch vollkommen gleichgültig, Fräulein Schroeder. Herr Wessling hat seine Entscheidung getroffen, daran habe ich wohl nichts zu rütteln. Ich denke aber, er weiß, was er an meiner Einschätzung und an der von Herrn Karl hat.« Sie gingen wieder ein Stück, dann drehte sich Evelyn Beyerlein erneut zu Juliane um. »Was Sie sehen, mag Ihnen viel Trubel erscheinen, aber lassen Sie sich gesagt sein, Fräulein Schroeder, dass in besonders lebhaften Zeiten, zur sommerlichen Reisesaison und während des Weihnachtsgeschäftes, gut tausend Leute durchaus nicht ausreichen. Dann kommt die Zeit der Aushilfskräfte. Besonders ehemalige, inzwischen verheiratete Verkäuferinnen nehmen gerne die Gelegenheit wahr, sich unter bekannten und gewohnten Verhältnissen einen kleinen jährlichen Nebenverdienst zu verschaffen. Doch wenn die Zeit vorbei ist, dann lässt man alle auch ganz schnell wieder gehen, Schlag neun an Heiligabend. Eure Hauptaufgabe«, fuhr Evelyn Beyerlein fort, und es klang immer noch nicht sonderlich freundlich, »wird die Unterstützung der Verkäuferinnen sein. Gelegentlich werden einige von euch auch zum Auszeichnen ins Lager beordert. Ihr werdet in den verschiedenen Abteilungen helfen. Deshalb müsst ihr alle über absolut alles, was im Haus zum Verkauf steht, Bescheid wissen.

Euer Tag beginnt um sieben Uhr mit der Überprüfung und Säuberung der Waren. Bis spätestens elf Uhr morgens muss diese Arbeit unbedingt erledigt sein. Eure direkte Vorgesetzte bin ich. Bin ich unterwegs, dann wendet ihr euch an Frau Koch, die erste Lagerdame.«

Eine stattliche Dame drehte sich zu ihnen um und grüßte Frau Beyerlein, bevor sie Juliane eindringlich musterte. Frau Koch war früher selbst Verkäuferin gewesen und inzwischen zur Lagerdame aufgestiegen. Die Lagerdamen, so wusste Juliane bereits Minuten später, waren in der Warenkenntnis besonders versiert, überwachten zudem das Personal und entschieden auch über dessen Verwendung. Einmal in der Woche erstatteten sie Herrn Wessling Bericht.

Sie hielten jetzt nicht mehr an, bis sie das dritte Stockwerk erreicht hatten. Hier befanden sich neben den Büros der Geschäftsleitung auch einige Werkstätten. Juliane sah die Maler, die als Plakatschreiber auch die vielen Auskunftsplakate anfertigten, Buchbinder, die Kataloge, Plakate und ähnliches zuschnitten. Außerdem hatten hier oben die Tischler ihre Werkstätten, die Profilleisten und Bretter aller Arten und Größen vorbereiteten, die immer wieder zur Dekoration der Schaufenster, der Verkaufsstände und Saisonausstellungen benötigt wurden. Schneider fertigten nach Maß bestellte Herrenanzüge an oder machten solche vom Lager passend. Sogar einen Fotografen gab es neuerdings. Durch eine geöffnete Tür konnte Juliane zwei Telefonistinnen bei der Arbeit bestaunen. Sie hatte gehört, dass Wesslings über zwei Telefone verfügte, und war schon sehr neugierig darauf. Zwei Gärtner unterhielten sich über die neue Bepflanzung des Hofs, während sie an Frau Beyerlein und Juliane vorbeigingen.

Die abschließende Einschätzung des neu einzustellenden Personals übernahm auch an diesem Tag, wie es ihnen angekündigt worden war, Arnold Wessling persönlich. Noch einmal wurde der Leumund überprüft. Am Ende gaben sie alle ein Bekenntnis zum Unternehmen und seinen Grundsätzen ab.

»Wir sind eine große Familie«, sagte Arnold Wessling und schaute die Mädchen eins nach dem anderen an. »Unsere Tugenden sind Sparsamkeit, Treue, Sittsamkeit und Gehorsam. Ich erwarte, dass Sie sich alle zu jeder Gelegenheit, ob zur Arbeitszeit oder in der Freizeit, wohlverhalten, sonst können Sie nicht Teil der Wessling-Familie sein. Und jetzt lassen Sie sich die Schlafräume zeigen. Auf Wiedersehen, meine Damen!«

»Auf Wiedersehen, Herr Wessling!«

Die Tür fiel hinter Herrn Wessling zu. Wenig später hatten die meisten der anderen neuen Kassenmädchen schon das Zimmer verlassen, nur eine stand noch da. Sie lächelte Juliane an.

»Juliane? Du heißt doch Juliane, oder? Ich bin die Henny. Komm, ich zeige dir, wo du schlafen kannst. Ich kenne mich hier nämlich schon aus, weißt du. Meine Cousine war bis zum Sommeranfang Kassenmädchen. Komm schon, hier entlang geht es.« Im Türrahmen blieb Henny noch einmal stehen. Juliane griff nach ihrer groben Strickjacke und beeilte sich, ihr zu folgen. Aus den Werkstätten fiel Licht auf den Flur. Juliane versuchte neugierig, einen Blick zu erhaschen. Henny drehte sich nach nur wenigen Schritten zu Juliane um.

»Komm schon, du wirst das hier noch oft genug sehen. Es gibt übrigens zwanzig Schlafkammern hier oben. Sie sind klein und man muss sie sich teilen, aber wer ist schon gerne allein, was? Ich war noch nie allein in einem Zimmer. Dann gibt es noch zwei kleine Aufenthaltsräume, direkt neben der Kantine. Die sind da hinten. Bei den Männern steht ein Billardtisch. Wir haben Illustrierte und eine Bibliothek«, Henny verdrehte die Augen, »mit lehrreichen, moralisch einwandfreien Büchern. Das Kartenspiel ist übrigens grundsätzlich verboten.«

»Wie ist das, wenn wir freihaben?«

Henny zögerte. »Wir müssen immer Bescheid sagen, wenn wir das Haus verlassen. Es gibt ja Ältere, die gehen abends manchmal aus ... Die brauchen dann eine Genehmigung von Herrn Wessling. Na ja, generell wird es nicht gern gesehen. Aber ich bin ohnehin lieber mit meinen Freundinnen zusammen. Ich denke, wir werden gute Freundinnen sein. Das spüre ich.«

Hennys Lächeln hatte etwas Fragendes. Juliane runzelte die Stirn.

»Es gibt viele Regeln«, stellte sie dann fest.

»Ja, das ist wohl so«, stimmte Henny ihr zu. »Es darf sich auch kein Kunde, überhaupt keiner darf sich über uns beschweren. Das hat mir meine Cousine gesagt. Da gab's einen Verkäufer, der hatte ein Liebchen mit zweifelhaftem Ruf und hui – wurde er entlassen. Das ist so, weil auch wir Teil von Wesslings sind, sagt meine Cousine. Aber es gibt auch welche, die sagen, die da oben nutzen das aus, weil in der toten Saison, wo nicht so viel verkauft wird, da brauchen sie nicht so viele. Komm, wir sind da. Das ist unser Zimmer.«

Achtzehntes Kapitel

In den nächsten Tagen gab es viel Neues, und Juliane war froh, in Henny jemanden zu haben, dem sie rasch Fragen stellen konnte. Wenn möglich gingen sie beide gemeinsam zur Kantine, so auch heute wieder. Je näher sie dem Speisesaal kamen, desto lauter wurde das Geschirrklappern. Sie passierten die Küche, aus der heraus es verführerisch duftete. Henny plapperte wie immer munter.

»Im *Le Bon Marché* in Paris«, hörte Juliane sie eben sagen, »gibt es sogar vier große Speisesäle. Kannst du dir das vorstellen?«

»Hm, vielleicht ...« Juliane rieb sich den Magen. »Jetzt habe ich erst einmal Hunger. Bei uns daheim gab es nie so feine Sachen wie hier.«

»Bei uns auch nicht, wem sagst du das!« Henny lachte. »So viel Fleisch wie hier habe ich mein Lebtag nicht bekommen. Du verlangst aber nie mehr, als man dir zuteilt, nicht wahr? Das habe ich doch gesagt, Juliane, oder?«

Henny schaute die Freundin warnend an. Es ging das Gerücht, Arnold Wessling führe, wie über so vieles, auch darüber Buch, ob man sich als besonders gierig und unbeherrscht erweise.

»Heute gibt es Kartoffeln und Hering in saurer Sahne, gerade hab ich's gesehen.«

»Was ist dieses *Bon Marché* denn eigentlich genau?«, fragte Juliane dazwischen.

»Das weißt du nicht?« Henny war überrascht. »Ein Kaufhaus in Paris und das große Vorbild von Herrn Wessling.«

Endlich hatten sie die Kantine erreicht und reihten sich in die Schlange ein, die nach innen strebte, während sich linker Hand bereits zahlreiche Mitarbeiter zurück auf den Weg an die Arbeit machten. An der Ausgabetheke ging es wie immer hektisch voran. Es gab tatsächlich Hering. Juliane fielen ein paar andere Mädchen auf, Kassenmädchen auch sie, die Henny und ihr neugierige Blicke zuwarfen. Henny schien sie nicht zu bemerken. Als sie ihre Tabletts mit den gefüllten Tellern vor sich her trugen, schaute Juliane sich neugierig um, ob noch Plätze bei den anderen Mädchen frei waren, doch Henny winkte ihr schon aus einer anderen Ecke des Raums zu. Seufzend machte sich Juliane auf den Weg zu ihr. Henny aß bereits hungrig, als sie den Tisch erreicht hatte.

»Wollen wir uns nicht einmal zu den anderen setzen?«

Henny schaute zu ihr auf und kniff die Augen zusammen. Für einen Moment konnte Juliane ihren Blick nicht deuten, dann lachte Henny breit.

»Ach, da ist doch gar kein Platz. Morgen, ja? Vielleicht ist dann was frei.«

Juliane zuckte die Achseln. Jetzt war es ohnehin zu spät. In knapp zehn Minuten, das sagte ihr die große Uhr an der Wand, mussten sie schon zurück an die Arbeit.

Die Hausdiener, so verstand Juliane schnell, waren das männliche Gegenstück zum Mädchen für alles und verrichteten alle schweren Arbeiten im Haus. Sie waren überall, stets mit den unterschiedlichsten Arbeiten beschäftigt, und so lernte

Juliane sie alle auch als Erste mit Namen kennen. Mit einem von ihnen, Helmut, unterhielt sie sich bald häufiger. Er tat oft Dienst am Personaleingang, und sie freute sich jedes Mal, ihn zu sehen. Manchmal, wenn sie nach einem Wochenende bei den Eltern in der Früh eintraf, waren Helmut und die anderen schon dabei, ankommende Stückgüter zu entladen, auszupacken, zu stapeln und in die Lagerräume zu transportieren. Außerdem waren die Hausdiener für die Sauberkeit und Ordnung in den Lagerräumen zuständig und transportierten angeforderte Waren in die Verkaufsabteilungen. Wenn es hoch herging, unterstützten sie auch die Packerinnen, brachten Pakete zur Post oder sogar direkt zum Kunden nach Hause. Sie bohnerten die Fußböden, putzten das Messing und die Fenster, fegten, räumten, gossen Blumen und Palmen, waren Portiers, Garderobiers, Wegweiser, Verkaufsgehilfen und besetzten auch das Fundbüro. Es hieß, die Besten unter ihnen erhielten die Gelegenheit, im Haus aufzusteigen. Helmut hoffte sehr darauf, dass ihm diese Chance eines Tages zuteilwerden würde. Juliane hatte Fritz Karl allerdings sagen hören, dass die Zahl solcher Aufstiege nicht viel größer sei als die der Offiziere in der Armee, die von der Pike auf gedient hatten.

Helmut ließ sich die gute Laune von solchen Kommentaren nicht verderben. Juliane bewunderte seine Entschlossenheit.

Zu ihrer Überraschung kam Arnold Wessling jeden Morgen gemeinsam mit den ersten Mitarbeitern, die nicht im Haus wohnten, und ließ es sich auch nicht nehmen, die Ausstelltische in Augenschein zu nehmen, die an allen Ausgängen und anderen belebten Stellen dazu dienten, im wöchentlichen Wechsel einige wenige Verkaufsgegenstände ganz besonders günstig anzubieten.

Für Juliane war das Erdgeschoss der schönste Ort. Auch wenn es im Winter hier besonders frostig wurde, tat das ihrer Vorliebe keinen Abbruch. Aus diesen, aber auch aus anderen Gründen war die Arbeit der Kassenmädchen durchaus nicht leicht. In den ersten Wochen fand Juliane oft schwer in den Schlaf, so sehr schmerzten ihre Arme, die Schultern und die Finger abends von den schweren Packen, die sie zu tragen hatte. Anfangs waren sogar ihre Füße am Ende eines Arbeitstages geschwollen, und ihre Fersen pochten. Nach der ersten Woche waren ihre Fußsohlen mit Blasen bedeckt, die abgerissene Haut blieb an den Strümpfen kleben. Die Haut war so wund, dass sie sich auf die Lippen beißen musste, um nicht vor Schmerz aufzuschreien. Auch war die Luft in manchen Abteilungen nicht gerade frisch. Staub und Stofffasern führten dazu, dass immer irgendjemand hustete. Nicht wenige litten unter Erkrankungen der Atemwege und Kopfschmerzen, doch man beschwerte sich nicht.

In der Hierarchie der weiblichen Angestellten bildeten die Kassenmädchen, noch unter den Packerinnen, die unterste Stufe. Darüber standen die Verkäuferinnen, gefolgt von Lagerdamen wie Frau Koch. Höchsten Wert legte Arnold Wessling darauf, seine Kunden umfassend und ehrlich zu informieren. Unleserliche Preisangaben waren deshalb Grund für eine harsche Rüge und konnten sogar zu Lohnabzug führen. Zu handeln war ebenfalls strengstens verboten. Jedes Ansinnen in diese Richtung musste höflich, aber bestimmt abgewehrt werden: »In einem anständigen Warenhaus, meine Damen«, sagte Herr Wessling in einem Tonfall väterlicher Strenge, »wird nicht gefeilscht. So kann sich auch keiner übervorteilt fühlen.«

Es war nicht ganz drei Monate her, dass Antonie sich am Strand von Spiekeroog von Jesko getrennt hatte, aber es kam ihr bereits so viel länger vor. Zum Schluss hin war er ihr so vertraut gewesen, als hätten sie sich schon ihr ganzes Leben lang gekannt. Keine Sekunde war es mit ihm langweilig gewesen, keine Sekunde hatte sie sich unverstanden gefühlt. Für eine kurze Zeit danach hatte sie versucht, sich einzureden, dass sie ihn vergessen könnte, aber das war unmöglich. Da konnte man sich auch vornehmen, nicht mehr zu atmen. Das war ebenso unmöglich.

Total verliebt. *Von den Fußspitzen bis zu den Zehen.* Das ist natürlich eine ganz ordentliche Strecke!

Antonie wusste jetzt, dass sie ihr Leben nicht mehr ohne Jesko verbringen konnte, und sie wollte auch gewiss nicht nach den Vorstellungen ihrer Eltern leben. Sie wollte frei sein, so frei, wie sie sich am Strand von Spiekeroog gefühlt hatte. Sie musste Jesko unbedingt wiedersehen.

Zu Julianes Verwunderung gab es durchaus Leute, die Wesslings besuchten, so wie andere einen Ausflug in die Umgebung machten, und die durch das Geschäft liefen, anstatt durch den Taunus zu spazieren. Arnold Wesslings oberstes Gebot war, auf keinen Besucher des Hauses irgendeinen Kaufzwang auszuüben. Jeder war willkommen, ob er nun etwas kaufte oder nicht. Das Personal war indes aber sehr wohl berechtigt, einen Kunden anzusprechen, der sich Waren sehr lange anschaute.

»Wo Sie beobachten, dass eine Kundin oder ein Kunde Hilfe beim Einkauf oder bei der Entscheidung benötigt«, erklärte Frau Beyerlein eben einigen neuen Verkäuferinnen mit ernster, gewichtiger Miene, »da greifen Sie bitte mit aller Delikatesse ein.«

Zu bedienen waren die Kunden der Reihe nach und ohne Ansehen der Person. Es war auch vollkommen gleichgültig, ob einer viel kaufte oder wenig. In der Öffentlichkeit hatte stets der Kunde recht. Eine Diskussion war in jedem Fall zu vermeiden. In besonderem Maße kulant zeigte man sich beim Umtausch von Waren.

»Vielleicht mag das übertrieben erscheinen«, sagte Fritz Karl während eines wöchentlichen Treffens, zu denen die neuesten Mitarbeiter zusammengerufen wurden, »aber es ist nicht der materielle Gewinn, der hier zählt, sondern der moralische.«

Stühle scharrten über den Boden, während fünf neue Kassenmädchen rasch zur Tür strebten.

»Fräulein Schroeder!«

Juliane zuckte zusammen. Henny blieb ebenfalls stehen und warf der Freundin einen hilflosen Blick zu.

Es wird schon alles gut sein.

Sie verbrachten inzwischen fast jede freie Minute zusammen, und auch während der Arbeit fanden sie manchmal Zeit, ein paar Worte zu wechseln oder einander behilflich zu sein. In einem großen Laden wie Wesslings war es gut, jemanden an seiner Seite zu wissen. Unsicher ging Juliane zu Herrn Karl zurück. In ihrem Rücken entfernten sich Hennys Schritte. Sie fühlte sich sehr einsam.

»Was schauen Sie denn wie sieben Tage Regenwetter!« Fritz Karl lächelte Juliane aufmunternd an. »Ich habe Sie beobachtet und bin zufrieden mit Ihnen«, fuhr er dann fort. »Ich denke, Sie haben vielleicht eine größere Zukunft bei Wesslings vor sich. Und das kann ich bestimmt nicht von jedem Mädchen sagen.« Er schaute vielsagend in Richtung Tür. Juliane betrachtete schweigend die polierten Spitzen ihrer Schuhe. Herr Karl räusperte sich. »Sie, Fräulein Schroeder, haben jedenfalls rasch verstanden, worum es geht. Sie sind stets geduldig und achten auch auf Ihre Kleidung. Seien Sie zufrieden mit sich.«

Juliane zwang sich, den Kopf zu heben.

»Danke, Herr Karl.«

»Machen Sie weiter so, und ich werde zur rechten Zeit ein gutes Wort für Sie einlegen.«

»Sehr wohl, Herr Karl.«

»Ist schon gut. Und jetzt zurück an die Arbeit.«

Während sie den Flur entlangeilte, war Juliane immer noch zu nervös, um sich über die Worte von Fritz Karl wirklich zu freuen.

Obgleich Juliane als Kassenmädchen angestellt worden war, gab sie sich rechte Mühe, auch die einzelnen Schritte der Arbeit einer Verkäuferin kennenzulernen, doch es dauerte einige Zeit, bevor sie über jeden davon Auskunft geben konnte. Der Vorgang war durchaus aufwendig: Hatte der Kunde seine Ware ausgewählt, so vermerkte die Verkäuferin den Gegenstand und dessen Preis auf einem Kassenblockzettel und wiederholte die Preissumme auf einem besonderen, kleinen Formular. Der Kunde begab sich mit dem Original zur Kasse. Ein Kassenmädchen trug unterdessen die gekaufte Ware mit dem Durchschlag zur Paketkontrolle. Dort verglichen Mitarbeiter die Ware mit dem Inhalt des Zettels und verpackten sie. Der Kunde hatte unterdessen bezahlt, erhielt als Quittung seinen Kaufzettel abgestempelt zurück und konnte diesen am Packtisch gegen das gekaufte Gut eintauschen. Bei größeren Einkäufen in verschiedenen Abteilungen kamen die sogenannten Sammelbücher zum Einsatz. Mit ihrer Hilfe konnten Beträge nicht einzeln, sondern an einer Sammelkasse beglichen werden. Wer seine Waren nicht selbst mitnehmen wollte, ließ sie sich liefern.

Kurz vor Weihnachten, Juliane hatte sich gut eingewöhnt und schaute ihrer Zukunft bei Wesslings zuversichtlicher entgegen, brachte ihr Fritz Karl eines Morgens ein weiteres Kassenmädchen zur Einarbeitung: Erna Kostmann, ein schmales, stummes Wesen, war gerade vierzehn Jahre alt geworden, wirkte aber kaum älter als zehn. In Julianes und Hennys Zimmer nahm sie den Platz von Ilse ein, die angeblich zu ihrem Liebhaber zog. Juliane konnte nicht sagen, ob etwas Wahres an diesem Gerücht war, doch sie war durchaus froh, das Zimmer nicht mehr mit der herrschsüchtigen, aufbrausenden jungen Frau teilen zu müssen.

In der ersten Nacht schluchzte Erna so lange leise vor sich hin, dass sich Juliane endlich auf ihre Bettkante setzte und ihr so lange vorsichtig über den Rücken strich, bis sich das Mädchen beruhigte. In den folgenden Nächten kroch Erna manchmal sogar zu ihr ins Bett, und Juliane brachte es einfach nicht über sich, sie fortzuschicken.

Mit dem Arbeitsbeginn wich Erna ihr nicht mehr von der Seite. Sie war sehr gutmütig, manchmal etwas langsam, dabei aber äußerst akribisch in ihrer Arbeit. Juliane schloss sie rasch ins Herz und versuchte sie zu beschützen, wie sie auch eine jüngere Schwester beschützen würde. Insgeheim fürchtete sie jedoch den Tag, an dem Ernas einfaches Wesen und die Wünsche der Kundschaft miteinander kollidieren würden.

Neunzehntes Kapitel

Frankfurt am Main, Januar 1888

Antonies tränenersticktes »Herein« ließ Bettina nicht zögern. Es war düster im Zimmer ihrer Tochter, denn die Achtzehnjährige hatte die Vorhänge vorgezogen und kauerte wie ein Häufchen Elend, immer noch in ihrem Nachthemd, auf ihrem Bett. Bettina starrte sie für einen Moment unentschlossen an, dann zog sie die Tür hinter sich zu.

»Du warst nicht beim Frühstück. Das Mädchen hat uns gesagt, es ginge dir nicht gut?« Antonie nickte zögerlich und kämpfte zugleich gegen den Tränenstrom an, was ihr jedoch nur mäßig gelingen wollte. Bettina setzte sich mit einem Seufzer neben ihre Tochter. »Willst du mir sagen, was mit dir ist?«

Antonie sackte noch mehr in sich zusammen. Bettina hatte sie so noch nie in einer solchen Verfassung gesehen. Ihre Schultern bebten jetzt unter erneuten Schluchzern. Sie sah aus wie ein Häufchen Elend. Nach einer Weile flüsterte sie etwas, was Bettina nicht verstand.

»Wie bitte?« Bettina strich ihrer Tochter über den Kopf, nahm sie dann sehr behutsam beim Kinn und zwang Antonie, sie anzusehen. »Was ist los? Sag es mir, bitte, vertrau mir.«

Antonies Lippen bewegten sich erneut, dann straffte sich ihr Körper etwas. Sie fuhr sich mit dem Ärmel über das Gesicht, kämpfte wieder gegen die Tränen an, die ihr das Reden schwer machten.

»Ich bin schwanger.«

Bettina war selbst erstaunt, wie ruhig sie blieb. Sie war nicht ärgerlich. Sie dachte auch nicht an den Ruf ihrer Tochter. Sie hatte immer gewollt, dass sie glücklich war, und es hatte sie geschmerzt, dass sich Antonie in der letzten Zeit von ihr zurückgezogen hatte. Jetzt hatte sie eine Ahnung, warum das geschehen war.

»Aber wie? Wer ist es? Ich habe dich mit niemandem zusammen gesehen.«

»Wir waren sehr vorsichtig.« Sie hob den Kopf und schaute ihre Mutter in einer Mischung aus Stolz und Unsicherheit an. »Du kennst ihn übrigens.«

»Ich kenne ihn?«

»Ja.« Antonie bebte am ganzen Körper.

»Und er?« Obgleich sich Bettina um einen ruhigen Tonfall bemüht hatte, hörte sie jetzt doch das Zittern in ihrer Stimme. Antonie warf sich plötzlich in ihre Arme.

»Er liebt mich auch, Mama, aber er ... er ...«

»Er weiß es nicht, oder?«

»Nein.«

Für einen Moment schwiegen die beiden Frauen. Bettina hielt ihre Tochter in den Armen. Die junge Frau weinte zuerst etwas heftiger, dann wurde ihr Schluchzen leiser und versiegte schließlich ganz. Nach einer Weile setzte Antonie sich auf und sah ihre Mutter aus rot verweinten Augen an.

»Bitte, bitte, hilf mir, Mama.«

Bettina atmete durch und bemühte sich um Fassung.

»Dann musst du mir sagen, wie er heißt.«

»Es ist Jesko Turnbull.«

»Der junge Mann aus Spiekeroog?«

Bettina war verblüfft. Sie überlegte gerade, ob sie ihn im

letzten Sommer in Spiekeroog gesehen hatte, als Antonie weitersprach: »Wir haben uns erst nur geschrieben. Nachdem wir aus der Sommerfrische kamen, hat er mich dann besucht. Er ist von Hamburg hierher gereist, nur um mich zu sehen.«

Bettina dachte an einige Wochen im August, als Antonie häufig spazieren gewesen war. Antonie saß einige Zeit reglos da, sprang dann auf und holte einen Brief unter einem Stapel Bücher hervor. »Hier, er hat mir wieder geschrieben.« Sie hielt ihrer Mutter den Brief hin. »Er will mich sehen. Er will nicht ohne mich sein.«

»Nun, er hat ein wenig mehr getan, als dich nur zu sehen, nicht wahr?« Bettina runzelte die Stirn.

»Wir wollen heiraten.« Antonies Gesichtsausdruck wirkte jetzt entschlossener, entschiedener irgendwie. »Redest du mit Papa?«

»Ja, das tue ich.«

Bettina nickte selbst noch einmal bekräftigend. Für eine Weile war es still im Zimmer. Ab und an hörte man, wie Antonie schwer atmete.

»Ich liebe ihn, Mama«, sagte sie endlich leise. »Verstehst du das? Ich liebe ihn so sehr, dass ich nicht ohne ihn sein kann. Das würde mich unglücklich machen. Das würde mein Leben unglücklich machen, und das habe ich doch nicht verdient. Das hat keiner von uns verdient. Deshalb musste ich ihn sehen und deshalb will ich auch mit ihm gehen. Ich will mein Leben mit ihm teilen.«

»Ich verstehe dich, Kind.«

Bettina zögerte, öffnete den Mund und schloss ihn dann wieder. Ja, auch sie wollte, dass ihre Tochter glücklich wurde. Sie sollte diesen Mann heiraten, der ihr doch so viel bedeutete.

Das konnte kein schlechterer Grund sein als Richards Unzuverlässigkeit, die Bettina dazu gebracht hatte, seinem Bruder den Vorrang zu geben. Sie hatte sich damals falsch entschieden. Warum sollte man einen Mann heiraten, wenn nicht aus Liebe?

Aber was, Bettina betrachtete ihre Tochter, wenn die Liebe verschwand, wenn sie über die Jahre verloren ging, wenn der Alltag einzog? War es da nicht besser, etwas Solideres zu haben als ein Gefühl, das eines Tages schal werden mochte, das einem eines Tages nicht mehr über die Fehler des anderen hinweghelfen konnte?

Und hat dich deine Entscheidung glücklicher gemacht?

Bettina streckte die Hand aus und strich ihrer Tochter über das Haar, und die ließ sie zu ihrem Erstaunen gewähren.

Ich müsste ihr von Richard erzählen, dachte sie, ich müsste von Richard erzählen und davon, wie viel er mir bedeutet. Ich müsste ihr davon erzählen, wie nah wir einander waren, dann weiß sie, dass ich sie wirklich verstehe, aber …

»Was ist denn, Mama?«

Bettina öffnete den Mund, dann schüttelte sie den Kopf. Der Moment war vorüber. Sie würde schweigen.

»Es ist nichts. Ich habe nur nachgedacht.«

»Hilfst du mir also?«

»Natürlich.«

Sie würde retten, was zu retten war, und wenn es in ihrer Macht lag, dann würde ihre Tochter den Mann heiraten, den sie liebte.

Zwanzigstes Kapitel

Bettina zog sich hinter eine Palme zurück und schloss für einen Moment die Augen. In den letzten Wochen war eine Sonderveranstaltung auf die nächste gefolgt, die eine größer, die andere etwas bescheidener. Nach der Weihnachtssaison sollte damit in der sogenannten toten Saison der Verkauf angekurbelt werden. Für die bessergestellten Gäste gab es auch heute wieder einen besonderen Bereich, damit sie unter sich sein konnten und sich nicht mit dem gemeinen Volk abgeben mussten. Hier wurde Champagner ausgeschenkt, es wurden Kanapees gereicht, und die Damen konnten sich umfassend mit der neuesten Mode bekannt machen.

Bettina öffnete die Augen und erkannte, dass sie just von dieser Stelle aus durch eine schmale Lücke auf die anderen Warenhausbesucher blicken konnte. Für die, die die Führung durch das Haus mitgemacht hatten, wurden eben Frankfurter Würstchen ausgegeben. Sie sah ihren Mann, der, ein Stück von ihr entfernt, mit Fritz Karl und einigen Abteilungsleitern sprach. Er blickte düster drein, wie immer zu jener Jahreszeit. Es bedrückte ihn, wenn der Verkauf schwergängig war, wenn Ware in den Regalen liegen blieb oder vielleicht sogar verdarb. Nein, es war nicht leicht gewesen, mit ihm über Antonie zu sprechen, aber sie hatte es getan, und er hatte ihre Vorschläge gebilligt. Kaum eine Woche nachdem sie an Jesko Turnbull geschrieben hatte, war der junge Mann nach Frankfurt gekommen und hatte bei den Wesslings um die Hand ihrer Tochter angehalten. Jetzt musste die Hochzeit so gelegt werden, dass Antonies Zustand nicht publik wurde.

Aber ich will nicht, dass mein Täubchen mich verlässt, ich will, dass sie bei mir bleibt, fuhr es Bettina durch den Kopf.

»Ich sage Ihnen, wir brauchen wirklichen Luxus, um mehr Käufer anzulocken, mehr Exotik, mehr ... Wir sollten Waren aus den Kolonien anbieten. Und wir brauchen ein paar Neger, zumindest für ein paar Tage. Wir bauen eine Negerhütte auf, lassen die Gäste Kamerun-Kakao und Usambara-Zigarren probieren ...« Arnold drehte sich zur Seite und deutete halb nach oben. »Dorthin lassen wir ein großes Bild mit Elefanten, afrikanischen Kriegern und Löwen malen. Darunter drapieren wir Kaffee, Kakao, Schokolade ... Ich lasse Kokosmakronen verteilen, es gibt Erdnussöl und Rohtabak. Daneben kann man Schnitzereien und afrikanischen Schmuck für die eigenen vier Wände kaufen: Matten aus Palmbast, Löwenfelle, ausgestopfte Tiere und natürlich Papierkörbe aus Elefantenfüßen, so was eben. Diese Papierkörbe sind der letzte Schrei, habe ich gehört. Wirklich, wir müssen mit der Zeit gehen.«

Bettina bemerkte, dass Arnold sie um Zustimmung heischend ansah. Sie lächelte ihm freundlich zu und dachte wieder an Antonies Hochzeit. Antonie heiratete Jesko Turnbull. Antonie wurde Mutter.

Aber sie ist doch noch so jung ...

Bettinas Magen krampfte sich kurz zusammen. Es war nicht leicht, ein Kind ziehen zu lassen, das einem eben noch klein und bedürftig vorgekommen war, auch wenn Antonie ihren zukünftigen Ehemann noch so sehr liebte und ihrer Mutter immer wieder unter Tränen und kleinen Küssen dankte.

Nein, es war nicht leicht. Sie hatte Antonie beschützt, seit sie als zarter Säugling in ihren Armen gelegen hatte. Sie hatte sie geliebt und stets begleitet. Antonie war ihr einziges Kind. Sie würde nach der Hochzeit nach Hamburg ziehen.

Dann werde ich sie nicht mehr jeden Tag sehen.

Bettina wurde das Herz schwer.

»Mädchen sind doch nur albern. Ich kann mir nicht vorstellen, einmal jeden Tag mit einer Frau zu verbringen, und du?«

Jakob hatte es sich gemeinsam mit seinem besten Freund Klaus auf einem Stapel Teppiche bequem gemacht und sah dem lärmenden Treiben bei Wesslings zu. Klaus zuckte die Achseln.

»O ja, manche schauen jetzt den Weibern hinterher. Der Franz zum Beispiel. Der hat versucht, den Mädchen beim Turnen zuzuschauen, oben auf der Wiese, als wir wandern waren. Erwischt worden ist er, und es hat Hiebe gesetzt. Ob es das wert war? Nur um ein paar Mädchen beim Herumhüpfen zuzusehen?« Klaus schüttelte angewidert den Kopf.

Jakob setzte sich nachdenklich auf. Er dachte an Antonie, seine Cousine, die bald heiraten würde und so glücklich aussah.

»Vielleicht ist ja doch irgendwas dran.«

Klaus schüttelte den Kopf.

»An Mädchen? Und was sollte das sein?«

Jakob runzelte die Stirn und hatte plötzlich die Bewegungen eines Mädchenkörpers unter einem dünnen Kleid vor Augen. Vorübergehend wurde ihm warm. O ja, auch er spürte etwas, was er nicht einordnen konnte.

»Was erlauben Sie sich?«, schrillte die Damenstimme durchs Parterre. Juliane erkannte beunruhigt Erna inmitten des Tumults, doch die zwei eiligen Pakete, die sie zu transportieren hatte, ließen kein sofortiges Eingreifen zu. Heute war einfach zu viel los. Menschenscharen drängelten sich aus Neugier im Warenhaus oder wollten eines der günstigen Angebote ergattern. Manchmal drohte sogar Streit auszubrechen, wenn zwei Kunden zur selben Zeit auf eine Sache aufmerksam wurden. Besorgt verfolgte Juliane, wie sich Frau Beyerlein näherte, die Erna, seitdem sie bei Wesslings arbeitete, immer besonders streng beobachtet hatte. Julianes Magen krampfte sich schmerzhaft zusammen.

»Entschuldigen Sie vielmals, meine Dame, aber kann ich Ihnen vielleicht helfen?«, war Frau Beyerleins Stimme da auch schon deutlich zu hören.

»Nun, das hoffe ich doch sehr. Dieses impertinente Ding versteht mich erst absichtlich falsch, beleidigt mich dann und arbeitet zu guter Letzt unverschämt langsam. Ich habe schließlich nicht den ganzen Tag Zeit!«

»Aber meine Dame«, setzte Erna zu einer hilflosen Rechtfertigung an, wurde jedoch sofort von Frau Beyerlein zurechtgewiesen.

»Der Kunde hat immer recht«, ging Frau Beyerlein Erna so barsch an, dass diese zu schluchzen anfing. Mit einem gespielten Lächeln wandte sich Evelyn Beyerlein der Kundin zu. »Sagen Sie mir doch bitte, wie ich Ihnen helfen kann, meine Dame. Dieses Mädchen ist neu, es ...«

Die Frau, die etwas zu rundlich für ihren feinen Mantel war, schüttelte den Kopf, dass sich die dünnen Haare aus ihrer feinen Frisur lösten.

»Ich habe ja schon gehört, dass die meisten Verkäuferinnen

nicht den besten Familien entstammen, aber das hier ... Ts, ts, ts, wie soll ich mich von einer solchen Person überhaupt beraten lassen? Was kann mir die Tochter eines kleinen Arbeiters, Schreiners oder Bäckers schon erzählen?«

»Sie haben natürlich recht, meine Dame«, bemühte Frau Beyerlein sich sichtlich, ruhig zu bleiben, »aber seien Sie versichert, Erna ist lediglich ein Kassenmädchen. Viele unserer Verkäufer hingegen sind die Söhne und Töchter von Ladenbesitzern, die hier die Gelegenheit erhalten, das umzusetzen, was sie gelernt haben.«

»Widersprechen Sie mir etwa auch?«

»Nein, ich ...«

»Ich will eine andere Verkäuferin. Andererseits weiß ich gar nicht, ob ich in einem Haus einkaufen möchte, in dem man meine Zeit vertrödelt, mich beschimpft und beleidigt, nur weil ich mich nicht rasch entscheiden will.«

»Aber ich habe Sie nicht beleidi...«

»Schweig, Erna, und entschuldige dich jetzt sofort.«

Erna starrte Frau Beyerlein an und verstummte. Ihr Gesicht war blass und von Tränen verschmiert, ihre schmalen Lippen zeugten davon, dass sie sich nicht überwinden konnte, das Verlangte zu tun.

Juliane, die ihre Pakete endlich abgeliefert hatte, kam hinzu. Als sie neben Erna auftauchte, wollte die dankbar ihre Hand in Julianes schieben. Die schüttelte leicht den Kopf.

»Bitte entschuldige dich, Erna.«

Erna schaute sie unsicher an.

»Aber Juliane, ich ...«

»Tu es einfach, Erna. So machen wir das hier. So ist das richtig.«

»Wirklich?«

»Ja.«

Erna schaute Juliane noch einen Moment länger an. Ihre schmalen Lippen wurden etwas weicher. Ich glaube dir, sagten ihre Augen.

»Entschuldigen Sie«, sagte sie zu der Kundin und knickste ungelenk.

»Geht zurück an eure Arbeit«, herrschte Frau Beyerlein sie zornig an. Juliane wusste, dass der Gedanke, dass Arnold Wessling und auch Fritz Karl die Hand über sie hielten, Frau Beyerlein heute ganz besonders in Wut versetzte.

Einige Tage später überkam Juliane plötzlich ein ungutes Gefühl, als sie Erna zur Mittagspause allein nach oben gehen sah. Kurz entschlossen schützte sie ein dringendes Bedürfnis vor und folgte dem Mädchen. Erna war so auf ihr Tun konzentriert, dass sie ihre Verfolgerin gar nicht bemerkte. Sobald sie den Gang erreicht hatte, der zu den Schlafzimmern führte, atmete sie sichtbar auf. Julianes ungutes Gefühl verstärkte sich, als sie Erna eilig im Zimmer verschwinden sah. Juliane folgte ihr, wartete noch einen Moment vor der Tür, bevor sie laut klopfte und dann auch gleich eintrat.

Erna fuhr herum. Der Schrecken stand ihr ins Gesicht geschrieben, während sie die Augen weit aufriss. Auf ihrem Bett lag eine Anzahl bunter Bänder ausgebreitet. Daneben saß Ilse, die Juliane schon lange nicht mehr gesehen hatte, und sah kein bisschen schuldbewusst aus. Juliane schloss die Tür hinter sich und atmete tief durch. Als sie Erna ernst anschaute, begann deren Mund zu zittern.

»Was denkt ihr euch nur dabei«, fuhr Juliane die beiden an. Ilse zeigte sich unbeeindruckt.

»Ich habe nichts Rechtes anzuziehen«, stotterte Erna.

Juliane näherte sich, weiterhin um Fassung bemüht. Sie mochte Erna. Sie fühlte sich verantwortlich für sie. Erna war vielleicht etwas einfach, aber im Herzen war sie ein gutes Ding. Das hier war sicher nicht ihre Idee gewesen. Man sah es an Ilses amüsiertem Blick. Niemand durfte hiervon erfahren.

Juliane musterte Ernas Ausbeute.

»Das hier wirst du wohl kaum im Geschäft anziehen können«, stellte sie leise fest und seufzte dann noch einmal tief. »Komm, wir bringen alles zurück, bevor noch jemand etwas merkt. Wenn es dir an anständiger Kleidung mangelt, spreche ich mit Herrn Wessling.«

»Ja, aber … aber ich möchte schöne Sachen haben, Juliane.«

»Erna, was du getan hast, ist nicht gut. Das geht nicht.«

»Wir sollten alle schöne Sachen haben«, plapperte Ilse dazwischen.

»Aber ich wollte es doch bezahlen, wenn ich erst mein Geld habe …«, fuhr Erna nachdenklich fort.

Juliane dachte daran, dass Erna jeden Pfennig an ihre Familie abgeben musste.

»Aber du musst dein Geld doch abgeben, Erna«, sagte sie und unterdrückte einen tiefen Seufzer. »Du hast gar keines. Aber ich werde mit Herrn Karl sprechen, ja, Erna? Wir finden eine Möglichkeit.«

Ilse schnalzte mit der Zunge. »Ich finde ja«, sagte sie, »dass man sich manchmal einfach nehmen muss, was man braucht. Der Herr, ob hier auf Erden oder im Himmel, der Herr gibt es einem gewiss nicht.«

Einundzwanzigstes Kapitel

Frankfurt am Main, Mai 1888

»Du siehst wunderschön aus, Antonie.«

Bettina stand hinter ihrer Tochter und betrachtete sie im Spiegel. Sie hatte es sich nicht nehmen lassen, Antonie das Haar selbst zu richten. Die Art, wie die Haare aus dem Gesicht genommen waren, am Hinterkopf zu einem filigranen Knoten gesteckt, während je zwei gelockte Strähnen an der Seite das Gesicht weicher zeichneten, ließ die Augen ihrer Tochter größer und geheimnisvoller aussehen.

Bettina lächelte selbstvergessen. Es hatte Jahre gegeben, da hatte sie mit dem Schicksal gehadert, das ihr kein weiteres Kind geschenkt hatte. Jahre, die sie damit zugebracht hatte, um dieses ungeborene Kind zu trauern, darum, dass sie keinen Sohn bekommen hatte.

Es hat Zeiten gegeben, da hatten wir es schwer miteinander. Dabei habe ich die wunderbarste Tochter, die man sich wünschen kann.

In diesem Augenblick drehte sich Antonie zu ihrer Mutter um und lächelte sie an. Bettina konnte kaum die Tränen zurückhalten.

»Danke, Mama«, sagte Antonie.

»Das habe ich doch gerne gemacht. Ich glaube«, Bettina lachte leise, »das habe ich mir selbst gewünscht, seit du ein kleines Mädchen warst. Bist du glücklich? Bitte, sag mir, dass du glücklich bist.«

»Ja, das bin ich. Das weißt du doch.« Antonie schaute Bettina aus großen blauen Augen fragend an. »Warum fragst du? Glaubst du mir nicht?«

Bettina hob die Schultern. »Ich weiß nicht, es ist ein großer Schritt, oder? Du wirst heiraten, dein Elternhaus verlassen. Wir werden uns nicht mehr so oft sehen.«

Und ich, fügte sie still hinzu, habe nicht den geheiratet, den ich geliebt habe, sondern den, der mir verlässlicher erschien. Ich weiß, wie sich das anfühlt, wenn man einen solchen Fehler gemacht hat und wenn man damit leben muss. Ich weiß, wie es sich anfühlt, wenn immer ein Stückchen Einsamkeit da ist. Wenn man immer jemanden vermisst, der einem eigentlich zur Seite stehen müsste.

Antonie, die nichts von ihren Gedanken wusste, lachte. »Aber ich bin doch nicht aus der Welt, Mama.«

»Nein, das bist du wohl nicht.«

Bettina schaute nachdenklich aus dem Fenster. Nein, du bist nicht aus der Welt, und es ist nicht dein Fehler, dass ich Richard nicht vergessen kann.

»Meine Tochter!« Stolz küsste Arnold Antonie auf die Wangen, als diese am Arm ihrer Mutter unten in der Halle erschien. »Du bist die schönste Braut, die ich je gesehen habe – ausgenommen vielleicht deine Mutter.«

Antonie lächelte zufrieden. Ihr Vater schenkte ihr nur selten Aufmerksamkeit, und sie genoss die Situation sichtlich.

»Findest du, Papa? Erkennst du übrigens den Schleier?«

Sie wartete ab, während Arnold das zarte Spitzentuch auf ihrem Haar bewunderte. »Es ist Mamas«, rief Antonie dann aus, bevor er etwas antworten konnte. »Und sie hat ihn von ihrer Mutter. Sie hat ihn mir geschenkt.«

»Das ist sehr schön.« Arnold zupfte kurz an dem Schleier herum, so wie er es sich auch nie nehmen ließ, Waren neu anzuordnen, wenn er durch sein Kaufhaus spazierte. Manchmal kam er sich wie ein Kapitän vor, der einen dieser riesigen modernen Ozeandampfer steuerte. Unglaublich viel hatte sich in den letzten Jahren geändert. Die kleinen Geschäfte kämpften um ihr Überleben, während sich große Kaufhäuser zwar noch langsam, aber sicher ausbreiteten. Die Arbeit eines Kaufmanns war nicht mehr die gleiche, und sie würde sich weiter verändern. Wer da nicht mitging, war verloren. Man kaufte seine Waren nicht mehr nur in der nächsten Umgebung. Man kaufte sie in Massen, dort, wo sie günstig war und auch in Übersee. Die Welt, die man kannte, war auch dadurch größer geworden und zugleich unübersichtlicher und schwerer zu erklären. Man musste schnell sein in all seinen Entscheidungen. Da war ein ungeheurer Druck, der auf einem lastete, ein Druck, der ihn manchmal beflügelte und der ihm manchmal den Hals enger werden ließ.

Er bot seiner Tochter den Arm. Seite an Seite verließen sie die Villa Wessling. Vor der Tür wartete ein Vierspanner, den Arnold für den heutigen Tag bestellt hatte.

Die Kirche war üppig geschmückt. Die Zeremonie verging für Bettina wie in einem Traum, von dem sie immer noch nicht sagen konnte, ob es ein schöner oder ein bitterer Traum war. Sie weinte, aus Rührung, aus Angst vor Einsamkeit und vor dem, was kommen mochte. Danach war ihre Tochter eine verheiratete Frau, und doch schien sich nichts geändert zu haben.

Ich muss mich erst daran gewöhnen, dachte Bettina, wir alle müssen uns daran gewöhnen.

Gemeinsam fuhren sie zu der Villa mit Park, die Arnold

Wessling für diesen besonderen Tag angemietet hatte. Im Haus gab es einen Ballsaal, draußen im Garten waren Tische und Stühle recht zwanglos verteilt. Es gab ein Buffet, aber auch Diener, die die Gäste auf Wunsch am Platz versorgten. In den Bäumen waren Lampions angebracht worden.

Rasch füllte sich der Garten. Bettina erkannte Freunde ihrer Tochter, die sie seit dem Ende der Schulzeit nicht mehr gesehen hatte, dazu Geschäftspartner und wichtige Kunden von Arnold. Sie hatte von vornherein gewusst, dass ihrer Tochter das Fest nicht allein gehören würde. Alles war Geschäft. Sie alle waren Wesslings. Auch Emilia war da, auf Besuch aus dem Schweizer Internat. In den letzten knapp zwei Jahren war sie deutlich erwachsener geworden. Etwas weiter entfernt, am Buffet vorbei und in den Wald hinein, dort, wo eine Lichtung an den See grenzte, waren Trommeln zu hören.

Falk beobachtete das junge Brautpaar und fühlte Neid in sich aufsteigen. Man sah ihnen an, dass sie sich liebten und dass sie miteinander harmonierten, während er selbst nicht sagen konnte, was er getan hatte, um sich Arnolds und Ludmillas Missachtung zu verdienen.

Er wusste, dass Ludmilla an seiner Seite auch jetzt lieber anderswo gewesen wäre, auch wenn sie allen stets die treu sorgende Ehefrau vorspielte, und Arnold musste sich geradezu zwingen, seinem jüngeren Bruder Aufmerksamkeit zu schenken.

Dabei wärt ihr beide nichts ohne mich. Wesslings würde es nicht geben. Ein solches Fest würde es nicht geben. Ihr alle denkt, ich sei schwach, und ja, vielleicht bin ich das, aber ihr seid Ungeheuer. Ja, Ungeheuer waren es, die er liebte und ohne deren Liebe er nicht leben konnte.

Emilia mochte Feste, sie mochte es, unter vielen Menschen zu sein. Sie liebte es, sich zu präsentieren. Je näher die Gästeschar den Trommeln kam, desto dichter wurde die Menge, doch Emilia hatte keine Schwierigkeiten, sich ihren Platz zu erkämpfen. Als sie ihr Ziel erreicht hatte, bemerkte sie auch Jakob, der in seinen guten Kleidern bis hoch in einen Rosskastanienbaum geklettert war und von dort aus neugierig nach unten spähte. Was er sah, konnte sie noch nicht erkennen, dazu musste sie sich weiter nach vorne drängen. Als sie es geschafft hatte, hielt sie erstaunt inne: Ein großes Lagerfeuer loderte dort am Ufer, rechts davon war eine Hütte aufgebaut worden, wie sie sie eher in Afrika vermutet hätte. Ein dunkelhäutiger Mann stand davor, ein weiterer trommelte. Zwei Frauen stampften im Rhythmus mit großen Holzstößeln in ein ebenfalls hölzernes Gefäß.

Emilia staunte. Von diesem Schauspiel hatte sie nichts gewusst. Sie blieb stehen und beobachtete. Besonders an der hochgewachsenen Gestalt des ersten Mannes blieben ihre Augen hängen. Sein krauses Haar war kurz geschoren. Er war schlank, mit langen Gliedern und festen Muskeln. In seinem dunklen, fast schwarzen Gesicht leuchteten Zähne und Augen strahlend weiß. Emilia konnte nicht sagen, wohin er blickte. Er stand dort einfach, ohne etwas zu sagen, den Blick in die Ferne gerichtet, und ließ sich von den Hochzeitsgästen begaffen.

Antonie war sich sicher, dass ihr Hochzeitsfest das schönste war, was sie sich je vorgestellt hatte. Ihr Vater hatte keine Kosten und Mühen gescheut. Alle hatten sie bewundert. Sie schmiegte sich an Jesko, der müde aus dem Fenster der Kutsche spähte. Er hatte sie gefragt, ob sie es bedauerte, dass sie jetzt in Hamburg wohnen würde, und sie hatte heftig den Kopf geschüttelt.

»Nicht, wenn ich immer an deiner Seite sein darf.«

»Auf immer und ewig, mein Herz.«

In diesem Moment spürte Antonie etwas in sich, ein Flattern, das ihr bis dato unbekannt war. Sie horchte nach. Da war es noch mal, sie hatte sich nicht geirrt, ein ganz sanftes Streifen.

»Das Baby«, flüsterte sie.

»Was?« Jesko riss sich von der Scheibe los.

»Das Baby, es bewegt sich.«

»Unser Kind?«

Er schien ebenso fassungslos wie sie, streckte zögerlich die Hand aus. Sie schmiegte sich an ihn, konnte es jetzt kaum noch erwarten, dass er ihren Bauch berührte.

Die Kutsche hielt vor dem Hotel. Er half ihr hinaus und stützte sie.

»Es geht mir gut«, flüsterte sie mit einem Lachen in der Stimme.

Jesko ließ nicht von ihr ab.

»Ich werde immer für euch da sein, ich werde euch immer beschützen. Das verspreche ich dir.«

Zweiundzwanzigstes Kapitel

Paris, 1891

Lynette spürte die unruhige Hand ihrer Mutter, die ihre Finger umfasste, während sie die Tochter die Treppenstufen hinauf in Richtung Madame Souzas Atelier zog. Als kleines Mädchen hatte sie dort oben ganze Tage unter dem Tisch ihrer Mutter zugebracht, während Christine genäht und gestickt hatte. Dann war sie in die Schule gekommen. Nun war sie zwölf Jahre alt, groß genug, um zu arbeiten. Wenn Madame Souza zustimmte, würde sie ab heute zu den Mädchen gehören, die zuarbeiteten, kleine eigene Näharbeiten ausführten, Botengänge übernahmen und ansonsten durch Zuschauen lernten. Sie freute sich schon seit Langem darauf.

Sie hatten jetzt die Tür zu Madame Souzas Atelier erreicht. Christine öffnete und sah ihre Tochter mahnend an. Die schob die Hand in die ihrer Mutter und trat an ihrer Seite ein. An Madame Souzas Tisch angekommen, musterte diese das junge Mädchen eingehend.

»Lynette, wie schön, dich einmal wiederzusehen.«

»Madame Souza.« Lynette reichte ihr die Hand und knickste ungelenk, weil sie es nicht gewohnt war. Madame Souza lächelte milde.

»Du bist groß geworden, Kind, und deine Mutter sagt mir, du kannst dich hier nützlich machen.«

Lynette nickte entschlossen, und damit wurde auch sie ein

Teil von Madame Souzas Atelier: Sie begann damit, einfache Teile zusammenzunähen, ordnete die Arbeitsmaterialien der erfahrenen Näherinnen und Stickerinnen und hielt vor allem die Augen offen, um zu lernen.

Warenhaus Wessling

1891–1894

Dreiundzwanzigstes Kapitel

Frankfurt am Main, Dezember 1891

In der Packerei, in der Juliane seit vier Jahren arbeitete, herrschte besonders rund um Weihnachten Hochbetrieb. Hierher wurden die Pakete der Kunden gebracht, die ihre Waren nach einem Sammeleinkauf selbst mitnahmen, ebenso wie hier letzte, eilig gekaufte Geschenke verpackt wurden, um dann ebenfalls auf schnellstem Weg zum Kunden gebracht zu werden. Es ging zu wie in einem Taubenschlag, ständig öffneten sich Türen und gingen wieder zu, sodass ein permanenter Luftzug zu spüren war. Das Stimmengewirr war einfach ohrenbetäubend: Anweisungen wurden gerufen, lautstark wurde neues Packpapier angefordert. Von der Arbeit rau und empfindlich gewordene Finger knüpften Knoten. Man schnitt sich am Papier und fluchte unterdrückt über den Schmerz.

Die hohen Regale, in denen die Pakete zum Mitnehmen gestapelt wurden, füllten sich ebenso rasch, wie sie sich leerten. In endloser Reihe kamen die Boten, um immer wieder neue Pakete auf ihre Wagen zu stapeln. War ein Wagen voll, machte man sich sofort auf den Weg. Die Auslieferer, die gerade außer Haus waren, markierten dies mittels einer Blechmarke an der großen Tafel am Ausgang.

Auch in den größeren und kleineren Warenlagern kehrte in diesen Tagen keine Ruhe ein. Ständig trafen neue Sendungen ein, von der Eisenbahn, der Post, aus dem Zolllager, von der Markthalle. In der erst kürzlich erweiterten Versandabteilung wurden unterdessen alle schriftlich eingesandten Kaufaufträge bearbeitet. Versandbestellungen sollten möglichst in den ersten Morgenstunden erledigt werden.

Es gab viel zu tun, deshalb wurde in diesen hektischen Tagen noch genauer darauf geachtet, dass das Personal nacheinander in die Pausen ging. Kamen die einen zurück, traten die nächsten ihre Pause an, damit keine Abteilung je unbesetzt war. Trotzdem hatte weiterhin einmal in der Woche jeder eine halbe Stunde frei, um Einkäufe im Haus zu erledigen. Wechselnde Anschläge in den Kantinen und Garderobenräumen informierten zusätzlich über günstig abzugebende Waren, meist waren diese leicht beschädigt oder drohten zu verderben. Hinzu kamen weihnachtliche Bonifikationen auf Kohle, Briketts und Flaschenbier. Auch Julianes Mutter ließ es sich nicht nehmen, ihre Tochter einmal in der Woche genau an ihrem Einkaufstag zu besuchen. Manchmal fragte sie dann, wann Juliane sie einmal wieder besuchen wolle, doch die verspürte kein Bedürfnis, in die Wohnung ihrer Eltern zurückzukehren. Seit sie als Kassenmädchen bei Wesslings begonnen hatte, führte sie ihr eigenes Leben, und es fühlte sich gut an. Die anfänglich noch regelmäßigen Besuche am Wochenende bei den Eltern hatte sie bald eingestellt. Noch bevor sie sechzehn Jahre alt geworden war, hatte man sie in die Packerei versetzt. Sie bekam Anerkennung, und das spornte sie an. Nie wieder wollte sie in die Enge der elterlichen Wohnung zurückkehren.

Margot Schroeder liebte ihre Besuche bei Wesslings, und Juliane versuchte, es nach Möglichkeit so einzurichten, dass sie ihre kurze Pause gemeinsam verbrachten. Meist saßen sie einander dann im kleinen Erfrischungsraum gegenüber. Juliane bestellte jedes Mal ein Tässchen echten Kaffee und ein kleines Stück Kuchen für ihre Mutter. Die trank und aß abwechselnd und verlor sich in Erinnerungen.

Für ihre Mutter, das verstand Juliane nun endlich, hatte es neben ihrer Hilfsarbeit kaum eine Gelegenheit gegeben, der Enge des Haushalts und dem harten Alltag auch einmal, und wenn auch nur für ein paar Stunden, zu entkommen. Wo der Vater abends ab und an Kumpel getroffen und auch einmal ein Bier trinken gegangen war, hatte die Mutter zu Hause geputzt, geflickt und gekocht. Während der Vater nie Interesse an Dingen gezeigt hatte, die außerhalb der Wohnung, über die Straße oder die Kneipe hinaus lagen, außer zu den Zeiten, wo er verschwand, weil ihm alles über den Kopf wuchs, da hatte Margot Schroeder nichts als ihre kleinen Träume gehabt. In dem Moment, da sie selbst zu arbeiten begonnen hatte, hatte Juliane den Respekt gegenüber ihrem Vater verloren. Sie verabscheute seine Feigheit und seine Brutalität, die ihr jetzt, nach seinem Tod, seltsamerweise noch gegenwärtiger waren, aus vollstem Herzen.

»Ich hätte auch gerne in einem solchen Geschäft gearbeitet«, sagte Margot einmal. »So eine Gelegenheit, wie du sie hier hast, die hatte ich nicht. Zuerst saß ich nur bei den Eltern daheim und machte erbärmlich bezahlte Handarbeiten, und dann heiratete ich, und mein Vater war nur froh, den unnützen Esser aus dem Haus zu haben. Als Kassenmädchen, als Verkäuferin gar, hätte ich für mich selbst aufkommen können. Ich hätte den Eltern gutes Geld nach Hause gebracht. Sie hätten sich gefreut, mich zu haben, und mich nicht nur als Belastung gesehen. Ach, wäre das schön gewesen.«

»Aber sie haben dich doch bestimmt geliebt, Mama.«

»Ach ...« Margot machte eine wegwerfende Handbewegung, sprach aber nicht weiter.

Wenn die Pause vorüber war, ging die Mutter immer noch eine Runde durchs Haus, und manchmal kaufte sie auch etwas: ein Band, ein paar Knöpfe, herabgesetzten Nippes, auf den sie allerdings meist einige Zeit gespart hatte und den sie stolz nach Hause trug, wo sie ihn auf die Fensterbank stellte oder den kleinen Esstisch damit schmückte.

»Ich würde mich freuen, wenn du mich einmal wieder zu Hause besuchst. Weißt du, ich bin sehr allein, jetzt, wo Vater tot ist.«

Juliane biss sich auf die Lippen. Sie schämte sich dessen immer noch, aber sie hatte sich einfach nicht dazu durchringen können, zur Beerdigung zu gehen. Zu oft hatte der Vater sie die Hölle durchleben lassen. Sie stand abrupt auf und schob ihren Stuhl etwas zu heftig zurück.

»Ich denke darüber nach.«

»Bitte, ich bitte dich wirklich darum.«

Juliane biss sich auf die Lippen. Sie dachte daran, dass ihre Mutter nie versucht hatte, die Tochter zu schützen, und am liebsten hätte sie ihr die Bitte einfach rundheraus abgeschlagen, aber sie konnte es nicht.

Vierundzwanzigstes Kapitel

In dem Moment, als Juliane in die Straße einbog, in der die Eltern wohnten, kam alles zurück, was sie bereits vergessen geglaubt hatte. Mit jedem Schritt stiegen die Bilder quälend in ihr auf: Erinnerungen an den Vater, der ordentlich gekleidet und frisiert bei gutem Wetter auf der Straße vor dem Haus auf seine Tochter wartete, der sie liebevoll begrüßte und sie dann vor sich her ins Haus und nach oben in die Wohnung laufen ließ, wo die Maske binnen Sekunden fiel.

Als Kind hatte sie sich immer gefragt, ob sie denn niemand hörte. Später hatte sie verstanden, dass es die Nachbarn einfach nicht kümmerte. Es ging niemanden etwas an, was ihr Vater in seinen eigenen vier Wänden machte. Und es gab immer irgendetwas, für das sie büßen musste. Ein Kollege, der ihn schief angesehen hatte, ein Tag, der nicht zu seiner Zufriedenheit verlaufen war.

Als er die Arbeit gar nicht mehr bewältigen konnte und noch nicht einmal mehr gelegentlich etwas zu tun war, war es noch schlimmer geworden. Fast täglich hatte er sie geprügelt, mit Kleiderbügeln und Gürteln, mit der bloßen Hand und mit Holzscheiten. Wenn es ihm auch gleichgültig gewesen war, ob man ihre Schreie hörte, so hatte er doch peinlich darauf geachtet, dass man die Spuren seiner Exzesse auf der

Straße nicht sah, und sie hatte irgendwann gelernt zu schweigen und keinen Schmerzenslaut von sich zu geben, denn Jammern hatte ihn noch wütender gemacht.

Am Gartentor blieb Juliane kurz stehen. Als sie es aufschob, begann ihr Herz wild zu klopfen. Es war, als hielte die Erinnerung sie fest. Fünf Schritte bis zur Haustür. Sie blieb auch hier wieder stehen, atmete einmal kurz durch und sah prüfend an sich herunter. Sie trug ihr bestes, frisch gewaschenes Kleid und hatte sich eigentlich sicher gefühlt, aber jetzt zitterten ihre Hände vor Nervosität. Endlich schob sie die Tür auf und ging dann, ohne anzuhalten, bis nach oben, wo sie energisch klopfte.

Ich bin eine erwachsene Frau. Ich bin kein kleines Kind mehr. Ich verdiene mir mein eigenes Leben.

Es dauerte eine Weile, bis schlurfende Schritte zu hören waren. Die Tür öffnete sich.

»Mama.« Julianes Mutter hob eine Augenbraue, drehte sich dann schweigend einfach wieder um und schlurfte davon. Juliane folgte ihr durch den kleinen, engen Flur in die Küche, wo sich die Mutter an den Tisch gesetzt hatte und fortfuhr, eine Möhre in dünne Scheiben zu schneiden. »Guten Tag, Mama, wie geht es dir?«

Ihre Mutter schnitt weiter.

»Wie soll es mir gehen?«, sagte sie dann in jenem vorwurfsvollen Ton, der Juliane durchaus bekannt war. »Dein Vater ist nicht mehr da. Das weißt du doch. Ich muss für mich sorgen …« Schnipp, schnipp, schnipp. »Meist bin ich allein, eine Witwe bekommt nicht viel Besuch. Wenn es nach mir ginge, hätten sie mich mit Papa verbrennen können …« Margot hob unvermittelt den Kopf. »Und warum bist du hier? Weil ich dich darum gebeten habe? Kümmert dich deine arme, alte Mutter plötzlich doch? Deine Geschwister sind auch nicht besser.«

»Ich ...« Juliane verstummte. Was sollte sie auch sagen? Mama hatte sich der Wahrheit immer verschlossen. Sie wusste, warum Juliane die Wohnung gemieden hatte, aber sie zog es vor, sich ahnungslos zu geben.

Am liebsten wäre Juliane sofort wieder gegangen, doch ihre Mutter bestand plötzlich auf einer Tasse Tee und setzte Wasser auf, ohne die Antwort ihrer Tochter abzuwarten. Juliane nahm gehorsam Platz und schaute sich verstohlen um. Es war nicht unordentlich bei ihrer Mutter, aber es war auch nicht mehr so ordentlich wie früher. Der Tee, den sie vorgesetzt bekam, war nur sehr schwach. Juliane bedankte sich trotzdem und versprach beim Abschiednehmen artig, regelmäßiger vorbeizukommen.

Tatsächlich besuchte sie ihre Mutter nun öfter, obgleich sie einander auch dadurch nicht wirklich näherkamen. Juliane sah mit Erschrecken, wie einfach, fast stumpf die Mutter in den Tag hineinlebte, seitdem sie den Vater nicht mehr zu versorgen hatte. Margot lebte von dem, was Juliane und auch die anderen Geschwister ihr vom Lohn abgaben, und von kleinen Näharbeiten: Sie stopfte Strümpfe, nähte Hemdenknöpfe an, bügelte ... Zum Wäschewaschen fühlte sie sich zu alt.

Der Höhepunkt ihrer Woche war der Besuch bei Wesslings, wenn sie ihr bestes Kleid anzog, durch das Kaufhaus streifte und sich kurz mit der Tochter im kleinen Erfrischungsraum traf.

Wenn Juliane an Margots ersten Besuch zurückdachte, so erinnerte sie sich zuallererst daran, dass sich ihre Mutter gefürchtet hatte. Erst nach mehreren Besuchen hatte sie Mut geschöpft. Inzwischen genoss sie es, durch die breiten hellen Gänge mit den bunten, überladenen Verkaufstischen zu flanieren. Heute ging sie langsamer, hielt sich gerader und hob den Kopf höher.

Meine Tochter arbeitet hier, sagte sie mit jeder Bewegung ihres Körpers. Schaut her, seht mich an, ich gehöre hierher.

Irgendwann brachte sie erstmals den Mut auf, an einem Tisch stehen zu bleiben und sich die Auslagen näher anzuschauen. Dann betastete sie den ersten Gegenstand, ein kleiner Porzellanschwan, fragte nach dem Preis und begann schließlich sogar ein Gespräch mit einer Verkäuferin, ganz, als ob sie wirklich an dem Schwan interessiert wäre. Juliane war verunsichert, insbesondere als ihre Mutter bald darauf damit begann, sich Dinge zur Auswahl vorlegen zu lassen. Schließlich sprach sie sie darauf an.

»Ach, lass mir doch das Vergnügen, Kind«, sagte Margot nur. In der nächsten Woche bemühten sich bereits zwei Verkäuferinnen, ihre Wünsche zu erfüllen. Sogar der Chef der Abteilung wurde gerufen, und Juliane konnte es gerade noch verhindern, dass man nach dem Lager schickte.

»Sie ist meine Mutter«, erklärte sie mit rotem Kopf.

Margot Schroeder kümmerte es nicht. Höchst vergnügt ging sie auch an diesem Tag nach Hause, voller Erinnerungen an den Trubel und das Aufsehen, das ihre Wünsche hervorgerufen hatten.

Danach ließ Juliane ihre Mutter, soweit möglich, nicht mehr aus den Augen, wenn diese das Warenhaus Wessling betrat. Margot beschäftigte zwar nie mehr eine ganze Abteilung mit ihren Wünschen, aber sie ließ sich trotzdem weiterhin gerne ein paar Dinge zur Auswahl vorlegen, um dann alle abzulehnen und unverrichteter Dinge nach Hause zu gehen.

»Möchtest du all diese schönen Dinge, die dich tagtäglich umgeben, nicht auch besitzen?«, fragte sie eines Tages mit einem träumerischen Gesichtsausdruck. »Kommst du nie in Versuchung, etwas mitnehmen zu wollen?«

Juliane stockte der Atem.

»Nein, natürlich nicht«, sagte sie mit fester Stimme. »Ehrlichkeit ist hier oberstes Gebot.«

Margot lachte zwitschernd. »Ich habe gehört, sie zahlen euch einen Hungerlohn.«

»Ich bin zufrieden.«

»Aber die da haben viel mehr als wir. Das ist doch nicht gerecht.«

»Wer? Wovon redest du, Mama?«

»Die Juden.« Margot warf Juliane einen verstohlenen Blick zu. »Der Mädchenname von Bettina Wessling ist doch Kuhn. Das wusstest du nicht, oder?« Margots Tonfall klang herausfordernd.

Juliane suchte noch nach Worten, als sie plötzlich Fritz Karl hinter sich bemerkte. Er hatte sich ihnen unbemerkt genähert. Manchmal kam er ihr wirklich vor wie eine geschmeidige, schwarze Katze.

»Kann ich helfen?«, fragte er mit seiner ruhigen, sonoren Stimme. »Gibt es ein Problem?«

Für einen Moment klopfte Juliane das Herz bis in den Hals. Ihr Mund war auf einmal so trocken, dass sie fürchtete nichts herauszubekommen, doch sie irrte sich.

»Nein, es ist alles in Ordnung. Ich musste meiner Mutter etwas erklären. Ich denke, sie hat mich verstanden.«

»Das ist also Ihre Mutter?« Fritz Karl drehte sich zu Margot hin und nickte ihr höflich zu. »Sie müssen sehr stolz sein, Ihre Tochter ist eine unserer besten Mitarbeiterinnen. Erst war sie ein Kassenmädchen, nun arbeitet sie schon einige Zeit als Packerin, aber ich denke, sie wird bald zur Verkäuferin aufsteigen. Das ist nicht allen gegeben. Eigentlich ist bei Wesslings noch nie ein Kassenmädchen später Verkäuferin geworden.«

Margots Mund zuckte, dann rang sie sich sichtlich bemüht zu einem Nicken durch. Ihre Mutter, fiel Juliane nicht zum ersten Mal auf, hatte es eigentlich noch nie gemocht, nicht im Mittelpunkt zu stehen. Nur Juliane ahnte, wie viel Überwindung sie diese Geste kostete.

An jenem freien Samstag hatte Juliane ihre Mutter besucht. Später ging sie durch die Gassen ihres alten Viertels spazieren, um der Enge der kleinen Wohnung zu entfliehen. Als sie abends noch einmal nach ihrer Mutter schaute, fand sie diese schlafend in der kleinen Küche vor, neben sich eine leere Flasche Korn. Juliane zog ihr die Schuhe aus, richtete sie mühsam auf und trug sie ins Schlafzimmer, wo sie den schmalen Körper ihrer Mutter auf das Bett wuchtete. Margot wachte nicht einmal auf.

Danach legte sich Juliane auf das Sofa, fiel aber erst nach Stunden in einen unruhigen Schlaf. Trotzdem stand sie am nächsten Morgen als eine der Ersten vorm Warenhaus Wessling und wartete mit den anderen Mitarbeitern und Mitarbeiterinnen, die nicht im Haus wohnten, auf Einlass.

Endlich wurde die Tür geöffnet. Juliane hatte kaum zehn Schritte weit getan, als Fritz Karl vor ihr stand.

»Fräulein Schroeder, da sind Sie ja. Herr Wessling möchte Sie sprechen.«

Juliane wurde es von einem Moment auf den anderen ganz elend. Fast schien es ihr, als würde der Geruch des scharfen Korns aus Mutters Wohnung an ihr haften, aber sie wusste, dass sie sich irrte.

Arnold Wessling erwartete sie vor seinem Büro im dritten Stock. Zur Begrüßung streckte er ihr freundlich die Hand hin.

»Guten Tag, Juliane, wie geht es dir? Du arbeitest jetzt schon seit fast zehn Jahren für mich, nicht wahr?«

»Das stimmt, Herr Wessling«, bestätigte Juliane.

»Unglaublich.« Arnold musterte die junge Frau, während er leicht auf den Fußballen wippte. »Ist es wirklich schon so lange her?« Er hörte auf zu wippen. »Und wie gefällt es dir? Du bist bei den Packerinnen, stimmt's?«

»Ja, und danke, es gefällt mir sehr gut, Herr Wessling.«

Ihre Stimme klang ungewöhnlich klein, und Juliane wusste eigentlich nicht, warum. Herr Wessling schaute sie nachdenklich an. Vielleicht dachte er daran, wie sie mit Antonie, Emilia, Jakob und Cassandra zusammen gespielt hatte. Nachdem sie als Kassenmädchen angefangen hatte, war sie den ehemaligen Spielgefährten nur noch selten begegnet. Mal hatte man sich bei Wesslings gesehen, mal auf der Straße und nicht viel mehr getan, als sich zu grüßen und ein paar steife Worte zu wechseln. Anfangs war sie traurig darüber gewesen, mittlerweile hatte sie sich daran gewöhnt. Ihr Leben hatte einen anderen Weg genommen, und eigentlich hatte sie immer gewusst, dass das eines Tages geschehen musste.

Antonie war nun schon vier Jahre verheiratet und hatte gerade das zweite Kind bekommen. Die neunzehnjährige Emilia besuchte im letzten Jahr ein Internat in der Schweiz und war nur zu Weihnachten und Ostern in Frankfurt. Jakob war in diesem Jahr sechzehn Jahre alt geworden, ein schlanker, recht großer Junge, der in seiner freien Zeit neuerdings oft an der Seite seines Onkels im Warenhaus Wessling zu sehen war. Es hieß, er würde bald an einem Jagdausflug teilnehmen, den Arnold Wessling fast von Anfang an alljährlich für seine exklusive Kundschaft veranstaltete. Juliane fiel auf, dass sie Jakob häufiger in Begleitung seines Onkels als in der seines Vaters, Falk Wessling, sah. Der war im letzten Jahr sehr schmal geworden. Man hatte von einer Krankheit gemunkelt, sich jedoch offenbar geirrt, denn er erfreute sich immer noch guter Gesundheit.

Arnold gab sich einen Ruck.

»Herr Wessling? Herr Wessling, sagten Sie?«, wiederholte er dann langsam und nachdenklich, lächelte noch etwas breiter, schien einen Moment zu überlegen und nickte dann. »Sie haben recht, Fräulein Schroeder, Sie sind kein Kind mehr, und ich bin nicht mehr Jakobs und Emilias Onkel für Sie oder Antonies Vater, wahrscheinlich ist Herr Wessling genau das, was Sie zu mir sagen sollten … Und ich muss wohl damit leben, mich alt zu fühlen und Sie nicht mehr duzen zu dürfen.« Er zwinkerte ihr zu. »Also, Fräulein Schroeder … Du meine Güte, ich habe den Eindruck, Sie hätten erst gestern noch Fangen mit den anderen gespielt, dabei bin ich doch auch schon siebenundfünfzig Jahre alt. Siebenundfünfzig, nein, wie die Zeit vergeht.«

War es wirklich schon so lange her, dass sie Fangen miteinander gespielt hatten? Juliane versuchte sich zu erinnern. Arnold hatte sich während der letzten Worte von ihr fortbewegt, dorthin, wo man über das Geländer hinweg einen guten Blick nach unten auf das Verkaufsgeschehen hatte. Dann drehte er sich unvermittelt wieder zu ihr hin.

»Ich habe mit Herrn Karl gesprochen, und er hat mir

berichtet, dass Sie sehr gute Arbeit leisten. Sie sind gescheit, schnell und aufmerksam.«

»Ich ...« Juliane überlegte. »Ich weiß nicht.«

»Er sagt, man könne Sie an allen möglichen Positionen einsetzen, das ist nicht jedem gegeben. Sie wären gewiss auch eine gute Verkäuferin. Zudem würden Sie immer die Augen offen halten.« Arnold Wessling schaute Juliane prüfend an. »Sie wissen, dass Diebstahl ein Problem für uns ist, oder? Manche können unserem Angebot einfach nicht widerstehen, noch nicht einmal, wenn sie Hunger leiden.« Er schüttelte den Kopf und drehte sich wieder zum Geländer hin, um erneut nach unten zu spähen. Wenig später schnalzte er mit der Zunge. »Sehen Sie dort!« Er wies auf eine Schwangere, die ein Stockwerk tiefer kleine Engelsfiguren bewunderte. Juliane wusste nicht, was sie sagen sollte, also nickte sie nur kurz. Ihr fiel jetzt auch auf, dass die junge Frau von zwei Mitarbeitern des Hauses beobachtet wurde, wovon sie aber nichts mitbekam. Endlich bewegten sich alle drei aus Julianes Blickfeld.

»Bei Schwangeren schaue ich gerne zweimal hin. Wussten Sie, Fräulein Schroeder, dass Émile Zola zufolge Schwangere in besonderer Weise zum Diebstahl neigen?«

Juliane zuckte die Achseln. »Ich kenne diesen Herrn Zola nicht.«

»Ein Franzose«, murmelte Arnold, »ein Schriftsteller. Ganz ehrlich, ich kann diese Beobachtung bislang weder verneinen noch bestätigen. Was denken Sie, Fräulein Schroeder? Können Sie sich vorstellen, Ihre Arbeit in der Packerei demnächst anderen zu überlassen?«

Für einen Moment klopfte Julianes Herz schneller. War das jetzt die Gelegenheit? Sollte sie zugreifen? Sollte sie vorsichtig sein? Nein, sie durfte keine Angst haben. Wenn man im Leben etwas erreichen wollte, durfte man keine Angst haben.

»Ich würde mich freuen, als Verkäuferin für das Warenhaus Wessling arbeiten zu dürfen«, sagte sie mit fester Stimme.

Fünfundzwanzigstes Kapitel

Sechs Tage in der Woche, bis auf den Sonntag, öffneten sich um Punkt neun Uhr Wesslings Pforten, und die ersten Käufer strömten herein.

Am Vormittag waren es zumeist Kundinnen, Damen, die ansonsten aller Pflichten entbunden waren, sich wohl langweilten und zum Teil einmal in der Woche, zum Teil sogar täglich herkamen, um etwas zu kaufen, irgendetwas nur, das sie nach Hause schleppen konnten.

Eben beobachtete Juliane eine hagere, blonde Frau, die ihre spitzen Finger nicht zum ersten Mal über die besten Stoffe gleiten ließ, als handelte es sich um eine Kostbarkeit. Eine andere Frau verschwand in der Parfumabteilung. Juliane erinnerte sich daran, dass sie bereits am Vortag mehrere kostbare Fläschchen gekauft hatte. Sie sah wieder zu der blonden Frau hin, die jetzt selbstvergessen lächelte und glücklich wirkte.

Juliane schloss ihre Aufräumarbeiten an einem Tisch ab und näherte sich. Sie betrachtete den Stoff, ein Chintz in einem cremefarbene Goldton.

»Wunderschön«, sagte sie.

»Ja.« Das Lächeln der Frau vertiefte sich noch etwas. »Zu teuer«, fügte sie dann hinzu.

Juliane überlegte.

»Kommen Sie«, forderte sie die Frau auf. »Kommen Sie einmal hier herüber.« Sie führte die Blonde zu einem zweiten Tisch, auf dem sich eine Rolle mit einem ähnlich gefärbten Stoff befand. »Es ist kein Chintz ...« Juliane hob in einer entschuldigenden Bewegung die Schultern. »Aber ich finde, er sieht auch sehr schön aus.«

Die Kundin schaute die Rolle an, zögerte und nickte dann langsam. Sie würde noch einige Minuten brauchen, um sich an den Gedanken zu gewöhnen, aber Juliane wusste aus Erfahrung, dass es ihr gelingen würde. Sie verabschiedete sich freundlich und wünschte einen guten Tag.

Unterdessen nahm der Lärm stetig zu. Die Verkäuferinnen standen aufmerksam an ihren Plätzen, stets bereit zu helfen. Henny kam mit einem der neuen Kassenmädchen vorbei und verabredete sich mit Juliane zum Mittagessen.

Die junge Frau, die vor Jahren gemeinsam mit Juliane als Kassenmädchen bei Wesslings angefangen hatte, war zum letzten Weihnachtsfest als Aushilfsverkäuferin angestellt worden, hatte sich jedoch so gut gemacht, dass Herr Wessling persönlich, wie in solchen Fällen immer, den Vertrag verlängert hatte. Erna und Ilse arbeiteten inzwischen als Packerinnen im Haus. Besonders Erna kam diese Arbeit mit ihren immer gleichen Handreichungen entgegen.

Inzwischen bewohnten die jungen Frauen wieder alle gemeinsam ihr Zimmer im dritten Stock. Als sie sich zum ersten Mal wiedergesehen hatten, war Erna Juliane vor Freude um den Hals gefallen, während Ilse nur spöttisch gegrinst hatte.

Juliane dachte an ihren ersten Arbeitstag als Verkäuferin, als sie mit den anderen neuen vor Fritz Karl gestanden hatte und sich im Bemühen, ihrer Aufregung Herr zu werden, die flache Rechte gegen den Bauch gepresst hatte. Sie erinnerte sich, dass sie diese Berührung schon als Kind beruhigt hatte. Es war erst sechs Uhr morgens gewesen, draußen war es noch ruhig, und sie dachte immerzu nur daran, dass dies ihre große Gelegenheit war …

»Ich kenne einige von Ihnen als Kassenmädchen«, sagte Fritz Karl, »aber ab heute sind Sie Verkäuferinnen. Das heißt, Sie halten die Augen offen, bieten Ihre Hilfe an, wo es notwendig ist, und tun natürlich Ihre sonstige Arbeit, ohne dass man Sie dazu auffordern muss.«

Auch jetzt noch konnte sie sich genau an diesen Moment erinnern. Der Stolz, den sie empfunden hatte, die Angst vor dem, was kommen mochte, und die Furcht davor, allem nicht gewachsen zu sein. Aber Juliane hatte bald erkannt, dass der Verkauf ihrem Naturell entsprach. Sie hatte gern mit Menschen zu tun. Sie war eine gute Beobachterin, bot ihre Hilfe an, wo diese vonnöten war, war dabei aber zurückhaltend und drängte sich niemandem auf. Bald gab es Kunden, die sich extra an sie wanden, um zu erfahren, ob es Neues gab oder ob sie Empfehlungen hatte.

Juliane sah die blonde Frau wieder, über dem Arm ein Paket, in dem sich vielleicht der Stoff befand, und freute sich.

Nach einer ruhigeren Phase füllte sich das Warenhaus Wessling jetzt wieder. Kurz bevor das Warenhaus geschlossen wurde, herrschte meist noch einmal besonderer Trubel. Jetzt kauften die ein, die nach der Arbeit auf dem Weg nach Hause waren. Diese Kunden suchten zielstrebig nach dem, was sie brauchten oder wovon sie bereits den ganzen Tag über geträumt hatten. Doch auch um die Verkaufsstände mit herabgesetzter Ware drängte sich weiterhin eine unruhige Menschenmenge, vereinzelte Stimmen vereinigten sich zu einem dunklen Rauschen.

Als das Warenhaus Wessling schließlich zur Nacht geschlossen wurde und die letzten Käufer hinausströmten, fiel Juliane ein Mann auf, den sie schon einige Male vor der Tür gesehen hatte. Er war schlank, fast hager, hatte etwas von einem Priester an sich, auch wenn er keiner war. Eine kleine Menge Neugieriger hatte sich um ihn gesammelt, und es kamen stetig mehr dazu.

»Gelegenheit macht nicht nur Käufer«, sagte der Mann gerade. »Nein, Gelegenheit macht auch Diebe, aber kann man es diesen armen Menschen vorwerfen, den hilflosen Besuchern dieser Großbasare und Massengeschäfte mit ihren verlockend ausgelegten Warenmassen? O ja, sie haben manche unbescholtene Frau ins Verderben gestürzt, die vielleicht nur ein wenig eitel, vielleicht nur ein wenig putzsüchtig war.«

Juliane spürte eine Bewegung an ihrem linken Arm. Als sie den Kopf drehte, stand Fritz Karl da und beobachtete den Redner mit düsterer Miene.

»Das hier«, der Mann streckte anklagend den Arm aus und deutete auf Wesslings, »das hier sind die Tempel des Verderbens, die wir einreißen sollten, so wie Jesus die Wechsler aus dem Tempel trieb!« Seine Stimme zitterte.

Juliane stellte erstaunt fest, dass Fritz Karl plötzlich dem Mann gegenüber in der vordersten Reihe stand und im nächsten Moment an seiner Seite war.

»So, genug gepredigt, mein Herr«, sagte er mit mehr Ruhe, als sie sein Gesichtsausdruck verhieß. »Bitte verlassen Sie diesen Ort, oder wir machen von unserem Hausrecht Gebrauch.«

»Haben Sie Angst? Geben Sie es doch zu, Sie haben Angst!« Die Stimme des Mannes überschlug sich. Fritz Karl trat einen Schritt zurück und sah ihn nur fest an. Juliane erschien es fast, als könnte sie sehen, wie der Mann aufgab. Wenig später hatte sich die kleine Versammlung aufgelöst.

Fritz Karl kehrte zu Juliane zurück. Sein Gesichtsausdruck wirkte jetzt wieder freundlich.

»Meine Bewunderung dafür, wie Sie diese Situation gelöst haben«, sagte Juliane.

Fritz Karl zuckte die Achseln.

»Der Mann ist fast jeden Abend hier, und ich schicke ihn jeden Abend nach Hause. Er ist ein kleiner Einzelhändler, dessen Geschäft nicht mehr gut geht. Was er in seiner Anklage verschweigt, ist, dass solche wie er Verkäuferinnen zu Hungerlöhnen beschäftigen … Meine Mutter hat ihr Leben lang für so einen geschuftet und wusste oft nicht, wie sie unsere Mäuler stopfen sollte.« Ein leichtes, etwas spöttisches Lächeln umspielte Fritz Karls Mund, dann konsultierte er seine Taschenuhr. »Ich muss jetzt weiter. Es ist noch einiges zu tun. Einen schönen Abend, Fräulein Schroeder. Bis morgen.«

»Bis morgen.«

Sechsundzwanzigstes Kapitel

Frankfurt am Main, Herbst 1894

Die Herbstjagd war zu einer alljährlichen gemeinsamen Unternehmung mit Onkel Arnold geworden. Zu seinem sechzehnten Geburtstag hatte Jakob erstmals mitreiten dürfen. Seitdem waren zwei Jahre vergangen. In diesem Jahr hatte Jakob zusätzliche Reitstunden genommen, um sich besser schlagen zu können. Er ritt einen sprungfreudigen Fuchs, der seinem Onkel von einem wichtigen Kunden zur Verfügung gestellt worden war. Hinter der Absperrung stand seine Mutter Ludmilla in einem eigens für den Anlass gekauften Jagdkostüm, den stummen Vater an der Seite, während ihr Gesicht vor Stolz glühte. Es war offensichtlich, dass sie sich wünschte, seine Beziehung zu Onkel Arnold würde noch enger werden, der Onkel würde seine letzten Bedenken vergessen und den Neffen zu seinem wichtigsten Vertrauten machen.

Bald würde es losgehen. Die Hunde jaulten. Sie alle warteten auf das Signal, dann würde die wilde Jagd in den Wald hineinrasen. Jakob mochte diesen Moment der Anspannung. Er überprüfte zuerst den Sitz des Jagdmessers, dann die Jagdpistolen, während er die Zügel in einer Hand hielt. Noch einmal winkte er seiner Mutter zu. Falk hatte die Arme hinter dem Rücken verschränkt, schaute ebenfalls in seine Richtung und wirkte zugleich, als wäre er meilenweit fort.

In der vergangenen Nacht hatte er schlecht geschlafen. Sehr spät noch hatte Jakob seinen Vater durch die Wohnung laufen hören. Irgendetwas bedrückte ihn, und Jakob hatte keine Ahnung, was das war.

Im nächsten Moment zerriss Hörnerklang die Luft. Der Fuchs scheute zur Seite, doch Jakob brachte ihn leicht wieder unter Kontrolle, und los ging die wilde Jagd.

Arnold war unzufrieden mit dem Verlauf der Jagd. Sein Pferd war zuerst unwillig gewesen und hatte mehrfach gescheut, dann hatte es sich irgendwo mitten im Wald verletzt und lahmte jetzt. Die Jagd, die er sonst als Erholung empfand, verärgerte ihn heute. Vielleicht waren es aber auch die Nachrichten, die ihn am Vortag erreicht hatten. Ein Schiff, dessen Ladung er günstig noch auf See gekauft hatte, war gesunken. Er hatte noch nicht ganz berechnet, wie viel er verloren hatte, doch die Summe war wohl beträchtlich.

Er hielt sein Pferd an, das inzwischen immer langsamer ging, und stieg ab, um es am Zügel weiterzuführen. Der Schimmel lahmte jetzt deutlich. Nicht auszudenken, wenn das teure Tier zu nichts mehr nutze war.

Für einen Moment blieb Arnold stehen und schaute sich um. Um ihn herum war nichts als tiefer, dunkler Wald. Ganz weit in der Ferne hörte er Hundegebell. Langsam lief er weiter.

Er hätte es vorgezogen, nicht mehr nachzudenken, aber natürlich war das in seiner Lage kaum möglich. Die Gedanken rasten durch seinen Kopf. Er dachte über das Geschäft nach und darüber, wie viel man wagen sollte.

Dazwischen horchte er immer mal wieder. Manchmal meinte er, in der Ferne etwas durchs Unterholz brechen zu hören. Manchmal näherte sich Hufgetrappel und entfernte sich dann wieder. Er setzte seinen Weg fort, und das Pferd trottete hinter ihm her.

Jakob fiel als Erstem auf, dass Arnold nicht mehr zu sehen war, und er hielt sein Pferd sofort an. War etwas geschehen? War sein Onkel gestürzt? Während die wilde Jagd weiterging, zwang Jakob sein Pferd rückwärts und ritt dann in die Richtung, aus der sie gekommen waren, so gut er das noch nachvollziehen konnte. Langsam ritt er, blieb immer wieder stehen und horchte. Er wollte schon aufgeben, da hörte er ein Geräusch, etwas, das durchs Unterholz kam, etwa in der Richtung, aus der sie gekommen waren.

»Arnold?« Nichts. »Arnold?«

War da ein Ruf? Jakob zögerte nicht und trieb sein Pferd voran. Der Fuchs setzte über einen Baumstamm. Wasser spritzte auf, als sie einen Bachlauf durchquerten.

»Arnold?«

Nichts – und dann doch, noch weiter entfernt, eine Stimme, ein undeutlicher Ruf. Dann knallte ein Schuss. Jakob hieb seinem Pferd die Fersen in die Seite. Der Fuchs setzte in den Galoppsprung.

Das Wildschwein war unverhofft aus dem Wald gebrochen und hatte ihn sofort gesehen. Arnold erkannte, dass es verletzt war und aufs Äußerste gereizt. Seine kleinen dunklen Augen blickten scharf und dunkel. Ein prächtiger Keiler.

Arnold hob den linken Arm und legte die rechte Hand mit der Pistole darauf, um sie zu stabilisieren. Wieder schoss er, wieder traf er nicht. Sein Pferd hatte er freigegeben, doch aufgrund seiner Verletzung war es noch nicht weit gekommen.

Arnold schoss noch einmal. Wieder daneben. Verdammt, was war das? Eigentlich war er ein guter Schütze, ein Schützenkönig. Er hörte Rufe und sich näherndes Hufgetrappel. Er rief ebenfalls. Der Keiler schnaubte und raste auf ihn zu. Arnold brachte die Pistole wieder in den Anschlag. Er musste einfach warten, bis das Tier nah genug herangekommen war. Es war zu spät, die Zwillingsbüchse zu holen, die er am Sattel befestigt hatte, und die Pistole, mit der man gewöhnlich den Fangschuss gab, war sonst zu schwach.

Seine Beine fühlten sich weich an. Wie viele Schritte noch? Zwanzig? Fünfzig? Der Keiler war sehr schnell. Arnold spannte den Hahn. Der Schuss knallte, das Wildschwein rannte noch wütender weiter. Auch wenn er den Keiler dieses Mal getroffen hatte, hatte er ihn doch nicht erlegt. Gleich würde das Tier ihn erreicht haben.

Das ist mein Ende, dachte Arnold.

Er wusste nur zu gut, wie gefährlich ein solcher Keiler war. Er wollte die Augen schließen, doch nicht einmal das konnte er, und dann brach ein Reiter gegenüber aus dem Wald hervor. Zwei Schüsse knallten in kurzer Versetzung zueinander. Der erste warf den Keiler aus der Bahn, der zweite stoppte ihn im Lauf. Das Tier stürzte zu Boden und rührte sich nicht mehr.

»Jakob!«

»Onkel Arnold.« Jakob sprang vom Rücken seines Pferdes und rannte zu seinem Onkel. »Geht es dir gut, Onkel Arnold?«

»Alles in Ordnung.« Arnold, etwas bleich, klopfte seinem Neffen auf die Schulter. »Alles gut. Verdammt, du hast mir das Leben gerettet.«

Fall

1896–1899

Siebenundzwanzigstes Kapitel

New York, 1896

Richard grinste das junge Mädchen so breit und unverschämt an, wie er sich das gerade noch erlauben durfte. Es war nicht mehr wie zu Anfang, heute wusste er sehr genau, wie weit er in diesen Kreisen gehen konnte. Er hatte viel gelernt in seinen nun gut sechzehn Jahren in New York. Er kannte die Grenzen, wusste genau, was er sich im Rahmen dieser schrecklich strengen höheren Gesellschaft erlauben durfte.

Sechzehn Jahre hatte er die Heimat nicht mehr gesehen. Sechzehn Jahre hatte er Bettina nicht mehr gesprochen. Anfangs hatte er darum gekämpft, sie zu vergessen, doch inzwischen wusste er, dass ihm das nie ganz gelingen würde.

Sie war eine Melodie in seinem Herzen, die nie ganz aufhörte. Immer wieder tauchte sie in seinen Gedanken auf. Manchmal sah er jemanden auf der Straße, der ihr ähnelte, und dann schien es ihm, als setzte sein Herz für einen Wimpernschlag aus, bevor es umso wilder weiterschlug. Er hatte einen Schlussstrich unter all das ziehen wollen, indem er sich mit Liddy Perkins verlobte, aber er hatte sie nicht geheiratet. Natürlich nicht.

Aus der Ferne verfolgte Richard die Geschäfte seines Bruders in Frankfurt am Main. Soweit er das beurteilen konnte, eilte das Warenhaus Wessling immer noch von Erfolg zu Erfolg.

Er hatte sogar die Bezeichnung »das goldene Haus« gelesen. Allerdings waren die Zeiten schwieriger geworden, auch das war Richard nicht entgangen. Inzwischen hatten neue, noch größere Geschäfte eröffnet. Was würde das für das Wesslings bedeuten?

Nun, was sollte es, Richard hatte seine eigenen Probleme. Die Geschäfte liefen dieses Jahr schleppender. Einen seiner Geschäftspartner hatte man wegen Steuerhinterziehung verhaftet, und Richard hatte von Glück sagen können, dass er selbst nicht von dem Strudel mitgerissen worden war.

Ganz ungeschoren war er trotzdem nicht davongekommen. Das Geld war knapp geworden, von dem Gold, mit dem er nach New York gekommen war, war nichts mehr übrig. Was er in all der Zeit nicht verloren hatte, war sein Charme. Was lag also näher, als in dieser Silvesternacht endlich seine Verbindungen in die bessere Gesellschaft auszubauen?

»Darf ich Ihnen etwas zu trinken holen?«, fragte er die junge Frau höflich.

Ihr Blick huschte zu einer älteren Frau, wohl ihrer Mutter. Richard registrierte die vollendete Dame, die vom gegenüberliegenden Rand der Tanzfläche aus einen prüfenden Blick auf das Geschehen warf. Offenbar war dieser nicht abwehrend, denn die junge Frau nickte ihm schüchtern zu.

»Eine Limonade, bitte«, piepste sie errötend.

Richard wandte sich an einen der unzähligen Kellner, die hier ständig Tabletts mit Erfrischungen umhertrugen.

Plötzlich musste er daran denken, wie er vor kaum vierundzwanzig Stunden am Ufer des Hudson gestanden, in Gedanken versunken über den Fluss hinweg in die Ferne geschaut und dabei peinlichst darauf geachtet hatte, sich seinen guten Anzug nicht mit frischem Brathuhn zu beschmutzen. Der einzige weitere Anzug war in der Wäsche, die anderen hatte Liddy zum Pfandleiher gebracht.

Wie es wirklich um ihn stand, sollte niemand wissen, doch wenn er ehrlich war, fühlte er sich heute lebendiger als in all den Monaten, in denen es besser gelaufen war.

Mit einem Lächeln überreichte er der jungen Frau die Limonade. Es war wirklich ein verdammtes Glück, dass er es geschafft hatte, an die Einladung zu kommen. Auf dieser Veranstaltung konnte man Debütantinnen treffen, es war sozusagen ein Markt für heiratsfähige junge Frauen. Nicht alle waren sie hübsch, aber ihre Familien hatten alle Geld.

Er musste nur versuchen, eine für sich zu interessieren. Dann waren seine Probleme gelöst. Richard trank einen Schluck von seiner eigenen Limonade und musterte sein Gegenüber heimlich. Sie war wohlerzogen, gut gekleidet, wirkte beherrscht und zurückhaltend. Zufrieden registrierte er den dezenten, aber teuren Schmuck, der Hals und Ohren der nicht mal Zwanzigjährigen zierte. Wie alle hier kam sie aus sehr guter Familie.

Ich könnte sie heiraten, dachte er, wenn ich es richtig anstelle. Nein, er zweifelte nicht daran. Er hatte nur selten im Leben Zeit damit verschwendet, an sich zu zweifeln. Betty …

»Mein Name ist Richard Wessling«, stellte er sich vor. »Dürfte ich Ihren Namen erfahren?«

»Edwyna Greenblat.«

Er durchforstete sein Gedächtnis, konnte sich aber nicht erinnern, von ihrer Familie gehört zu haben.

»Die Limonade war eine gute Wahl«, sprach er leutselig weiter. »Ich hatte schon gehört, dass sie heute besonders lecker ist, und es stimmt.«

»Finden Sie?« Die junge Frau war wirklich sehr jung. Ihre Stimme zitterte. Sie wusste offenbar nicht, was sie sagen sollte.

»Hätten Sie sie denn sonst gewählt?«, gab Richard mit fester Stimme zurück.

Edwyna schüttelte zögerlich den Kopf.

»Sehen Sie?« Er lächelte aufmunternd. »Man sieht Ihnen eben an, dass Sie Geschmack haben.«

Die helle Haut des Mädchens überzog sich mit einem wolkigen Rot. Sie senkte den Kopf leicht, sodass er nun auch den teuren, aber unaufdringlichen Perlenschmuck bewundern konnte, mit dem man ihre Hochsteckfrisur verziert hatte. Das Kleid war maßgeschneidert, wie er sich noch einmal versicherte, und passte dementsprechend wie angegossen. Sie war wirklich absolut perfekt, wie eine Figur aus einem Katalog.

Vielleicht rührt sie mich deshalb so wenig, fuhr es ihm durch den Kopf. Er schämte sich ein wenig für diesen hässlichen Gedanken, dann dachte er an Liddy. Die saß jetzt sicherlich schäumend in der gemeinsamen Wohnung, aber er hatte sie einfach nicht mitnehmen können. Das war ausgeschlossen. Liddy konnte schrecklich sein, wenn sie eifersüchtig war. Außerdem, wer sollte glauben, dass er ledig war, wenn Liddy an seiner Seite auftauchte? Er lächelte Edwyna erneut zu, die vorsichtig an ihrem Getränk nippte und offenbar fieberhaft überlegte, was sie sagen sollte, um seine Aufmerksamkeit zu halten.

»Na? Lässt du mich jetzt endlich für eines dieser Weibchen sitzen?«

Es war spät, aber Liddy war noch wach und offenkundig wütend. Wahrscheinlich war sie zu lange allein gewesen und hatte dementsprechend viel Zeit zum Nachdenken gehabt. Zudem hielt sie nie hinter dem Berg mit ihren Gefühlen, so, wie man es den jungen Frauen beigebracht hatte, die er auf der Abendveranstaltung kennengelernt hatte. Liddy hatte niemand beigebracht, sich in jeder Lebenslage zu beherrschen, und sie dachte nicht daran, es zu tun.

»Komm, Liddy, ein frohes, neues Jahr und gib mir einen Kuss.«

Richard beugte sich vor, um seinen Worten Taten folgen zu lassen, was sie in den meisten Fällen zumindest etwas besänftigte, aber Liddy wehrte ihn ab. Ihr Mund wirkte angespannt. Die Augen waren voller Misstrauen und aufmerksam wie die eines Tieres, das gejagt wurde. In diesem Moment erinnerte sie Richard an eine Straßenkatze, bereit zum Angriff und zur Verteidigung. Er wollte sie gern besänftigen, aber er war auch sehr müde. Hilflos kämpfte er gegen ein Gähnen an, was Liddy nur noch wütender gemacht hätte.

Die Veranstaltung war unerwartet lange gegangen. Danach war er noch etwas spazieren gegangen, denn er hatte mit einem Mal wieder an Bettina denken müssen und die Erinnerungen nicht mehr abschütteln können. War es nicht feige gewesen, einfach zu gehen und nicht um sie zu kämpfen?

Hatte er sich die ganze Zeit angespannt und sehr wach gefühlt, wollte er jetzt am liebsten nur noch schlafen, aber Liddy zeigte ihm sehr deutlich, dass das Gespräch für sie noch nicht zu Ende war.

»Liddy, du weißt, wie es um mich steht. Ich muss einfach sehen, wo ich bleibe, das Geschäft wieder aufbauen, alles in ruhige Bahnen lenken. Das wird letztendlich auch dir zugutekommen. Wir beide haben gewisse Erwartungen ans Leben …«

»Mir? Mir wird es zugutekommen?« Liddys Augen funkelten. »Ich werde mich nicht zu deiner Mätresse machen lassen, verstanden? Das kannst du vergessen.«

Richard sah sie kopfschüttelnd an.

»Wer redet denn davon?«

Liddys Stimme nahm einen scharfen Ton an. »Ich bin nicht dumm. Ich weiß, wie das läuft. Ihr alle wollt irgendwann eine Frau zum Heiraten und mich für den Spaß.«

»Natürlich bist du nicht dumm, sonst würden wir uns ja zu Tode langweilen, aber wir werden auch nicht jünger. Unser Leben braucht Sicherheiten.« Richard beugte sich zu ihr hinüber, umfasste ihr kleines Kinn und zog sie zu sich heran. »Ach, Liddy, warum machst du es uns so schwer? Du weißt, dass es in letzter Zeit nicht gut lief.«

Richard setzte einen ernsten Gesichtsausdruck auf. Liddy verschränkte die Arme vor der Brust und stieß ihn in der Bewegung weg. Sie schmollte, aber sie konnte es nicht mit der Perfektion mancher junger Dame tun, die er am frühen Abend kennengelernt hatte. Diese Unschuld war ihr im Laufe ihres Lebens abhandengekommen.

Achtundzwanzigstes Kapitel

Frankfurt am Main, Dezember 1896

»Sind die Pakete fertig? Wurde der Champagner rechtzeitig geliefert? Unsere besten Kunden sind etwas Besonderes, meine Damen. Merken Sie sich das. Sie müssen sich auch so fühlen.«

Ein neuer Dezember war herangekommen. Frau Beyerleins feste Schritte hallten durch die Versandstelle, in der heute kleine Pakete nebst einer weihnachtlichen Grußkarte für Wesslings beste Kunden fertig gemacht wurden.

Mehrere Mitarbeiterinnen hatten in diesem Jahr wieder eine Schriftprobe abgeben müssen, und Juliane war eine der Auserwählten, die die kleinen Grußkarten zu schreiben hatten, bevor diese Herrn und Frau Wessling zur Unterschrift vorgelegt wurden.

Juliane beugte den Kopf tiefer und ging nochmals die Liste mit den Geschenken durch. Tagelang war über diese Liste diskutiert worden, waren Namen darauf gesetzt und wieder gestrichen worden.

Wenn sie ehrlich war, freute sie sich auf den Moment, wenn sie zurück in den Verkauf kam. Sie liebte ihre Arbeit dort, und sie war so erfolgreich, dass das Gerücht ging, sie könne im nächsten Jahr – mit nicht einmal fünfundzwanzig Jahren – zu einer der jüngsten Lagerdamen aufsteigen.

Stimmengewirr ließ Juliane kurz innehalten. Im Flur

brandete Lärm auf. Dem Tumult und den Stimmen nach zu urteilen, brachte man eben eine Ladendiebin in den Nachbarraum. Stühle scharrten über den Boden. Juliane schaute zu Frau Beyerlein hinüber, die lauschend an der Tür stehen geblieben war.

»Weitermachen«, herrschte die Juliane an, als sie deren Blick bemerkte.

Juliane schluckte die Erwiderung herunter. Sie hatte von Anfang an den Eindruck gehabt, Frau Beyerlein neide ihr die Freundschaft mit den Wessling-Kindern. So unbedeutend diese aus heutiger Sicht auch sein mochte, Frau Beyerlein hatte sie stets für einen ungebührlichen Vorteil gehalten.

Juliane hatte seine Blicke bemerkt und sich zuerst nur daran erfreut. Sie war zufrieden mit ihrem Leben. Sie mochte das Geld, das sie verdiente und das ihr ein wenig Selbstständigkeit schenkte. Sie hatte viel erreicht im Warenhaus Wessling, seitdem sie als Kassenmädchen dort angefangen hatte, viel mehr, als man anfangs hatte erwarten können. Die letzten Jahre hatte ihre Mutter sie immer wieder gedrängt, doch endlich zu heiraten, eine Ehe einzugehen, wie sich das für eine junge Frau gehörte, aber Juliane verspürte keinen Wunsch danach. Anwärter hatte es durchaus gegeben, aber Juliane hatte stets rasch bemerkt, dass kein Mann ihr die Freiheit zubilligen wollte, die das von ihr gewählte Leben mit sich brachte.

»Aber eine Frau sollte nicht allein leben«, sagte ihre Mutter dennoch immer wieder kopfschüttelnd.

»Hat dich deine Ehe denn glücklich gemacht, Mama?«, fragte Juliane einmal.

»Vielleicht nicht, aber ich war nicht allein«, antwortete ihre Mutter mit leisem Trotz in der Stimme.

Aber Juliane genügte das inzwischen nicht mehr. Sie hatte erfahren, wie es sich anfühlte, Anerkennung für die eigene Arbeit zu bekommen, und das wollte sie nicht mehr missen. Ihre Stelle im Kaufhaus war wohl der Grund, dass sie allein geblieben war, aber das nahm sie gern in Kauf.

Und dann war er gekommen, einer der Lieferanten für Putz, Seidenbänder, Seidenblumen, Perlmuttknöpfe und all jene Dinge, denen Juliane im Grunde nur wenig abgewinnen konnte. Heute, da sie sich mit Ilse, Erna und Henny verabredet hatte, um nach Sachsenhausen Apfelwein trinken zu gehen, hatte er sie sogar abgepasst. Die Straße hinunter, an der nächsten Ecke vom Warenhaus Wessling, trat er ihr in den Weg. Er hielt ihr eine Seidenblume hin, lächelte und wartete. Juliane grüßte steif, machte aber keine Anstalten, das Stück entgegenzunehmen.

»Nehmen Sie nur, es tut nicht weh, und das Beste ist: Diese Blume wird nie vergehen.«

»Wozu sollte ich das tragen?« Juliane schaute den Mann fest an. »Herr Lindner, nicht wahr?«

Er nickte.

»Sie brauchen so etwas eigentlich nicht«, sagte er dann langsam. »Sie brauchen nichts, was sie schmückt.«

Juliane runzelte die Stirn.

»Denken Sie etwa, ich falle auf schöne Worte herein?«

»Sie sind sehr offen.«

»Ich bin nicht interessiert.«

»Doch, das sind Sie.«

Er drückte ihr die Seidenblume in die Hand, drehte sich um und ging davon. Juliane schaute ihm hilflos hinterher. Als sie weitergehen wollte, sah sie sich Fritz Karl gegenüber.

»Herr Karl, ich ...«, stotterte sie.

»Ich werde Ihr Geheimnis bewahren.« Er schaute auf die Blume in ihrer Hand. »Aber passen Sie gut auf sich auf, Juliane, und tun Sie nichts, was Sie später bitter bereuen könnten.«

Neunundzwanzigstes Kapitel

Frankfurt am Main, Anfang 1899

Manchmal stand Arnold Wessling neuerdings hinter der Tür seines Büros und spähte hinaus. Die Scheibe war aus Milchglas, das Muster darin hingegen aus gewöhnlichem Glas, sodass man nur die richtige Position einnehmen musste, um ungesehen einen Teil des Flurs einsehen zu können. Häufig war dort nichts zu sehen. Hin und wieder kamen Mitarbeiter vorbei. Er mochte es, seine Angestellten zu beobachten, mochte es, wenn sie geschäftig waren, denn dann ging alles seinen Weg, und er musste sich keine Sorgen machen.

In diesem Jahr bestand das Warenhaus Wessling in seinem neunzehnten Jahr. Im letzten Jahr hatte er nach Weihnachten mehr Personal entlassen müssen als gewöhnlich. Gerade hatten sie die ersten, schweren Wochen des neuen Jahres hinter sich gebracht, jene »weißen Wochen«, in denen der Verkauf stets größere Anstrengung kostete.

Arnold seufzte. Auf dem Tisch lagen die Umbaupläne zum zwanzigjährigen Jubiläum.

Dieser Tage hatte ihn zum ersten Mal die Furcht überkommen, das Warenhaus Wessling, das goldene Haus, könnte früher zugrunde gehen. War das möglich, oder machte er sich grundlos Sorgen? Vielleicht, nein, ganz sicher lag es daran, dass das Wesslings nicht mehr das erste und nicht mehr das einzige Haus am Ort war. Neue, größere Geschäfte waren eröffnet worden, Konkurrenz, die er immer deutlicher zu spüren bekam. Vielleicht bot das Wesslings im Ganzen wirklich nicht mehr genug verschiedene Waren an, vielleicht würden jetzt nur noch die größten Geschäfte überleben?

Es hieß, bei allem hätten die Großbanken ihre Hand im Spiel. Aus dem fernen Berlin berichtete man ihm immer öfter vom *Wertheim*, einem riesigen Kaufhaus am Leipziger Platz. Er hatte mit dem Gedanken gespielt, sich dieses Kaufhaus einmal anzusehen.

Siegfried Kuhn, sein Schwiegervater, hatte damals gewusst, dass ein Kaufhaus wie das Wesslings das Ende für viele kleine Geschäfte bedeuten musste. War jetzt das Ende vom Warenhaus Wessling gekommen? Aber was war nur passiert? An welcher Stelle hatte er falsche Entscheidungen getroffen, waren zu große Löcher gerissen, die sich nicht mehr stopfen ließen?

Ich darf mir nichts anmerken lassen. Alles ist gut. Niemand darf etwas ahnen.

Arnold starrte wieder in den Flur hinaus. Draußen war niemand. Plötzlich fühlte er sich sehr einsam.

Bettina stand vor dem Spiegel und hielt erst das eine, dann das andere Kleid vor sich.

»Was denkst du?«, fragte sie und drehte sich halb zu ihrem Mädchen hin.

»Das Himmelblaue steht Ihnen ganz hervorragend, gnädige Frau.«

»Das Himmelblaue, findest du wirklich?«

Bettina hielt sich das Kleid noch einmal an und musterte sich eingehend im Spiegel. Sie fuhren in den Urlaub – recht spontan –, und Arnold hatte ihr gesagt, dass sie auch ein paar Kleider für Abendveranstaltungen benötigen würde, neben der täglich wechselnden Garderobe: Münster am Stein sei ein vornehmer Kurort. Bettina neigte den Kopf zur Seite und betrachtete sich kritisch.

Himmelblau, dachte sie, das Mädchen hatte recht, das war eine wirklich treffende Bezeichnung für die Farbe. Die Pakete mit den neuen Kleidern hatten heute Morgen vor dem Frühstückstisch drapiert auf sie gewartet. Sie hatte sich etwas gewundert, denn eigentlich gab es nichts zu feiern. Ihr dreiundfünfzigster Geburtstag lag Monate zurück. Zudem hatte sie den Eindruck, dass sich Arnold Sorgen machte, doch offenbar wollte er sie nicht ins Vertrauen ziehen. Nun, vielleicht würde sie mehr erfahren, wenn sie jetzt für ein paar Tage zur Kur fuhren. Sie hatten lange keine Zeit mehr für sich gemeinsam gehabt.

Es klopfte. Bettina gab ihrem Mädchen mit einem Nicken die Anweisung zu öffnen und war etwas überrascht, als ihr Neffe Jakob hereinkam. Der Dreiundzwanzigjährige entschuldigte sich.

»Guten Morgen, Tante! Entschuldige bitte die Störung, aber Onkel Arnold hatte mich herbestellt, und ich kann ihn nirgends im Haus finden.«

»Oh, das muss er vergessen haben. Er ist heute früher als sonst aufgebrochen – oder bist du zu spät?«

»Nein.« Jakob konsultierte seine Taschenuhr.

Bettina musste sich mit einem Mal zwingen, den Blick von ihm zu nehmen. Er sah seiner Mutter wirklich sehr ähnlich. Seit seinem einundzwanzigsten Geburtstag ging er Arnold zur Hand. Irgendwann einmal würde er die Geschäfte vom Warenhaus Wessling übernehmen. Auch wenn Arnold das noch nicht öffentlich gemacht hatte, ahnte Bettina es bereits seit Jahren.

Nachdem Antonie das Haus verlassen hatte, war es Bettina mehr als einmal erschienen, als nähme Jakob ihren Platz ein, und das zu sehen war ihr nicht leichtgefallen. In seiner knapp bemessenen Freizeit war Arnold mit dem Jungen auf die Jagd gegangen, und auf Spiekeroog hatten sie das Segeln gelernt. Ganze Sonntage lang waren sie durch den Taunus gewandert oder hatten bei schlechtem Wetter Karten gespielt und dabei auch immer wieder über das Geschäft gesprochen.

»Frag mich«, hatte Arnold seinen Neffen aufgefordert, »frag mich alles, was du wissen musst. Ich will, dass du alles weißt.«

Bettina unterdrückte einen Seufzer. Anfangs war es schmerzhaft gewesen, irgendwann hatte sie sich daran gewöhnt. Sie hatte doch immer gewusst, dass Antonie nie eine Rolle im Geschäft ihres Vaters spielen würde. Sie hatte gut geheiratet, und sie war glücklich. Das genügte vollauf. Bettina vermisste sie. Immerhin schrieben sie einander regelmäßig. Erst gestern war ein Brief eingetroffen, in dem Antonie berichtete, dass Jesko für einige Wochen bei seinen Verwandten in Südengland wohnte und sie mit den zwei Jungen allein zu Hause war. Sie hatte berichtet, dass sich Henry die Haare geschnitten und Joseph die Tapete angemalt hatte.

Wirklich, sie haben nur Unsinn im Kopf, Mama.

Wenn wir nicht zur Kur fahren würden, hätte ich sie eingeladen, zu uns zu kommen, schoss es Bettina durch den Kopf.

»Weißt du denn, was er von dir wollte?«, erkundigte sie sich bei Jakob im Bemühen, sich rasch auf andere Gedanken zu bringen.

»Ich glaube, es geht um meine Aufgaben in eurer Abwesenheit.«

»Ja, das bietet sich wohl an«, pflichtete sie ihm höflich bei. »Ich bin wirklich froh über deine Unterstützung.«

Dreißigstes Kapitel

Münster am Stein, Frühjahr 1899

Auf Empfehlung hatten die Wesslings glücklich bei Herrn Inspektor Schwedt Quartier genommen. Die Bewirtung war gut, die Zimmer ruhig und hübsch ausgestattet. Es gab sogar eine kleine Schlafkammer für das Mädchen, das sie begleitete.

»Zwei Gäste aus Frankfurt am Main nebst Bedienung«, las Bettina Arnold eben mit leichtem Lachen aus dem aktuellen Fremdenanzeiger vor. »Das sind wir.«

»Hm«, brummte Arnold, ohne den Kopf zu heben. Wie auch in den letzten Tagen hatte er einige Papiere vor sich, die er eingehend studierte. Dass er sich Arbeit mitnahm, hatte Bettina zuerst mit Bedauern gesehen, aber sie machten doch auch gemeinsame Spaziergänge und hatten sogar schon eine längere Wanderung hinauf zum Rheingrafenstein und zur »Gans« mit ihren wunderbaren Aussichtspunkten unternommen. Von dort aus, hatte Bettina in ihrem Reiseführer gelesen, könne man den Lemberg übersehen, den Donnersberg, die Bergstraße, die schönen Rhein- und Nahetäler, den Hunsrück und sogar den Taunus. Sie wünschte sich, Arnold könnte das, was ihn bedrückte, einmal hinter sich lassen, doch offenbar war ihm dies nicht möglich. Also war sie viel allein unterwegs.

Während Münster a. S. ein eher kleiner Ort war, erinnerte

Bettina das Stadtinnere von Kreuznach mit seinen dicht gedrängten, altertümlichen Häusern und den meist krummen Straßen an die engen Gassen ihrer eigenen Frankfurter Heimat. Doch es gab auch die geschmackvollen, modernen Privathäuser und reizend gelegenen Hotels auf dem Badewörth und in der Salinenstraße, in deren Nähe romantische Aussichten auf die Nahe manchen Künstler anlockten.

Bettina selbst kostete den Kurbetrieb so gut als möglich aus. Man traf hier Menschen aus aller Herren Länder, und auch der deutsche Hochadel war vertreten. Zwar unterzog sie sich keiner Behandlung, doch es konnte nicht schaden, ab und an etwas von dem Heilwasser zu trinken. Sowohl von Münster a.S. als auch vom benachbarten Kreuznach berichtete man ganz beachtliche Kurerfolge, und der auf der südlichen Spitze der Naheinsel gelegenen Kreuznacher Elisabeth-Quelle sagte man nach, dass sie auch für die zartesten Persönlichkeiten leicht verträglich sei.

Der Gehalt an Kohlensäure, fand Bettina, machte das Wasser in jedem Fall hinreichend schmackhaft. Angeblich wirkte die Quelle zudem gegenüber den verschiedensten Krankheiten, darunter Tuberkulose, aber auch chronischen Entzündungen, Kreislaufstörungen, Gallen- oder Nierensteinen, insbesondere aber bei weiblicher Hysterie und Störungen des weiblichen Systems.

Bettina errötete, während sie dies las. Und dann dachte sie an die Sehnsucht, an der sie immer noch litt, an die Kinder, die sie nicht gehabt hatte, und fragte sich, ob das Wasser auch den Schmerz lindern konnte, den diese Leere in ihr hinterlassen hatte.

Arnold holte noch einmal tief Luft, bevor er die Trinkhalle von Münster a. S. betrat. Er tat dies nicht zum ersten Mal, aber heute würde er endlich den Mut fassen und den Mann ansprechen, den er seit Tagen beobachtete, mit dem er bereits unverfänglich geplaudert und über den er sich schon vor seiner Ankunft heimlich informiert hatte.

Wie immer war die Halle gut gefüllt. Frauen und Männer waren unterwegs, um sich an den Brunnen Wasser zu holen. Lange Röcke schleiften mit einem charakteristischen Geräusch über den glatten Boden. Das Plätschern des Wassers mischte sich mit dem Summen leiser, kultivierter Stimmen.

Wo war der Mann, wo war Direktor Marksfeld? Arnold blickte nervös um sich. Er musste doch hier sein. Man hatte ihm eben noch bestätigt, dass er vor nicht allzu langer Zeit angekommen war. Um fünfzehn Uhr würde er sich auf seinen täglichen Spaziergang begeben.

Für einen Moment plätscherten die Stimmen um Arnold wie ein sanfter Wasserstrom, der ihn doch nicht beruhigte. So viele Menschen, die einander kannten, und er gehörte nicht dazu. Mit einem Mal kam er sich vor wie ein Hochstapler, ein Versager, ein Blender …

Hatte das sein Schwiegervater nicht vor so vielen Jahren auch gesagt? Es hatte Zeiten gegeben, da hatte Arnold diese Gedanken verdrängen können, jetzt, da das Warenhaus Wessling in Schwierigkeiten gekommen war, kehrten sie zurück wie Motten, die vom Licht angezogen wurden …

Da, endlich hatte er Direktor Marksfeld entdeckt, an dessen Seite sein Bursche Theo. Während Arnold mit festen Schritten auf die beiden zusteuerte, dachte er daran, wie er die Villa Marksfeld in Frankfurt aufgesucht hatte, um von der Haushälterin zu erfahren, dass die Marksfelds zur Kur weilten.

»Wie jedes Jahr um diese Zeit. Eigentlich weiß man das doch«, hatte die Frau gesagt, und Arnold hatte sich sofort wie ein Außenseiter gefühlt. Warum bin ich so empfindlich, warum so schwach? Warum kämpfe ich nicht einfach im Vertrauen darauf, dass alles gut ausgehen wird? Schließlich war er Arnold Wessling, der Warenhausbesitzer. Er war jemand, er hatte etwas Großes aufgebaut. Er war ein Mann der Schaffenskraft, ein …

Ich bin ein Mann, dessen Erfolg auf einem Verbrechen beruht. Auf einem Diebstahl. Verdammt, er musste diese Gedanken auf der Stelle loswerden. Sie führten zu nichts. Sie verwirrten ihn nur, und er konnte doch an Falk sehen, was es bedeutete, wenn man die Vergangenheit nicht hinter sich lassen konnte.

Arnold hatte Marksfeld erreicht und grüßte.

»Ach, Herr Wessling, auch hier?«, gab der zurück. Sie schüttelten einander die Hände. »Schade, ich hätte ja gerne endlich mal ein paar mehr Worte mit Ihnen gewechselt, Wessling, aber jetzt ist Zeit für meine Runde, und ich …«

»Dürfte ich Sie vielleicht ausnahmsweise begleiten?«

Arnold, der die Frage gestellt hatte, ohne groß zu überlegen, brach im nächsten Moment der Schweiß aus. An jedem Tag zwischen drei und vier Uhr nachmittags war Marksfeld allein unterwegs, und jeder wusste, dass er während dieser für ihn heiligen Zeit nicht gestört werden wollte. Der Mann zögerte, dann hob er zustimmend die Achseln.

»Gefällt es Ihnen hier?«, fragte er, nachdem sie einige Schritte gegangen waren. »Ich komme schon seit Jahren hierher, aber für Sie ist alles neu, nicht wahr?«

»O ja, Herr Direktor, aber es ist wunderbar. Ich bedaure,

dass ich noch nicht früher hierhergekommen bin. Das Wasser tut mir gut, so jedenfalls mein Eindruck. Allerdings möchte ich heute gerne etwas mit Ihnen besprechen, etwas Geschäftliches ... Wenn Sie erlauben?«

»Das kann ich nicht sagen«, antwortete Marksfeld mit einem amüsierten Unterton in der Stimme und blieb stehen. Arnold hatte damit gerechnet, dass Marksfeld neugierig sein würde, aber er brauchte dennoch einen Moment, um sich zu fassen.

»Sicherlich kennen Sie das Warenhaus Wessling?«

»Aber natürlich, Wesslings, das goldene Haus ... Ihr Geschäft – wer kennt es nicht? Tatsächlich wollte ich Sie schon immer einmal kennenlernen. Also, was führt Sie zu mir? Geschäftliches, sagten Sie?«

»Ja, ich ...« Arnold hatte lange über das nachgedacht, was er sagen wollte, doch jetzt herrschte in seinem Kopf plötzlich vollkommene Leere. Die Worte, die er sich doch längst so wohlfeil zurechtgelegt hatte, waren da und wollten sich doch nicht packen lassen. »Herr Marksfeld, ich ... Ich beabsichtige im nächsten Jahr, zum Jubiläum, zu erweitern und suche dafür einen Teilhaber. Könnten Sie sich vorstellen, ein Teil von Wesslings zu werden?«

Verdammt, klang das souverän? Hätte er doch besser überlegen sollen? Marksfelds rechte Augenbraue zuckte in die Höhe.

»Sie sind sehr direkt, mein lieber Herr Wessling. Allerdings bin ich nicht überrascht.« Er zwinkerte Arnold zu. »Man hat mir so etwas schon zugetragen.«

Marksfeld setzte sich wieder in Bewegung. Arnold beeilte sich, ihm zu folgen. Ihre Füße knirschten über den Kiesgrund. Die Bäume reckten ihre dunklen Äste in den

Frühlingshimmel, dass es aussah, als würden sie nach etwas greifen.

»Das ist meine Art«, sagte Arnold. »Bei mir wissen Sie stets, woran Sie sind.«

Marksfeld nickte verstehend.

»Nun, was haben Sie denn genau vor, Herr Wessling? Das Warenhaus Wessling ist doch über die Jahre sehr erfolgreich unter Ihrer alleinigen Führung gelaufen, also wird es wohl einen Grund geben ...«

»Sehr erfolgreich, das kann ich bestätigen, sehr, sehr erfolgreich. Aber wie gesagt, ich will erweitern. Unser zwanzigjähriges Jubiläum steht vor der Tür, wir stoßen an die Grenzen unserer Handlungsfähigkeit, wir ...«

»Das Zwanzigjährige? Und Sie wollen erweitern? Aber können Sie denn überhaupt so viel verkaufen? Ich hörte, es gibt bereits viel Konkurrenz ...«

»Das ist es ja, wir könnten *mehr* verkaufen«, hörte sich Arnold sagen, und vorübergehend war es, als spräche da ein Wahnsinniger. Wer sollte das glauben? Aber vielleicht hatte dieser Wahnsinnige ja recht? Vielleicht mussten sie tatsächlich nur wachsen, um nicht unterzugehen. Vielleicht mussten sie großartiger werden, vielleicht musste es nur wieder so werden wie zu dem Zeitpunkt, als er die Idee gehabt hatte, das Wesslings zu erschaffen.

»Ich weiß nicht«, hörte er Marksfeld sagen, der neben einer Rabatte mit Frühlingsblumen stehen geblieben war.

Hoffnung, dachte Arnold, während er auf das Meer bunter Farben schaute. Er würde es allen beweisen. Er musste es allen beweisen. Noch nie hatte er zurückgeschaut, und er beabsichtigte auch jetzt nicht, das zu tun. Er würde dem leisen Murmeln Einhalt gebieten, dass er mit den wirklich Großen in London, Paris und New York, Berlin und bald auch in Frankfurt nicht mithalten könne. Es hatte bereits schwere Jahre gegeben, und sie waren nicht untergegangen. War das nicht Beweis genug? Es hatte Krisen gegeben, Firmen waren pleitegegangen, Banken zusammengebrochen.

Ich bin kein Feigling.

Wenn man mehr Waren an den Mann bringen wollte, musste man den anderen Warenhausbesitzern voraus sein. Man musste mehr bieten und die Kunden anlocken wie ein Topf Honig die Bienen.

»Bitte, lassen Sie mich einfach einmal schildern, was ich vorhabe.«

Der leise, flehende Tonfall, der sich nun doch unverhofft in seine Stimme schlich, bestürzte Arnold. Er war kein Bittsteller. Er war ein Mann, der sein Kaufhaus weiter vorantreiben, der neue Ideen umsetzen wollte. Marksfeld zeigte immer noch keinen Deut mehr Interesse. War da etwas Abweisendes in seinem Gesichtsausdruck? Er schaute zu seinem Burschen hinüber, der ihnen in einiger Entfernung folgte.

»Eigentlich befinde ich mich hier, wie gesagt, im Urlaub, Herr Wessling, und rede wirklich ungern über Geschäftliches. Vielleicht vereinbaren wir einen Termin, wenn wir wieder zu Hause sind ...«

Arnold schaute zu Theo hin.

»Es dauert nicht lange, und Sie werden zufrieden sein, wenn Sie mich angehört haben«, versuchte er es noch einmal. »Eine solche Gelegenheit ergibt sich vielleicht nicht so schnell wieder.« Er machte eine kurze Pause. »Waren Sie überhaupt schon einmal in einem Kaufhaus, Herr Direktor Marksfeld?«

Marksfeld schüttelte den Kopf.

»Ich bin niemand, der einkauft. Zu uns kommt der Schneider, den Rest erledigt das Personal.«

»Mir ging es einst ähnlich, aber lassen Sie sich sagen, es ist ein Erlebnis.«

»Wer ist eigentlich noch an Bord?«, fragte Marksfeld.

»Wie bitte?«

»Es ist eine große Sache, oder? Wenn ich Ihnen das Geld geben soll, um das Sie mich zu bitten beabsichtigen, möchte ich wissen, wer noch dabei ist.«

Arnolds Gedanken waren vorübergehend wie vernebelt. Theo hatte sie beide fast eingeholt.

»Herr Bankier Fürst«, entfuhr es ihm dann, und er fühlte sich mit einem Mal ganz elend angesichts dieser Lüge.

Arnold Wessling hatte sich verabschiedet, kurz nachdem sich Theo wieder zu ihnen gesellt hatte. Für einen Moment schaute Marksfeld dem Warenhausbesitzer hinterher.

»Ich möchte noch ein Stück gehen«, sagte er zu seinem Burschen, um sich dann zu erkundigen: »Nun sagen Sie schon, was haben Sie in Erfahrung gebracht?«

»Nicht viel«, Theo verschränkte die Arme hinter dem Rücken, »aber Ihnen ist hoffentlich bewusst, dass Sie mit Juden Geschäfte machen würden?«

»Mit Juden?«

»Mit Herrn Wessling.«

»Der ein Jude? Das wäre mir neu.« Direktor Marksfeld runzelte die Augenbrauen. Er hatte sich schon einige Gedanken gemacht, nachdem sich Wessling ihm gegenüber so aufmerksam gezeigt hatte, und hatte Theo, der über große List in solchen Dingen verfügte, damit beauftragt, Erkundigungen einzuziehen. Marksfeld war nicht dumm. Er konnte leicht erkennen, wenn jemand etwas von ihm wollte. Offenbar ging es mit dem Warenhaus Wessling seit zwei Jahren deutlich schlechter als am Anfang.

»Seine Ehefrau ist Jüdin«, hörte er Theo sagen.

»Bettina Wessling?« Direktor Marksfeld klang leicht ungläubig. »Ja, aber Frau Wessling ist doch meines Wissens nach evangelisch.«

»Ihre Familie sind Konvertiten, aber eigentlich ...« Der Bursche schüttelte den Kopf. »Das Jüdische steckt ihnen im Blut, so ist es doch. Das kann man nicht einfach ablegen.«

Marksfeld wiegte den Kopf hin und her.

»Nun, vielen Dank für diesen Hinweis, Theo. Jetzt gehen Sie bitte voraus, und beruhigen Sie meine Frau, dass ich heute pünktlich zum Essen da sein werde.«

Als Arnold und Bettina am frühen Abend von ihrem Spaziergang zurückkehrten, fanden sie Direktor Marksfelds Visitenkarte vor. Arnold machte sich gleich auf den Weg. Bei der Pension der Marksfelds angekommen, führte man ihn sofort ins Empfangszimmer. Direktor Marksfeld kam wenig später hinzu, eine Stoffserviette in der Rechten, die zeigte, dass er offenbar gerade vom Esstisch aufgestanden war.

»Oh, ich muss mich entschuldigen.« Arnold fühlte sich unbehaglich. »Ich wollte Sie wirklich nicht beim Essen stören. Ich komme später ...«

»Macht nichts, macht überhaupt nichts ... Lassen Sie es uns einfach hinter uns bringen, Wessling. Alles andere lohnt nicht.« Marksfeld legte seine Serviette auf einem runden Tischchen aus poliertem dunklen Holz ab. Arnold wartete darauf, dass man ihn zum Sitzen aufforderte, doch Marksfeld tat nichts dergleichen. Einen Moment lang ruhte sein forschender Blick auf Arnold.

»Wussten Sie eigentlich, dass Ihre Frau aus einer jüdischen Familie stammt?«, fragte er dann.

Arnold hob erstaunt den Kopf. »Wie kommen Sie darauf, und was tut das zur Sache? Meine Frau ist eine gute Protestantin. Sie geht häufiger zur Kirche als ich, da können Sie sich gewiss sein.«

»Die Familie ist konvertiert.«

»Soweit ich weiß, wurde meine Frau bereits als Säugling getauft und ist nicht im mosaischen Glauben aufgebracht worden. Sie ist also niemals konvertiert.«

»Aber ihr Vater ist es, und ein Teil seiner Familie entstammt dem Frankfurter Getto. Hat Ihr Schwiegervater Ihnen nie von seiner Kindheit erzählt?«

»Warum sollte er? Ich habe ihn auch nie danach gefragt.«

»Denken Sie nicht, dass es von Interesse sein könnte, wenn ...«

Arnold spürte eine Mischung aus Wut und Hilflosigkeit in sich aufsteigen, etwas, das er als Kind gespürt hatte, wenn sich seinen Zielen etwas in den Weg stellte.

»Nein, das tue ich nicht. Ich habe meine Frau aus Liebe geheiratet, und ich habe ihr Treue geschworen. Darüber hinaus gibt es nichts zu sagen.«

»Wirklich nicht?« Marksfeld nahm die Serviette mit einer knappen Bewegung auf. »Dann«, fuhr er fort, »muss ich Ihr Angebot leider ablehnen. Grüßen Sie bitte Herrn Fürst von mir, sollten Sie mit ihm ins Geschäft kommen. Ich empfehle mich jedenfalls.«

»Du wirkst so nachdenklich?« Bettina drehte sich zu ihrem Mann hin und schaute ihn fragend an. Der betrachtete die silbernen Strähnen in ihrem Haarschopf und dachte daran, dass sie längst Großmutter war und er Großvater. War das denn vorstellbar? *Vielleicht sollten wir Antonie endlich einmal wieder besuchen?* Sicher würde das Bettina guttun.

»Ach, es ist nichts.« Arnold runzelte die Stirn. »Nur ein unangenehmes Gespräch.« Nur der Grund, aus dem wir hier sind. Er war gescheitert. Vorerst. Er dachte an Gustav Fürst, den er als Vater der Freundin seiner Tochter kannte und dem er nicht als Bittsteller begegnen wollte, aber konnte er sich solche Überlegungen noch leisten?

Bettina stand jetzt nahe bei ihm, er hätte nach ihrer Hand greifen können. Arnold unterdrückte einen Seufzer.

»Du hast sicher bemerkt, dass mich in letzter Zeit ein paar Dinge beschäftigen, Betty?«

»Geschäftliches?«

»Hm.« Arnold zog seine Frau am Arm zu sich und küsste sie auf die Wangen. Er hatte sie immer von diesem Teil seiner Welt fernhalten wollen. Frauen gehörten nicht in die Geschäftswelt, davon war er stets überzeugt gewesen, und eigentlich war er sich auch jetzt sicher, dass daran nichts geändert werden sollte. »Ich bin froh, dein Ehemann zu sein«, sprach er weiter. »Ich glaube, ich sage dir das viel zu selten, oder?« Er zog ihre rechte Hand an seine Lippen und küsste sie zärtlich. Bettina zögerte, bevor sie ihren Mund auf sein schütter werdendes Haar senkte. Sie waren nicht sehr oft zärtlich miteinander.

»Worum geht es, Arnold? Sag es mir bitte.«

Sie hatte sich nicht ablenken lassen. Man konnte ihrer

Stimme anhören, wie sehr sie sich sein Vertrauen wünschte. Arnold räusperte sich.

»Ich war heute unterwegs, weil ich einen Teilhaber für das Warenhaus Wessling suche. Unser Wesslings, es ... Ich denke, es ist notwendig, dass wir uns erweitern, um mit der Konkurrenz Schritt zu halten, aber ... Nun, ich bin ... ich bin vorerst gescheitert. Es ist mir nicht gelungen, und noch weiß ich nicht so recht, wie es weitergehen soll.«

Bettina sah betroffen aus, und er musste zugeben, dass ihm dies guttat. Manchmal hatte er daran gezweifelt, aber sie verstand, was ihm das alles bedeutete.

»Was ist passiert? Es ist doch ein gutes Angebot, oder?«

»Es ... Ja, natürlich ist es ein gutes Angebot.« Arnold zögerte. »Man hat abgelehnt, weil du Jüdin bist.«

»Das bin ich nicht.«

»Dein Vater ist konvertiert, ist es nicht so?«

»Als junger Mann. Ich bin getauft worden.«

Arnold nickte müde. »Genau das habe ich auch gesagt.«

Er hielt ihre Hand jetzt in der seinen. Er küsste sie noch einmal. Er dachte an Gustav Fürst.

Ich werde mich nicht unterkriegen lassen. Ich werde die Fürsts einladen. Es wird ein großes Fest geben, und ich werde alle Zweifler zum Schweigen bringen. Der Erfolg wird auf meiner Seite sein.

In dieser Nacht dachte Bettina zum ersten Mal seit längerer Zeit wieder an ihren Vater. Dass sie jüdische Vorfahren hatten, war für ihn immer unerheblich gewesen. Auf die armen Juden, die aus Osteuropa zur großen Frankfurter Gemeinde hinzustießen, auf diese seltsamen Menschen mit ihren Schläfenlocken und den Pelzkappen und den langen Mänteln schaute er stets herab. Natürlich gab es Verwandte, die die Synagoge besuchten, die alten Feste feierten, aber die Kuhns waren nie dabei, noch nicht einmal aus Tradition.

»Unsere Vorfahren mögen Juden gewesen sein«, sagte Siegfried einmal zu seiner Tochter, »zuvorderst aber sind wir Deutsche.«

Daran durfte es keinen Zweifel geben, und auch deshalb war Bettina evangelisch getauft worden, weil sie nichts zu tun hatten mit der jüdischen Gemeinde oder, Gott bewahre, mit diesen Ostjuden. Für die junge Bettina spielte die Religion ihrer Vorfahren kaum eine Rolle. Nur manchmal waren Dinge gesagt worden, die sie sich schwer erklären konnte.

»Die Juden wollen nur unser Geld«, hatte sie einmal das Dienstmädchen sagen hören, das gleich darauf beteuerte, dass es damit nicht die Familie Kuhn gemeint habe. »Aber alle wissen doch, dass die Juden ein Unglück sind, Fräulein Kuhn, aber ich meine damit nicht Ihre Familie.«

Bettina hatte damals entschieden, ihrem Vater nichts davon zu sagen. Er sollte sich nicht unnötig aufregen, und gewiss, so hatte sie sich gesagt, hatte es das Mädchen auch nicht so gemeint.

Doch heute, so viele Jahre später, musste sie wieder daran denken. Sie konnte nicht mehr einschlafen, stand sehr leise auf und spähte an den Vorhängen vorbei auf die dunkle Straße hinaus. In ihrem Rücken schnarchte Arnold in die Kissen. Sie dachte wieder an ihren Vater, der als junger Mann den Tuchhandel seines Vaters übernommen und ein eigenes, neues Geschäft eröffnet hatte. Er war ein guter Kaufmann, einer, der in Sekunden gute von schlechter Ware zu unterscheiden wusste. Und er war sehr stolz darauf, dass nur die vornehmsten Bürger bei *Kuhn & Söhne* einkauften – Söhne, weil er sich doch immer sicher gewesen war, dass er eines Tages zumindest einen Sohn haben würde.

»Bei uns gibt es keinen Schund für die Massen, Betty.«

Und das war es auch, was er in Arnolds Plänen gesehen hatte, nichts als Schund für die Massen.

Ach, Papa, dachte sie, manchmal vermisste sie ihn noch heute. Aber sie musste nun ihrem Mann zur Seite stehen. Sie musste tun, was in ihrer Macht stand, um ihn zu unterstützen.

Einunddreißigstes Kapitel

Paris, Frühjahr 1899

Es war ein wunderschöner Sonntag, der Pariser Himmel tiefblau, und die Sonne schien auf die Erde herab, als wollte sie sich den Menschen zum Geschenk machen. Christine Meyer hatte anlässlich des Besuchs ihrer Freundin Mathilde eine Kanne echten Kaffees aufgebrüht. Ihre Tochter Lynette war eben dabei, den kleinen Tisch in der Stube zu decken, der zwar krumm und schief war, aber doch ihr eigenes Möbel und deshalb sehr geliebt wurde.

Seit Mathilde mit dem Metzgersburschen verheiratet war, hatten sie sich ein wenig aus den Augen verloren. Als es jetzt an der Tür klopfte, konnte Christine kaum schnell genug öffnen. Es war wunderbar, eine gute Freundin wie Mathilde zu haben. *Wie anders wäre mein Leben verlaufen, hätte ich sie nie kennengelernt. Sie hat mir den Mut geschenkt, an dem es mir mangelte. Sie hat Kämpfe ausgefochten, und sie hat nicht gezögert, mich nach Paris zu begleiten.*

Wenig später saßen sie gemeinsam am Tisch, aßen die Pastete, die Mathilde mitgebracht hatte, und verloren sich in Erinnerungen.

»Du bist ja schon immer nach deinem Vater gekommen«, sagte Mathilde eben mit einem Blick auf Lynette, »zumindest, was die Größe angeht. Als ich deine Mutter bei den Pounays kennenlernte, war sie noch so klein und schmal, dass sie immerzu über das lange, graue Kleid stolperte, das wir Waisenhausmädchen tragen mussten.«

Christine lächelte in sich hinein. »Rückblickend«, sagte sie dann, »denke ich, es war besser, ab und an über den Saum zu stolpern, als dass einem die Beine vor Kälte blau anlaufen, weil alles zu kurz ist und nicht richtig wärmt.«

Mathilde hob ihr Tasse, und Christine schenkte ihr noch etwas ein. Die Freundin beugte sich über das dampfende Getränk, um dann genüsslich Schluck für Schluck zu trinken.

»Ach, ich liebe echten Kaffee«, stieß Mathilde mit einem Seufzer aus. »Leider bekomme ich ihn viel zu selten.«

»Für dich wird es bei mir immer echten Kaffee geben.«

»Wer von euch hat die andere denn zuerst angesprochen?«, fragte Lynette neugierig dazwischen, während sie ein Stück der Pastete für ihren Vater beiseitelegte.

»Mathilde«, antworteten die Freundinnen wie aus einem Mund.

»Deine Mutter war damals sehr schüchtern«, ergänzte Mathilde.

»Mathilde hatte ganz kurze Haare. Zuerst dachte ich, sie sei ein Junge in einem Kleid«, erinnerte Christine sich und schaute nachdenklich auf die silbrigen Strähnen, die sich durch das Haar der Freundin zogen. »Wir sind uns dann rasch nähergekommen, denn wir beide hatten unsere Eltern während des Krieges verloren und mussten lernen, ohne *papa* und *maman* zurechtzukommen.«

Lynette beugte sich etwas vor. Das muss schrecklich gewesen sein, dachte sie. Sie vermisste ihren Vater sehr zu den Zeiten, da ihn die Arbeit lange von zu Hause forthielt. Zurzeit arbeitete er am Bau der Metro, die im nächsten Jahr eröffnet werden sollte, und kam oft erst spät nach Hause.

»Kannst du dich eigentlich noch an die Großeltern erinnern?«, fragte Lynette ihre Mutter.

Christine schüttelte den Kopf. »Nein. Und irgendwann habe ich aufgehört, an zu Hause zu denken. Ich habe nicht mehr von den Kleidern und den Spielsachen erzählt, denn alle außer Mathilde haben über mich gelacht. Sie haben gesagt, ich sei nichts Besseres, dabei habe ich das nie gemeint. Aber sie haben mir eben auch nicht geglaubt, dass ich einmal schöne Kleider hatte. Manchmal glaube ich das heute selbst nicht mehr. Ach, Mathilde«, sie lächelte die andere an, »ich war so froh, als du meine Freundin werden wolltest.«

Mathilde lachte lauthals.

»Ach, und ich war froh, dass du bei den Pounays bei mir warst. Weißt du noch, wie Madame Pounay die Rute auf uns heruntersausen ließ, wenn wir während des Essens zu sehr geschwatzt haben?«

Christine lachte jetzt lauter, als Lynette es von ihrer Mutter gewohnt war. »Aber das war mir gleich«, sagte sie mit fester Stimme.

»Mir auch.«

»Wie seid ihr nach Paris gekommen?«, mischte sich Lynette wieder ein. Die junge Frau verspürte eine unstillbare Neugier, was die Vergangenheit ihrer Mutter anging.

»Es hielt uns irgendwann nicht mehr bei der Bauernfamilie, und es war tatsächlich die Idee deiner Mutter, nach Paris zu gehen. Sie hat uns auch zu Madame Souza gebracht.« Mathilde machte eine Pause. »Ich höre, du hast das Talent deiner Mutter geerbt, Lynette. Madame Souza ist sehr zufrieden mit dir.«

»Oh, es macht mir auch Freude«, sagte Lynette bescheiden.

»Wirklich, ich liebe es zu nähen. Noch mehr aber liebe ich die Stickerei.«

Christine lächelte stolz.

»Sie ist wirklich gut. Lynette gehört zu denen, die die Kleidung besticken, die wir ans *Le Bon Marché* liefern.«

»In deinem Alter?« Mathilde nickte anerkennend. »Vielleicht wirst du ja auch einmal ein Atelier wie das von Madame Souza leiten«, sagte sie dann.

Zweiunddreißigstes Kapitel

Frankfurt am Main, Frühjahr 1899

Zum Frühstück war Jakob die Nachricht überbracht worden, dass ihn sein Onkel zu sehen wünsche. Also sind sie zurück, war es dem jungen Mann durch den Kopf gefahren. Bislang hatte ihn niemand darüber in Kenntnis gesetzt. Wahrscheinlich wollte sein Onkel wissen, wie es ihm in den letzten zwei Wochen als einem der Hauptverantwortlichen im Warenhaus Wessling ergangen war. Auch Jakob fand, dass es Dinge gab, die besprochen werden mussten. Er beeilte sich und schaffte es tatsächlich noch vor dem Öffnen der Pforten, mit den anderen Angestellten ins Haus zu gelangen.

Im dritten Stock hörte er bereits Stimmen aus dem Büro seines Onkels dringen. Einmal in der Woche versammelte Arnold Wessling hier seine wichtigsten Mitarbeiter zur Besprechung neuer Maßnahmen. Jakob öffnete die Tür behutsam und gesellte sich zu ihnen. Niemand bis auf seinen Onkel, der ihm ernst zunickte, achtete auf ihn. Alle hatten die Augen aufmerksam nach vorn gerichtet.

»Gut, was schlagen Sie vor, Lehmann?«, erteilte Arnold eben einem schlanken Angestellten mit sorgfältig gestutzten Haaren und dünnem Schnurrbart das Wort. Herr Lehmann räusperte sich, dann straffte sich sein Körper entschlossen. Seine Aufregung merkte man ihm nur an, weil er seine Worte mit besonderem Bedacht wählte, so vorsichtig, als wären sie dünnes, zerbrechliches Eis. Jakob erinnerte sich, dass der junge Mann noch nicht lange im Warenhaus Wessling arbeitete, dank seines hellen Verstandes aber rasch aufgestiegen war.

»Mein Vorschlag wäre also«, endete er wenig später, »mehr in den Engroshandel zu investieren. Wir könnten beispielsweise Einkaufsmöglichkeiten zu besonders günstigen Bedingungen für Brautpaare, große Feiern, vielleicht auch für Sanatorien anbieten.«

»Und irgendwann verkaufen wir dem Reichstag Seife«, mischte sich einer der älteren Angestellten halb ernsthaft, halb scherzend ein.

»Warum nicht?«, entgegnete Lehmann, mutiger geworden. Arnold schmunzelte.

»Bleiben wir bitte bei der Sache, meine Herren.« Er lehnte sich in seinem Sessel zurück, in dem er ein winziges bisschen höher saß. Nicht so hoch, dass es einem gleich aufgefallen wäre, aber doch so, dass er auf seine Angestellten herabschauen konnte. »Ich halte den Vorschlag für interessant. Wir müssen mehr und Besseres bieten als unsere Konkurrenten. Trotzdem sollten wir uns jede Entscheidung sehr gut überlegen, denn jede Investition zieht auch den Einsatz von Mitteln nach sich. Gibt es weitere Vorschläge?«

»Wie wäre es, einen Arzt zu engagieren, der zu ausgewählten Zeiten Sprechstunden abhält?«

»Ebenfalls eine gute Idee. So etwas gab es damals im *Le Bon Marché* auch«, erinnerte sich Arnold. »Zudem bleibt die Arbeitskraft erhalten, wenn Krankheiten früh entdeckt werden. Ja, Herr Lehmann?«

Lehmann hatte an Zutrauen gewonnen.

»Ich hatte weiterhin die Idee, den Engroseinkäufern besondere Führer zur Seite zu stellen, so wie Ausländer, die größere Einkäufe tätigen wollen, in manchen Geschäften von Dolmetschern begleitet werden.«

»Haben wir eigentlich Dolmetscher?«, unterbrach Wessling ihn. »Könnte sich das zu Messezeiten nicht lohnen? Notieren Sie das bitte.« Arnold nickte zu Fritz Karl hin, der mit einem Block in der Hand im Schatten halb rechts hinter ihm stand und eifrig mitschrieb.

»Wir sollten auch an neue Rabattaktionen denken«, fuhr Lehmann fort, »an Kalender zum Jahreswechsel, bunte Drucke für die Kinder, an Zuckereier an Ostern.«

Jakob, der zuerst an der Wand neben der Tür stehen geblieben war, machte einige Schritte weiter in den Raum hinein.

»Aber ist es nicht so, dass wir bei solchen Aktionen oft nicht genug einnehmen?«

»Das kommt wohl vor.« Arnold schaute seinen Neffen nachdenklich an. »Andererseits wird man von uns reden. Man wird sich erinnern und wiederkommen. Das muss man abwägen.« Er stand auf, verschränkte die Arme vor der Brust und schaute wieder in die Runde. »Es ist wohl Zeit, dass ich darüber spreche, aber Sie alle dürften bemerkt haben, dass das Warenhaus Wessling nicht mehr das einzige Kaufhaus vor Ort ist. Nur eine kurze Strecke entfernt von uns, ebenfalls auf der Zeil, verderben uns neue Häuser zunehmend das Geschäft. Unser Ziel muss es deshalb sein, einerseits mehr zu verkaufen und andererseits die Kosten zu senken.«

Kurz herrschte Stille, dann mischte sich Fritz Karl ein.

»Dann schlage ich vor, noch deutlich mehr Frauen als Verkaufspersonal einzusetzen. Sie sind billiger.«

Arnold drehte sich zu seiner rechten Hand herum.

»Sie mögen recht haben, Herr Karl, aber was wird man

den Frauen und uns nachsagen? Wird nicht ohnehin genug über uns geredet? Die Wirkungszone des Weibes ist doch eher das Heim und nicht die Öffentlichkeit. Finden Sie nicht, das sollte so bleiben?«

»Betrachten wir es nüchtern«, gab Fritz Karl auf eine Art zurück, die nur er sich gegenüber dem alten Wessling erlauben durfte. »Die Arbeit in unserem Kaufhaus hat zwar ein gewisses Prestige, andererseits verdient ein Mann in der Fabrik mehr. Indem wir Frauen anstellen, entziehen wir uns schon einmal diesem Konkurrenzkampf.«

»Hm.«

»Ja, Herr Wessling, wir brauchen natürlich Männer, als Handwerker, als Nachtwächter und Stallknechte, als Hausdiener und Boten. Alles andere kann und sollte von Frauen besorgt werden.«

»Ich werde darüber nachdenken«, sagte Arnold langsam und in einem Tonfall, der besagte, dass er zu diesem Zeitpunkt keine weitere Erörterung des Themas wünschte. Dann holte er seine Taschenuhr aus der Westentasche und konsultierte die Uhrzeit. »Sie gehen jetzt bitte alle an Ihre Arbeit, auch Sie, Herr Karl. Neffe, du bleibst hier.«

»Ich wusste nicht, dass ihr schon wieder zurück seid«, sagte Jakob, nachdem die anderen Mitarbeiter das Büro verlassen hatten. »War die Reise erfolgreich?«

»Deine Tante hat das Wasser getrunken, ich habe versucht, Unterstützung für das Wesslings zu finden … Wir müssen neue Wege beschreiten – ich hatte davon gesprochen –, und ja, es fällt mir schwer, dies zuzugeben, doch das ist tatsächlich nicht nur Gerede.« Arnolds Augen weiteten sich nachdenklich. »Das Warenhaus Wessling braucht Geld, Jakob.«

»Ist es so schlimm?«

Der Onkel zuckte die Achseln.

»Vielleicht haben wir über unsere Verhältnisse gelebt. In letzter Zeit habe ich wirklich öfter gedacht, es endet hier und jetzt. Mein Schwiegervater würde sich gewiss freuen, mich so zu sehen.«

»Aber auch er war ein Geschäftsmann.«

Jakob schüttelte den Kopf. Er mochte seinen Onkel. Es war bedrückend, ihn so niedergeschlagen zu sehen. Sein Onkel war immer ein Vorbild gewesen, ein stärkerer Mann, als es sein eigener Vater war, mit seinen seltsamen Anwandlungen und Stimmungen, mit seiner Schlaflosigkeit und der Art, wie er ihn manchmal anstarrte, als erkenne er den eigenen Sohn nicht.

»Und es endet ja nicht, oder, Onkel?«, hörte Jakob sich sagen.

»Wer weiß.« Arnold stand auf, ging zur Tür und spähte hinaus. »Im Geschäft meines Schwiegervaters musste ich immer eine Schürze und Handschuhe tragen. Ich erinnere mich auch daran, dass wir Waren in Zeitungspapier verpackt haben, und ich wollte ihn davon abbringen, aber er hielt das für reine Verschwendung. Kannst du dir vorstellen, wie entsetzt er war, als ich einmal einen Wanderdekorateur mit der Gestaltung seines Schaufensters betraut habe? Firlefanz nannte er das. Er fand immer, dass es genau so gut ist, wie es ist. ›Mein Geschäft, meine Entscheidungen‹, hat er immer gesagt, ›und zwar, so lange ich atme.‹«

»Du hast es nicht leicht mit ihm gehabt.«

»Weiß Gott nicht.« Arnold löste sich wieder von der Tür und kam in den Raum zurück. »Er hat auch gesagt, seiner Betty habe es nie an etwas gemangelt und dass nun ich die Verantwortung für sie trage. Das habe ich nie vergessen. Aber momentan bin ich mir unsicher, ob ich ihr auch in Zukunft das bieten kann, was sie verdient. Ich habe mir vorgenommen, mit Herrn Bankier Fürst zu sprechen. Jakob, ich vertraue dir. Sag mir, was hältst du davon?«

An diesem Abend suchte Arnold in der Badewanne nach Entspannung. Er hatte schon immer gern gebadet. Baden linderte die Schmerzen, die in letzter Zeit heftiger geworden waren und machte den Kopf frei. Er mochte den Duft, insbesondere jenen starken Duft von Kiefernnadeln, den er heute gewählt hatte. Er dachte an den Tag, als er seinem Schwiegervater erstmals von seinem Traum erzählt hatte und wie schallend dieser gelacht hatte; wie er die dichten, dunklen Augenbrauen über der Nase zusammenzog ...

»Nein«, sagte er fast genüsslich, und der Blick aus seinen sehr blauen Augen war noch schärfer geworden.

Wäre ich ein Hund, durchfuhr es Arnold verzweifelt, würde ich jetzt wohl winseln, aber ich darf nicht aufgeben. Ich darf diesen Traum nicht aufgeben.

»Das Geschäft *Kuhn & Söhne* ist seit langen Jahren hier ansässig und vertraut.« Siegfried Kuhn machte eine Bewegung mit der Hand, als würde er jeden störenden Gedanken wegwischen. »Wir müssen uns nicht *vergrößern*, hier ist genügend Platz.«

»Aber überlegen Sie doch bitte, werter Herr Schwiegervater ...«

Siegfried schüttelte nur noch energischer den Kopf.

»Da muss ich nicht überlegen. Ich werde unsere Tradition nicht Ihren hochfliegenden, undurchdachten Plänen opfern, Arnold. Ich habe mich über diese neuen Warenhäuser in Kenntnis gesetzt. Ich weiß, was sie für Geschäfte wie meines und das vieler anderer ehrlicher Kaufleute bedeuten.«

Die hilflose Wut, die in diesem Moment in Arnold aufgestiegen war, spürte er noch heute.

»Es sind keine hochfliegenden Pläne, Herr Schwiegervater, in Paris ...«

»Wer will schon das, was es in Paris gibt?«, unterbrach Siegfried ihn. »Haben wir das welsche Pack nicht besiegt? Und wagen Sie es nicht, meine Tochter unglücklich zu machen. Sie ist das Beste, was ich habe.«

»Aber ich will sie doch glücklich machen, Herr Schwiegervater. Das verspreche ich, nicht mehr und nicht weniger als das will ich. Ich will Bettys Glück.«

»Das ist auch Ihre einzige Aufgabe.« Siegfried sah ihn scharf an. Arnold rang um seine Beherrschung. Er war ein erwachsener Mann, was bildete Bettinas Vater sich ein?

»Das Warenhaus bringt den Fortschritt, Herr Schwiegervater«, versuchte er es noch einmal, sprach von Büchsengemüse und von Klosettpapier, Dingen, die doch erst durch die modernen Warenhäuser zu allgemein benutzten Artikeln geworden waren. »Auf Dauer, Herr Schwiegervater, können wir nur vom massenhaften Konsum leben. Es gibt keine ausreichend exklusive Kundschaft für uns alle mehr.«

Doch sein Schwiegervater lehnte alle Vorschläge rundheraus ab. Ein Kaufhaus, nein, niemand brauchte ein Kaufhaus ...

Er hatte Angst ... Siegfried Kuhn hatte Angst.

Damals hatte er nicht verstanden, dass es das gewesen war, was aus seinem Schwiegervater gesprochen hatte, Angst davor, dass es Geschäfte, wie er selbst eines führte, bald nicht mehr geben würde.

Arnold erhob sich aus dem warmen Wasser, stand noch einen Moment lang tropfend da, bevor er aus der Wanne stieg. Immer noch nass stellte er sich vor den Spiegel. Er nahm die Schultern zurück. Er spannte die Muskeln an, aber sein Bauch war zu weich. Er hatte zu gut gelebt ... Er versuchte zur Ruhe zu kommen, doch ihm war mit einem Mal übel. Er kannte das. Früher war ihm manchmal übel vor Angst gewesen; Angst davor, dass der Vater nach Hause kam. Angst, wenn er schon an seinen Schritten, an der Art, wie er Mantel und Schuhe auszog, hatte hören können, dass er schlechter Laune war.

Warum beschäftigt mich das heute? Warum kann ich das als erwachsener Mann nicht einfach vergessen? Es ist vorbei, niemand wird dich mehr schlagen, und niemand wird je wissen, wie schwach du einmal gewesen bist.

Außer Richard. Richard kennt alle deine Fehler.

Die Kindheit rückte näher, je älter Arnold wurde und je schwieriger die Zeiten waren. Er dachte an das Diner, zu dem er die Fürsts einladen würde. Ein großes Fest. Ein Zittern durchlief ihn. Sein Bein schmerzte plötzlich heftiger. Am liebsten hätte er ausgespien. Das Warenhaus Wessling – wie lange würde er die Wahrheit noch verbergen können?

Wenn Jakob lange arbeitete, wartete Ludmilla manchmal am Fenster auf ihn, bis ihr Körper ganz steif wurde. Seit dem Tag, an dem er an der Seite seines Onkels in die Geschicke vom Warenhaus Wessling eingeweiht worden war, hatte sie sich zurückgezogen. Und jetzt, wie er da so geschmeidig, mit fast unheimlicher Sicherheit den Weg auf die Haustür zuging, konnte sie kaum glauben, dass er einmal klein und winzig in ihren Armen gelegen hatte. Jakob war ein starker Mann, nicht wie sein Vater, den sie geheiratet hatte, weil er Wachs in ihren Händen sein würde. Manchmal, das musste Ludmilla zugeben, fiel es ihr schwer, Jakob seinen eigenen Weg gehen zu lassen. Sie hatte sich immer auf eine besondere Art mit ihrem Sohn verbunden gefühlt. Er hatte ihrem Ehrgeiz Erfüllung gegeben. Er war das Beste, was ihr im Leben je geschehen war und zugleich ihre Achillesferse.

Er war schon immer etwas Besonderes gewesen, die Schwangerschaft leichter als die mit seiner Schwester, und doch hatte sie größere Angst gehabt, das Kind zu verlieren. Dabei war es ihr gut gegangen. Sie hatte nichts von ihrer Energie verloren, war von Übelkeit und Müdigkeit verschont geblieben.

Wie viele Pläne hatte sie während langer Spaziergänge im Park geschmiedet ... Und als sie Jakob zum ersten Mal im Arm gehalten hatte, da war es gewesen, als habe sie ihn schon immer gekannt. Da war nichts Fremdes gewesen, kein Schaudern wie in dem Moment, als sie ihre Tochter in den Armen gehalten hatte.

Erst da habe ich gewusst, zu welcher Liebe ich fähig bin ...

Draußen wurde die Wohnungstür geöffnet. Sie hörte die Stimmen von Falk und Jakob. Sie sprachen über Emilia, die inzwischen mit einem wohlhabenden Kunsthändler in Luxemburg verheiratet war, ein Mann, den sie in der Schweiz kennengelernt hatte. Sie hatte es gut getroffen, und Ludmilla war froh, dass sie sich nicht mehr um ihre Tochter sorgen musste. So blieb noch mehr für Jakob.

Die Einladung

1899–1900

Dreiunddreißigstes Kapitel

Frankfurt am Main, September 1899

Die Fürsts waren pünktlich auf die Minute, und Arnold befürchtete für einen Moment, das Herz müsse ihm in der Brust zerspringen. Nein, er konnte sich an keinen Zeitpunkt seines Lebens erinnern, an dem er so aufgeregt gewesen wäre, und er hatte durchaus den Eindruck, dass Gustav Fürst das erkannte, auch wenn er sich nichts anmerken ließ.

»Herzlich willkommen, lieber Herr Fürst, ich freue mich, dass Sie und Ihre bezaubernde Tochter meiner Einladung so kurzfristig folgen konnten.«

»Aber lieber Herr Wessling, ich kann Ihnen nur danken. Wir haben uns ja doch ein wenig aus dem Blick verloren, seit die Kinder groß geworden sind, nicht wahr? Ich fand das immer sehr schade.«

»Da gehe ich ganz mit Ihnen konform.« Arnold lächelte, aber er wurde das Gefühl des Unwohlseins nicht los. Aus dem Esszimmer heraus, dessen Tür das Mädchen eben öffnete, duftete es bereits verführerisch, und doch konnte er sich in diesem Augenblick nicht vorstellen, auch nur ein Stück trockenes Brot anzurühren, ohne Gefahr zu laufen, ausspeien zu müssen.

»Papa ist überall ein gern gesehener Gast«, zwitscherte Cassandra.

»Aber Cassandra!«, wies Fürst seine Tochter halbherzig

zurecht, zu sehr behagte ihm ganz offenkundig die Vorstellung seiner eigenen Wichtigkeit.

Es wird kein leichtes Unterfangen werden.

Arnold biss die Zähne aufeinander, spürte, wie Bettina sanft über seinen Arm strich.

»Sie kennen meine Frau, Bettina Wessling.«

»Natürlich, habe die Ehre, Frau Wessling. Es ist schön, Sie einmal wiederzusehen.«

»Außerdem mein Bruder, seine Frau und sein Sohn. Wir Wesslings halten gern zusammen. Wir sind eben eine Familie.«

»Wie schön.«

Weitere Begrüßungen wurden ausgetauscht. Jakob trat als Letzter vor, verbeugte sich vor Gustav Fürst und seiner Tochter und küsste dann Cassandras ausgestreckte Hand.

»Ich freue mich sehr, Sie wiederzusehen, Cassandra.«

»Sie?« Cassandra schüttelte in gespielter Empörung den Kopf. »Sind wir uns denn so fremd geworden, Jakob?«

Jakob lachte. Damals war er noch Emilias jüngerer Bruder gewesen, aber dieses Gefühl war mit den Jahren verflogen.

»Nein, denn ich freue mich sehr, Cassandra.«

»Wo sitze ich denn?« Die junge Frau schaute sich neugierig um.

Jakob deutete auf einen Platz zwischen sich und seiner Mutter. Cassandra lächelte zufrieden.

Es gab Suppe zur Vorspeise, und Cassandra führte Löffel um Löffel elegant zu ihrem Mund. Als Kind hatte sie es gehasst, heute war sie froh darum, wie unerbittlich ihre Gouvernante das Essen in Gesellschaft mit ihr geübt hatte. Außerdem war Jakob sehr aufmerksam und achtete genau darauf, ob sie noch etwas brauchte: etwas Weißbrot, mehr Suppe, etwas zu trinken?

Sie freute sich darüber, wie vertraut er ihr nach so langer Zeit war. Sie hatte sich ein wenig davor gefürchtet, er könnte ihr fremd sein. Doch so war es nicht.

Cassandras Herz klopfte schneller. Sie hatte Emilia einmal gesagt, dass sie Jakob eines Tages heiraten würde. Aber sie hatte nicht gedacht, dass sie heute immer noch so empfinden würde. Doch so war es: Sie liebte Jakob Wessling, und er musste der Ihre werden.

Falk unterdrückte ein Gähnen. Er hatte wieder einmal schlecht geschlafen. Manchmal hatte er den Eindruck, er schlafe kaum noch. Das Mädchen war wieder da gewesen, sein immerwährender, nächtlicher Schatten, hatte ihn aus diesen verschreckten Kinderaugen angesehen und ihm unerbittlich in Erinnerung gerufen, dass es ihm unmöglich sein würde, ja unmöglich sein musste, je wieder glücklich zu werden.

Immerhin schmiedet sie uns zusammen. War das Unglück nicht eine ebenso enge, wenn nicht engere Verbindung als das Glück?

Der zweite Gang wurde aufgetragen. Ein Stück Sauerbraten verschwand hinter den blassen, aufgeworfenen Lippen seines Bruders. Arnold wirkte steif, auch wenn er sich alle Mühe gab, sich als entspannter Gastgeber zu präsentieren. Falk hörte Ludmilla lachen und dachte daran, dass es wenige Geheimnisse gab, die er vor ihr hatte bewahren können. Außer diesem einen, dem größten Geheimnis von allen.

Was wird wohl geschehen, wenn ich davon erzähle, hier und jetzt? Wird es dann noch um das Warenhaus Wessling gehen?

Falk verspürte ein seltsames Gefühl der Macht, doch als er Ludmilla anschaute, schüttelte die kaum merklich den Kopf.

Sie wollte nicht, dass er etwas sagte, was auch immer es gewesen wäre.

Falk schob die Gabel in den Mund, die er schon viel zu lange schwebend in der Luft gehalten hatte. Natürlich würde er nichts sagen. Arnold, Richard und er, sie mussten auf immer verbunden sein, und er würde auf immer schweigen.

Bettina nahm dankend das Lob für die bayrische Creme entgegen – ein altes Familienrezept –, die Männer zogen sich schließlich ins Raucherzimmer zurück, während die Damen in den Salon wechselten. Ludmilla setzte sich auf den vordersten Rand des Sofas, den Rücken durchgedrückt, und sah aus, als wäre sie lieber anderswo. Cassandra bat, sich ans Klavier setzen zu dürfen.

»Nur zu«, sagte Bettina. Das Klavier stammte noch aus den Zeiten, zu denen sie hier mit ihrem Vater gewohnt hatte, aber sie hatte es nie zu großer Meisterschaft gebracht. Cassandra war dagegen eine wirklich mehr als passable Spielerin und wirkte, wie Bettina auffiel, zum ersten Mal entspannt, während ihre Finger über die Tasten flogen.

Bettina lauschte dem Stück, *Eine kleine Nachtmusik* von Mozart, und schickte das Mädchen um eine Kanne Tee. Ihre Gedanken wanderten zu der Zeit, als die Kinder hier im Haus gewesen waren: Fußgetrappel und plätschernde Stimmen, Jauchzen und auch einmal Streit. Inzwischen waren sie überall verstreut: Antonie in Hamburg, Emilia in Luxemburg.

Nur Cassandra und Jakob waren in Frankfurt geblieben. Es war nicht mehr wie früher. Nichts war mehr wie früher. Draußen war kurz darauf Türenschlagen zu hören, dann die Stimmen der Männer. Arnold betrat den Salon.

»Herr Fürst möchte sich verabschieden.«

»Aber ich hoffe darauf, Sie alle bald wiederzusehen«, sagte Gustav.

»Es war mir eine Ehre«, erwiderte Arnold zufrieden. »Ich hoffe, es hat Ihnen und Ihrer Tochter gefallen, Herr Fürst. Fühlen Sie sich nicht bedrängt, aber denken Sie bitte über das nach, was ich Ihnen unterbreitet habe. Ich wäre sehr glücklich, bald von Ihnen zu hören.«

»Selbstverständlich, Herr Wessling.« Gustav Fürst neigte gefällig den Kopf. »Selbstverständlich.«

Die Kutsche stand schon bereit, als Gustav und seine Tochter vor die Tür traten. Gustav genoss den Druck ihrer schmalen Hand an seinem rechten Arm. Cassandra wirkte nachdenklich, doch er fragte nicht nach. Er war sich gewiss, dass seine Tochter bald von selbst zu sprechen anfangen würde.

Der Kutscher öffnete die Tür. Gustav half Cassandra beim Einsteigen und nahm dann ihr gegenüber Platz. Das Gefährt setzte sich in Bewegung. Sie schwieg immer noch.

»Hat dir der Abend gefallen?«, fragte er. »Ich war mir nicht sicher. Es ist lange her, dass du Jakob zuletzt gesehen hast.«

Cassandra nickte. »Damals waren wir noch Kinder. Es ist schwer, sich das heute vorzustellen.« Ihr Lächeln wirkte klein, dann seufzte sie auf. »Ich hatte wirklich Angst, wir könnten uns fremd sein, aber so war es nicht.«

Gustav beugte sich vor und tätschelte die rechte Hand seiner Tochter.

»Das freut mich.«

»Werden wir die Wesslings jetzt wieder häufiger treffen?«, fragte Cassandra.

»Das könnte sein.«

»Das würde mich sehr freuen.«

»Würde es das?«

»Ja, ich ...« Cassandra suchte nach Worten, dann nickte sie nur bekräftigend und schaute zum Fenster hinaus. Gustav Fürst runzelte die Stirn.

Vierunddreißigstes Kapitel

Jakob war so in Gedanken, dass er zuerst einmal am Haus der Fürsts vorbeilief, dann hastig kehrtemachte und schließlich doch wieder unschlüssig vor der prächtigen, schweren Eingangstür stehen blieb. Er war sich nicht ganz klar darüber, was er Gustav Fürst anbieten konnte, ob er von alter Freundschaft reden sollte oder ganz nüchtern vom Geschäft. Bei dem gemeinsamen Diner hatten sie die Fürsts seit langer Zeit zum ersten Mal wiedergesehen. War Gustav noch der Vater seiner Kindheitsfreundin für ihn, oder eher der Mann, der über die für seine Familie so dringenden Mittel verfügte? Was würde Cassandra sagen, wenn er auftauchte? Sie hatten wenig Zeit gehabt, miteinander zu reden, und doch schien sie ihm dieselbe treue Seele zu sein, die er von früher kannte.

Ich könnte ihr von Emilia erzählen. Emilia war schließlich einmal ihre Freundin.

Wieder starrte Jakob die Tür an, dann wanderten seine Augen über das ganze Fürst'sche Anwesen: ein herrschaftliches Haus mit kunstvollen Steinmetzarbeiten, umschlossen von einem prachtvollen Garten. Er sah noch einmal zurück, den weiß bekiesten Weg entlang bis hin zum schmiedeeisernen Tor. Dann ergriff seine zitternde Hand wie von selbst die Türglocke. Er hörte das Scheppern, verharrte, dachte daran, kehrtzumachen, und blieb doch stehen.

Ich tue es für uns. Für Arnold. Für mich. Für unser Warenhaus.

Er war mit diesem Geschäft aufgewachsen. Das Warenhaus Wessling war etwas Besonderes. Es war sein Leben. Er war stolz darauf, und er wusste, was es seinem Onkel bedeutete.

Drinnen waren jetzt rasche Schritte zu hören. Eines der Dienstmädchen öffnete, erkannte ihn mit einem Lächeln und bat ihn herein. Der junge Mann trat in die Halle, warf einen knappen Blick auf das Treppengeländer, das sie als Kinder allen Verboten zum Trotz entlanggerutscht waren. Dort hinauf ging es zu den privaten Zimmern der Familie. Er dachte an Cassandras damaliges Zimmer voller Bücher und Spielsachen. Sie hatte immer alles bekommen, was sie sich wünschte. Er schlüpfte aus dem Mantel. Das Mädchen nahm ihn beflissen entgegen.

»Würden Sie mich bitte Herrn Fürst ankündigen?«

»Sehr wohl, Herr Wessling.«

Sie verschwand fast lautlos. Jakob schaute sich nochmals um. Nichts hatte sich geändert. Dort, durch die kleine, kaum sichtbare Öffnung in der Wand, ging es zur Garderobe – ein beliebtes Versteck, als sie alle noch klein gewesen waren. Er dachte an das Gespräch, das er heute am frühen Morgen mit seinem Onkel geführt hatte, und an Entscheidungen, die herbeigeführt werden mussten.

»Jakob?«, riss ihn wenig später Gustav Fürsts Stimme aus den Gedanken. Nicht Herr Wessling, sondern Jakob, so wie er immer genannt worden war, wenn er hier zu Besuch war.

»Herr Fürst!«

»Auch für dich bitte Gustav. Wie lange ist es her, dass du zuletzt hier warst?«

»Ich weiß nicht.« Sie schüttelten einander die Hand.

»Nachdem ich auf die höhere Schule gekommen bin, war ich nicht mehr sehr häufig hier.«

»Ja, in der Tat«, antwortete Gustav gedehnt, um dann hinzuzufügen: »Bitte folge mir.«

»Tee, Kaffee?«, bot er dem jungen Mann im Salon an.

»Tee, bitte.«

Jakob wartete darauf, dass Gustav ihm einen Platz zuwies. Ihre Sessel standen nebeneinander. Dazwischen befand sich ein Tischchen aus rötlichem, poliertem Holz. Von seinem Platz aus konnte Jakob die Äste eines gewaltigen Nussbaums sehen. Während sie auf den Tee warteten, redeten sie über dieses und jenes, ohne dass Jakob später noch hätte sagen können, worüber eigentlich. Als der Tee dampfend vor ihnen stand, schaute Gustav ihn fragend an.

»Nun, was führt dich zu mir? Du bist doch gewiss nicht gekommen, um Tee zu trinken?«

»Nein«, antwortete der junge Mann wahrheitsgemäß. »Es geht um das Geschäft meines Onkels.«

»Um das Warenhaus Wessling?« Gustav trank von seinem Tee. Seine Augen musterten Jakob nachdenklich. »Schickt er dich? Nun, wer hätte gedacht, dass Arnold einmal so erfolgreich sein würde? Es gab damals viele Unkenrufe, und mein lieber alter Freund Kuhn hat es ihm ja auch sehr schwer gemacht.« Gustav schmunzelte. »Schickt Arnold dich?«

»Nein.« Jakob spürte, wie ihm die Kehle enger wurde, während er fieberhaft nach Worten suchte. Sie brauchten eine Entscheidung. Sie konnten nicht mehr zu lange warten, er hatte die Bücher gesehen.

»Eigentlich habe ich gedacht, ich hätte noch etwas Zeit, mir die Sache zu überlegen.«

»Nun, ich will natürlich nicht drängen, ich ...« Jakob

rutschte auf die Vorderkante des Sessels, nahm die Schultern zurück und streckte den Rücken. »Ich mag forsch klingen, aber ich fühle auch eine Verantwortung dem Warenhaus und meinem Onkel gegenüber. Wir alle sind ein Teil von Wesslings, verstehen Sie, Gustav? Wir, die Familie, meine ich ...«

»Hm.« Gustavs Ausdruck wurde ernster.

»Die Schwierigkeit ist, dass derzeit zu wenig flüssiges Kapital da ist«, erklärte Jakob und kämpfte erneut gegen die wachsende Unsicherheit an. Vielleicht arbeitete er doch noch nicht lange genug für seinen Onkel. Diese Geschäftssprache war ihm jedenfalls ungewohnt. »Alles ist gebunden in Waren und Bestellungen und ...« Er leckte sich über die Lippen. »Nun, vielleicht hat das mein Onkel kürzlich nicht ganz deutlich gemacht ...«

»Durchaus, durchaus«, bremste Gustav ihn knapp aus, und Jakob hatte erstmals eine Vorstellung davon, wie es sein mochte, wenn jemand zu Herrn Bankdirektor Fürst kam, um einen Kredit zu erbitten. »Und du denkst, eine Verbindung mit unserem Haus könnte da von Vorteil sein«, sprach Gustav dann bedächtig weiter.

»Ja, das denke ich.« Es kostete Jakob Mühe, seine Stimme fest klingen zu lassen.

»Trotzdem muss ich aber Zeit haben, das Angebot zu überdenken«, gab der Bankier zu bedenken.

»Nun, es liegt mir wirklich fern zu drängen oder etwas zu verlangen, was ...«

»Davon gehe ich aus.« Gustav lächelte mit solch milder Überlegenheit, dass sich Jakob gemaßregelt fühlte wie ein kleiner Schuljunge.

»Täubchen, ist das denn recht zu lauschen?«

Cassandra, die auf ihrem Bett saß und die weiche Bürste durch ihre blonden Locken zog, hielt in der Bewegung inne.

Hundert Striche links, hundert rechts, dachte Gustav, jeden Abend, wie ein Uhrwerk. Die großen, braunen Augen seiner Tochter musterten ihn unverwandt über den Spiegel.

»Ich musste, ich habe Jakobs Stimme gehört.«

Bei dem Namen Jakob zitterte Cassandras Stimme ein wenig. Gustav legte seiner Tochter die Hände auf die Schultern. Ihr Haar war so weich und duftig. Er wollte nicht, dass sie je verletzt wurde. Sie sollte glücklich sein. Und an dem Abend bei den Wesslings war etwas geschehen, was alles veränderte. Schon immer hatte er in ihr lesen können wie in einem Buch: Sie hatte sich verliebt.

»Du magst Jakob sehr, nicht wahr?«

»Sehr.« Cassandra presste die Lippen zusammen, sodass sie ganz weiß wurden. Er dachte daran, dass er auch gestern wieder noch lange Licht unter ihrer Tür hatte durchschimmern sehen. Heute war sie deshalb übermüdet, und am liebsten hätte er die Anstrengung aus ihrem Gesicht fortgestreichelt. Er hatte immer alles für sie getan, vor allem, nachdem sie vor einem Jahr ihre Mutter zu Grabe getragen hatten. Cassandra hatte sehr an ihr gehangen.

»Ich glaube«, sagte sie jetzt mit bebender Stimme und drehte sich zu ihrem Vater hin. »Ich glaube, ich liebe ihn wirklich. Ich glaube, ich kann nicht ohne ihn sein. Wenn er mich nicht liebt, ist mein Leben trüb und ohne Sinn ...«

Gustav seufzte.

»Aber Cassie«, setzte er an, hielt inne, suchte nach den rechten Worten. »Kind, mein Herz, ich kann ihn kaum zwingen, dich zu lieben.«

»Aber er mag mich doch, Vater, er mag mich. Das weiß ich, und das andere kann sich doch einstellen, wenn er mich nur noch näher kennenlernt. Wir sind doch Freunde.«

Gustav kämpfte gegen ein plötzliches Gefühl des Unbehagens an, dann lächelte er. Er hatte ihr nie einen Wunsch ausgeschlagen, niemals, und das würde er auch jetzt nicht tun.

Fünfunddreißigstes Kapitel

Für kurze Zeit hatte Arnold einen Vorteil darin gesehen, dass das Geld knapper wurde, als wäre er damit das, was ihm dies alles ermöglicht hatte, das, was im Laufe der Zeit ein eigenes Leben gewonnen hatte, in diesem Moment los, aber dem war natürlich nicht so.

Das Gold, das er vor Jahren von Falk angenommen hatte, die Diamanten, die er versetzt hatte … Diese Entscheidung würde er niemals rückgängig machen können. Es war diese Entscheidung, die ihm auf immer im Nacken saß. Sie hockte ihm auf der Brust wie ein nächtlicher Albdruck. Sie war immer da, und sie würde immer ein Teil vom Warenhaus Wessling sein, wie ein Schatten, den man auch mit großer Mühe nicht loswurde. Sein Unternehmen war nicht mit ehrlichem Geld gegründet worden, doch die Erkenntnis, dass dies falsch gewesen war, kam zu spät.

Arnold hörte die Türglocke, Schritte, dann die Stimme des Dienstmädchens, das Falk ankündigte. Nein, er war nicht überrascht. Falk kam inzwischen zwei bis drei Mal in der Woche. Oft wirkte er dann fahrig. Die Ringe unter seinen Augen waren tiefe, dunkle Gräben. Manchmal roch er nach Alkohol.

Vielleicht hätte ihm Jakob mehr dazu sagen können, doch Arnold hatte es nicht über sich gebracht, ihn zu fragen. Er fühlte eine besondere Verbundenheit mit seinem Neffen. Er war der Sohn, den Bettina ihm nicht hatte schenken können, das Kind, das er so lange schon liebte wie sein eigenes. Er wollte ihn nicht mit Gedanken über seinen schwächlichen Vater belasten.

Die Schritte draußen wurden deutlicher. Arnolds Hände waren plötzlich so schwitzig, dass ihm das letzte Goldstück, das er wie zur Mahnung behalten hatte, aus der Hand fiel und auf dem Boden bis zur Kommode links neben der Tür kullerte. Kaum einen Atemzug später tauchte Falk zwischen den Türpfosten auf. Er kam Arnold erneut schmaler und bleicher vor als bei ihrem letzten Treffen, als wäre da etwas, das seine Kraft kontinuierlich raubte. Sogar seine Kleidung war heute unordentlich und wirkte fleckig. Es sah aus, als wäre die Hose am Knie zerrissen.

War er auf dem Weg gestürzt? Ganz sicher hatte ihn Ludmilla so nicht vor die Tür gelassen. Nicht auszudenken, wenn ihn jemand auf der Straße entdeckte.

Arnold dachte daran, dass Falk einige Tage zuvor sogar mitten in der Nacht bei ihm aufgetaucht war. Dafür erschien er kaum noch im Warenhaus Wessling, seit Jakob dort arbeitete.

»Bruder!«, sagte Falk wie zu einer Begrüßung.

Arnold bemühte sich, nicht zu dem verlorenen Goldstück hinzusehen, obgleich es seine Blicke geradezu magisch anzog. Als würde das Gold mit ihm reden, doch hatte er anders entscheiden können? Würde es Wesslings geben, wenn er nicht die Kraft gehabt hätte, zu tun, was getan werden musste? Einer musste im Leben die unbequeme Entscheidungen treffen. Einer musste stark sein.

»Falk!« Er nickte knapp und dachte daran, dass er einen Schritt nie getan hatte: Er hatte nie genau wissen wollen, was

Falk und Richard getan hatten. Er hatte es Falk sogar verboten, davon zu erzählen. Aber machte ihn das weniger schuldig? Und war es dieses Wissen, das jetzt an Falk fraß? Lag die Last dieser Schuld auf seinen hageren Zügen und in den dunklen Ringen unter seinen Augen?

»Wir gehören zusammen, nicht wahr?«, riss ihn Falks Stimme aus den Gedanken. »Wir gehören für immer zusammen. Du lässt mich niemals im Stich, Bruder, niemals ...«

Sein Tonfall war schleppend. Sag doch eher, du kannst mich nicht im Stich lassen, korrigierte Arnold ihn stumm. Falk würde immer Teil seines Lebens sein. Er konnte ihn nicht loswerden, auch wenn er das wollte ...

»Nein, natürlich nicht«, sagte er laut. »Wir sind Brüder. Das weißt du doch.«

»Und Richard auch.«

»Und Richard«, wiederholte Arnold. Musste er Richard jetzt auch noch erwähnen? Richard, den Betrüger, den Charmeur ... »Hast du von ihm gehört?«, erkundigte er sich vorsichtig.

»Nein ...«, Falk durchfuhr ein Zittern, »das habe ich nicht.«

Zum zweiten Mal in kurzer Zeit ging an diesem Sonntag die Türglocke, und die Brüder zuckten zusammen. Das Mädchen kündigte einen Augenblick später Gustav Fürst an, der im Salon auf den Herrn warte. An der Tür drehte sich Arnold zögernd noch einmal um.

»Geh in die Küche. Lass dir etwas zu essen machen. Du kannst es brauchen, Falk.«

»Ich habe keinen Hunger.«

»Iss etwas«, sagte Arnold streng. »Dann lass dir etwas Neues zum Anziehen geben. Der Anzug«, er streckte den rechten Zeigefinger aus, »muss geflickt werden.«

Falk sah an sich herunter und starrte das Loch an, als sähe er es in diesem Moment zum ersten Mal.

»Ich bin ausgerutscht«, murmelte er. »Draußen auf der Straße.«

»Lass dir einen meiner Anzüge geben, das Mädchen kümmert sich darum. Komm, geh mit ihr.«

Arnold fiel auf, dass er mit Falk sprach, als wäre er ein kleines Kind, aber sein Bruder wehrte sich nicht. Er blieb noch stehen und versicherte sich, dass Falk tat, wie ihm geheißen. Er traute der Sache nicht. Nicht auszudenken, wenn Falk in diesem Aufzug in den Salon stolperte.

Ihm blieb nur der Weg über den Flur und durch die Halle, um sich zu sammeln, und Arnold hatte diese kurze Zeit bitter nötig. Zugegebenermaßen machte Falk ihm Sorgen. Würde er sich auch in Zukunft auf seine Verschwiegenheit verlassen können? Was war mit Richard? Sie alle hatten lange Jahre nichts von ihm gehört, doch ob er tot war oder noch lebte, konnte keiner sagen. Wünschte er sich Richards Tod? Vielleicht nicht. Nein, wahrscheinlich nicht. Sie waren Brüder, und hieß es nicht, dass Blut dicker war als Wasser?

Arnold öffnete die Tür zum Salon und trat mit einem jovialen Lächeln auf den Lippen ein. Er hatte den Bankier nicht so schnell wieder in seinem Haus erwartet.

Gustav Fürst stand am Fenster, über die Sammlung Kakteen gebeugt, und bemerkte nicht gleich, dass er nicht mehr allein war.

»Herr Fürst«, sagte Arnold laut und kam mit mehr Entschlossenheit auf seinen Besuch zu, als er wirklich verspürte. Fürst blickte auf, ergriff die Hand und schüttelte sie sofort.

»Arnold!«

»Gustav! Erst sehen wir uns jahrelang nicht und jetzt … Was führt dich so rasch wieder zu mir? Ist eine Entscheidung gefallen?«

»Nun, meine Tochter und ich haben den Abend jedenfalls sehr genossen.«

»Das höre ich gerne.«

»Außerdem war dein Neffe bei mir.«

»Jakob?«

Der Bursche hatte sich nicht viel Zeit gelassen, die Sache in die Hand zu nehmen, das musste man ihm lassen. Arnold lauschte dem, was ihm Gustav in knappen Worten schilderte.

»Der junge Mann ist sehr direkt«, schloss der Bankier schmunzelnd.

»In der Tat.« Arnold wusste nicht, was er denken sollte.

Fürst lachte. »Nun, ich hatte inzwischen doch genügend Zeit, über einiges nachzudenken, und ich könnte mir tatsächlich vorstellen, in das Warenhaus Wessling zu investieren. Ich bin modernen Entwicklungen nicht abgeneigt, das war ich nie, aber natürlich braucht so etwas auch Sicherheiten. Ich muss wissen, was sich daraus entwickeln kann …«

»Ich …«, Arnold überlegte wild. Er hasste das Gefühl, nicht vorbereitet zu sein. »Ich kann dir gerne die Bücher vorlegen, Gustav, alles, was du wissen musst.«

»Ich muss vor allem Einblick in die Planungen erhalten …«, sprach Gustav weiter.

»Natürlich, natürlich, wie gesagt denke ich gerade über einen Erweiterungsbau nach … oder einen Umbau … Ich …«

»Und dann gibt es da den Aspekt, der unsere Familien betrifft … Eine Verbindung unserer Familien genauer gesagt.«

»Wie bitte?«

Arnold hatte den Eindruck, als bremste er eine Kutsche, die sich in voller Fahrt befand. Es war ein Ruck, der durch seinen ganzen Körper ging. Seine Gedanken waren noch kein bisschen klarer geworden.

»Ich habe eine Tochter, du hast deinen Neffen.« Gustav setzte einen verschmitzten Gesichtsausdruck auf.

»Ich verstehe ...«, hörte Arnold sich sagen. Aber vielleicht verstand er auch nichts. Konnte er Gustavs Worten folgen? »Aber ich glaube kaum, dass ich so etwas über den Kopf meines Neffen hinweg entscheiden kann«, sagte er dann vorsichtig. »Heutzutage ...«

Gustav lachte. »Auch wir haben uns nicht in unsere Wahl hineinreden lassen, oder, Arnold? Zuerst einmal geht es doch nur darum, dass er sich mit Cassandra trifft. Er kann sich ja frei entscheiden.«

»Ich werde mit ihm reden«, sagte Arnold, während ihm tausend Gedanken auf einmal durch den Kopf schossen.

»Und wir können uns frei entscheiden«, ergänzte Gustav liebenswürdig.

Sechsunddreißigstes Kapitel

Bettina war mit einem Gefühl der Übelkeit aufgewacht und hatte sich von ihrem Mädchen eine Tasse Tee ans Bett bringen lassen, die sie mit langsamen Schlucken ausgetrunken hatte. In den letzten Wochen hatte sie sich manchmal ungewohnt schwach gefühlt. Heute ging es ihr etwas besser, nachdem sie den Tee getrunken hatte.

Im Aufstehen warf sie einen kurzen Blick auf Arnolds leere Bettseite. Gestern hatte er ihr von den neuesten Plänen für das Warenhaus Wessling erzählt, ein Erweiterungsbau nach hinten hinaus in die nächste Straße. Er war voller Entschlossenheit gewesen, so wie sie ihn lange nicht mehr erlebt hatte. Sie nahm sich vor, heute ins Warenhaus zu gehen, wie sie es meist einmal in der Woche tat.

Nachdem sie sich angekleidet hatte, nahm sie in der Küche das Frühstück ein und entschied dann, zu Fuß zu gehen. Vielleicht würde ihr das gute Wetter helfen. Sie nahm den ersten Stapel Post mit, denn es gab immer ein wichtiges Schreiben, auf das Arnold wartete. Helmut, einer der ältesten Hausdiener, begrüßte sie am Haupteingang.

Bettina schlenderte eine Weile durch das Erdgeschoss, ließ sich von Tisch zu Tisch treiben, erfreute sich an den neuen Waren und Dekorationen. Bei den Schürzen traf sie auf Juliane und wechselte ein paar Worte mit der Achtundzwanzigjährigen. Die Hälfte ihres Lebens arbeitete Juliane nun schon im Warenhaus Wessling. Sie hatte viel erreicht. Bettina fragte sich, ob sie je heiraten würde, denn im Grunde war sie dafür schon zu alt.

Als sie sich auf den Weg zu den Damenhüten machte, fielen ihr ein paar fein gekleidete Damen auf, die Juliane musterten und dann vielsagend die Köpfe zusammensteckten. Es gab immer wieder solche, die sprachen miteinander, als wären Wesslings Verkäuferinnen taub.

»Ich höre immer, der Lohn sei so gering, dass sich die Mädchen zu ihren Waren teilweise auch selbst ... Nein, ich kann das nicht aussprechen. Der Anstand verbietet es«, wisperte eben die eine Frau der anderen zu, während ihre Augen in einer Mischung aus Lüsternheit und Neugier glänzten.

Juliane wechselte zum nächsten Tisch und ordnete ein paar Bänder neu an.

»Ich habe gehört, dass diese armen Mädchen von ihren Chefs geradezu dazu angehalten werden ...«, antwortete die andere Frau.

»Wirklich? Ich bin sprachlos.«

Bettina hätte den Damen am liebsten die Meinung gesagt, doch als sich Julianes und ihr Blick trafen, schüttelte die nur leicht den Kopf. Ja, vielleicht war es besser, nichts darauf zu geben. Die Verführbarkeit der Verkäuferinnen war ein nicht aus der Welt zu schaffendes Gerücht.

Als es auf zwölf Uhr zuging, ging Bettina die Treppe hinauf zu Arnolds Büro, doch ihr Mann war noch unterwegs. Natürlich hatte niemand etwas dagegen, dass Frau Wessling im Büro wartete. Auf dem Tisch lagen Pläne. Bettina legte die Briefe dazu, ging dann ein paar Schritte auf und ab. Sie würde ihm vorschlagen, gemeinsam zu Mittag zu essen. Wieder ging sie ein paar Schritte hin und her, zur Holzstiege, die auf den Dachgarten hinaufführte, und wieder zurück.

Sie verbot sich, an früher zu denken, an jenen Tag, als sie den Dachgarten zum ersten Mal betreten hatte, an eine Decke vor diesem Sofa dort auf dem Boden, an Richards und ihren Körper. Der Tag, an dem sie Verrat geübt hatte.

Als Arnold auftauchte, freute er sich sichtlich, sie zu sehen. Das Herz wurde ihr umso schwerer. Er nahm sie in die Arme, küsste sie rechts und links auf die Wangen und erzählte dann überschwänglich von seinen Plänen. Vielleicht hatte er sich ja mit Fürst geeinigt? Sie wies ihn auf die Post hin. Er bedankte sich und ging die Briefe durch.

»Der hier ist für dich«, sagte er unvermittelt.

Bettina nahm den Brief überrascht entgegen. Sie kannte die Schrift nicht. Es schlug zwölf Uhr. Sie steckte den Brief in ihr Retikül.

»Willst du ihn nicht lesen?«, fragte Arnold überrascht.

»Später. Essen wir etwas gemeinsam?«

»Ich würde ihn sofort lesen.«

»Ich nicht.«

Arnold schaute sie nachdenklich an.

»Gut, essen wir etwas.«

In der Kantine gab es Kartoffelsuppe und Würstchen. Arnold erzählte wieder von dem zweiten Grundstück, das er erwerben wollte, von der Notwendigkeit zu erweitern. Bettina wurde zwischendurch schwarz vor Augen. Sie konnte sich jedoch insoweit beherrschen, dass Arnold offenbar nichts auffiel. Er blickte zuversichtlich in die Zukunft und redete begeistert immer weiter.

Nach der Pause hörte Bettina sich zu ihrem Erstaunen sagen, sie wolle noch ein wenig auf den Dachgarten gehen.

»Natürlich, geh nur, womöglich wird es heute spät. Warte nicht auf mich.« Auf dem Weg den Flur entlang stolperte Bettina. Arnold verhinderte, dass sie stürzte. »Geht es dir gut?«

»Natürlich«, log sie.

Bettina hielt den Brief in der einen Hand und umfasste mit der anderen das Geländer, während sie langsam Schritt um Schritt die Treppe nach oben stieg. Es ging ihr jetzt wieder besser. Sie freute sich auf die Aussicht über die umliegenden Häuser, auf die Zeil und hinüber zum Dom. Oben angekommen, setzte sie sich zuerst auf einen der Liegestühle und genoss die Sonne und die klare Sicht. Ein leises Knistern ließ sie aus den Gedanken tauchen. Sie sah den Brief an. Sie kannte die Schrift wirklich nicht. Steif kam sie ihr vor und ungelenk – oder hatte der Schreiber seine eigentliche Handschrift verbergen wollen?

Richard.

Nein, das konnte nicht sein. Der Brief kam nicht aus Amerika, und gewiss hätte er sich doch gemeldet, wenn er zurückgekommen wäre. Noch einmal drehte Bettina ihn hin und her. Ihre Finger zitterten, während sie das Siegel erbrach und die Seiten auseinanderfaltete: *Liebste Betty ...*

Oh, liebster Richard. Für einen Moment fiel es ihr schwer zu atmen. Richard schrieb ihr, ihr Richard, den sie verloren geglaubt hatte. Für einen Moment strahlte der Tag heller.

Sie begann zu lesen. Er schrieb über dies und das, erzählte von seinem Leben in New York und dass er den Brief einem Geschäftspartner mitgeben würde.

Damit er ihn nicht verschwinden lässt. Damit er ihn nicht liest. Er, der immer zwischen uns steht. Arnold.

Sie fragte sich, ob Richard schon vorher versucht hatte, ihr zu schreiben. Offenbar beschäftigte ihn auch nach so vielen Jahren noch die Frage, warum sie Arnold damals den Vorzug gegeben hatte. Vielleicht lag es aber auch daran, dass mit dem Älterwerden die Vergangenheit näher rückte. Jedenfalls war das Bettinas Eindruck. Manchmal erinnerte sie sich jetzt an Dinge, die ihr als junge Frau und Mutter so fern gewesen waren. Plötzlich war Richards ungebärdiges Lachen in ihrem Kopf. Plötzlich musste sie daran denken, dass sie Angst vor seiner Unzuverlässigkeit gehabt hatte. Wie dumm war sie gewesen!

Sie las den Brief noch einmal. Er schrieb ihr nicht, wo er war und ob er beabsichtigte zurückzukommen. Sie hatte den Eindruck, er wisse es selbst nicht.

Siebenunddreißigstes Kapitel

Frankfurt am Main, Anfang 1900

»Ich soll Cassandra heiraten? Ist es das, was du mir sagen willst?«

Jakob schaute seinen Onkel fragend an. Der wirkte für einen Moment überrascht, als ob der Gedanke in dieser Klarheit neu für ihn wäre. An seinem Mund zuckte ein Muskel, er bewegte die Lippen, doch es dauerte, bis er weitersprach.

»Wenn, wenn …«, setzte er dann an. Offenbar fand er nicht die richtigen Worte. Sein Gesicht wirkte mit einem Mal steinern. »Ich dränge dich nicht«, bellte er im nächsten Moment heraus und senkte den Kopf. »Es ist bestimmt nicht die einzige Möglichkeit …«

Jakob stand abrupt auf. Der Stuhl scharrte über die Dielen, als er ihn etwas zu heftig zurückschob. Ja, das Warenhaus Wessling war ihm wichtig. Er hatte in letzter Zeit immer wieder darüber nachgedacht, wie viel er für dieses Geschäft zu tun bereit wäre, aber heiraten? Das war eine Entscheidung, die das Leben veränderte – und er liebte Cassandra nicht. Er mochte sie, aber er liebte sie nicht. Das wusste er inzwischen.

Jakobs Hände ballten sich zu Fäusten, bis die Fingerknöchel weiß hervortraten. War er mit dem Warenhaus wirklich so verwoben wie sein Onkel? Konnte man von ihm verlangen, dass er sein Leben und seine Entscheidungen dem Geschäft unterordnete?

Seine Augen sahen plötzlich wieder klarer. Er stand vor dem Fenster und schaute nach draußen in den Garten. Wie er dorthin gekommen war, konnte er nicht sagen. Sein Körper fühlte sich starr an, der Nacken war steif und schmerzte.

Er drehte sich um. Arnold sah ihn hilflos an, ein Ausdruck, den Jakob an diesem kräftigen, starken Mann noch nie gesehen hatte. Die Zeiten mussten wirklich schwer sein. Sie waren nicht mehr das erste Haus am Platz, das Gold an den Lettern über dem Eingang glänzte noch, wie lange aber würde ihnen bleiben, bis es abblätterte?

Cassandra … Er sah sie vor sich, sah ihr Lachen, die winzige, kaum merkliche Lücke zwischen den Schneidezähnen. Er konnte sich verloben, damit war er noch nicht verheiratet, damit würde sich womöglich noch eine andere Lösung finden lassen. Sie würde verstehen, dass er sie nicht liebte. Damit verschaffte er dem Warenhaus Wessling die benötigte Atempause. Mehr brauchte es doch nicht.

»Hat Herr Fürst seine Zusage davon abhängig gemacht?«, fragte er.

»Er deutete so etwas an.« Arnold zuckte die Achseln. »Er hat es nicht ausgesprochen. Ich glaube, das würde er auch nicht. Er ist ein vorsichtiger Mann. Aber du musst nicht, Jakob, solch ein Ansinnen ist doch irrsinnig. Aus solchen Gründen heiratet man nicht, ich finde eine andere Möglichkeit. Wesslings wird nicht untergehen …«

»Wissen wir denn, aus welchen Gründen Menschen wirklich heiraten?«, unterbrach Jakob ihn lächelnd.

Arnold zuckte die Achseln.

»Aus Liebe. Immer aus Liebe, oder etwa nicht?«

Jakob starrte vor sich hin.

»Und sie will es, ja?«

»So wie ich es verstanden habe.« Arnold nickte. »Es ist ihr Wunsch.«

»Cassandra will mich heiraten?« Jakob schüttelte den Kopf. »Es klingt so unglaublich. Wir haben zusammen gespielt. Wir … Ich habe gewiss nie an Heirat gedacht … Nun, welcher Junge tut das schon …«

Arnold räusperte sich.

»Nun, wie wäre es, wenn du ein paar Tage in Ruhe darüber nachdenkst? Hast du von der Weltausstellung in Paris gehört? Fahr hin, schau dir alles an, den Eiffelturm, Notre-Dame, und besuche unbedingt das *Le Bon Marché*, ja? Jeder, der an meiner Seite arbeitet, sollte es einmal im Leben gesehen haben. Du wirst mich dann viel besser verstehen …«

»Cassandra!« Jakob konnte sich nicht erinnern, sie überhaupt einmal im Warenhaus Wessling gesehen zu haben. Die junge Frau wirkte etwas verloren zwischen den Tischen im Erdgeschoss. »Was machst du denn hier? Kann ich dir behilflich sein?«

Für einen Moment sah Cassandra ihn unsicher an, dann atmete sie tief durch.

»Ich wollte dich fragen, ob du mir alles zeigen kannst, Jakob. Ich würde das Warenhaus Wessling gerne selbst besser kennenlernen.«

»Aber natürlich.« Jakob überlegte. Sah sie nicht reizend aus mit ihrem dichten, blonden Lockenhaar und dem Strohhut, der ihre weiße, fast durchscheinende Haut vor der Sonne schützte? Das Haar hatte sie sich zu einem Zopf flechten lassen, der dann in einen Knoten gewunden worden war. Der Haarknoten war dick und schwer, und ihr Nacken darunter wirkte noch zarter. Das graue Kleid mit dem hellvioletten Blumenmuster betonte ihren Busen und war so lang, dass man die Schuhe nicht sehen konnte. Der Saum schleifte mit jedem gemessenen Schritt über den Boden.

Wir sind wirklich keine Kinder mehr, fuhr es ihm durch den Kopf, und im nächsten Moment fragte er sich, ob ihre Augen schon immer so unglaublich blau gewesen waren.

»Bitte, hier entlang.« Jakob machte eine einladende Bewegung mit der Hand, dann musste er plötzlich lachen.

»Fühlst du dich auch so seltsam?«, fragte Cassandra, während sie mit einer winzigen Verzögerung in sein Lachen einstimmte. Es war ihr Lachen, das ihn an die alte Cassandra erinnerte, an Cassie, mit der Emilia, Juliane, er und manchmal auch Antonie gespielt hatten.

Ihre Augen suchten und fanden sich in diesem Moment. Sie sahen Vertrautes im anderen. Jakob räusperte sich, und dann lachte er wieder, weil sie so steif miteinander geredet hatten, als hätten sie noch nie gemeinsam im Matsch gespielt. Als hätten sie sich nie an den Haaren gezogen, Verstecken oder Fangen gespielt.

»Damenabteilung?«, fragte er dann.

»Gerne.« Sie nickte.

»Bitte, hier entlang.«

Jakob musste zugeben, schon lange nicht mehr so viel Spaß in der Damenabteilung gehabt zu haben. Cassandra bewunderte die Puppen, an denen die schönsten Kleider präsentiert wurden. Gemeinsam beugten sie sich über die Preisschilder, die in künstlichen Hälsen steckten.

Erst Cassandras Blick zeigte Jakob das Ungewöhnliche an allem. Er stellte fest, dass es ihm Freude bereitete, sie dabei zu beobachten, wenn sie eines der Kleider genauer musterte. Schließlich nahm er sie mit in sein Büro, wo sie beide in Katalogen und Modejournalen blätterten.

»Dieser Katalog hier ist aus Paris«, sagte er. »Ich werde bald dorthin fahren.«

»Das würde ich auch gerne einmal tun«, sagte Cassandra nachdenklich, blätterte weiter, blätterte vor und zurück.

Jakob hatte sich wieder in seinem Stuhl zurückgelehnt und beobachtete sie. Ihre Wangen schimmerten einnehmend rosig. Ihre Lippen waren leicht geöffnet und bewegten sich manchmal, wenn sie etwas besonders konzentriert las. Er versuchte, sie sich als seine Verlobte vorzustellen.

»Wirst du mir dieses Kleid mitbringen?«, hörte er sie plötzlich fragen.

»Wie bitte?«

Sie hielt ihm auffordernd eine Seite aus dem Katalog entgegen. Jakob stand auf, um die Abbildung genauer betrachten zu können. Das Kleid war weiß, das Oberteil über und über mit gold- und silberfarbenen Perlen bestickt. Der Rock lag im Vorderteil glatt an und war im Rückenteil gerafft, während das Oberteil leicht über die Taille hinaus betont war. Für ein Verlobungskleid – Jakob runzelte die Stirn – schien es ihm eigentlich zu aufwendig.

»Wir könnten es bestellen, durchaus«, sagte er langsam.

»Aber das dauert doch viel zu lange! Und ist es nicht viel zu gefährlich, ein solches Kleid einfach mit der Post schicken zu lassen? Ich möchte, dass du es persönlich bestellst.«

Jakob zuckte die Achseln. Cassandra schaute das Kleid sehnsüchtig an und richtete dann ihre Augen groß und bittend auf ihn. Jetzt kam es ihm doch wieder vor, als lebte sie in einer für ihn fremden Welt, abgeschirmt von allen Schwierigkeiten und Problemen. Aber auch das hatte etwas Reizvolles. Es ist reizvoll, sagte er sich, sich vorzustellen, ein solch bezauberndes Wesen zu beschützen.

»Oh, ich möchte dieses Kleid unbedingt haben, verstehst du?«, redete sie jetzt weiter. »Und wenn du doch ohnehin in Paris bist ... Bitte, Jakob, würdest du das für mich tun?«

Er nickte langsam, und für einen Moment kam es ihm vor, als würde sie gleich begeistert in die Hände klatschen, wie ein kleines Kind.

»Ja, ich verspreche es. Ich werde dieses Kleid persönlich bestellen und für seinen sicheren Transport sorgen.«

Achtunddreißigstes Kapitel

Paris, März / April 1900

Frankfurt war Jakob Wessling immer groß vorgekommen, doch Paris war eine Millionenstadt und mit der Weltausstellung noch einmal um ein paar Hunderttausend Menschen mehr angeschwollen. In den Straßen tummelten sich die Massen, sie überfüllten die Fernbahnlinien, die sternförmig von Frankreichs Hauptstadt aus in die weite französische Provinz, in die Hafenstädte, aber auch ins Ausland gingen. Vor zwei Tagen war Jakob in Paris eingetroffen und kam aus dem Staunen kaum mehr heraus.

Er war froh, dass der Onkel ihn zu dieser Reise aufgefordert hatte. Wirklich, es gab so viel zu sehen. Gleich nach seiner Ankunft hatte er den Eiffelturm besucht. Er hatte davon gehört, dass man diesen wunderbaren Turm verändern, gar abtragen lassen wollte, da er dem heutigen Geschmack nicht mehr entspreche, doch zu Jakobs Erleichterung war es bislang nicht dazu gekommen. Nachts tauchten Lichter den Turm in ein schimmerndes Leuchten und verwandelten ihn in ein Schmuckstück, von dessen Anblick er sich kaum lösen konnte.

Auch wenn er erst spät ins Bett kam, war er auch heute wieder um sechs Uhr fertig angezogen und saß beim Frühstück. Während er dieses Mal durch den Katalog des *Le Bon Marché* blätterte, nahm er abwechselnd große Schlucke von seinem Milchkaffee und biss von seinem Croissant ab. Seine Stirn runzelte sich wie von selbst, als ihn von der nächsten Seite das Angebot an Stützkorsetts für Damen und Rückenstützen und Stützkragen für Kinder anblickte.

Angeblich sollten diese Stützkragen für eine gute Haltung sorgen. Jakob grauste schon der Anblick. Er schob den Katalog beiseite und studierte dann noch einmal die persönliche Einladung des Hauses *Le Bon Marché*, die bei seiner Ankunft im Hotelzimmer auf ihn gewartet hatte. Ganz sicher hatte hierbei sein Onkel seine Finger im Spiel gehabt. Der Einladung beigelegt war ein Almanach, der, so hieß es, als Einführung in die französische Lebensart dienen könne und nicht nur über das Warenangebot des Kaufhauses informiere, sondern auch über die Post, die Pariser Theater- und Konzertveranstaltungen, über Krankenhäuser, Kirchen, Museen, die Kolonien, sogar über Polizeistationen und noch vieles mehr.

Es mochte seltsam klingen, aber das *Le Bon Marché*, so stellte Jakob fest, war offenbar selbst eine Sehenswürdigkeit. Der Entwurf von Boileau und Eiffel – derselbe Eiffel, der auch den berühmten Turm entworfen hatte – wies großzügige, unverstellte Räume auf. Über eine Reihe geschickt angeordneter Innenhöfe und Glasdächer drang Tageslicht sogar bis ins Zentrum des riesigen Gebäudes vor.

Am ersten Samstagabend seines Aufenthalts hatte Jakob eines der berühmten Hauskonzerte auf dem kleinen Platz vor dem Kaufhaus besucht, zu dem sich, so schien es ihm, sicher über tausend Zuhörer versammelt hatten.

In jedem Fall liebte Jakob es, in Paris zu sein. Das Wetter war gut. Das Ausstellungsgelände, das sich über einen Teil des *Champ de Mars*, die *Esplanade des Invalides*, das angrenzende

Seineufer und den *Bois de Vincennes* verteilte, lockte mit seinen Angeboten. Er besuchte Veranstaltungen der Brüder Lumière, probierte das Riesenrad aus und den *trottoir roulant*, einen hölzernen Fahrsteig. Die Eröffnung einer unterirdischen Straßenbahnlinie, der *métro*, war erst für Juli angesetzt worden, was Jakob sehr bedauerte, denn man erwartete ihn leider früher zurück. Deshalb musste er heute auch endlich Cassandras Auftrag erfüllen und dem Atelier Souza den versprochenen Besuch abstatten.

Jakob holte noch einmal das Kärtchen mit der Adresse heraus, die er sich notiert hatte, und verglich sie mit dem Schild am Türeingang. »Madame Souza, 5. Stock« stand da in jenen schnörkeligen Buchstaben, die er bislang nur in Frankreich gesehen hatte. Jakob schaute an der Außenwand des schmalen, hohen Gebäudes entlang gen Himmel. Dort ganz oben befand sich also die Werkstatt, das Atelier, wie es hier hieß. Die Straße vor dem Gebäude war recht eng, was ihn verwunderte, aber natürlich war es gut möglich, dass das hoch gelegene, oberste Stockwerk ausreichend Licht abbekam.

Jakob drückte gegen die Tür, fand sie schwergängig, aber offen. Der dahinterliegende Flur war beengt, die nach oben führende Treppe vom täglichen Gebrauch ausgetreten. Unzählige Füße, springende und hüpfende, schnelle und langsame Tritte hatten sie über die Jahre abgenutzt. Die Farbe an den Wänden war wohl einmal ein dunkles Ochsenblutrot gewesen, doch sie blätterte ab. Hier und da fanden sich schmutzige Fingerspuren. An einer Stelle zeigte ein verschmierter Handabdruck, dass ein Sturz abgefangen worden war. Das Holz des Geländers hätte einmal wieder gestrichen werden müssen. Ein Geruch lag in der Luft, wie von Staub aus winzigsten

Stofffetzen und Fäden. Ganz oben unter dem Dach fand sich noch einmal ein ähnliches Schild wie unten an der Tür. Gemurmel drang hinter der schweren, dunklen Tür hervor, die es schmückte.

Jakob entschied sich dagegen zu klopfen und trat einfach ein. Das Dämmerlicht des Flurs wurde durch die Helligkeit eines sehr großen Dachgeschossraums mit großzügigen Fenstern abgelöst. Ein paar der jungen Frauen an den Tischen, die hier überall verteilt standen, musterten ihn neugierig, senkten aber gleich wieder die Köpfe. Von einigen Tischen schimmerten ihn Perlen an. Auf anderen lagen Stoffe der verschiedensten Farben und Textur. Ein paar junge Frauen verzierten Hüte und Stoffe mit Federn. Er hatte gehört, dass Madame Souzas Atelier eines der erfahrensten in dieser Arbeit sein sollte, und es gab einige davon in Paris.

Jakob blieb stehen und blickte sich suchend um. Eine ältere Frau kam ihm entgegen, recht klein, etwas rundlich, mit einer Fülle dunklen Haars, das sie aufgesteckt trug, und einem breiten Lächeln, welches noch etwas abwartend schien. Offenbar konnte sie ihn nicht einordnen, fragte sich aber, ob sie ihn von irgendwoher kenne. Gewiss gab es hier nur selten Besucher. Jakob streckte der Frau die Hand hin. Sie ergriff sie und schüttelte sie entschlossen.

»Ich bin Jakob Wessling aus Frankfurt«, sagte Jakob auf Französisch. »Sind Sie Madame Souza? Haben Sie meine Nachricht erhalten?«

Madame Souzas Blick erhellte sich.

»Ah, Monsieur Wessling, natürlich. Ich hatte nur nicht vermutet, dass Sie persönlich kommen. Welche Überraschung! Kommen Sie, kommen Sie doch.«

Madame Souza sprach jetzt sehr schnell, nein, sie zwitscherte wie ein Kanarienvögelchen, auf den ein Sonnenstrahl fiel, und Jakob war erstmals erleichtert, dass seine Mutter damals auf den verdammten Französischstunden und dem täglichen Üben bestanden hatte.

»Und jetzt setzen Sie sich doch bitte«, forderte Madame Souza ihn auf. »Ja, ich bin Madame Souza, die Direktorin dieses Ateliers. Wie erfreut bin ich, Sie kennenzulernen, Herr Wessling. Es geht ja auch um ein ganz besonderes Kleid aus unserer Kollektion, nicht wahr?« Madame Souza lächelte. »Ein Brautkleid«, fügte sie dann mit einem träumerischen Unterton in der Stimme hinzu.

»Ja«, bestätigte Jakob knapp. Er hatte nicht vor, Madame Souza mehr zu erzählen als notwendig.

»Wissen Sie, es kommt nicht oft vor, dass jemand von so weit herkommt, um sich hier zuerst alles anzusehen.« Madame Souza wartete kurz ab, dann hob sie leicht die Schultern, als wollte sie sagen, dass sie dies wohl nichts angehe. Mit einer für ihre Rundlichkeit erstaunlich eleganten Bewegung drehte sie sich zu einem der jüngeren Mädchen um.

»Hol Lynette, und mach rasch. Wir wollen den Herrn nicht warten lassen.« Mit einem Lächeln drehte sie sich wieder zu Jakob hin. »Sie sprechen recht passabel Französisch, Lynette spricht aber auch Deutsch. Sie wird sich während Ihres Aufenthalts bei uns um Sie kümmern.«

»Monsieur Wessling!«

Jakob, der sich während der kurzen Wartezeit einige Entwürfe an der Wand angesehen hatte, während er an dem Kaffee nippte, den Madame Souza ihm hatte bringen lassen, drehte sich um und – sagte nichts. Die Situation war nicht außergewöhnlich, eine Situation, wie er sie schon hundertfach erlebt hatte, aber ihm fehlten mit einem Mal die Worte. Wie hieß diese junge Frau noch einmal, was hatte Madame Souza gesagt? Lene? Lena? Aber das waren deutsche Namen … Sie war jedenfalls recht jung, hatte milchweiße Haut, sehr dunkles Haar und ebenso dunkle Augen und hielt sich sehr gerade, Kopf, Hals und Rücken in einer Linie.

Schneewittchen, schoss es ihm durch den Kopf.

»Monsieur Wessling«, wiederholte sie. »Ich bin Lynette Meyer. Ich soll mich um Sie kümmern. Bitte, Sie können sich mit allen Fragen und Wünschen an mich wenden.«

Sie ist schön, dachte Jakob nur. Er wusste nicht, was er sagen oder antworten sollte. Ihre Stimme klang vertraut, die Art, wie sie die deutschen Wörter aussprach, war weich, wie ein Streicheln. Ihm fiel auf, dass sie recht groß war, aber trotzdem zart wirkte.

Ihre Wangen röteten sich jetzt etwas. Eine leichte Verunsicherung schien in ihrem Gesicht auf, noch bevor sie sich dieses Gefühls bewusst wurde. Jakob gab sich einen Ruck, nahm die Mappe, die er unter den Arm geklemmt hatte, und überreichte ihr das Bild, das Cassandra eigenhändig aus dem Katalog herausgetrennt hatte. Ein Kribbeln durchfuhr ihn, als sich ihre Hände flüchtig berührten. Spürte sie das auch? Lynette warf einen Blick auf das Bild. Sie ließ sich nichts anmerken.

»Ein sehr schönes Kleid«, entfuhr es ihr, gleich darauf errötete sie etwas tiefer. »Vielleicht sollte ich das nicht sagen«, stotterte sie. »Ich habe selbst an diesem Kleid arbeiten dürfen, aber es ist … es ist einfach …«

»Es ist ein sehr schönes Kleid, Mademoiselle Meyer, warum sollte man das nicht sagen?«, unterbrach er sie. Zum ersten Mal schauten sie einander länger an. »Ich habe wirklich schon viele Kleider gesehen«, fuhr Jakob fort, »aber dieses sticht heraus. Es ist etwas Besonderes.«

»Sie kennen sich mit Kleidern aus?«

Jakob nickte.

»Ich arbeite für ein Kaufhaus in Frankfurt am Main. Im Moment sind wir auf der Suche nach Modellen für unsere exklusive Kundschaft, und dieses Kleid kam in die engere Wahl.« Vorübergehend war Jakob erstaunt, sich selbst lügen zu hören. Warum tat er das? Warum log er eine fremde Näherin an? Was sollte es für einen Grund geben, ihr die Unwahrheit zu sagen? Vielleicht war sie die schönste Frau, die er je gesehen hatte, aber das würde sein Leben kaum ändern. Jakob gab sich einen Ruck. »Madame Souza hat mir gesagt, Sie könnten alle meine Fragen beantworten. Können Sie mir auch das Atelier zeigen? Wäre das möglich?«

»Ich werde Madame Souza rasch fragen.«

»Ich würde mich, wie gesagt, über eine langfristige Zusammenarbeit freuen«, fügte Jakob hinzu. »Sagen Sie ihr das bitte auch.«

Und er würde so viele Fragen stellen, wie ihm nur einfielen. Nicht, weil er sich für die Antworten interessierte, sondern, weil er so viel Zeit wie möglich mit Lynette Meyer verbringen wollte.

Jakob genoss die knappe Stunde, die er von Lynette durch das Atelier geführt wurde, wie er schon lange nichts mehr genossen hatte. Die junge Französin zeigte ihm die Arbeitsplätze der etwa zwanzig Mädchen, von denen manche als Näherinnen, manche, wie auch sie, als Stickerinnen arbeiteten. Dazwischen huschten jüngere Mädchen umher, ständig damit beschäftigt, die Älteren mit Materialien zu versorgen, oder fertiggestellte Stücke zur letzten Überprüfung zu Madame Souzas Tisch zu bringen.

Auf seine Nachfrage erzählte Lynette ihm, dass sie selbst schon neun Jahre bei Madame Souza arbeitete, zuerst als Gehilfin und seit fünf Jahren als Näherin und Stickerin. Als Jakob zu seinem Bedauern gar nichts mehr einfallen wollte, fragte er sie, ob er das Atelier in den nächsten Tagen noch einmal aufsuchen dürfe, falls er weitere Fragen habe.

»Wir haben eine wirklich sehr exklusive Kundschaft, verstehen Sie, Mademoiselle Meyer? Und wenn alles gut läuft, würden sicherlich noch weitere Bestellungen hinzukommen. Was wiederum dem Atelier zugutekommt, nicht wahr? Dürfte ich morgen noch einmal kommen?«

»Morgen habe ich meinen freien Tag.«

»Übermorgen?«

Er sah sie bittend an. Lynette nickte, und dann lächelte sie ihn endlich an.

Neunnunddreißigstes Kapitel

Sie fiel Jakob sofort auf, weil sie sich auch in der Menge wie eine Königin bewegte. Sie war einfach gekleidet, aber in den Menschenmassen, die sich an diesem Tag über das Ausstellungsgelände bewegten, war Lynette diejenige, die herausstach. Ihr langer, schwarzer Zopf, den sie heute nicht aufgesteckt trug, kitzelte ihre schmale Taille. Wenn sie jemandem auswich, tat sie es leichtfüßig. In dem Moment, da sie drohte aus seinem Gesichtsfeld zu geraten, beschleunigte Jakob seine Schritte.

Hier verbrachte sie also ihren freien Tag. Er hatte Lynette am Vortag nicht gefragt, aber eigentlich hätte er es sich denken können.

Gemeinsam mit vielen anderen hatte er jetzt endlich den Eiffelturm erreicht, aber sie blieb verschwunden. Verzweifelt blickte Jakob sich um, drehte sich im Kreis, blickte nach links und nach rechts. Wo war sie nur? Sie musste doch hier irgendwo sein.

Da drüben? Nein, das war sie nicht ... Da hinten ... Verdammt, er hatte sie tatsächlich aus den Augen verloren.

»Folgen Sie mir etwa, Monsieur Wessling?«

Die Stimme in seinem Rücken ließ ihn zusammenfahren. Er drehte sich um. Lynettes Gesichtsausdruck war ernst und zugleich herausfordernd. Sie hatte keine Angst. Ihre Stimme, jetzt, da sie ihn zur Rede stellte, war rauer und kräftiger als am Vortag im Atelier. Sie war keine Frau, die sich etwas vormachen ließ.

»Nein«, antwortete Jakob leise stotternd, dann hob er entschuldigend die Schultern. »Doch.«

Im hellen Licht war der Kontrast zwischen ihrer Haut, den Haaren und den Augen noch deutlicher als am Vortag. Ihre Wangen und Lippen schimmerten rosig. Jetzt, da er ihr nahe war, sah er, dass sie sich offenbar für ihren Ausflug zurechtgemacht hatte. Ihre Schuhe schimmerten frisch geputzt im hellen Tageslicht. Das Kleid war zwar schlicht, aber an den Ärmelaufschlägen aufwendig bestickt. In Madame Souzas Atelier war es ihm nicht aufgefallen, aber ihre Finger waren zerstochen, so wie er es auch von den Näherinnen im Warenhaus Wessling kannte. Er fragte sich, ob er ihr sagen konnte, dass er sich freute, sie zu sehen, ohne sie zu beunruhigen. Er wollte sie gern berühren. Das verwunderte ihn selbst.

»Verzeihen Sie mir bitte, dass ich Ihnen einfach gefolgt bin. Wissen Sie, ich kenne niemanden in Paris, Mademoiselle Meyer, und da habe ich gedacht ... Also, als ich sie gesehen habe, da habe ich gedacht, vielleicht wäre es nett, den Tag gemeinsam zu verbringen. Was meinen Sie?«

»Woher können Sie Französisch?«

»Meine Mutter hat darauf bestanden, dass ich es lerne.«

»Mit Recht, es ist eine wunderbare Sprache«, parierte Lynette mit einem spitzbübischen Lächeln.

Jakob lachte. »Lassen Sie mich raten, mein Französisch ist nicht so gut, wie ich dachte?«

»Es ist nicht schlecht«, gab sie zu. Dann zogen sich ihre Augenbrauen für einen Moment über ihrer Nasenwurzel zusammen. »Mein Vater kommt ursprünglich aus Deutschland, aber er mag euch Deutsche nicht.«

Ihre Stimme klang nachdenklich. Jakob versuchte, es mit Humor zu nehmen.

»Mich würde er mögen, Mademoiselle.«

Die junge Frau verzog ihren Mund zu einem halben Schmunzeln.

»Muss er das? Nun, ich bezweifle es. *Papa* kann sehr starrsinnig sein. Er fühlt sich heute mehr als Franzose, sagt er immer. Sind sie nun wegen des Kleides oder wegen der Weltausstellung hier?«

»Der Weltausstellung wegen, jedenfalls dachte ich das«, hörte Jakob sich sagen, »aber jetzt kommt es mir vor, als wäre ich nur Ihretwegen gekommen.«

Lynette lachte spöttisch. Ihr Gesichtsausdruck sprach jetzt wieder von Vorsicht.

»Denken Sie das? Nun, solche wie Sie kenne ich. Ihr glaubt, Mädchen wie ich sind leicht zu haben, aber lassen Sie es sich gesagt sein: In Paris mag es leichte Mädchen geben, ich bin keines davon.«

Ihr plötzlicher Ärger beschämte ihn.

»Warum denken Sie denn so etwas von mir?«

»Weil ...« Lynette brach abrupt ab. Zum ersten Mal leuchtete etwas wie Unsicherheit in ihrem Gesicht auf. Jakob holte tief Luft. Jetzt musste er es wagen, jetzt war die Gelegenheit, sie zu überzeugen. Für einen Moment wusste er nicht, wo er hinblicken sollte. Sie durfte sich keinesfalls bedrängt fühlen. Also schaute er wieder auf ihre Hände, Hände, die harte Arbeit verrichteten.

»Bitte denken Sie so etwas nicht von mir. Geben Sie mir die Gelegenheit zu beweisen, dass ich Ihnen nichts Böses will ... Geben Sie uns die Gelegenheit zu einem schönen Tag.«

»Aber ich …«

»Kommen Sie, Mademoiselle Meyer, ihre Schuhe sind frisch geputzt. Sie wollten diesen Tag auf der Ausstellung verbringen, und ich bitte Sie jetzt darum, dies mit mir gemeinsam zu tun.« Sie schwieg immer noch hartnäckig. Jakob streckte die Hand aus. »Los, die Hand darauf.«

»Gut.« Sie zögerte. »Ich gebe Ihnen die Hand darauf.«

»Wir verbringen diesen Tag gemeinsam?«

»Ja.«

»Und ich werde für alles bezahlen, ohne Wenn und Aber.«

Sie runzelte die Stirn. Dann nickte sie knapp.

Gemeinsam fuhren sie noch einmal mit dem *trottoir roulant* und auch mit dem Riesenrad. Sie besuchten das *Petit* und das *Grand Palais*, verfolgten die Vorführung eines Dampfwagenherstellers und ließen sich dazwischen einfach treiben. Es gab so viel zu sehen, dass es zwischen den ganzen Eindrücken schwerfiel, den schönsten festzuhalten.

Während Jakob Lynette immer wieder heimlich beobachtete, fragte er sich, an was er sich wohl später erinnern würde. Er war sicher, dass er sich an den Ausdruck in ihren Augen erinnern würde, als sie vom Riesenrad auf die Stadt hinunterblickten, die sich um sie ausbreitete wie ein scheinbar endloser Teppich aus Häusern. Er würde sich daran erinnern, wie sie nach seiner Hand gegriffen hatte, um sie für einen Moment lang nicht mehr loszulassen. Sie hatte Angst gehabt und Schutz bei ihm gesucht. Es fiel ihm immer schwerer, sich vorzustellen, dass er bald zurück nach Deutschland reisen würde. Es fiel ihm schwer, sich vorzustellen, dass er sich mit Cassandra verloben würde.

Für das Warenhaus Wessling.

Ihr letzter Weg hatte sie zur Seine geführt. Er betrachtete Lynette von der Seite. Sie schaute auf das Wasser hinunter, dessen Farbe zwischen hellem Braun und hellem Grau hin und her changierte.

»Hat es Ihnen gefallen?«

»Ja.« Ihre Stimme war sehr leise, und doch hörte er sie deutlich über dem Plätschern des Seinewassers. Ab jetzt würde er ihre Stimme überall heraushören, immer und überall.

Stimme meines Herzens.

Lynette wandte ihm das Gesicht zu. Jakob lächelte. Kurz sah es so aus, als würde sie die Hand ausstrecken, um ihn zu berühren, dann zog sie sie zu Jakobs Bedauern zurück und schaute wieder auf das Wasser.

»Wie lange werden Sie noch hier sein?«, hörte er sie fragen.

Er schaute auf ihre Hände, die sie vor sich auf das kleine Mäuerchen gestützt hatte, und bemerkte die Anspannung ihres Körpers. Am liebsten hätte er seine Hände auf ihre gelegt.

»Einige Tage noch«, sagte er. »Wenn ich noch Fragen habe, dürfte ich mich dann also an Sie wenden?«

»Selbstverständlich.«

»Und wenn Sie etwas wissen wollen, dann wenden Sie sich an mich?«, sagte er halb im Scherz, halb im Ernst. Er wünschte sich, dass sie ihm Fragen stellte. Sie sollte ihm Fragen stellen und nie wieder damit aufhören. Wie konnte er jetzt nur einfach nach Deutschland zurückkehren, als wäre nichts geschehen? Wie sollte er in sein altes Leben zurückkehren? Wie konnte das möglich sein?

Aber machte er sich nicht einfach lächerlich, wenn er von etwas sprach, das sie miteinander verband? Sie, die sich so kurz erst kannten? Wie konnte er wissen, was sie fühlte?

Und Cassandra? Er durfte jetzt nicht darüber nachdenken.
»Lynette, darf ich Sie Lynette nennen?« Sie nickte. »Und würden Sie mich Jakob nennen?«
»Madame Souza würde das nicht gefallen.«
»Sie muss es nicht erfahren.«
Es war spät geworden, und ihm war klar, dass sie sich bald trennen mussten. Erst als sie vor Madame Souzas Atelier standen, fiel ihm ein, dass sie hier wahrscheinlich nicht wohnte. Sie sahen beide am Gebäude nach oben. Die Tür öffnete sich, eines der anderen Mädchen kam heraus und grüßte. Jakob hob hilflos die Schultern.
»Es tut mir leid, eigentlich wollte ich Sie nach Hause bringen, Lynette.«
»Das ist nicht nötig. Ich möchte Ihnen für den schönen Tag danken.«
Wieder öffnete sich die Tür. Dieses Mal zwei junge Frauen, miteinander wispernd. Jakob runzelte die Stirn.
»Das Kleid wird wohl noch nicht fertig sein, wenn ich in den nächsten Tagen zurück nach Deutschland fahre?«
»Nein.« Er sah, wie sie mit dem Daumen ihre Fingerspitzen berührte, eine nach der anderen, eine Bewegung, die sie sich offenbar angewöhnt hatte. Er stellte sich vor, wie er diese Fingerspitzen küssen würde, die Stiche, die verheilten und täglich von neuen ersetzt wurden. Ein Ruck ging durch ihren Körper. »Ich muss jetzt wirklich gehen. Wäre es Ihnen möglich, morgen noch einmal vorbeizukommen, um alles Nötige mit Madame Souza zu besprechen?«
»Natürlich.« Er zögerte. »Ich werde diesen Tag nie vergessen, Lynette«, fügte er dann hinzu. Es klang wie eine Floskel, doch er meinte es vollkommen ernst.
Ich will mein Leben mit ihr teilen.

Er dachte an seinen Onkel, der darauf zählte, dass er sich mit Cassandra Fürst verlobte … Und jetzt?

Jetzt war alles anders.

Er blieb stehen, bis die Tür hinter Lynette ins Schloss fiel. Dann lauschte er einen Moment lang auf ihre verklingenden Schritte, wandte sich endlich ab und schlenderte in Richtung seines Hotels davon. Er musste nachdenken.

Jakob tauchte schon früh am nächsten Tag bei Madame Souza auf, doch Lynette hatte zu seinem Bedauern kaum Zeit, auch nur wenige Worte mit ihm zu wechseln. Vom Vortag war Arbeit liegen geblieben, Madame Souza erwartete, dass Lynette aufholte. Also beugte sich die junge Frau über ihre Stickerei und ließ die Nadel schneller tanzen. Nur selten blickte sie einmal nach vorne, wo Madame und Jakob Wessling in ein konzentriertes Gespräch vertieft waren. Eines der jüngeren Mädchen musste immer weitere Entwürfe und Kataloge herbeibringen. Madame Souza und Jakob sprachen angeregt miteinander. Christine kam und fragte ihre Tochter, ob sie die Mittagspause gemeinsam verbringen würden.

Lynette nickte. Als sie sich bei Madame Souza abmeldete, ruhte Jakobs Blick auf ihr.

An diesem Tag konnte Lynette sich kaum darauf konzentrieren, was ihre Mutter erzählte. In zwei Tagen würde der junge Deutsche im *Gare de l'Est* den Zug nach Deutschland besteigen.

»Du warst mit Monsieur Wessling auf der Ausstellung? Wie hat es dir gefallen?«

»Gut«, antwortete Lynette einsilbig.

Dann brach sie in Gedanken versunken ein Stück Baguette ab und biss hinein. Eigentlich hatte sie keinen Hunger. Sie dachte an Jakob. Sie erinnerte sich daran, wie er sie angeschaut hatte. Der Gedanke, dass sie ihn wohl nie wiedersehen würde – gestern noch so leicht akzeptiert –, schmerzte. Sie sagte sich, dass es besser wäre, nicht an ihn zu denken, aber es wollte ihr nicht gelingen.

»Was wollte er von Madame Souza?«, erkundigte sich Christine neugierig.

»Er hat ein Kleid bestellt. Erst mal nur eines, aber vielleicht werden es mehr … Er arbeitet für ein deutsches Kaufhaus«, antwortete Lynette.

»Ein Kleid?« Die Mutter hatte schon fertig gegessen und hakte sich nun bei ihrer Tochter unter.

»Ein Brautkleid. Für eine Kundin.«

Lynette konnte sich plötzlich gar nicht mehr vorstellen zu essen. Nachdenklich schaute sie in die Ferne und stellte fest, dass es ein wunderbarer Tag war, ein Frühlingstag, wie es ihn wohl nur in Paris gab, voller flirrender, lebendiger Leichtigkeit. Ein Kind näherte sich ihnen hüpfend, während es begehrliche Blicke auf das Baguette in ihrer Hand richtete. Lynette gab es ihm. Christine betrachtete sie aufmerksam.

»Was ist?«

»Nichts, ich habe nur keinen Hunger.« Lynette versuchte sich daran zu erinnern, was ihre Mutter zuletzt gesagt hatte, doch es wollte ihr nicht gelingen.

»Vielleicht ist er hier, weil er unsere Arbeit überprüfen will. Nicht die Katze im Sack kaufen, weißt du? Deshalb spricht er wohl mit Madame Souza. Es gibt doch so viele Ateliers …«

»Hm.«

Ihre Mutter hatte fertig gegessen und wischte die Hände

an einem Tuch ab. »Denkst du, er hat das Kleid für jemanden ausgesucht?«

Lynette zuckte zusammen.

»Nein, es ist für eine Kundin. Das habe ich doch schon gesagt.«

»Das muss eine wichtige Kundin sein, wenn er extra nach Paris für sie fährt.«

Ihr Weg führte sie jetzt bei Notre-Dame vorbei, und Christine schlug vor, in der Kirche eine Kerze anzuzünden.

Sie beteten.

Danach mussten sie sich beeilen. Madame Souza mochte es gar nicht, wenn man zu spät aus der Pause kam.

Am Tag seiner Abreise erwachte Jakob noch früher am Morgen als sonst und fand danach nicht mehr in den Schlaf. Eine Weile noch wälzte er sich in den weichen Kissen seines Hotelbetts hin und her und dachte darüber nach, wie er Arnold seine Entscheidungen verkaufen würde. Vielleicht machte er sich aber auch zu viele Gedanken, denn eigentlich konnte eine Verbindung zu einem richtigen Pariser Haute-Couture-Atelier doch nur von Vorteil sein. Zugegebenermaßen war er erstaunt gewesen, wie offen sich Madame Souza seinen Vorschlägen gegenüber gezeigt hatte. Sie selbst war sogar auf die Idee gekommen, die ersten Kleider persönlich nach Deutschland zu bringen.

Es war immer noch viel zu früh, als er aufstand, sich wusch, anzog und dann am Fenster sitzend beobachtete, wie der Morgen in die Straßen der Stadt kroch. Es war ein strahlender Morgen, genauso schön wie an den vergangenen Tagen, die so unglaublich rasch verflogen waren. Er saß da und schaute nach draußen, und mit jeder Minute mehr wurden die Wege und Straßen geschäftiger. Erst waren es nur die Kohleverkäufer, dann die Arbeiter, die Angestellten, die Schulkinder. Es fühlte sich frisch an, ein neuer Tag, dem noch alle Versprechungen innewohnten. Es gab die, die zur Arbeit gingen, und die, die von der Arbeit nach Hause kamen. Er beobachtete ein Pärchen, im innigen Kuss verbunden. Ein kleiner Hund lief so zielstrebig die Straße entlang, als hätte er sein Ziel direkt vor Augen. Ein paar Nachtschwärmer schwankten ihrer Wege.

Jakob bestellte sich ein letztes Frühstück, dann machte er sich auf den Weg zum Bahnhof.

Lynette verließ ihr Versteck erst, als Jakobs Zug aus dem Bahnhof dampfte. Im letzten Moment hatte sie der Mut verlassen, oder vielleicht war es das Bewusstsein, dass es falsch war, das zu tun, was in ihrer Absicht gelegen hatte.

Sie kämpfte gegen die Tränen an.

Was ich getan habe, ist richtig, sagte sie im Stillen zu sich. Es ist richtig.

Ihre Füße fühlten sich schwer wie Blei an, als sie das Bahnhofsgebäude verließ. Draußen wartete ihre Freundin Agathe auf sie und nahm Lynette wortlos in die Arme. An ihre Schulter gedrückt, schluchzte Lynette tonlos.

Sie fühlte sich müde, so müde, wie man sich fühlte, wenn man den Tag über der Nadel zugebracht hatte, bis es zu dunkel war, um vernünftig zu arbeiten. Ja, vielleicht hatte sie einen Moment lang geträumt, dass das Leben anders sein könnte, aber sie war nicht dumm. Niemand konnte sein eigenes Leben zurücklassen. Das war unmöglich.

Sie spürte, wie ihr Agathe über den Rücken streichelte.

»Du hast das Richtige getan. Die und wir, das passt nicht. Das ist eine andere Welt. Du gibst ihnen, was sie wollen, und sie lassen dich fallen. So ist es doch, Lynette, wir kennen das ... Wir können Geschichten erzählen, die denen die Tränen in die Augen treiben müssten, wenn sie nur ein Herz hätten.«

Aber sie haben ein Herz, dachte Lynette, ich weiß es. Er hat ein Herz.

Sie sagte nichts. Agathe hielt ihre Arme fest und sah ihr ernst ins Gesicht.

»Und du lässt mich doch nicht allein. Nicht wahr, Lynette?«

Lynette griff nach Agathes Händen.

»Nein, ich will dich nicht alleinlassen, meine Liebe, niemals. Das verspreche ich dir.«

Vierzigstes Kapitel

Frankfurt am Main, April 1900

Auch drei Wochen nach seiner Rückkehr kam Jakob jeden Morgen in derselben Hoffnung früh ins Büro, endlich Nachricht aus Paris zu erhalten. Wie lange mochte es wohl noch dauern, bis die Kleider fertiggestellt waren?

Arnold hatte sich seinen Ideen gegenüber nicht ablehnend gezeigt und lediglich gesagt, man müsse abwarten, was sich daraus entwickelte. Gustav Fürst kam jetzt einmal in der Woche, um mit Arnold zu Mittag zu essen. Cassandra fragte täglich nach ihrem Kleid und Details von der Reise.

Das Warenhaus Wessling war dieser Tage häufig wieder sehr voll. Für einen Außenstehenden war es wohl kaum vorstellbar, dass man finanzielle Engpässe erlebte.

»Diese Näherinnen«, fragte Cassandra eben, »sind sie gut? Haben sie besondere Fähigkeiten? Es sind doch gewiss nicht gewöhnliche Näherinnen, die solche Kleider nähen, wie du sie mir gezeigt hast?«

»Nein, man braucht gute Augen«, murmelte Jakob, während er die Rechnungen auf seinem Tisch kontrollierte.

»Und einen Sinn für Schönheit.«

»Den auch.«

Cassandra durchblätterte einen weiteren Katalog, stand dann auf und lief einige Schritte auf und ab. Manchmal fürchtete er, dass sie ihm misstraute, dass sie etwas gemerkt hatte.

Um zwölf Uhr bestand sie darauf, zum Dachgarten hinaufzugehen, der sich in den Jahren zu einem der beliebten Aufenthaltsorte bei gutem Wetter gemausert hatte. Die Liegen waren schon alle besetzt, doch Cassandra zog es ohnehin vor zu stehen. Die Angestellten grüßten sie jedes Mal ehrerbietiger. Er wusste, dass alle seine zukünftige Verlobte in ihr sahen.

Meine zukünftige Ehefrau.

Er dachte an Lynette. Er wusste nicht, was er tun sollte.

Einundvierzigstes Kapitel

Long Island, Mai 1900

Es war so weit. Nach so vielen Monaten des Katzbuckelns war es endlich so weit, und eigentlich hätte sich Richard freuen müssen, doch er fühlte sich mit einem Mal nur angewidert von sich selbst. Was war er – eine männliche Hure, bereit, sich für Geld zu verkaufen? Liddy hatte ganz recht gehabt, damals, als sie ihn doch so unerwartet verlassen hatte.

Sie hatte ihm so oft gesagt, dass sie nicht seine Mätresse sein würde, und er hatte ihr nicht geglaubt, doch dann war er eines Tages nach Hause gekommen und hatte eine leere Wohnung vorgefunden. Eine Wohnung ohne Liddy und leer von allem, was auch nur den geringsten Wert hatte. Da wusste er, dass das Straßenkind immer in ihr geblieben war, dass es da gewesen war auch in all den Jahren, in denen er mit ihr verlobt war.

Zuerst war er froh. Er fühlte sich wieder unbelastet. Er konzentrierte sich auf die Greenblats, machte sich unentbehrlich mit seinem Witz und seinem Charme und seiner Zuversicht. Und er hatte tatsächlich alles erreicht, was er sich vorgenommen hatte.

Doch jetzt fühlte es sich falsch an. Jetzt tröstete es nicht, dass andere nie hierher in den Norden Long Islands eingeladen wurden. Er hatte die Prüfungen bestanden, und wenn er jetzt weiterhin alles richtig machte, würde er einen neuen

Lebensabschnitt beginnen können, ein Leben, in dem Geld wohl nie wieder eine Rolle spielte.

Aber er konnte diesen Weg nicht weiter beschreiten, das hatte er spätestens in dem Moment gewusst, da ihm diese verdammte, deutsche Zeitung in die Hände gefallen war. Wirklich, er las sie eigentlich sehr halbherzig, bis ihm diese Anzeige vor Augen stand: eine Rabattaktion im Warenhaus Wessling, ein Erweiterungsbau für das Warenhaus Wessling, Warenhaus Wessling, Warenhaus Wessling … Hatte er sich wirklich vorgemacht, dass er all das einfach endgültig hinter sich lassen, dass er nie wieder daran denken würde? War es nicht so, dass auch er immer Teil dieser Familie sein würde, auch wenn er einen ganzen Ozean zwischen sich und die anderen Wesslings gebracht hatte? Gab es einen längeren Zeitraum, in dem er nicht an Betty gedacht hatte? Mit keinem einzigen Gedanken?

Bettina …

In seinem Rücken spürte Richard den weiß gestrichenen, hölzernen Türrahmen, vor ihm breitete sich der Atlantik aus, das Meer, über das er gekommen war. Hinter sich hörte er plötzlich ein Geräusch. Als er sich umdrehte, sah er Edwyna aus dem Salon kommen, der sich an die Veranda anschloss. Die Holzdielen knarrten unter ihren leichten Schritten. Sie war selbstbewusster als damals, als er sie kennengelernt hatte. Das ängstliche Kind war aus ihren Augen verschwunden. Er wusste, dass sie einmal eine entschlossene Frau sein würde, eine, die etwas erreichte. Er sah es in ihr. Er sah, dass ihre Eltern sie nicht festhalten konnten, denn sie würde ihren eigenen Weg gehen. Er hätte gern geglaubt, diese Entwicklung sei sein Verdienst, doch in Wirklichkeit waren diese Möglichkeiten immer schon da gewesen.

Hatte sie nicht etwas Besseres verdient? Einen Mann, der sie wirklich liebte und der nicht immer wieder an eine Frau dachte, die er vor so vielen Jahren zurückgelassen hatte? Hatte nicht genügt, was er Liddy angetan hatte? War nicht all das geschehen, weil er Bettina nicht vergessen konnte?

Nein, auch Edwyna liebte ihn nicht wirklich. Er beeindruckte sie, aber sie liebte ihn nicht. Dazu hatten ihre Eltern sie nicht erzogen. Man hatte sie zum Wohlverhalten erzogen, dazu, eine Rolle zu spielen, sich selbst zu beherrschen. Sie selbst wusste noch gar nicht, was Liebe war. Vielleicht würde sie es nie erfahren, aber er wünschte es ihr doch sehr. Er wollte ihr nicht im Weg stehen. Sie war zu jung. Er war viel zu alt geworden.

Edwyna lief an ihm vorbei, bis vorne zu den Stufen, die zum Strand hinunterführten – der Strand der Familie. Von links näherte sich ihr Bruder George, ein West-Point-Absolvent, wie so oft in tadelloser Reitkleidung auf einem prächtigen Rappen.

Richard hob lächelnd die Hand, obgleich ihm nicht danach zumute war. George war ein guter Junge, ein Schwager, wie man sich keinen besseren vorstellen konnte. Mit einem Mal kam es ihm vor, als wollte er sein Glück geradezu zwanghaft zerstören, aber er wusste auch, dass er nichts dagegen tun konnte.

Ich hätte diese Zeitung nicht lesen dürfen, dachte er.

Das Abendessen dehnte sich an diesem Tag in die Unendlichkeit. Danach ermunterten Edwynas Eltern sie beide, doch noch einen Spaziergang am Meer zu machen.

»Ich kann mich auf Sie verlassen«, hatte Edwynas Vater mit fester Stimme zu ihm gesagt, und Richard hatte brav genickt. Sie waren gemeinsam losgelaufen, waren nach kurzer Zeit in Gleichschritt verfallen, bis Richard sich gezwungen hatte, ein unmerkliches bisschen langsamer zu gehen. Kurz vor der Wasserlinie blieb Edwyna stehen, breitete plötzlich die Arme aus und stieß einen Laut aus, der von Entspannung sprach, von Glück, von Freiheit.

Es war sicherlich der falsche Moment gewesen, um ihr zu sagen, dass man sich nach diesem Wochenende nicht mehr sehen würde. Von einem Moment auf den anderen hatte sie ihre Arme sinken lassen und ihn fassungslos angestarrt, dann hatte sie sich mit einem Ruck umgedreht, und jetzt blickte er auf ihren schmalen Rücken und wusste nicht, was er sagen sollte. Er hörte ein Geräusch, rätselte einen Moment.

»Aber ich habe gedacht, wir bleiben immer zusammen«, schluchzte Edwyna auf. »Ich habe geglaubt, du liebst mich und willst mich heiraten.«

Richard suchte fieberhaft nach einer Antwort. Plötzlich war er zu feige, ihr die Wahrheit zu sagen.

»Meine Schwester hat mir geschrieben. Sie benötigt meine Hilfe.«

»Seit wann hast du eine Schwester?«

Es überlief Richard siedend heiß.

»Eine Halbschwester«, murmelte er. »Ich habe dir bislang nicht von ihr erzählt. Sie entstammt der zweiten Ehe meines Vaters. Ich habe gedacht, die Geschichte ist nichts für dich.«

»Warum?« Sie hatte sich zu ihm gedreht und blickte ihn aus großen Augen an. »Ist deine Mutter gestorben? Musste dein Vater ein zweites Mal heiraten, um seinen Kindern eine Mutter zu geben?«

Sie bemühte sich, wieder ruhiger zu klingen.

»Ach.« Er lächelte sie an und streichelte sanft ihre Wange. »Sei ehrlich, ich bin doch eigentlich viel zu alt für dich, ein alter Deutscher, der schon viel zu lange aus der Heimat fort ist.«

»Nein!« Sie schluchzte jetzt lauthals.

Zweiundvierzigstes Kapitel

Frankfurt am Main, Mai/Juni 1900

Gut fünfzig handverlesene Gäste hatten sich zur Verlobungsfeier im Erdgeschoss vom Warenhaus Wessling versammelt, das zu diesem Zweck sonntags geöffnet war. Im Rahmen der Feier würde heute auch der Grundstein für den Erweiterungsbau gelegt werden, das zukünftige Paar gab den symbolischen Startschuss für den Baubeginn. Im September dann würde das Warenhaus Wessling sein zwanzigjähriges Jubiläum feiern.

Bin ich glücklich? Bettinas Blick schweifte über die erwartungsvolle Menge. Hier und da hörte man ein Flüstern, das Rascheln teurer Roben, ein Husten, sogar ein Nieser zerriss die Luft. Viele der heute geladenen Gäste waren auch schon zur Gründungsfeier da gewesen, ein paar waren neu hinzugekommen.

Bettina spürte, wie Arnold ihren Arm sanft drückte, und stützte sich auf ihn. Je länger sich die Wartezeit hinzog, desto mehr Hälse reckten sich. Das Wispern wurde lauter.

Bin ich glücklich? fragte sich Bettina erneut, ich tue meine Pflicht, das sollte mich wohl glücklich machen, aber bin ich es? Mit dem Älterwerden dachte sie häufiger an früher; überdachte Entscheidungen neu und fragte sich, ob sie besser anders getroffen worden wären.

In den letzten Tagen hatte sie sich nicht gut gefühlt. Das

war inzwischen nichts Neues. Diese Schwäche überfiel sie neuerdings immer häufiger und erforderte wohl eigentlich Schonung, aber es war zu viel zu tun. Sie konnte Arnold nicht im Stich lassen. Nicht jetzt. Nicht heute.

Bettina lehnte sich fester gegen ihren Mann. Er stützte sie. Er mochte nicht der gefühlvollste Mensch sein, aber er stand doch an ihrer Seite und sie an seiner. Das musste sie akzeptieren.

Er sah sie an. Dann lenkte sein Blick den ihren zur Treppe hin, wo eben das Paar des Abends aufgetaucht war. Cassandra trug ein grünes, bodenlanges Seidenkleid mit einem sehr engen Oberrock, der sich ab dem Knie weit und glockenförmig öffnete, und zierlichen Puffärmeln, eines der Modelle aus Wesslings aktueller Pariser Kollektion. Das blonde Haar der jungen Frau war zu einer sittsamen, aber doch raffinierten Frisur aufgesteckt worden. Jakobs dunkle Hose wies schmale, helle Streifen auf. Dazu trug er einen dunklen Frack und eine silbergraue Weste. Rechts und links von ihnen standen Ludmilla und Falk Wessling und Gustav Fürst. Falk hatte ein paar kurze Worte gesagt und endete eben mit einem Dankeschön. Als Nächstes verkündete Gustav Fürst stolz die Verlobung seiner Tochter Cassandra mit Jakob Wessling. Das junge Paar lächelte sich an und schaute dann in die erwartungsvolle Menge, die noch im gleichen Moment in tosenden Applaus ausbrach.

Endlich entdeckte Bettina Antonie wieder, die sie seit gut einer halben Stunde aus den Augen verloren hatte und über deren Anwesenheit sie sich doch so sehr freute. Sie sahen sich so selten, seit Antonie nach Hamburg gezogen war, einmal im Jahr vielleicht, meist, wenn es nach Spiekeroog ging. Bettina bedauerte es in diesem Moment auch, dass die Jungen bei ihrem Vater geblieben waren. Sie liebte ihre Enkel sehr, denn sie gaben ihr das Gefühl, lebendig zu sein.

»Antonie!«, rief Bettina so kräftig sie konnte. Antonie hörte sie tatsächlich und kam zu ihr. Arnold bat die junge Frau, ihrer Mutter behilflich zu sein. Antonie nickte.

»Willst du dich setzen, Mutter?«

Bettina überlegte, ob sie sich den anderen anschließen wollte, die eben Arnolds mit stolzer, lauter Stimme ausgesprochenen Einladung zur Grundsteinlegung folgten, doch es bedurfte nur weniger Schritte, um sie erkennen zu lassen, dass sie sich schonen musste. Das lange Stehen forderte seinen Tribut.

»Ja, ich setze mich wohl besser.«

Antonie führte sie zu einem gepolsterten Stuhl mit floralem Muster hin und blieb bei ihr stehen. Sie sah älter und ernster aus, als es ihre einunddreißig Jahre ausmachen sollten.

»Du musst dir keine Gedanken machen. Es geht mir eigentlich gut«, sagte Bettina.

Antonie, die in die Menge geschaut hatte, drehte sich zu ihrer Mutter um und schüttelte fassungslos den Kopf.

»Das ist doch Unsinn. Weiß er, wie es dir wirklich geht?«, fragte sie mit leisem Vorwurf in der Stimme.

»Ich habe es ihm nicht gesagt.«

»Er müsste dich nur genau ansehen. Du musst nichts sagen.«

Bettina schaute ihre Hände an, die jetzt kurz nervös in ihrem Schoß zuckten.

Ich habe ihm vieles nicht gesagt, dachte sie bei sich.

»Er meint es nicht böse«, setzte sie dann laut hinzu. »Er hat einfach zu viel zu tun. Das Geschäft, das Warenhaus Wessling, es war nicht leicht in den letzten Jahren. Bald wird er wieder mehr Zeit haben.«

»Du bist krank, Mama, das musst du ihm sagen.«

»Wenn die rechte Zeit ist, Kind ... Komm, hilf mir jetzt doch auf, es geht schon wieder besser.«

Antonie wollte sich weigern, dann tat sie, wie man sie geheißen hatte. Langsam ging es in Richtung des neuen Grundstücks. Das neue Gebäude würde sich an den Hof anschließen, in dem sich die Wessling-Kunden bei gutem Wetter ausruhten. Der Hof, in dem sie Richard damals nach so langer Zeit wiedergesehen hatte. Es war der Tag gewesen, an dem sie die Brosche getragen hatte.

Jakob hielt sanft Cassandras Hand, als sie gemeinsam das rote Band durchschnitten. Dann schaute er sie mit einem Lächeln auf den Lippen von der Seite an. Eine Stimme in Ludmillas Nähe flüsterte, was für ein schönes Paar dies doch sei. Arnold stach den Spaten in den Boden, sagte ein paar Worte und erklärte schließlich das Buffet im großen Erfrischungsraum für eröffnet.

Einige folgten der Aufforderung sofort und machten sich auf den Weg zurück ins Gebäude. Andere blieben noch stehen. Manche unterhielten sich oder wechselten ein paar kurze Worte mit dem jungen Paar. Ludmilla hatte sich nach der Zeremonie zurückgezogen und beobachtete ihren Sohn aufmerksam, der sich mit ausgesuchter Höflichkeit um seine Verlobte kümmerte.

Er liebt sie nicht, schoss es ihr durch den Kopf. War es trotzdem recht, sich mit ihr zu verloben? Ludmilla dachte, dass sie selbst wohl auch keinen Moment gezögert hätte, ihr Glück für ein Haus wie das Warenhaus Wessling zu opfern, aber für ihren Sohn wünschte sie sich doch etwas anderes.

Bettina hatte so lange ausgehalten, wie es ihr möglich gewesen war und sich dann von Antonie nach Hause begleiten lassen. Sie bat Antonie, ihr beim Auskleiden behilflich zu sein. Sie schlüpfte in das Nachthemd, wusch sich Gesicht und Hände und begab sich schließlich zu Bett. Als Antonie sie zudeckte, die Decke glatt strich und sich neben sie setzte, kam es Bettina so vor, als hätten sich ihre Rollen verkehrt, als wäre sie das Kind und Antonie die Mutter.

»Schade«, sie räusperte sich, »dass wir uns nur so selten sehen.« Antonie nickte und sah für einen Moment sehr ernst aus. Bettina hätte ihr die Düsternis gerne aus dem Gesicht gestreichelt. »Geht es euch gut?«, fragte sie stattdessen.

»Sehr gut«, entgegnete Antonie leise. »Ich bin froh, dass du damals an meiner Seite warst.«

»Ich auch.« Für einen Moment saßen sie schweigend nebeneinander. Nur die kleine Nachttischlampe brannte. Es war recht dunkel. »Ich ... weißt du, ich habe mich damals falsch entschieden«, sagte Bettina endlich. »Ich habe nicht den geheiratet, den ich geliebt habe, sondern den, mit dem ich mir ein leichteres und besseres Leben erwartete ...«

»Mama ...« Mit Antonies Bewegung tanzten Schatten auf den Wänden. An ihrer Stimme hörte man, dass sie sich nicht sicher war, ob sie hören wollte, was ihre Mutter zu sagen beabsichtigte. Bettina sprach einfach weiter. Den ganzen Tag hatte sie darüber nachgedacht, und jetzt musste sie sich einfach von dieser Last befreien. Sie musste aufräumen mit dieser einen großen Lüge, die sie ihr ganzes Leben lang und in den letzten Monaten immer stärker belastet hatte. Doch sie wusste nicht, wie sie es sagen sollte, ohne Antonie zu verletzen. Schon einmal war sie kurz davor gewesen, damals, als Antonie ihr gestanden hatte, dass sie schwanger war, dass sie

Jesko liebte. Damals hatte sie schon die Wahrheit sagen wollen und es nicht getan. Sie räusperte sich.

»Ich habe Arnold nie geliebt«, sagte sie dann einfach und hielt den Atem an. Antonie bewegte nur den Kopf.

»Das wusste ich seit einiger Zeit.«

»Du wusstest es?«

»Seit ich mit Jesko verheiratet bin, seit ich weiß ...« Antonie brach ab. Bettina versuchte, sich aufzusetzen. Ihre Tochter half ihr dabei.

»Willst du mir alles erzählen?«

»Willst du alles hören?« Bettina sah ihre Tochter ängstlich an. Die nickte. Bettinas Augen weiteten sich. Für einen Moment sah sie nachdenklich in die Ferne. »Es ist Richard.« Sie schaute ihre Tochter an, die wartete ab, ohne etwas zu sagen. »Eigentlich habe ich mein ganzes Leben lang Richard geliebt.«

»Aber ...«, setzte Antonie an.

Bettina hob die Hand. Und dann erzählte sie alles: von drei Brüdern, von der Brosche, von Arnolds Lüge. Sie hatte Angst, doch am Ende waren Antonie und sie sich näher, als sie sich je zuvor gewesen waren, und die Last auf ihren Schultern fühlte sich plötzlich leichter an.

In dieser Nacht klopfte es leise an Jakobs Tür. Anstatt zu rufen, öffnete er selbst. Emilia stand davor, im Nachthemd und barfüßig, wie zu den Zeiten, als sie jünger gewesen waren. Er hatte ihr einen Brief geschickt und von der Grundsteinlegung und seiner Verlobung geschrieben und war doch überrascht gewesen, dass sie der Einladung gefolgt war.

»Emilia!«

»Darf ich hereinkommen?«

»Natürlich.« Er trat zur Seite. Als Kinder hatten sie sich manchmal gestritten, jetzt war von diesem so starken Bedürfnis nach Auseinandersetzung nichts zu spüren.

Jakob blickte sich kurz unentschlossen um, dann nahm er seine Kleidung vom einzigen Sessel. Emilia setzte sich darauf und zog die Beine an.

»Ich hätte wirklich nicht gedacht, dass du einmal Cassandra heiratest«, sagte sie, während sie ihre nackten Zehen massierte. Offensichtlich fror sie.

»Nein?« Jakob war nicht ganz sicher, was er antworten sollte. Schon den ganzen Tag über hatte er sich immer wieder gefragt, ob er sich wohl richtig entschieden hatte. Nun, für das Warenhaus Wessling war es die richtige Entscheidung gewesen, aber …

»Cassandra hat ja schon damals davon gesprochen, dich einmal zu heiraten.«

»Hat sie das?«

»Ja.«

Emilia spielte mit ihrem Ehering.

»Ich habe gehört, dass Gustav Fürst jetzt zum Teilhaber von Wesslings wird?«

Jakob nickte. Emilia hatte den Finger zielsicher in die Wunde gelegt.

Sie hatte sich nicht vorgestellt zurückzukehren, um ihre kranke Mutter zu pflegen, und es schmerzte sie, darüber nachzudenken, wie lange ihnen noch blieb. Der Vater hatte viel zu lange damit gewartet, sie von der Situation in Kenntnis zu setzen. Hatte er nicht mitbekommen, was los war, oder es nicht für wichtig erachtet? Natürlich, das Geschäft stand immer an erster Stelle …

Das Dienstmädchen kam herein und kündigte Cassandras Besuch an. Sie war schon einige Tage hier, aber Cassandra fand erst heute Zeit für sie. Eigentlich war Antonie durchaus verwundert, denn Cassandra und sie waren niemals enge Freundinnen gewesen. Wahrscheinlich trieb sie die Neugier hierher – oder das Bedürfnis anzugeben ...

»Es war ja so viel zu tun«, keuchte Cassandra atemlos, nachdem sie sich begrüßt hatten. »Die Verlobung und all das ... Du verstehst sicher.«

Sie machte eine vielsagende Pause. Antonie suchte nach Worten. Es hatte eine Zeit gegeben, da hätte sie nur zu leicht etwas zu antworten gewusst, aber jetzt wollte ihr partout nichts einfallen.

»Wie hat es dir gefallen?«, fragte Cassandra, die ihr Zögern scheinbar gar nicht bemerkt hatte.

»Es war sehr schön«, murmelte Antonie.

Doch sie hatte sich auch darauf gefreut, Cassandra wiederzusehen, aber jetzt war ihr die Freundin fremd. Cassandra schien die Veränderung selbst zu bemerken, denn sie hielt inne.

»Antonie, ach, es tut mir leid, ich bin eine dumme Pute. Ich denke immer nur an mich. Wie geht es deiner Mutter?«

Dreiundvierzigstes Kapitel

Die Zeit, die sie gemeinsam verbrachten, nahm jetzt, da die Arbeit am Erweiterungsbau überwacht werden musste, weiter ab. Manchmal vermisste Bettina es, nicht wenigstens ein Stündchen mit ihrem Mann zusammenzusitzen, oft aber fühlte sie sich auch zu schwach dazu. Es wurde immer anstrengender, Arnold ihren wirklichen Zustand zu verbergen. Es mangelte ihr an Appetit, was es während eines gemeinsamen Frühstücks zur Qual machte, auch nur ein Brötchen zu essen.

Für einen Moment sah Bettina an sich herunter. Sie hatte das Korsett wieder enger schnüren müssen, nun schlug das Kleid Falten. Arnold bemerkte nichts. Er kündigte ihr gerade an, dass Jakob ihnen heute beim Abendessen Gesellschaft leisten würde. Bettina nickte. Manchmal machte es ihr nichts aus, manchmal musste sie Vorfreude heucheln. Sie mochte ihren Neffen, aber es schmerzte sie in solchen Momenten durchaus, wie selten sie die eigene Tochter sah, auch wenn Antonie glücklicher war, als sie es je für möglich gehalten hatte. Nun, Jakob war seit der Verlobung mit Cassandra offenbar noch mehr zu einem Teil ihrer eigenen Familie geworden.

Bettina starrte ihre Tasse an, wurde sich mit einem Mal bewusst, dass Arnold sie offenbar etwas gefragt hatte.

»Entschuldigung, was hast du gesagt?«

»Ich fragte, ob es dir recht ist.«

»Natürlich.«

Sie wusste, dass er keine wirkliche Antwort erwartete. Was sollte sie auch gegen Jakobs Besuch haben. Er war ein freundlicher, junger Mann. Sie verstanden sich gut.

»Gut.« Arnold verschwand hinter seiner Zeitung. »Ich habe der Köchin bereits Bescheid gegeben, etwas richtig Gutes zu machen. Das hat er verdient.«

Bettina streckte die Hand nach ihrer Teetasse aus, doch sie zitterte so sehr, dass sie sie für diesen Moment nicht greifen konnte. Sie starrte das eigene, kaum berührte Brötchen an und hörte, wie Arnolds unter seinem kraftvollen Biss zerbarst.

In dieser Nacht träumte Bettina von Richard. Eigentlich war es kein Traum, es war eine Erinnerung. Drei Jahre vor dem Krieg war das gewesen, und sie waren so jung und so voller Leben gewesen, wie sie es sich heute nicht mehr vorstellen konnte. Damals fuhren sie mit der ersten Eisenbahn am Morgen vom Bahnhof an der Gallusanlage über Rödelheim, Weißkirchen und Oberursel zum Homburger Bahnhof in der Louisenstraße, wo sie ihren Aufstieg in Richtung des alten Kastells begannen. Bei der Ruine angekommen, spazierten sie ein wenig auf den alten Wällen umher, aßen schließlich ihre mitgebrachten Würstchen und Brot zu Mittag und setzten die Wanderung dann fort.

Ihre zweite Rast machten sie auf einer Wiese, auf jenem Gras liegend, wie es typischerweise nur im Wald zu finden war. Lange Zeit lagen sie nebeneinander auf dem Rücken und blickten nach oben in den tiefblauen Sommerhimmel. Sie erinnerte sich noch heute, wie heiß es war und wie froh sie über den Schatten der Bäume waren. Und mit dem Erwachen erinnerte sie sich auch wieder, dass sie ihn hatte küssen wollen. Und dann hörte sie seine Stimme, ein ganz leises Flüstern an ihrem Ohr.

Bettina schlug die Augen auf, und ihr Körper war so schwer, dass sie sich kaum aufsetzen konnte.

Morgens ging Arnold dieser Tage unter der Woche noch früher ins Büro. Bevor er sich an die übliche Arbeit machte, kontrollierte er die Pläne, vergewisserte sich über den Baufortschritt und sprach die nächsten Schritte mit dem Bauleiter durch. Der neue Trakt würde selbstverständlich seinen eigenen Eingang haben. Arnold schwankte noch zwischen einem und zwei hohen Toren, jeweils flankiert von hohen Fensterreihen, die sich über das ganze Gebäude bis in den dritten Stock hinaufziehen würden. Über jeder Fensterreihe sollte ein Figurenfries angebracht werden, wie es den Galerien über den Kirchenportalen eigen war. Über dem Scheitelpunkt jedes Torbogens wachte eine Figur. Die Fenster würden lediglich von schmalen Pfeilerbündeln eingefasst werden, sodass sich der Eindruck einer riesigen aufstrebenden Glasfront noch verstärkte. Hier und da würde er über die Fassade hinweg verteilt weitere Plastiken anbringen lassen, die man erst sah, wenn man sich die Zeit nahm, das Gebäude ganz in Ruhe zu betrachten. Es war gut, wenn die Leute stehen blieben, denn dann gingen auch wieder mehr ins Warenhaus Wessling hinein.

Dann musste man sie nur noch zum Kaufen bringen.

Arnold betrachtete noch die neuesten Entwürfe von Wandgemälden und Skulpturen. Hier wurde der Welthandel gelobt, dort der tugendsame Unternehmer. Wie sie wohl Gustav gefallen würden?

Manchmal kam der Bankier in der Mittagspause vorbei, ließ sich die neuesten Entwürfe zeigen und kommentierte sie. Er hatte Geld gegeben und zweifelte nicht daran, dass ihm dies zustand, und Arnold biss in den sauren Apfel und sagte nichts.

Mit einem Seufzer nahm sich Arnold jetzt auch noch die Vorschläge für den neuen Teppichsaal vor, dessen Größe durch zahlreiche Spiegel an einer Wand noch optisch erweitert werden sollte. Dann stand er kurz von seinem Schreibtisch auf und ging in eine Ecke seines Büros, in der Materialien zur Ansicht gestapelt waren.

Er hatte Marmor in matten Farben gewählt und fragte sich mit einem Mal, ob diese Wahl nicht zu zurückhaltend war. Was sollten die Leute denken? Dass er still geworden war, den Schwanz einzog wie ein Hund, dass er nicht mehr brüllen konnte wie ein Löwe? Für die Innengestaltung waren auf weiteren Papieren Ziersträucher, Orangenbäumchen in Kübeln, kleine Brunnen und kunstvoll gestaltete Wandfliesen vorgeschlagen worden. Im neuen Trakt würde es neben einem größeren Erfrischungsraum auch ein Teezimmer geben, vornehm und stilvoll eingerichtet, mit dem Arnold neues Publikum anzulocken hoffte. Vor den Eingängen würden im Jubiläumsjahr neu gestaltete Fahnen angebracht werden. Die Hausdiener erhielten dazu passende Livreen.

Arnold legte die Papiere ordentlich zusammen und schaute in die Ferne. Manchmal hatte er den Eindruck, es könnte doch alles zu viel werden ... Als sich die Tür öffnete, zuckte er zusammen. Im nächsten Moment entschuldigte sich Fritz Karl.

»Verzeihen Sie, Herr Wessling, es war so dunkel, ich wusste nicht ...«

»Es macht nichts. Ich dachte auch, es wird schneller hell.« Arnold stand auf. Was würde ich tun, wenn er nicht an meiner Seite wäre?, schoss es ihm durch den Kopf. Fritz Karl war seine rechte Hand, sein Fels in der Brandung. »Ich werde jetzt noch eine Runde durch das Haus drehen, bevor wir öffnen.«

»Sehr wohl, Herr Wessling, kann ich etwas tun?«

»Tun Sie, was immer Sie eben getan haben.«

Arnold verließ das Büro. Wenn er abends das Haus verließ, wenn möglich inkognito, in einem einfachen Anzug, den Hut tief in die Stirn gezogen und auf das Warenhaus Wessling schaute, dann kam es ihm manchmal vor wie eine moderne Kathedrale. Dann blinkten hier und da noch verhalten einige Lichter, die Fenster funkelten wie dunkle Diamanten und verliehen dem grauen Stein des Gebäudes etwas Erhabenes.

Von der Straße aus konnte man je nach Lichtverhältnissen tief ins Gebäude hineinschauen, und manches Mal blieb einer neugierig stehen, kam dann näher und betrachtete die Schaufenster, wobei sich in einem verlockend Waren stapelten, im nächsten nur wenige Verkaufsgegenstände elegant angeordnet waren und das wiederum nächste Fenster an ein Kunstmuseum erinnerte.

Manchmal waren die Lichter aber auch schon aus, denn auch abends blieb er jetzt oft noch länger als sonst. Bettina und er sahen sich nicht häufig. Es schien ihr nicht gut zu gehen. Das war ihm aufgefallen. Er würde sich darum kümmern, wenn er wieder mehr Zeit hatte.

Vierundvierzigstes Kapitel

Frankfurt am Main, Sommer 1900

Von Bristol kommend war Richard in Ostende von Bord gegangen, um bereits am nächsten Morgen den Expresszug zu besteigen. Zum ersten Mal in seinem Leben kam er im neuen Centralbahnhof Frankfurt an. Er hatte bereits von diesem Gebäude gehört, ein spektakulärer Neubau, dessen lange Bahnhofshalle mit ihrem auf bogenförmigen Stahlträgern ruhenden, riesigen Glasdach nach der Fertigstellung vor etwa zwölf Jahren für besonderes Aufsehen gesorgt hatte. Auch die Stirnwände waren verglast. Als Richard durch die schweren Türen nach draußen trat, drehte er sich noch einmal um und nahm sich Zeit, das imposante Gebäude zu bewundern. Über dem Portal thronte ein Atlas, der die Welt auf den Schultern trug. Auf dem Gelände, das zum Zeitpunkt, da er Frankfurt verlassen hatte, noch größtenteils unbebaut gewesen war, wuchsen heute Häuser in den Himmel hinauf. Boulevards führten vom Bahnhofsgebäude auf die Innenstadt zu, regelmäßig miteinander verbunden durch Stichstraßen. Noch war nicht alles bebaut. Hier und da befanden sich Lücken.

Richard schloss die Augen und horchte. Deutsche Stimmen, ihm nicht unbekannte Rufe, das Geräusch einer Kutsche, irgendwo, etwas entfernt, das Brummen eines Automobils, ein Geruch, der Erinnerungen weckte. Auf der Reise hatte er sich mehrfach gefragt, wie es sich anfühlen würde zurückzukehren, aber es gab keinen Zweifel: Er war zu Hause.

Aber wie würde man ihn empfangen? Welche Fragen würde man ihm stellen, welche Antworten sollte er geben? Er hatte großen Erfolg gehabt und war tief gefallen, doch er hatte dabei nie den Eindruck gehabt, verloren zu haben. Er hatte seine Entscheidungen stets selbst getroffen, er hatte sich nie von Ereignissen überrumpeln lassen.

Er dachte ans Warenhaus Wessling, das er nur aus seiner Gründungszeit kannte. Wie würde es sich verändert haben? In New York hatte er noch vor seiner Abreise das riesige Kaufhaus Macy's besucht. Er hatte gedacht, dass ihn dies vielleicht auf das Kommende vorbereiten würde.

Würde er das Warenhaus Wessling nun als klein und unbedeutend oder groß und imposant empfinden? Würden sie dort wieder anfangen, wo sie vor zwanzig Jahren aufgehört hatten? Würde das, was damals in jenen Jahren nach dem Krieg geschehen war, sie immer noch verbinden? Er umfasste die Goldmünze in seiner Tasche, das letzte Stück, das er von seinem Anteil übrig behalten hatte.

Richard beschloss, zu Fuß zu gehen und sich auf dem Weg zu überlegen, wen er zuerst aufsuchen wollte. Arnold war sicherlich im Geschäft, also lenkte er seine Schritte zum Wohnhaus von Bettina und Arnold. Er konnte es kaum erwarten, sie endlich wiederzusehen.

Das Haus der Familie wirkte unverändert auf ihn. Die Straße vor dem wuchtigen Gebäude war schmal, von der alten Eiche vor dem Tor war nur der Stumpf geblieben. Richard zögerte und ging dann mit entschlossenen Schritten auf den Eingang zu.

Er musste an die Kinder denken, die er hier manchmal spielen gesehen hatte, Kinder, die nun schon längst erwachsen waren. Ob er sie wohl wiedererkennen würde? Das Letzte, was er gehört hatte, war, dass sich Antonie verheiratet hatte. Und die anderen?

Er hatte die Haustür erreicht. Das Haus wirkte seltsam still auf ihn. Er bewegte den Türklopfer. Ein Mal, zwei Mal, ein dumpfes Pochen, das widerhallte.

Richard wollte den Türklopfer gerade ein drittes Mal bewegen, da wurde geöffnet. Ein junger Mann stand da und sah ihn fragend an. Er gehörte eindeutig nicht zum Personal, und er kam Richard vage bekannt vor.

»Sie wünschen?«

»Ich ...« Richard durchforstete sein Gedächtnis weiter. Wer war das? Woher kannte er diesen Mann? »Ich bin Richard Wessling. Wer sind Sie?«

Die Augen des jungen Mannes weiteten sich, dann streckte er Richard die Rechte hin. Die beiden Männer schüttelten sich die Hände.

»Richard, wirklich? Ist es denn möglich? Onkel Arnolds Bruder aus New York? Bitte komm herein.«

Richard schaute den jüngeren Mann fragend an und trat in die Halle. »Und Sie sind?«, versuchte er es noch einmal.

»Jakob bin ich, dein Neffe! Falks Sohn. Du erkennst mich wohl nicht mehr.«

»Falk ... Nein, ich habe dich wirklich nicht erkannt.« Richard schaute sein Gegenüber forschend an.

Der kleine Jakob also. Der Junge, dessen Existenz meiner Betty einmal einen solchen Gram bereitet hat. Er lächelte dennoch, in dem Wissen, dass Bettina Jakob diesen Schmerz nie hatte spüren lassen.

»Wohnst du hier?«, wechselte er zum Du.

Jakob schüttelte den Kopf.

»Nein, ich unterstütze meinen Onkel. Zurzeit ...«

»Ich möchte gerne zu deiner Tante Bettina«, unterbrach Richard ihn unvermittelt. Alles andere konnte warten, dies nicht. Er hatte schon zu viel Zeit verloren. »Und falls sie unterwegs ist, kann ich dann hier auf sie warten?«

Jakob öffnete den Mund und schloss ihn gleich darauf wieder. Richard fand, dass er plötzlich blass aussah. Augenscheinlich suchte Jakob nach Worten: »Doch, sie ist hier, sie ...«

Richard runzelte die Stirn. Was war nur los?

»Ist etwas mit Betty?«

»Sie ist seit einiger Zeit krank. Es geht ihr heute nicht besonders gut.«

»Krank? Was hat sie?«

Jakob zuckte die Achseln. »Wir wissen es nicht. Es scheint ein Rätsel zu sein. Erst ging es ihr recht gut, dann, vor einer Woche ...«

»Dann vor einer Woche, was?«

»Niemand weiß etwas, niemand weiß, was geschehen wird.«

»Sie stirbt?« Richard hörte den Tonfall der Fassungslosigkeit in seiner Stimme.

»Auch das wissen wir nicht.«

Das kann nicht sein, dachte Richard, das darf nicht geschehen. Er wollte etwas sagen, aber sein Kopf war leer. Die Knie wurden mit einem Mal weich. Er streckte die Hand nach der Wand aus, verlor im nächsten Moment seinen Halt und stolperte gegen seinen Neffen.

»Entschuldigung, ich ...«

Einige Minuten später saß Richard an einem Tisch in der Küche, einen Kamillentee vor sich.

»Ich habe nach Arnold schicken lassen«, sagte Jakob.

Richard nickte nur, trank dann wieder kleine Schlucke von dem Kamillentee. Arnold war im Geschäft. Es würde seine Zeit dauern, bis er kam. Er stellte die Tasse mit einem Ruck ab.

»Ich möchte sie jetzt sehen«, sagte er unvermittelt.

»Der Arzt hat gesagt, sie müsse sich schonen.«

Sie stirbt vielleicht, dachte Richard, was soll es da noch bringen, sich zu schonen? Aber er setzte sich doch wieder und starrte vor sich. In Wirklichkeit hatte er auch Angst, sie zu sehen, und die Angst wurde größer, je mehr er darüber nachdachte. Er würde sie endgültig verlieren. Was sollte er tun, wenn es so weit war? Er wusste es nicht.

Arnold öffnete die Tür zum Salon etwas zu heftig, sie knallte gegen die Wand und dann zurück gegen seinen Arm. Er spürte den Schmerz, tat aber so, als wäre nichts geschehen. Für einen Augenblick starrten sich die Brüder stumm an. Der Ausdruck von Gram auf dem Gesicht des jeweils anderen machte sie beide zu ungewollten Verbündeten.

Langsam stand Richard auf. Arnold streckte unwillkürlich den Rücken, doch das brachte ihm nicht viel. Der Jüngere war immer größer gewesen.

Richard fiel auf, dass Arnold zugenommen hatte und dass sein schwaches Bein krummer wirkte als früher. Er suchte nach Worten, doch es wollte ihm nichts einfallen, und er war froh, als Arnold zu sprechen anfing.

»Hat er dir schon alles erzählt?«, fragte er mit einem Nicken zu Jakob hin.

Richards Fäuste ballten sich wie von selbst.

»Betty ist krank.«

»Ja.« Arnolds Stimme war schwer und kratzig, dann begann er plötzlich zu zittern. »Es ist nicht leicht. Wir wissen nicht ...«

»Du solltest sie schützen.« Richard sprach langsam und betonte jedes Wort. »Wir hatten ausgemacht, dass du sie beschützt, Arnold. Mit deinem Leben.«

»Sie hat es lange vor uns verborgen.« Arnold kämpfte immer noch gegen das Zittern an, während seine Augen irgendeinen Punkt in der Ferne fixierten. »Sie hat uns so lange nichts gesagt.«

»Du hättest es trotzdem wissen können, oder? Du hättest ihr ein bisschen mehr Aufmerksamkeit schenken müssen ...« Richards Stimme klang scharf.

»Ich weiß es nicht.«

Arnold starrte immer noch auf diesen fernen Punkt.

»Ich will sie sehen.«

»Der Arzt hat gesagt, sie soll sich schonen.«

Richard schüttelte den Kopf.

»Ich will sie sehen. Du wirst mich nicht von ihr fernhalten.«

Als er vor Bettinas Tür stand, fiel Richard auf, dass er nie darüber nachgedacht hatte, wie es sein würde, sie wiederzusehen. Er hatte auch nie daran gedacht, wie es sein würde, wenn sie beide älter waren. In seinen Gedanken und Erinnerungen waren sie stets jung geblieben.

Er klopfte und drückte dann vorsichtig die Klinke herunter. Der Raum war hell und freundlich, ganz anders, als er es erwartet hatte. Auf einem kleinen Tisch zwischen Tür und Bett stand ein großer Blumenstrauß.

Bettina war schmaler geworden, was gewiss der Krankheit geschuldet war, und wie sie da im Bett lag, wirkte sie kleiner. Ihr Haar war von silbrigen Strähnen durchzogen, aber er erkannte sie. Ihr Leiden hatte sie nicht vollkommen verändert.

Richard schloss die Tür hinter sich und verharrte. Sie starrte ihn an. Fassungslos bewegte sie erst nur ihre Lippen. Sie suchte nach den richtigen Worten, und er wusste, dass ihr jedes Wort unpassend erschien, denn so erging es ihm selbst.

»Bettina, Betty ...«, flüsterte er endlich.

Er hörte seine Stimme brechen. In diesem Moment begann sie zu weinen, und er zögerte nicht mehr. Mit nur wenigen großen Schritten war er bei ihr und nahm sie in die Arme. Einen Moment lang drückte er ihren so zarten, knochigen Körper an sich. Er hörte sie an seiner Brust schluchzen, dann machte sie sich von ihm los, und er gab sie frei. Sie schaute ihn an, forschend, ungläubig.

»Du bist wieder da«, sagte sie leise. »Ich kann es nicht glauben. Du bist wieder da. Dabei dachte ich, ich sehe dich nie wieder.«

Er küsste ihre Wangen. In diesem Moment, nach all den Jahren wusste er, dass sich nichts geändert hatte: Sie war seine große Liebe, und sie würde es immer bleiben. Sie war seine große Liebe, und er hatte Angst, sie zu verlieren.

»Ich bin spät«, sagte er leise. »Es tut mir leid. Ich wusste nicht, dass ...«

»Nein, nein ...« Bettina machte sich von ihm los. »So ist das nicht. Ja, ich bin krank, aber mir wird es auch wieder besser gehen. Jetzt«, sie zögerte, »jetzt, wo du wieder da bist.«

»Ach, Betty«, sagte er leise. »Betty ...«

Falk musste irgendwoher von Richards Rückkehr erfahren haben, denn spät an diesem Abend stand er ebenfalls vor der Tür. Das Mädchen war schon zu Bett gegangen. Arnold hätte ihn am liebsten fortgeschickt, doch der Jüngste in ihrer Runde ließ es nicht zu.

»Du kannst mich nicht fortschicken, Arnold«, sagte er. »Du wirst mich niemals fortschicken können, nicht wahr? Ich weiß Dinge, und wenn ich möchte, kann ich davon sprechen. Ich muss nicht schweigen.«

Arnold trat zur Seite und gab die Tür frei. Sie gingen zusammen in den Salon, wo Falk Richard mit etwas zu viel Enthusiasmus begrüßte, wie er fand.

»So sind wir also wieder vereint«, sagte Falk, nachdem er sich gesetzt hatte, »auf immer vereint. So ist es doch. Es gibt Dinge, die kann man niemals ungeschehen machen. So ist es doch.«

Seit es das Gold nicht mehr gab, hielt er sich mit regelmäßigen Besuchen in steter Erinnerung. Auf Arnolds Nachfrage verlangte er Wein. Arnold und Richard tranken Kaffee.

»Nun sind wir also endlich wieder alle vereint«, sagte Falk jetzt zum wiederholten Mal, nachdem er sein Glas geleert hatte. Sein Gesicht war heute noch bleicher und abgezehrter als bei seinem letzten Besuch. Mit fünfzig Jahren hatte er nichts mehr von dem jungen Mann, der er einst gewesen war. Dass er dem Alkohol gerne zusprach, war inzwischen nicht mehr zu übersehen. »Vereint«, sagte Falk mit einem Tonfall, in dem Angriffslust mitschwang, und hielt Arnold sein Glas hin. Der füllte es nach. Falk wandte sich Richard zu. »Wusstest du, dass Arnold unseren Anteil durchgebracht hat? Ein Münzlein hat er noch, das nimmt er manchmal in die Hand und hegt und pflegt es. Nicht wahr, Arnold? Du denkst, ich weiß das nicht, aber doch, ich weiß es. Ist alles zerronnen, aber doch noch da, denn es genügt ein Wort von mir, und die ganze Fassade bröckelt ab. Und was ist mit dir, mein lieber Bruder aus Amerika? Wie ist es dir ergangen?«

»Nichts«, sagte Richard, »ebenfalls alles weg.«

Arnold fand, dass man ihm die Erleichterung ansah. Als das Gold in ihr Leben getreten war, hatte es so ausgesehen, als könnten sie sich damit alle Wünsche erfüllen, doch es war viel mehr geschehen als das. Sich das Gold zu nehmen hatte ihrer aller Leben verändert.

Fünfundvierzigstes Kapitel

Frankfurt am Main, Anfang 1871

Arnold hatte das Gold vor sich auf den Tisch geschüttet und beide Hände darin vergraben. Dann wieder nahm er eine Goldmünze auf, hielt sie gegen das Licht, schaute dem warmen Glänzen zu, das nur Gold zu eigen war. Er schloss die Augen und hörte dem leisen Klingen der Münzen zu.

Die Erkenntnis, dass es jetzt endlich so weit war, überrollte ihn wie eine Flutwelle. Es war so weit, jetzt konnte er sich seinen größten Traum erfüllen, den Traum seines Lebens: Hier in Frankfurt, in seiner Heimat, würde er ein Kaufhaus wie das *Le Bon Marché* in Paris erschaffen. Er würde das Versprechen halten können, das er sich vor zwei Jahren gegeben hatte, als er das berühmte Pariser Kaufhaus an Bettys Seite erstmals betreten hatte.

Arnold öffnete die Augen, hätte die Hände am liebsten erneut in den Goldmünzen vergraben, hätte am liebsten jeden Diamanten, den er aus dem kleinen Samtsäckchen auf den Tisch geschüttet hatte, einzeln in die Hand genommen. Er sah Falk an und fragte sich, wo er diesen Schatz herhatte. Es hatte Krieg geherrscht, war es auf ehrliche Weise in den Besitz von Richard und Falk gekommen? Wollte er das wissen?

Arnold räusperte sich.

»Ich danke dir, Falk.«

Der Jüngere lächelte. Man konnte ihm sein Glück ansehen, wie einem kleinen Jungen zu Weihnachten.

»Nichts zu danken.«

Arnold schaute das Häufchen Gold auf dem Tisch an, die kleine Anzahl an Diamanten, nicht minder kostbar, die sich neben seiner rechten Hand verloren.

»Richard hat noch einmal so viel?«

»Noch einmal so viel«, bestätigte Falk. Für einen Moment sah es so aus, als wollte er noch mehr sagen, doch er tat es nicht, und Arnold war froh darum. Er wollte nicht wissen, wo dieses Gold herkam. Er wollte es für seine Zwecke nutzen und etwas Gutes daraus erschaffen.

Sechsundvierzigstes Kapitel

Frankfurt am Main, 1900

»Ich hatte ja keine Ahnung, wie sehr er sich verändert hat.« Richard schaute nachdenklich auf die Tür, die sich hinter Falk geschlossen hatte. »Er hat es sich ja nie leicht gemacht, aber ... Wirklich, ich erkenne ihn nicht wieder ...«

Arnold zuckte die Achseln. »Er verhält sich schon lange so, die ganzen letzten Monate.«

»Hat er dir eigentlich erzählt, was damals geschehen ist?« Richard musterte seinen Bruder argwöhnisch.

»Nein, und ich will es auch nicht wissen. Es geht mich nichts an.« Arnold versuchte, seiner Stimme Entschlossenheit zu verleihen, aber er war nicht sicher, ob ihm das gelang.

»Aber er hat dir das Gold gegeben«, hakte der Jüngere nach.

»Wie du sehr gut weißt. Ich musste ihn nicht überreden. Er hat es mir freiwillig gegeben. Er wollte es nicht behalten, das wollte er nie.« Wieder hatte er den Eindruck, sich verteidigen zu müssen.

Richard grinste. Arnold erinnerte sich daran, wie sich der Jüngere damals vor ihm in dem Sessel geflätzt hatte, im kleinen Wohnzimmer der jungen Familie Wessling, die langen Beine vor sich auf einer Fußbank gelagert. Das Haar hätte einen Schnitt verdient, aber es hatte nichts von Richards gutem Aussehen genommen, und da war erstmals diese feine gezackte Narbe auf seiner Stirn gewesen.

»Tja, und jetzt sind wir wohl tatsächlich wieder alle vereint.« Richard lächelte spöttisch. »Freust du dich?«

Arnold runzelte die Stirn und beugte sich vor.

»Ich habe etwas Gutes mit diesem Gold erschaffen, das kannst du mir nicht nehmen.«

»Ach ja?« Richard lachte amüsiert. »Du denkst, du hast das Gold verdient? Mehr als Falk, dem die Schüsse um die Ohren geflogen sind und Granatsplitter, der Menschen für den Kaiser hat sterben sehen? Denkst du nicht, es wäre an ihm gewesen, sich seine Träume zu erfüllen? Immerhin haben wir einen Teil unserer Seele dafür hingegeben.«

Arnold schüttelte den Kopf.

»Auch ich hätte mein Leben damals dem Kaiser gewidmet, wenn nicht dieses Bein wäre«, sagte er, so ruhig es ihm möglich war.

»So, hättest du das?«

Arnold schaute seinen Bruder an und sagte nichts mehr, und Richard erkannte, dass er zu weit gegangen war.

Er zögerte, dann stand er auf und streckte die Hand aus.

»Es tut mir leid. Ich entschuldige mich.«

»Angenommen«, gab Arnold zurück, ohne dem Jüngeren in die Augen zu blicken. Dann räusperte er sich: »Ich trage nicht die Schuld daran, wie es Falk ergangen ist, Richard.«

»Möglich.« Plötzlich wirkte Richard nachdenklich.

»Wir sind beide nicht unseres Bruders Hüter«, bekräftigte Arnold noch einmal.

»Du machst es dir sehr leicht.«

Arnold zuckte die Achseln.

»Da ist etwas Zerstörerisches in Falk, etwas Gefährliches.« Er atmete tief durch. »Was hast du also mit deinem Anteil gemacht?«

»Ich habe ihn investiert.«

»Du hättest ihn hier investieren können.«

»Ich wollte nicht.« Richard lehnte sich etwas zurück und holte ein Goldstück aus der Westentasche. »Schau, ich habe mir auch etwas zurückbehalten.«

Die Brüder maßen sich für einen Moment mit Blicken, dann lehnte sich Arnold zurück.

»Hast du etwas von drüben mitgebracht?«

»Nun, ich kann dir sagen, wie es in der New Yorker Kaufhauswelt zugeht.«

Arnold hob die Augenbrauen.

»Du meinst, ich bin interessiert an den Entwicklungen im amerikanischen Einzelhandel?«

»Du wärst einfältig, wenn nicht, und einfältig warst du nie.«

»Ich habe gehört, du hast Schulden. Was willst du mir schon erzählen?«

Richard verzog den Mund. »Es hätte mich doch sehr gewundert, wenn du nicht bereits über alles Bescheid wüsstest.«

»Das ist der Grund, warum ich hier stehe und nicht du«, konnte sich Arnold nicht verkneifen zu sagen. Dann räusperte er sich. »Ich kann dir keinen festen Platz im Warenhaus Wessling anbieten, aber ich habe sicherlich Arbeit für dich.«

»Und was lässt dich glauben, dass ich für dich arbeite?«

Richard ließ die Schultern sinken, die er unmerklich etwas gehoben hatte. Arnold stand auf und machte einen Schritt auf seinen Schreibtisch zu. Er hatte plötzlich das dringende Bedürfnis, dahinter zu verschwinden, doch er konnte sich gerade noch beherrschen. Unwillkürlich fiel sein Blick auf Richards gesunde Beine. Für einen Moment musste

Arnold gegen das Gefühl unmännlichen Neids ankämpfen, das in ihm aufstieg. Er hatte Richards Leichtigkeit schon immer gehasst, die Leichtigkeit, mit der er sich alles nahm, mit der er die väterlichen Prügel einsteckte, ohne mit der Wimper zu zucken, während er, Arnold, ein Zittern irgendwann nicht mehr unterdrücken konnte.

Und er hatte doch gewusst, wie sehr ihn sein Vater für diese Feigheit verabscheut hatte, während er Richards offenbar angeborenem Widerspruchsgeist trotz allem Anerkennung gezollt hatte. Richard, der ihn auch dann noch angelächelt hatte, wenn er sich vor Schmerzen kaum mehr hatte aufrecht halten können.

Vielleicht hatte der Vater ihn aber auch dieses verkrüppelten Beins wegen verabscheut, das ihm von der sogenannten Heine-Krankheit geblieben war, die er nur knapp überlebt hatte. Ein verdammter Krüppel, der Sohn, ein Mann, der das Vaterland und die Ehre nicht verteidigen konnte. Ja, er hatte die Krankheit überlebt, aber zu welchem Preis?

Arnold riss sich aus den unliebsamen Erinnerungen.

»Du kannst morgen beginnen.«

»Willst du mich im Blick behalten?« Der Ältere gab keine Antwort. »Nun, sehr wohl.« Richard schlug die Hacken zusammen. »Aber ich entscheide, wo ich gebraucht werde.«

»Niemals.« Darauf würde er sich in seinem Geschäft nicht einlassen.

»Nach wem kommt Jakob eigentlich? Eher nach der Mutter? Ich erinnere mich nicht mehr recht an sie. Wie hieß sie noch? Ludmilla? Sie war ein Biest, oder?«

Arnold schüttelte den Kopf.

»Ludmilla weiß, was sie will, und nein, er ist ein guter Junge. Er ist weder wie seine Mutter noch wie sein Vater.«

»Eher gewissenlos, wie du?« Richard hatte wieder diesen spöttischen Unterton in der Stimme.

Arnold nahm eine Schreibfeder auf und begann damit zu spielen. »Es lässt sich wohl nicht leicht entscheiden, wer der Gewissenlosere von uns beiden ist. Du hast das Geld also wirklich durchgebracht?«

»Und du?«

Arnold zuckte die Achseln.

»Ich habe ebenfalls investiert.«

»Seit wann ist Betty so krank?« Wieder nahm Richards Stimme diesen scharfen Ton an.

»Wirklich, ich weiß es nicht. Sie hat nie etwas gesagt.«

Richard hielt es jetzt auch nicht mehr auf seinem Sitz. Er sprang auf und lief einige Schritte hin und her, dann blieb er wieder stehen, senkte den Kopf.

Wie ein Stier, dachte Arnold, wie ein Stier ...

»Du weißt, dass mich nichts mehr an unsere Abmachung hält, wenn sie stirbt. Ich kann dann die Wahrheit sagen, denn ich habe nichts zu verlieren.«

»Du würdest alles verlieren.« Wieder rang Arnold um Entschlossenheit.

»Wenn Betty stirbt, habe ich alles verloren, was mir etwas wert ist. Was würden deine Geschäftspartner wohl sagen, wenn sie wüssten, wie du damals an das Kapital gekommen bist? Ich sage dir, es würde ihnen gewiss nicht gefallen, zu erfahren, was ich weiß. Du würdest schnell allein dastehen.«

»Warum willst du das zerstören, was auch Bettina alles bedeutet?«

»Es hat ihr nie etwas bedeutet.«

»Doch, denn die Familie bedeutet ihr alles. Sie ist nicht, wie du sie dir denkst. Frag sie.«

Gedankenverloren griff Bettina nach hinten und zog die Haarnadeln aus ihrem immer noch dichten Haar. Dann band sie die Schnur auf, mit der sie den Zopf zusammengeknotet hatte. Sie spreizte die Finger, löste die einzelnen Strähnen voneinander und dachte, dass es sich wie Seide anfühlte.

In manchem hatte sich ihr Haar verändert, in manchem war es gleich geblieben, und wie zu dem Zeitpunkt, als sie eine junge Frau gewesen war, beruhigte es sie, damit zu spielen, es zu berühren, ja sogar, daran zu riechen.

Es war schwer, Richard jetzt wieder so häufig zu sehen. Er wohnte im selben Haus. Mehrmals täglich begegneten sie sich. Manchmal befürchtete sie, sich nicht beherrschen zu können, wenn er sie so ansah. Manchmal hatte sie Angst, er würde sich nicht mehr zurückhalten und einfach alles hinter sich lassen, was man gute Erziehung nannte.

Es kümmerte Richard nicht unbedingt, was die anderen sagten. Er trug sein Herz in der Hand und auf der Zunge. Das Einzige, was ihn davon abhielt, war ihre Bitte.

Siebenundvierzigstes Kapitel

Seit Richard im Warenhaus Wessling arbeitete, stand er früher auf, kleidete sich dann rasch an und schlich zu Bettina hinüber, meist um festzustellen, dass sie noch nicht wach war. Für einen Moment setzte er sich dann in den Sessel neben ihrem Bett und betrachtete sie. Oft wirkte sie angestrengt, und manchmal huschte ein Ausdruck über ihr Gesicht, der ihn schmerzte. Er hasste es, sie leiden zu sehen.

Bevor er das Haus verließ, trank er stets noch eine Tasse schwarzen, heißen Bohnenkaffees und schnappte sich ein Butterhörnchen, das er auf dem Weg im Laufschritt verspeiste. Ein paar Mal passte ihn Falk dabei ab. Sie redeten. Manchmal redete auch nur Richard. Es waren die Blicke, die Falk ihm hin und wieder zuwarf, die ihn beunruhigten. Es gab Momente, da sah Falk ihn an, als sei Richard ihm völlig fremd. Dann wieder wollte er von dem sprechen, was damals geschehen war, von jedem einzelnen Augenblick, von dem, was vielleicht später daraus geworden war. Richard, der das alles längst vergessen hatte, spürte, wie ihm der Schweiß ausbrach. Er hätte niemals damit gerechnet, dass es Falk sein würde, der die Schatten der Vergangenheit so unerbittlich in sein Leben zurückbrachte.

Er mochte sich nicht dafür, aber er fühlte tiefe Erleichterung, wenn Falk nicht auftauchte.

In den letzten Tagen hatten Jakob und er sich verstärkt mit den Planungen zu den Jubiläumsfeierlichkeiten beschäftigt. Täglich tauschten sein Neffe und er sich über den neuesten Stand aus, und er musste zugeben, dass er den jungen Mann mochte. Das neue Gebäude zog noch vor der Eröffnung Neugierige an. Man versammelte sich vor den großen Schaufenstern, während drinnen noch gewerkelt wurde. Man verfolgte, teils fachsimpelnd, die Anlieferung neuer, feinster Waren und kommentierte die Dekorateure, die in den Schaufenstern ihr Bestes gaben. Das Gerücht machte die Runde, dass der neue Gebäudeteil zwar genauso hoch sei wie der alte, dass es aber zwei geheime Stockwerke mit einer eigenen Heizungsanlage gäbe, die tief in den Frankfurter Grund getrieben worden seien.

Jakob und Richard – und oft auch Cassandra – aßen jetzt jeden Mittag gemeinsam im großen Erfrischungsraum, wenn Arnold seinen Neffen nicht in dringlichen Geschäften bei sich wissen wollte. Die Feierlichkeiten rückten unaufhaltsam näher, ebenso wie die Hochzeit, die einer der Höhepunkte sein sollte. Jakobs junge Verlobte erzählte viel davon. Jakob dagegen kam Richard etwas ruhig vor.

Als Richard das Geschäft heute erreichte, wurde gerade der Haupteingang geöffnet, und die ersten Kunden strömten hinein. Irgendwo spielte ein Leierwagenmann. Richard betrat das Haus und konzentrierte sich auf die anliegenden Arbeiten. Stimmen ummantelten ihn wie ein sanftes Rauschen, unterbrochen von den Glockenschlägen einer Kirchturmuhr, die die letzten Schläge bis neun Uhr zählte. Aus der Parfumerieabteilung schwebten süße, frische und holzige Düfte herüber. Irgendwo war etwas neu gestrichen worden. Es roch nach Lack. Ein Hausdiener trug einen Armvoll Rosen an ihm vorüber, ein anderer frisches Obst. Dazu gesellte sich der Duft von Schokolade, Seife und noch vielem mehr. In der Damenabteilung zupften zwei Dekorateure ein neues Kleid an einer Schaufensterpuppe zurecht. Kostbarer Stoff bauschte sich über einem perfekten Busen. Eine zarte Taille über runden Hüften lud dazu ein, seine Hände darum zu legen. In den verschiedensten Spiegeln wiederholten sich die Preisangaben ins Unendliche.

Als Richard sich auf dem ersten Treppenabsatz noch einmal umdrehte, sah er die Kunden auf die Tische mit den neuesten Rabattaktionen zusteuern. Wirklich, es musste eine ungeheure Lust sein einzukaufen.

Vor der Tür von Arnolds Büro angekommen, waren bereits leise Stimmen zu hören. Richard trat ein, grüßte die Büromädchen, die sichtlich aufgeregt durcheinanderwisperten. Er wusste, dass man über ihn redete. Manche jungen Damen lasen durchaus zu viele Romane und machten sich dumme Hoffnungen.

Kurz vor dem Mittagessen rief Arnold ihn zu einer Sitzung hinzu, die er mit seinen Abteilungsleitern abhielt. Man sprach von Kunden, die brav alles auf ihrem Einkaufszettel zusammentrugen und wie es wohl gelingen konnte, dass auch sie in einen Kaufrausch gerieten.

»Unsere Kunden bummeln durchs Warenhaus Wessling«, sagte ein junger Mann namens Lehmann. »Sie lassen sich durchaus anregen, aber sie müssen auch angeregt werden. Warum nur eine schöne Vase, wenn doch zu den Rosen eine andere viel besser passt? Warum eine Tischdecke, warum nicht zwei?«

Nach dem Mittagessen durchstreifte Richard für gut eine Stunde die Stockwerke, um alles noch besser kennenzulernen.

Er freute sich, Juliane wiederzutreffen und wechselte ein paar Worte mit ihr. Sie war achtundzwanzig Jahre alt, immer noch unverheiratet, wirkte aber zufrieden mit allem. Er hatte lange niemanden mehr gesehen, der so sehr in sich ruhte. Ganz offensichtlich mochte sie ihre Arbeit.

Und auch Richard konnte nicht umhin zu bewundern, was Arnold geleistet hatte. Hinter den Kulissen funktionierte das Kaufhaus wie ein Uhrwerk, in dem jedes Zahnrad unermüdlich seine Aufgabe erfüllte. Sie alle hier waren nichts als Zahnräder, die zu funktionieren hatten und leicht zu ersetzen waren.

War das ein schlechtes Gewissen? Arnold starrte auf die Unterlagen auf seinem Schreibtisch, stand dann auf und verschränkte die Arme hinter dem Rücken. Manchmal musste man Gelegenheiten nutzen. *Ich habe damals das Richtige getan, für unsere Familie. Hätte ich Bettina nicht geheiratet, hätte ich das Geschäft ihres Vaters nicht erben können, und es hätte das* Warenhaus Wessling *womöglich nie gegeben. Für so ein Unterfangen genügte Geld allein eben nicht.*

Habe ich ihr damit unrecht getan? Hat sie Richard doch mehr geliebt als mich?

Es schmerzte, daran zu denken. Er hatte Bettina nicht wegen ihres Vaters geheiratet, nicht wegen der Möglichkeiten, die sich daraus ergaben. Er hatte es aus Liebe zu ihr getan. Auch heute noch war sie der ruhende Pol in seinem Leben. Sie war diejenige, auf die er sich immer verlassen konnte, die Hälfte seiner Seele. Er hoffte aus vollem Herzen, dass sie ähnlich fühlte.

Achtundvierzigstes Kapitel

Paris, Sommer 1900

Gute Güte, Lynette, das ist ja nicht zum Aushalten!«

Lynette zuckte zusammen. Inzwischen war der Juli erreicht. In knapp zwei Wochen würden die Kleider allesamt fertiggestellt sein, und dann würde Madame Souza nach Frankfurt reisen. Beim Gedanken daran hatte sich ihr heute Morgen nicht zum ersten Mal der Magen zusammengezogen. Sie fuhr sich noch einmal kurz mit den Ärmeln über die Augen, so schnell, dass man es hoffentlich kaum wahrnahm, und drehte sich zu ihrer Freundin um.

»Was ist, Agathe?«

»Weinst du etwa?«

Agathe schaute sie prüfend an. Lynette biss sich auf die Lippen und schüttelte heftig den Kopf.

»Nein, natürlich nicht«, stieß sie dann hervor.

»Doch.« Agathe rückte näher und sah sie prüfend an. »Ich sehe es doch. Du denkst schon wieder an den *boche*.«

»Nein ...«, beharrte Lynette mit zitternder Stimme und errötete. »Nein«, wiederholte sie dann noch einmal trotzig. »Ich weine bestimmt nicht.«

Agathe beugte sich vor, nahm Lynette bei den Armen und schaute ihrer besten Freundin tief in die Augen. »Du kannst ihn nicht vergessen, nicht wahr?«

»Doch, doch, ich kann ...« Lynette ärgerte sich über das Zittern in ihrer Stimme.

»Ach, Täubchen«, murmelte Agathe und legte ihr dann den Arm um die Schultern. Lynette wollte sich erst dagegen wehren, dann spürte sie, wie ihr eigener Körper weich wurde unter Agathes Berührung. Und dann brach alles über ihr zusammen, der Schmerz und die Sehnsucht nahmen ihr den Atem. Ihre Schultern bebten, noch kämpfte sie gegen die neuen Tränen an – vergeblich ... Agathe drückte sie an sich.

»Es geht vorbei«, murmelte sie. »Ich weiß, es geht vorbei.«

»Das weiß ich doch auch«, schluchzte Lynette, »aber jetzt, im Moment, da tut es so furchtbar weh.«

»Ich weiß, meine Süße.«

Lynette löste sich von ihr und rieb sich noch einmal über die Augen. Ihr Schluchzen verebbte nach und nach.

»Weißt du, dieser Tag mit ihm, dieser wunderschöne Tag. Es war, als würden wir uns schon seit Langem kennen. Wir haben miteinander geredet. Er hat mir von Deutschland erzählt und wollte alles über Paris wissen.« Sie stockte. »Vielleicht hat er mich ja längst vergessen. Denkst du, das wäre möglich?«

Agathe zuckte die Achseln.

»Das kann keiner wissen. Denkst du denn, er hat dich vergessen? Fühlst du etwas?«

»Nein, aber was würde das ändern? Gar nichts. Ich werde ihn nicht wiedersehen. So ist es doch, nicht wahr?« Lynette straffte den Körper. »Komm, wir müssen weiterarbeiten. Madame Souza wartet gewiss schon.«

Neunundvierzigstes Kapitel

Frankfurt am Main, 1900

Nach dem gemeinsamen Frühstück, zu dem die Fürsts Jakob an diesem Sonntag eingeladen hatten, hatte Cassandra auf ihre manchmal so kindlich bestimmende Art darauf bestanden, einen Spaziergang durch den Günthersburgpark zu machen.

»Ach, bitte«, hatte sie gerufen und zwischen Jakob und ihrem Vater hin und her geschaut. »Bitte, lasst uns hinausgehen. Es ist so schönes Wetter.«

Gustav Fürst hatte milde gelächelt und die jungen Leute ermutigt. Jakob hatte genickt. Manchmal kam es ihm wie in diesem Moment so vor, als bekäme er eine winzige Ahnung davon, wie das Leben an Cassandras Seite aussehen würde. Sie war eine hübsche Frau, sie wusste zu präsentieren, aber sie war immer noch nicht erwachsen und würde es vielleicht auch nie werden. Niemand hatte je Rücksichtnahme von ihr verlangt, kein Wunsch war ihr je abgeschlagen worden.

Doch es war auch schön mit ihr, versuchte Jakob sich Mut zu machen. Sie kannten sich von früher, sie teilten gemeinsame Erlebnisse.

Aber sie ist mir nicht so vertraut, wie es mir Lynette nach nur einem gemeinsamen Tag war.

Während sie nebeneinander herschritten, plauderte Cassandra unablässig, machte ihn auf Mammutbäume, Schwarzkiefern, Blauglocken- und Geweihbäume aufmerksam, die sie von gemeinsamen Ausflügen mit ihrem Vater kannte, und Jakob war durchaus überrascht davon, wie gut sich die junge Frau in der Botanik auskannte. Sie erreichten die Orangerie der alten längst vergangenen Villa Günthersburg. Cassandra lief ein paar Schritte vor und wirbelte dann lachend zu ihrem Verlobten herum.

»Wenn wir verheiratet sind«, sagte sie. »Dann möchte ich, dass wir zusammen nach Paris fahren, ja? O ja, o ja.« Sie klatschte in die Hände. »Wenn wir verheiratet sind, dann fahren wir nach Paris, und du zeigst mir alles.«

Jakob nickte, während sich ihm der Magen zusammenzog.

Fünfzigstes Kapitel

Paris, Spätsommer 1900

»Madame Souza, Sie hatten mich rufen lassen?«

»Lynette, da bist du ja schon …« Madame Souza kniff die Augen zusammen und erhob sich dann ächzend von ihrem gepolsterten Stuhl. Auf ihrem Arbeitstisch herrschte ein für Lynette ungewohntes Durcheinander. Mehrere Abbildungen lagen da, die Madame Souza offenbar aus Katalogen herausgetrennt hatte. Sie räusperte sich, dann hustete sie. »Lynette«, sagte sie noch einmal, »wie du selbst weißt, sind die Kleider für Frankfurt endlich fertig geworden, doch ich leide unter einem schlimmen Husten und einer allgemeinen Schwächung meiner Konstitution …«

Lynette verschränkte die Hände ineinander. Sie hatte Madame Souza vorher nicht husten hören, aber ihr war sehr wohl bekannt, dass die alte Dame Paris in den letzten dreißig Jahren niemals verlassen hatte. Sie hatte Angst.

»Hast du keine Angst?«

»Nein.« Lynette schaute das Kleid nachdenklich an. Heute war es endlich fertig geworden. Sie steckte ihre Nadeln in ihr Mäppchen, sammelte Fadenreste und Perlen von ihrem Tisch. Jetzt, da ihre Mutter sie fragte, bemerkte sie, dass sie sich gar keine Gedanken darum gemacht hatte. Sie hatte an Jakob gedacht und daran, dass sie ihn wiedersehen würde. Sie hatte ihn nicht vergessen, ihre Erinnerungen waren noch so frisch wie an dem Tag, den sie gemeinsam verbracht hatten.

»Du wirst auf dich aufpassen, ja? Du machst nichts Unbedachtes?«, drang Christine in sie.

Lynette schüttelte den Kopf. Sie wusste, dass ihre Mutter ihr am liebsten verboten hätte zu gehen, aber zur gleichen Zeit hatte sie auch zu viel Sorge, Madame Souza zu verstimmen. Lynette streckte die Hand aus.

»Ich werde auf mich aufpassen, ich verspreche es.«

Sie schaute ihre Mutter fest an. Christine sah müde aus; so sah man aus, wenn man den Tag über der Nadel zugebracht hatte, bis es zu dunkel war, um vernünftig zu arbeiten.

»Wirst du Papa beruhigen können?«, sagte Lynette dann in einem scherzenden Tonfall.

Christine lachte, auch wenn man hören konnte, dass ihr nicht wirklich danach war.

»Ich tue mein Bestes.«

Noch am Morgen der Abreise wollte Lynette erneut der Mut verlassen.

»Lass uns hierbleiben«, flehte sie ihre Freundin an. »Er wird mich längst vergessen haben. Ich mache mich zum Gespött der Leute.«

»Kommt nicht infrage.« Agathe zog Lynette in Richtung Zug. Dritte Klasse. Sie meinte vor Aufregung keine Luft mehr zu bekommen.

Das Jubiläum

1900

Einundfünfzigstes Kapitel

Frankfurt am Main, August 1900

Gute drei Stunden bevor das Warenhaus Wessling um neun Uhr zum Start der vier Wochen andauernden Jubiläumsfeierlichkeiten geöffnet wurde, war Jakob in das Kaufhaus gekommen. Arnold hatte gesagt, dass er sich darauf verlasse, dass alles seinen rechten Gang gehe, und Jakob brachte sich durch die Arbeit davon ab, an seine eigene Hochzeit zu denken, die zu den Höhepunkten der Feierlichkeiten Anfang September gehören würde.

Bis spät in die Nacht hatten die Arbeiter gestern noch letzte Hand bei der Dekoration angelegt. Auf dem Treppenabsatz zwischen dem Erdgeschoss und dem ersten Stock war ein Gemälde der Familie Wessling und ihrer nächsten Anverwandten aufgestellt worden: Arnold, dessen Brüder, die Ehefrauen, Kinder und Kindeskinder. Als Jakob die Treppe hinaufkam, stand Richard gerade davor und betrachtete das Bild nachdenklich. Jakob blieb ebenfalls stehen.

»Ich habe mir sehr gewünscht, dass Bettina heute bei uns sein kann«, sagte Richard langsam. »Ich hatte gehofft, dass es ihr gut genug geht.«

Jakob zögerte, legte seinem Onkel dann für einen Moment die Hand auf den Rücken. Da war eine Unruhe, die von Richard ausging, eine Art inneres Beben. Die wenigen Male, die man über Richard geredet hatte, erinnerte er sich, hatte es immer geheißen, der Mittlere der drei Wessling-Brüder lasse sich durch nichts aus der Ruhe bringen, aber der älter gewordene Richard war offenbar anders. Jetzt holte er tief Atem, und seine Schultern bewegten sich nach oben.

»Es tut mir leid, Onkel Richard«, sagte Jakob. »Der Schwächeanfall kam trotz allem überraschend.«

»Sie ist nicht gesund.« Richard ließ die Schultern wieder sinken. »So etwas *sollte* uns wohl nicht überraschen und doch ...« Er schaute zur Seite, drehte sich dann abrupt weg. Jakobs Hand rutschte von seinem Rücken herab. »Deine Verlobte«, sagte Richard mit schwachem Lächeln. Jakob sah in die angedeutete Richtung. Am Treppenaufgang war zu seiner Überraschung tatsächlich Cassandra aufgetaucht. Er fühlte sich im einen Moment unbehaglich und schämte sich im nächsten dafür. So früh am Tag hatte er sie nicht erwartet. Sie wirkte aufgeregt. Tatsächlich wurde Cassandra immer nervöser, je näher der Tag aller Tage rückte.

»Soll doch jemand bei dir bleiben? Soll ich Jakob Bescheid geben oder Ludmilla? Ich könnte auch nach Antonie schicken lassen, wenn dir das lieber ist«, überlegte Arnold laut. Antonie war nach einem kurzen Aufenthalt in Hamburg bei ihrem Mann und den Kindern auf den dringlichen Ruf ihres Vaters hin noch einmal nach Frankfurt gekommen, um ihre Mutter zu unterstützen. Arnold musste zugeben, dass er nicht sicher gewesen war, ob sie der Bitte folgen würde, aber Antonie hatte nicht gezögert. Ausnahmsweise hatte Arnold seine Tochter persönlich vom Centralbahnhof abgeholt. Sie waren sich so fremd gewesen, dass sie anfangs wie entfernte Verwandte miteinander umgegangen waren. Er hatte sich gefragt, ob sie noch eifersüchtig auf Jakob war.

»Soll ich Antonie holen?«, fragte er jetzt. »Sag es nur, bitte!«

Bettina schüttelte den Kopf.

»Es geht schon. Ich fühle mich heute sogar besser als in den letzten Tagen. Ich erhole mich bestimmt wieder. Ich brauche nur noch etwas Ruhe.« Ihre Stimme ging etwas schleppend, und manchmal gab es da ein leichtes Zucken in ihrem Gesicht, das zeigte, dass sie wohl auch Schmerzen litt, aber er wollte ihr glauben. Sie lächelte. »Und nun tu, was du tun musst, Arnold, zeig ihnen das schöne neue Gebäude, zeig aller Welt, was unser *Wesslings* wert ist.«

»Meinst du wirklich, mein Herz?« Arnold schaute seine Frau prüfend an. Es berührte ihn, wie sie »unser Wesslings« gesagt hatte. »Vielleicht sollte ich ja bei dir bleiben?«

»Ja, natürlich meine ich das. Und nein, du sollst nicht bleiben.« Bettina nickte bekräftigend. »Ich bin eine erwachsene Frau. Ich kann für mich selbst sorgen.«

Arnold griff nach ihrer Hand. Sie war so eiskalt, dass er schaudern musste, und er hielt sie zwischen seinen Fingern, um sie zu wärmen.

»Du kannst aber jederzeit nach mir schicken, Betty, ja? Ich werde kommen, ganz gleich, wo ich gerade bin oder was ich mache ... Nur ein Wort von dir ...«

»Ich weiß«, unterbrach sie ihn ruhig. Es fühlte sich gut an, dass sie ihm vertraute. Er sah ihr tief in die Augen.

Dann löste sie ihre Finger aus den seinen.

Sie musste plötzlich an Richard denken und daran, dass es jetzt endgültig zu spät war, dem Leben eine andere Richtung zu geben.

Der Zug war mit einer kleinen Verspätung eingefahren, danach hatte es eine Zeit lang gedauert, bis alle Passagiere mitsamt ihrem Gepäck aus den Waggons ausgestiegen waren. Nun standen Agathe und Lynette endlich vor dem Eingang des Frankfurter Centralbahnhofs und schauten sich staunend um. Sie kamen aus einer großen Stadt, einer Hauptstadt sogar, aber auch dieses Frankfurt war groß genug, um zu verwirren.

Lynette schaute nicht zum ersten Mal auf das Zettelchen, wo sie sich die Adresse notiert hatte, und musste feststellen, dass sie nie darüber nachgedacht hatte, wie um Himmels willen sie den Weg dorthin finden sollten. Während sie noch mit sich haderte, kehrte Agathe gerade zu ihr zurück. Die zwei großen Koffer mit den Kleidern waren ausgeladen worden und würden direkt ans Warenhaus Wessling geliefert werden, nun mussten auch sie beide den Weg dorthin finden.

»Vielleicht hätten wir die Lieferanten fragen können, ob sie uns mitnehmen?«, fiel es Agathe etwas zu spät ein.

Lynette zuckte die Achseln, während sie nicht zum ersten Mal nervös an den Ärmeln ihres neuen Reisekleids zupfte. Es war das erste vollkommen neue Kleid seit Langem, das sie ihr Eigen nennen durfte. Madame Souza hatte es ihr extra für die Reise zur Verfügung gestellt. Ihre Mitarbeiterinnen sollten nur den besten Eindruck machen. Lynette seufzte.

»Dafür ist es jetzt wohl zu spät«, sagte sie dann und wusste, dass es jetzt wohl an ihr war, ihr Glück auf Deutsch zu versuchen. Es fiel ihr nicht leicht – jetzt, da sie in der Fremde stand, wurde ihr erst recht bewusst, dass sie Paris noch nie verlassen hatte –, aber schließlich traute sie sich, einen Zeitungsjungen nach dem Warenhaus Wessling zu fragen, und der hatte ihr tatsächlich Antwort geben können.

Wenig später überquerten sie den Bahnhofsplatz. Vor dem

Hotel Continental schenkten ihnen zwei junge Offiziere ein etwas freches Lächeln. Lynette errötete bei dem Gedanken daran, wofür man sie womöglich hielt. Für ein paar Schritte hielt sie die Augen auf den Bürgersteig gerichtet, doch sie war einfach zu neugierig.

Kaiserstraße las sie auf einem Straßenschild. Es war eine prächtige Straße, voller neuer moderner Häuser. Der Junge, den sie gefragt hatte, hatte ihr gesagt, dass es nicht weit bis zur Zeil sei, wo sich das Warenhaus Wessling befand. Man müsse eigentlich immer nur geradeaus gehen und habe in etwa – an dieser Stelle hatte er sie prüfend angesehen – dreißig Minuten sein Ziel erreicht.

Sie mochten jetzt gut zwanzig Minuten unterwegs sein. Lynette fragte sich zum ersten Mal seit Längerem, was sie tun würde, wenn sie Jakob gegenüberstand. Und wie würde er reagieren?

Arnold nahm die Glückwünsche zum Jubiläum und zum Erweiterungsbau mit wachsendem Stolz entgegen und spürte, wie er sich zunehmend entspannte. Er sah Menschen, die den Kopf in den Nacken legten, um das neue gewölbte, grau schimmernde Glasdach weit oben zu bewundern. Er sah zwei Herren, die die so echt aussehende Marmorimitation an den Säulen begutachteten, und eine Dame, die sich die Freitreppe hinunterführen ließ, als befände sie sich auf dem Weg zu einem Ball und nicht in einem Kaufhaus, wenn es auch das Warenhaus Wessling war.

Allenthalben bewunderte man die Stuckornamente. Das Geländer der Treppe ließ diese wie einen Kranz wirken, der den Raum umschloss. Vom Dach hingen einzelne Lichter wie Perlen aufgereiht herab und würden, sobald es dunkel wurde, ihre volle Pracht entfalten. Die Waren präsentierten sich in dem neuen weitläufigen Raum ganz unaufdringlich und wirkten auf diese Weise noch begehrenswerter.

In der Mitte plätscherte zwischen künstlichen Bäumen, die ebenfalls als Beleuchtungskörper dienten, ein Brunnen. Regale und Kästen, ebenso die Ausstellungstische waren mahagonifarben, die Wände ansonsten glatt und ungeschmückt, um das Auge nicht unnötig abzulenken.

Zwischen den Waren bewegten sich inzwischen immer mehr Kundinnen in eleganten Kleidern, die meisten von ihnen zog heute der neu gestaltete Bereich für die Damenhüte an, wo man auch Pariser Originale erstehen konnte. Vor den Fenstern zum Hof, der das alte und das neue Gebäude miteinander verband, standen mehrere große, kräftig grüne Palmen. Im neuen Teppichsaal schmückten die kostbarsten Teppiche die Wände.

Arnold war klar, dass er alles Menschenmögliche getan hatte, und er hoffte, dass dies genug sein würde. Er hoffte es, doch er konnte es nicht sagen.

Für die Verkäuferinnen und Kassenmädchen waren die Feierlichkeiten ein Tag wie jeder andere. Nein, ganz sicher bedeuteten sie noch ein wenig mehr Arbeit. Eine Dame erkundigte sich nach Schürzen für ihr Personal. Juliane führte sie in den breiten Gang, in dem unzählige davon in unterschiedlichster Größe aufgehängt waren, die den Eindruck erweckten, als wäre der Raum mit unzähligen bunten Fahnen festlich geschmückt. Die junge Frau hatte ihre Augen überall, beobachtete die Kundinnen ebenso, wie sie die Arbeit der neuen Kassenmädchen und der Jungverkäuferinnen verfolgte, jederzeit bereit, helfend einzugreifen.

Von ihrer Abteilung sollte man nur das Beste berichten. Vielleicht lebte sie allein, sicherlich würde sie nie heiraten, aber sie war stolz auf ihren Beruf, und sie würde alles dafür tun, dass er sie weiter stolz machte. Das war das Wichtigste in ihrem Leben.

Für einen flüchtigen Moment dachte Juliane daran, wie sie als Kind am Tag der Einweihung vom Warenhaus Wessling mit Jakob und den anderen im alten Teppichsaal gespielt hatte, wie Antonie auf sie hatte aufpassen sollen, und wie sie fortgelaufen war, um sich ein eigenes Bild dieses riesigen Kaufhauses zu machen.

Sechs Jahre später hatte sie dann als Kassenmädchen begonnen. Damals hatte ihr Frau Beyerlein gesagt, es sei ganz ausgeschlossen, dass ein einfaches Kassenmädchen jemals zur Lagerdame aufsteige, aber sie hatte es geschafft. Und Frau Beyerlein hatte sich geirrt.

»Sind Sie zufrieden, Juliane?«, fragte Fritz Karl sie, der immer noch die Fähigkeit besaß, überraschend aufzutauchen, ohne dass man ihn vorher bemerkt hatte. Doch Juliane erschrak schon lange nicht mehr.

»Natürlich«, sagte sie selbstbewusst. »Wir tun unser Bestes, nicht wahr?«

Sie warf noch einmal einen prüfenden Blick um sich. O ja, sie waren erfahren, und sie hatten alles im Griff. Fritz Karl nickte ihr zu. Keiner kennt mich besser als er, dachte Juliane, keinem vertraue ich mehr als ihm.

Der Anblick vom Warenhaus Wessling war unerwartet, denn vor dem Gebäude drängte sich zu Lynettes und Agathes Überraschung auch gegen sechs Uhr abends noch eine Masse von Menschen, die die Eingänge völlig verdeckte. Ein

Duft von Würstchen lag in der Luft, Leierkastenmusik war zu hören. Ein paar sammelten sich rechts und links an den Ständen, an denen Essen und dergleichen mehr verkauft wurde.

Die Stimmung erinnerte eher an einen Jahrmarkt als an ein gewöhnliches Kaufhaus. Unablässig strömten Menschen ins Gebäude hinein. Andere wiederum kamen heraus, blieben stehen, um sich zu sammeln, zu schwatzen, zu lachen, oder auch zu schimpfen, weil der Weg durch wieder andere blockiert war.

Lynette und Agathe entschieden sich hineinzugehen, doch es dauerte eine ganze Weile, bis die beiden jungen Französinnen dem Eingang endlich näher rückten, dann aber wurden sie mit einem Mal mitgerissen, als wären sie in einen Strudel geraten, dem sie hilflos ausgeliefert waren und dem sie aus eigener Kraft nicht mehr entkommen konnten.

Für einen Moment wurden die Körper der anderen Menschen, ihre Stimmen und Bewegungen beängstigend laut. Panisch wollte Lynette gegen den Strom ankämpfen, begriff dann schnell, dass dies unmöglich war, und ließ sich treiben.

Als sie die Türen endlich ein gutes Stück hinter sich gelassen hatten, verteilte sich die Menge mit einem Mal, und Agathe und sie konnten wieder atmen. Lynette rettete sich zu einem Tisch hinüber und griff nach Agathes Hand, froh, die Freundin nicht verloren zu haben. Die beiden Frauen hielten einander fest wie die letzten Überlebenden eines Schiffbruchs, während sie versuchten, ihre schnell klopfenden Herzen zu beruhigen.

»Lynette, alles in Ordnung? Geht es dir gut?«

»Alles in Ordnung, und du?«

»So viele Menschen.« Agathe schüttelte den Kopf. »Das

sind ja so viele Menschen. Ich muss sagen, ich bin überrascht. Was ist denn hier los?«

»Es scheint, sie feiern etwas.« Lynette schaute sich auf der Suche nach einer Erklärung um. Ein Schild auf dem nächsten Tisch erregte ihre Aufmerksamkeit. Sie drehte es zu sich hin: »Jubiläumsrabatt«, las sie.

»Was?« Agathe runzelte die Stirn.

»Sie feiern ein Jubiläum«, übersetzte Lynette ins Französische.

Sie sah sich nochmals sorgfältig um und dann, von einem Augenblick auf den anderen, spürte sie, dass sie jemand beobachtete. Wer beobachtete sie? Sie sah niemand, der ihr bekannt war. Da waren so viele Menschen in diesem Kaufhaus, so viele fremde Gesichter. Sie erkannte niemand, nein, wirklich nicht, sie … Noch einmal ließ sie den Blick langsam schweifen und dann … Jakob … Da war Jakob!

Lynette öffnete den Mund und schloss ihn wieder. Während sich ihre Blicke noch trafen, während sie einander ansahen, stand er wie erstarrt, dann drehte Jakob sich zu einem älteren Mann an seiner Seite hin und sagte etwas, bevor er sich kurz darauf in ihre Richtung in Bewegung setzte.

Während er die Treppe herunterkam, ließ Lynette ihn nicht aus den Augen. Als Jakob das Erdgeschoss erreichte, sah es aus, als würde sich die Menge vor ihm teilen. Hier und da grüßte ihn jemand, und er grüßte freundlich zurück. Offenbar kannten ihn viele Leute. Jemand sprach ihn an. Er wurde in ein kurzes Gespräch verwickelt, dann hatte er Agathe und sie erreicht.

»Lynette, Fräulein Meyer! Was machen Sie denn hier?«

Lynette öffnete den Mund, stockte dann verwirrt. Was sollte sie sprechen? Deutsch? Französisch? In ihrem Kopf war nichts als Leere. Sie hatte all Wörter verloren. Jakob, dachte sie dann, Jakob. Hatte sie eben noch gefürchtet, es könnte sich um ein Trugbild handeln, so bestand jetzt nicht der geringste Zweifel darüber, wer da vor ihr stand.

»Monsieur Wessling.« Sie hörte ihre eigene atemlose Stimme.

»Mademoiselle Meyer«, erwiderte er. »Ich ... Ich freue mich wirklich, Sie zu sehen.«

Er warf jetzt Agathe einen kurzen fragenden Blick zu. Die schaute den jungen Deutschen forschend an, bereit, die Herzensschwester sofort zu verteidigen. Endlich streckten Lynette und Jakob einander die Hände hin und schüttelten sie steif zur Begrüßung.

O ja, sie hatte damit gerechnet, dass sie sich fremd sein würden. Das war nicht schlimm. Sie kannten sich erst seit Kurzem und waren gleich so lange getrennt gewesen. Diese Fremdheit war keine Überraschung für sie. Sie wusste, sie würde vergehen.

»Jakob«, sagte sie leise und lächelte. Er erwiderte das Lächeln, wenn auch etwas zögerlich. Jemand drängte sich an ihnen vorbei. Jakob drehte sich halb zur Seite und schaute zu der Stelle hin, an der sie ihn zum ersten Mal gesehen hatte.

Der ältere Mann, mit dem er geredet hatte, stand noch da und sah zu ihnen herunter. An seiner Seite befand sich jetzt eine junge, sehr blonde Frau. Mit dem Blick, der durch die Jahre in Madame Souzas Atelier geschärft worden war, erkannte Lynette das maßgeschneiderte Kleid, das sie trug.

Jakob hatte sich unterdessen zu Agathe hingedreht.

»Mein Name ist Jakob Wessling«, sagte er und streckte ihr ebenfalls die Hand hin. »Ich glaube, wir kennen uns noch nicht?«

»Agathe Bouvier, ebenfalls Mitarbeiterin von Madame Souza.«

»Sehr erfreut, Sie kennenzulernen, Mademoiselle Bouvier.« Jakob schaute Lynette fragend an. »Gehe ich dann recht in der Annahme, dass die Kleider fertig sind? Vor einigen Tagen erst kam ein Brief aus Paris, den ich für meinen Onkel übersetzen musste, aber ich habe sie wirklich nicht so schnell erwartet. Wo ist Madame Souza? Hatte sie nicht vor, die Lieferung selbst zu begleiten?«

»Madame Souza ist leider plötzlich erkrankt und war deshalb nicht in der Verfassung zu reisen«, erklärte Lynette. Unwillkürlich schaute sie noch einmal zu dem älteren Mann und der Frau hin. Jakob entging ihre Aufmerksamkeit nicht.

»Das ist Gustav Fürst, einer der Besitzer vom Warenhaus Wessling, und seine Tochter Cassandra, die ich schon seit Kindheitstagen kenne. Sie wird sich ganz besonders darüber freuen, dass die Lieferung da ist. Sie spricht nämlich seit meiner Rückkehr aus Paris von fast nichts anderem mehr. Sind auch wirklich alle Kleider dabei?«

»Natürlich«, bestätigte Lynette, während sie Cassandra Fürst genau musterte. »Es ist nicht zu übersehen, dass Mademoiselle Fürst Geschmack hat«, sagte sie dann. »Das Kleid ist wunderschön.«

Jakob nickte, sah dabei aber vorübergehend etwas abwesend aus. Wahrscheinlich waren hübsche Kleider für einen Mann wie ihn nicht von Interesse, auch wenn er sie verkaufte. Eine neue Gruppe Kunden drängte sich an ihnen vorbei, dann fühlte Lynette Jakobs Hand an ihrem Ellenbogen.

»Sie sind sicher beide durstig und hungrig. Darf ich Ihnen vielleicht den Erfrischungsraum zeigen? Dort können Sie sich stärken.«

Er wartete die Antwort nicht ab. Noch bevor sie etwas sagen konnte, spürte Lynette, wie sie vorwärts geschoben wurde. Sie griff nach Agathes Hand. Zwei in ein Gespräch vertiefte Kunden schimpften, als sie durch das Dreiergrüppchen kurz voneinander getrennt wurden. Dann erreichten sie einen gemütlichen Raum mit Tischen und Stühlen. Zielsicher gelang es Jakob, einen Platz für die beiden jungen Frauen zu finden. Sofort verschwand er wieder und kehrte mit Sandwichs und großen Limonadengläsern zurück.

»Setzen Sie sich doch, bitte, setzen Sie sich. Sie müssen wirklich sehr müde sein.«

Lynette und Agathe taten, wie ihnen geheißen. Lynette nahm einen langen, durstigen Schluck. Wirklich, sie hatten schon lange nichts mehr gegessen und getrunken, wie lange, fiel ihr erst jetzt auf.

»Wenn Sie hier fertig sind, gehen Sie bitte in den dritten Stock zum Büro meines Onkels. Er ...« Lynette bemerkte, dass Jakob sie in diesem Moment fest anschaute. »Er ist der Gründer und ebenfalls einer der Besitzer vom Warenhaus Wessling. Dort wird man Ihnen auch sagen, wo Sie übernachten können. Ich komme dazu, sobald ich kann. Wie lange haben Sie vor zu bleiben?«

»Madame Souza hat uns angewiesen, erst abzureisen, wenn wir wissen, dass alles seine Richtigkeit hat«, hörte Lynette sich sagen.

»Wenn nötig, können wir auch Änderungen vornehmen ...«, fügte Agathe hinzu. Jakob sah sie abwesend an – sicherlich hatte er an einem solchen Tag viel zu bedenken –, dann gab er sich einen Ruck.

»Sehr gut, ich bin mir sicher, dass Sie uns beide von großem Nutzen sein werden, Mademoiselles Meyer und Bouvier«, sagte er dann mit einem Lächeln. »Heute ist übrigens der erste Tag unserer vierwöchigen Jubiläumsfeierlichkeiten. Speis und Trank sind frei. Bitte nehmen Sie sich also von allem und so viel, wie Sie wollen. Ich werde jetzt sofort nach meinem Onkel suchen. Er wird hocherfreut über die guten Nachrichten sein.«

»Wer sind diese beiden?«

Cassandra stand immer noch an der Stelle, an der Jakob gemeinsam mit ihrem Vater gestanden hatte, während sich Gustav Fürst bereits auf dem Heimweg befand.

»Zwei Näherinnen aus Paris. Sie arbeiten für das Atelier Souza«, gab Jakob zur Antwort, dann griff er nach Cassandras Arm und machte eine Bewegung, sodass sie sich bei ihm unterhaken musste. Im nächsten Moment war da ein Geräusch, das ihn verwirrte, das er nicht einordnen konnte. Er sah zu ihr hin und registrierte dann erleichtert ein Lachen.

Mit einem Mal hatte er das Bedürfnis, sie abzulenken. Er wollte nicht, dass sie weitere Fragen stellte, er wollte sie nicht anlügen. Die ganzen letzten Wochen und Monate hatte er sich eingeredet, er wäre letztlich doch damit einverstanden, sie zu heiraten. Er fühlte sich wohl an ihrer Seite. Das Kaufhaus würde nur mit ihrem Vater als Teilhaber weiterbestehen können. Er hatte keine andere Wahl gehabt, aber jetzt, als er Lynette wiedergesehen hatte, erkannte er, dass er sich selbst belogen hatte. Er würde die Wahrheit sagen müssen, eher früher als später, doch nicht heute Abend. Noch war er selbst viel zu überrascht von den Entwicklungen. Nicht dass er sie auch nur einen Moment vergessen hätte, nein, aber er hatte nicht daran geglaubt, Lynette jemals wieder zu begegnen.

Cassandra, ich will dich nicht verletzen.
Sie zupfte ihn am Ärmel.
»Und warum sind die beiden hier?«, erkundigte sie sich, machte sich dann los, um einen Schritt von ihm wegzutreten, und klatschte in die Hände. »Sie haben die Kleider mitgebracht, nicht wahr? Deshalb sind sie hier. Warum hast du mir das nicht gleich gesagt? Sie sind hier und haben die Kleider mitgebracht! Meines auch, ja? Haben Sie mein Hochzeitskleid gebracht? Oh, natürlich, natürlich haben sie das. Und es ist sicherlich wunderschön geworden, und ich werde mich wie eine Prinzessin darin fühlen. Ach, Jakob, wenn es nicht vollkommen unanständig wäre, würde ich dich jetzt küssen.«
Sie lachte glockenhell auf und klatschte wieder in die Hände. Jakob zuckte zusammen.
Wie sollte er ihr die Wahrheit sagen? Sie war so glücklich ... Es war alles schon zu spät. Die Hochzeitsvorbereitungen waren in vollem Gang. Sie würde ihm das nie verzeihen, und ihr Vater auch nicht.
Er schaute in Cassandras sehr blaue Augen. Es war nicht ihre Schuld, dass er sie nicht liebte, es war nicht ihre Schuld, dass etwas Größeres von ihrer Verbindung abhing, etwas, das über die Bedürfnisse zweier Menschen hinausging. Jetzt, in diesem Moment, wusste er, dass er niemals die Zustimmung zu dieser Hochzeit hätte geben dürfen.
In Gedanken versunken vernahm er nicht gleich, dass Cassandra wieder etwas gesagt hatte.
»Wie bitte?«
»Hörst du mir jetzt nicht mehr zu?« Cassandra spielte für einen Moment die Beleidigte, dann lachte sie schon wieder. Er hatte sie lange nicht mehr so zufrieden und fröhlich erlebt.

Die Nachricht, dass das Kleid eingetroffen war, beflügelte sie ganz offensichtlich. »Ich habe gesagt, ich bin überrascht, dass die Mitarbeiterinnen des Ateliers so einfach gekleidet sind. Du hast doch gesagt, sie seien absolute Könnerinnen ihres Fachs.«

»Es sind Näherinnen, Cassandra.« Jakob zuckte die Achseln. »Sie machen die Kleider, die Frauen wie du tragen, aber sie tragen sie nicht selbst. Es sind einfache Frauen.«

»Das ist doch aber sehr schade.« Cassandra schaute ihn einen Moment länger an, als müsste sie seine Worte erst noch etwas auf sich wirken lassen. Dann hakte sie sich wieder bei ihm ein. »Wie wunderbar, dass das Kleid da ist. Wie ausgesprochen wunderbar. Werden die beiden eigentlich hier im Haus übernachten?«

»Ich gehe davon aus. Ich muss noch mit meinem Onkel darüber sprechen.«

»Tu das. Würdest du mich vorher bitte zu meiner Kutsche begleiten? Der Tag war doch sehr lang, und ich bin jetzt müde. Das Kleid kann ich sicherlich ohnehin nicht ansehen, oder?« Sie legte den Kopf schräg und strich über seinen Arm.

»Nein«, hörte Jakob sich sagen, »die Kleider sind vorerst zur Kontrolle im Lager.«

Jakob war sicher, dass man für Cassandra eine Ausnahme machen würde, aber er war doch erleichtert, als sie ohne Widerrede akzeptierte, was er sagte. Er wollte nicht, dass Lynette und sie zusammentrafen. Er musste zuerst mit Cassandra reden, doch er wusste einfach noch nicht, wie er das anstellen sollte.

Zweiundfünfzigstes Kapitel

In dem Moment, als Ludmilla Falk sah, hätte sie schwören können, dass er ein Gespenst gesehen haben musste, wenn sie denn an Gespenster geglaubt hätte. Er war kreidebleich im Gesicht und kam mit einem leichten Taumeln auf sie zu.

Wie ein Totengräber sieht er aus in seinem schwarzen Anzug, schoss es ihr durch den Kopf, und sie spürte, wie ihr Hals vorübergehend enger wurde.

»Ludmilla«, brachte er heraus, mehr nicht. Es waren seine Augen, denen sie ansah, dass er etwas nicht sagte, etwas, das in ihm brannte und herauswollte. Ein Schauder überlief sie, eine Ahnung, die sie inständig hoffen ließ, dass er es dabei belassen würde. Zum ersten Mal wollte sie nicht wissen, was sich hinter diesem bleichen Gesicht verbarg.

Unwillkürlich drehte sie sich zu einem der Rabatttische hin, dessen Angebot sie bereits mehr aus Neugier denn aus Notwendigkeit durchstöbert hatte. In der Hand hielt sie einen Augenblick später Bänder und einen kleinen Blumenschmuck. Sie schaute Falk an, der ihren Blick irritiert erwiderte.

»So etwas kaufen die Leute, ja?«, hörte sie sich fragen. Falk starrte etwas länger auf die Dinge in ihrer Hand. Sie sah, wie er langsam nickte.

»O ja, so etwas kaufen die Leute. Das weißt du doch ...«
Ludmilla ließ ihre Ausbeute kopfschüttelnd wieder auf den Tisch fallen. Eine Verkäuferin kam herbei, um das Ganze erneut ansprechend anzuordnen. Falk öffnete den Mund, und sie hoffte, dass er nicht doch noch aussprach, was sie so bedrohlich funkelnd hinter seinen Augen erahnte. Er räusperte sich.

»Bitte, Falk«, entschlüpfte es ihr. »Bitte nicht jetzt.«

Da waren tiefe Furchen auf seiner Stirn, als er sie jetzt ansah. Dann hörte sie ein Geräusch, ein leises, bellendes Lachen.

»Nein, ich sage nichts«, sagte er. »Was sollte ich auch sagen ... Nein, ich schweige wie ein Grab. Ich habe so lange geschwiegen, warum sollte ich jetzt noch sprechen? Es ist ohnehin zu spät.«

Jakob brachte Cassandra zu der Kutsche, die sie nach Hause bringen würde. Natürlich hatte sie auch noch auf dem Weg dorthin von dem Kleid gesprochen, und er hatte gefühlt, dass er unter jedem ihrer Worte zusammenzuckte. Er schämte sich für die Erleichterung, die er empfand, weil sie den Französinnen nicht begegneten, aber es war gewiss nur eine Frage der Zeit, bis Lynette oder Agathe von der Hochzeit erfuhren. Irgendjemand würde ihnen davon erzählen.

Er öffnete die Tür zu Cassandras Kutsche, bot ihr seine Hand und half ihr beim Einsteigen. Cassandra nahm Platz und strich ihr Kleid glatt.

Meine Verlobte, dachte er.

»Grüße bitte deinen Vater von mir«, sagte er laut. »Und wünsche ihm eine sehr gute Nacht.«

»Das mache ich.« Cassandra ordnete ihre Röcke. »Sehen wir uns morgen?«, fragte sie dann.

Erneut spürte Jakob das Bedürfnis, ihr auszuweichen. Er wusste, dass das falsch war, aber was sollte er tun? Er wusste noch nicht, wie er ihr die Wahrheit sagen konnte.

»Wenn es mir möglich ist ...«, hörte er sich sagen.

»Bitte. Ich muss dich einfach sehen.« Cassandra schob schmollend die Unterlippe vor, dann beugte sie sich unvermittelt noch einmal so weit vor, wie es ihr mit dem Korsett möglich war. »Bald werden wir verheiratet sein, Jakob, dann sehe ich dich ohnehin jeden Tag, aber bis dahin ... Bis dahin, verstehst du?« Sie lächelte. »Ich vermisse dich so unendlich. In jeder Sekunde, in der ich dich nicht sehe, vermisse ich dich.«

Jakob nickte, während sich sein Magen zusammenzog.

»Ich dich auch«, krächzte er. Sie lächelte. Offenbar fiel ihr nichts auf an seinem Verhalten.

Was bin ich doch für ein perfekter Lügner. Er ekelte sich selbst an.

»Küss mich«, sagte Cassandra plötzlich.

»Hier?« Er sah sich um.

Sie streckte die Hand zu ihm hin.

»So zögerlich? Du musst mich nicht beschützen. Es ist doch nur ein kleiner Kuss. Ein Siegel auf das weitere Versprechen, das wir uns bald geben werden. Komm, gib mir die Hand.«

Das konnte er ihr nicht verweigern. Er ließ sich von ihr in die Kutsche ziehen. In seinem Rücken war ein Geräusch zu hören. Helmut, der alte Hausdiener, der sie auf dem Weg nach draußen freundlich gegrüßt hatte, zog sich geräuschvoll zurück. In der Kutsche stand Jakob jetzt mit eingezogenem Kopf halb über seine Verlobte gebeugt. Cassandra legte den Kopf in den Nacken und präsentierte ihm ihren Mund. Es war ein schöner Mund, weich und geschwungen, rosig.

Aus ihrer Haltung und ihren zaghaften Bewegungen sprach eine rührende Unsicherheit, doch Jakob spürte nichts als eine ungeheure, niederschmetternde Verzweiflung. Er küsste sie rasch. Sie küsste ihn ebenfalls und gab ihm dann einen zaghaften Schubs.

»Bis morgen.«

»Bis morgen.«

Jakob stieg aus der Kutsche aus. Diese setzte sich wenig später in Bewegung, und er stand da, bis sie aus seinem Sichtfeld verschwunden war, bevor er sich umdrehte und zurück ins Gebäude ging. Der alte Helmut, der das Geräusch gehört haben musste, wartete am Eingang auf ihn, stolz in seiner neuen Livree. Als er jünger gewesen war und Jakob noch ein Kind, hatte er davon geträumt, im Warenhaus Wessling aufzusteigen, doch dazu war es nicht gekommen. Trotzdem zeigte er keine Bitterkeit. Er war ein freundlicher Mensch, der für alle ein Lächeln hatte.

»Ich freue mich so für Sie, Herr Wessling«, sagte er jetzt. »Sie werden bestimmt ein wunderbares Paar, und Sie bekommen reizende Kinder.«

»Ja«, antwortete Jakob, froh, zumindest diese Antwort herauszubekommen.

Dann kehrte er ins Gebäude zurück. Viele der Tische wiesen schon sichtbare Lücken auf. Er sah Juliane, die einige jüngere Verkäuferinnen dazu anhielt, diese aufzufüllen. Ihre Blicke trafen sich wieder einmal an diesem Tag. Juliane sah ernst aus, doch als Jakob lächelte, tat sie es auch. Kurz vor der Treppe beschleunigte er etwas und lief die ersten Stufen mit Schwung hinauf.

Vor dem Gemälde hatten sich ein paar letzte Gäste versammelt und sprachen angeregt miteinander. Jakob grüßte und lief dann ohne anzuhalten weiter bis hinauf in den dritten Stock. Aus dem Büro seines Onkels konnte er deutlich Lynettes Stimme vernehmen.

Die Unterkünfte der Jungverkäuferinnen und Kassenmädchen unter dem Dach waren zwar eng, aber die Betten waren sauber und Lynette und Agathe nach einem langen Tag nur froh, sich endlich hinlegen zu können. Das Gespräch mit dem älteren Herrn Wessling war gut verlaufen. Madame Souza würde zufrieden sein. Lynette und Agathe würden bleiben, bis alle Kleider zur Zufriedenheit an ihre neuen Besitzer gegangen waren und, wenn nötig, konnten sie noch Änderungen vornehmen. Man freute sich auf die Zusammenarbeit.

Lynette nahm sich vor, gleich am nächsten Tag einen Brief an ihre Mutter aufzugeben, damit diese sich nicht unnötig sorgte.

Für einen Moment lauschte sie in die Dunkelheit hinaus. Hinter dem Vorhang schimmerte noch ein Streifen Sommerabendlicht hervor. Agathe atmete bereits ruhig und gleichmäßig. Lynette dachte an Jakob.

Sie hoffte, dass es bald eine Gelegenheit geben würde, allein mit ihm zu sprechen. Es gab so viele Dinge, die sie ihn fragen musste, so viele Dinge, die sie ihm erzählen wollte.

Agathe schnarchte leise. Lynette richtete sich auf ihren linken Ellenbogen auf und spähte durch das Dämmerlicht zu ihr hinüber. Kurz vor dem Einschlafen hatte Agathe sie noch gefragt, wie lange sie wohl bleiben würden, und Lynette hatte versucht, über das eigene Gefühl der Unsicherheit zu scherzen: »Wie lange wir hierbleiben? Bei diesen seltsamen Deutschen, meinst du?«

Agathe drehte sich jetzt schnaufend auf die andere Seite und atmete wieder ruhiger. Lynette ließ sich zurücksinken. Plötzlich war ihr das Herz schwer. Hatte sie sich die Begegnung mit Jakob doch anders vorgestellt? Sie war unsicher. War es vielleicht falsch gewesen, zu glauben, dass sich ihre Welten berühren könnten, dass einer von ihnen in die Welt des anderen hinüberwechseln konnte? Da war irgendetwas. Er hatte ... Er hatte befangen gewirkt.

Lynette hielt inne und dachte über das Wort nach.

Dummes Ding ... hast du gedacht, er wird um deine Hand anhalten, sobald er dich sieht? Hast du gedacht, er würde auf die Knie fallen wie in so einem dummen Roman?

Sie wusste doch, was in den billigen Heftchen passierte ... Sie spürte, wie ihre Unterlippe zu zittern anfing. Tränen stiegen ihr in die Augen und liefen über die Wangen. Sie weinte leise, ohne einen Laut von sich zu geben.

Falk wusste, dass er keine Ruhe finden würde, nicht nach dem, was er gehört und gesehen hatte. Französische Stimmen. Zwei junge Frauen. Sie hatten ihn nicht bemerkt, als er sich an ihnen vorbeigedrängt hatte. O ja, er hatte gelernt, unsichtbar zu sein. Für die meisten Menschen war er zeitlebens unsichtbar gewesen, bereit, sich zurückzunehmen, um nicht die Pläne der anderen zu stören. Nicht Ludmillas Pläne und nicht die von Arnold, um deren Zuneigung er doch immer nur vergeblich gebuhlt hatte.

Er hatte die beiden Französinnen beobachtet. Dann war er ihnen gefolgt. Er hatte immer gewusst, dass sie eines Tages kommen würden. Eines Tages würden sie alle für ihre Vergehen geradestehen müssen, daran hatte nie ein Zweifel bestanden.

Als sie in Arnolds Büro traten, dachte er für einen Moment daran, ihnen zu folgen, doch er tat es dann doch nicht. Von drinnen vernahm er Stimmen, nicht laut genug, um das Gesagte zu verstehen, doch er wusste ohnehin alles. Er sah die Menschen an, und er wusste alles.

Er musste die anderen schützen. Vielleicht musste er eines Tages Dinge tun, die ein guter Mensch nicht tun würde.

Nachdem er wieder nach unten gegangen und das Erdgeschoss durchstreift hatte, blieb er nun auf dem Weg zum ersten Stock hinauf vor dem Gemälde stehen, vor dem heute schon so viele Leute gestanden hatten. Er hatte die Menschen beobachtet. Er hatte sie reden hören. Falk schaute sich an und fand, dass er unglücklich aussah. Und die schöne, kalte Ludmilla an seiner Seite ...

Sie stand da, aber es sah nicht aus, als gehörten sie zusammen. Über all die Jahre, in denen sie nun ihre Ehe führten, waren sie sich fremd geblieben. Voneinander entfernt wie Erde und Mond, die einander umkreisten und doch nicht zueinanderkommen konnten oder durften.

Ob Jakob ihn bemitleidete? Ob sie ihn alle bemitleideten? Er kannte die Blicke, die sie miteinander tauschten, wenn sie glaubten, er bemerke es nicht.

Es war Jakob, der an Arnolds Seite stand, nicht er selbst, Falk. Nicht er, der dies alles hier doch erst ermöglicht hatte. Aber man konnte sich keine Liebe und keine Zuneigung erkaufen. Er hatte zu lange gebraucht, um dies zu verstehen.

Falk lief weiter. Er ließ den ersten wie den zweiten Stock rasch hinter sich und erklomm die Treppe, die in den dritten Stock hinaufführte. Bis auf die jungen Verkäuferinnen und die Kassenmädchen war niemand mehr im Haus. Er hatte gesehen, wie die letzten Gäste gegangen waren, gefolgt von Fritz Karl und Arnold. Er hatte gesehen, wo die Französinnen hingegangen waren, und dorthin würde er jetzt auch gehen.

Dreiundfünfzigstes Kapitel

Mitten in der Nacht wachte Agathe auf. Zuerst war sie orientierungslos und konnte sich nicht erklären, wo sie war. Dann kam die Erinnerung zurück. Sie tastete um sich herum, erfühlte den hölzernen Bettrand, die Decke, die sie im Schlaf heruntergestrampelt hatte. Dann hörte sie Lynettes gleichmäßiges Atmen. Langsam gewöhnten sich ihre Augen an die Dunkelheit. Sie erkannte die Umrisse des kleinen Fensters, das Bett gegenüber und Lynette selbst.

Agathe verspürte plötzlich Durst, stand auf und tastete sich zu dem schmalen Tischchen vor, auf dem man ihnen einen Krug und Gläser gelassen hatte. Es klirrte leise, als sie mit dem Krug gegen die Gläser stieß. Sie schüttete sich Wasser ein, trank und stellte das Glas wieder ab.

Und dann hörte sie es wieder, das Geräusch, das sie geweckt haben musste. Schwere Männerschritte, die den Gang entlang auf die Treppe zugingen und diese dann hinunterliefen, bis sie in der Ferne verklangen.

Für einen Moment stand Agathe horchend da und überlegte. Sollte sie Lynette wecken? Sollte sie ihr davon erzählen? Als sie wenig später wieder im Bett lag, konnte sie plötzlich nicht mehr sagen, ob sie sich nicht doch geirrt hatte. Vielleicht war eines der Mädchen auf die Toilette gegangen? Die befand sich den Gang hinunter. Vielleicht war sie einfach zu übermüdet und hatte sich im Halbschlaf Dinge eingebildet? Sie entschied sich, Lynette nichts von Schritten vor ihrer Tür mitten in der Nacht zu erzählen.

Als Jakob am nächsten Morgen erwachte, kam es ihm vor, als hätte er gar keine Ruhe gefunden. Halb wach und halb im Schlaf hatte er bis tief in die Nacht die verschiedensten Szenarien durchgespielt, die meisten Gedanken aber nicht zu Ende gedacht. Sehr früh machte er sich auf den Weg zu seinem Onkel, der ihn bester Laune empfing, gleich Kaffee für sie beide aufsetzen ließ und dem Neffen Brötchen, Butter und Marmelade anbot. Die Eröffnung der Jubiläumswochen, wusste er zu berichten, hätte nicht besser laufen können.

»Ich habe mir auch schon die Lieferung angeschaut, eine gute Wahl hast du da getroffen, wirklich, eine gute Wahl, das muss ich schon sagen ...«

»Cassandra hat mir dabei geholfen«, entfuhr es Jakob. Jetzt musste er schon wieder an Cassandra denken.

Meine Verlobte.

»Ich denke, diese exklusiven Kleider könnten der Grundstock einer ganz neuen Damenabteilung sein«, hörte er seinen Onkel sagen. »Wir sollten uns vielleicht überlegen, ob wir diese Kleider einigen ausgewählten Kundinnen direkt im Haus vorführen lassen. Wir ...« Arnold runzelte die Stirn, während er überlegte. »Wir suchen uns die hübschesten Jungverkäuferinnen, die die Kleider vorführen, und laden dann zu einem ganz besonderen Nachmittag ein ... Was denkst du?«

»Das ist eine gute Idee.« Jakob freute sich darüber, dass Arnold offenbar den Mut zurückgewonnen hatte, der ihm während der schweren Monate abhandengekommen war. Jetzt war er wieder der entschlossene, tatkräftige Mann, den Jakob kannte und verehrte.

»Und alles in Ordnung mit deinem zukünftigen Weib?«, riss der seinen Neffen aus den Gedanken.

Der junge Mann zuckte zusammen und wusste zuerst nicht, was er sagen sollte. Er dachte an Lynette, er dachte an Cassandra und die Versprechen, die er gegeben hatte.

»Ja, natürlich«, log er. »Fritz Karl wird die beiden Näherinnen morgen durch Wesslings führen, habe ich gehört?«

»Ja, das wird er. Er kennt sich am besten aus«, erwiderte Arnold, während er nach dem nächsten Brötchen griff. »Ich möchte, dass sie einen Eindruck davon bekommen, was *Wessling's* ist und was wir brauchen.«

»Hm.«

»Natürlich werde ich auch mit Gustav sprechen müssen.«

»Mit Gustav? Was hat er damit zu tun?«

»Er ist mein Teilhaber, Jakob.« Man hörte an der Art, wie Arnold das Wort aussprach, dass er sich immer noch nicht ganz an den Gedanken gewöhnt hatte. »Das heißt, ich kann ihn bei solchen Entscheidungen nicht außen vor halten. Es ist wichtig, dass er uns wohlgesinnt ist.«

»Natürlich.« Jakob unterdrückte ein Schaudern. »Wie dumm von mir.«

Als Richard an diesem Morgen Bettinas Zimmer betrat, sah sie so unglaublich müde aus, dass er mit den Tränen kämpfte. Er hatte ihr das Frühstück gebracht, doch sie verspürte offenbar keinen Hunger. Während sie das Brötchen auf ihrem Teller zerpflückte und immer wieder kleine Schlucke Kamillentee trank, ließ sie sich vom Vortag berichten, und er versuchte, ihr so anschaulich wie möglich davon zu erzählen.

Manchmal hörte er sie leise lachen, dann wieder schloss sie die Augen und schien wegzunicken, und er schwieg, während er ängstlich in ihr angespanntes, spitzes, so unendlich müdes Gesicht schaute.

Was war geschehen? War es ihr vorgestern nicht noch besser gegangen? In kurzer Frist hatte sie jetzt schon wieder die Augen geschlossen. Richard beugte sich unruhig vor. Aber er hatte sich umsonst gesorgt, sie war eingeschlafen.

Alles strengte sie heute offenbar ungeheuer an. Zögernd streckte er die Hand aus und berührte vorsichtig ihre knochigen Finger. Sie fühlten sich fiebrig heiß an. Während er darauf wartete, dass sie wieder aufwachte, musste er an die beiden jungen Frauen denken, denen er im Gang vor Arnolds Büro begegnet war, an die leisen französischen Stimmen, die ihn wie mit einem Katapult in die Vergangenheit geschleudert hatten.

Mit einem Mal war er wieder in diesem Stall gewesen, den er doch hatte vergessen wollen, ein Tier auf der Suche nach Beute. War er ein Tier, oder hatte der Krieg sie damals zu Tieren gemacht?

Heute, eine Nacht später, konnte er nur den Kopf schütteln, doch gestern hatte er im ersten Moment wirklich geglaubt, dass er jemanden erkannt hatte. Dass diese Mädchen viel zu jung waren, war ihm erst mit dem Näherkommen klar geworden. Sie waren so jung, dass er ihnen noch niemals begegnet sein konnte. Es war völlig unmöglich, denn er war seit dem Krieg nicht mehr in Frankreich gewesen.

»Richard!«, riss ihn Bettinas Stimme wieder aus den Gedanken. Sie versuchte sich aufzusetzen.

»Bleib liegen, Betty.«

»Es tut mir so leid«, flüsterte sie. »Es tut mir so leid. Ich bin schon wieder eingeschlafen. Ich weiß auch nicht, ich bin heute so müde, so unendlich müde.«

»Das macht doch nichts. Du musst dich erholen. Wir wollen alle, dass du dich erholst. Dass es dir wieder besser geht.«

Er lächelte und spürte, dass es nicht echt aussah. Er konnte seine Augen nicht dazu bringen, auch zu lächeln. Da war zu viel Angst, Angst, die ihm den Magen zuschnürte.

»Früher warst du nie krank. Jedenfalls kann ich mich nicht daran erinnern.«

»Nein«, bestätigte Bettina, und er hörte, wie ihr Tonfall schon wieder schleppender wurde. »Ich war nie krank. Ich kenne mich so auch nicht.«

Richard streckte wieder die Hand nach ihr aus. Für einen Moment lagerten ihre Hände übereinander. Er fragte sich, was ihr die Kraft raubte.

»Hast du Schmerzen?«

»Nicht sehr, heute.«

Mechanisch streichelte er ihre Hand. Sie ließ es eine Weile zu und zog sie dann wieder zurück. Als sie ihn jetzt anblickte, fiel ihm auf, wie groß ihre Augen in ihrem schmalen Gesicht wirkten. Man sah ihr an, dass sie über etwas nachdachte. Ihr Mund zuckte leicht.

»Schone Arnold.«

Hatte er richtig verstanden? Richard spürte, wie sich seine Schultern versteiften, er schüttelte den Kopf.

»Schone Arnold«, wiederholte sie eindringlich und offenbar mit aller Kraft, die sie aufbringen konnte.

»Ich …«, brachte Richard hervor. Er konnte ihr das nicht versprechen. Er konnte das nicht.

»Versprich es mir, Richard, sollte ich sterben. Du musst ihn schonen.«

»Das kann ich dir nicht versprechen.« Er hörte, wie seine Stimme zitterte, als er weitersprach. »Und du wirst nicht sterben.«

Er sah, wie sich ihre rechte Hand zur Faust ballte.

»Du musst«, sagte sie dann. »Du musst es mir versprechen.«

»Bettina, ich ...«

»Versprich es.« Ihre Augen schauten ihn starr und seltsam dunkel an.

»Bitte, Bettina, ich kann ...«

»Versprich es. Ich bitte dich doch sonst um nichts. Nur darum, bitte, Richard.«

Er nahm ihre Hand. Sie lag kraftlos in seiner. Er wich ihrem Blick vorübergehend aus.

»Ich verspreche es dir.«

Sie schenkte ihm ein dankbares Lächeln. Ihre Augen schlossen sich. Kurze Zeit später schlief sie wieder.

Er blieb auch jetzt neben ihr sitzen, beobachtete, wie sich ihr Gesicht während des Schlafens etwas entspannte. Je länger er dasaß, desto mehr erkannte er von der alten Bettina in ihren Gesichtszügen. Die Frau, in die er sich verliebt hatte und die er immer noch liebte. Er verlor sich in Gedanken. Irgendwann wurde es dämmriger. Er blieb sitzen und konnte den Blick nicht von ihr nehmen. Er fragte sich, was geschehen wäre, wenn er damals dageblieben wäre. Wenn er sie nicht Arnold überlassen hätte. *Vielleicht wären wir zusammen weggelaufen, vielleicht wären wir durch die Welt gereist, Getriebene, aber doch füreinander da, denn das war das Wichtigste.* Er wollte gern für sie da sein.

Als zum Abendessen gerufen wurde, ging er auf sein Zimmer. Er hatte keinen Hunger, und er wollte Arnold jetzt nicht sehen. Er dachte daran, dass er nicht ewig im Haus seines Bruders wohnen konnte.

In seinem Zimmer legte Richard sich voll bekleidet auf das Bett und verschränkte die Arme hinter dem Kopf. Seit er in Deutschland angekommen war, hatte er noch keine Entscheidung über die Zukunft getroffen, aber so konnte es auf Dauer nicht weitergehen. Irgendwann wurden seine Lider schwer, und er dämmerte weg.

Als er wieder aufwachte, war es dunkel im Zimmer, doch draußen vor seiner Tür waren aufgeregte Stimmen und Schritte zu hören.

Richard stand auf und lief in den Gang vor den Schlafzimmern der Familie. Niemand wurde auf ihn aufmerksam. Mechanisch drehte er den Kopf in Richtung von Bettys Zimmer.

Die Tür war geöffnet, das Zimmer war hell erleuchtet. Arnold stand davor, an seiner Seite der Hausarzt.

Arnold stellte ihm offenbar eine Frage, der Mann schüttelte daraufhin den Kopf. Dann formte sein Mund die Worte, die Richard auch auf die Entfernung und ohne sie hören zu können verstand: Sie ist tot. Wir können nichts mehr machen.

Vierundfünfzigstes Kapitel

Als Bettina starb, war Richard sich sicher, niemals einen solchen Schmerz und zugleich eine solche Angst gespürt zu haben. Und er wusste auch, dass er sich noch niemals so einsam gefühlt hatte. Er konnte sich ein Leben ohne Betty nicht vorstellen, genauso wenig wie er es sich vorstellen konnte, die Beerdigung an Arnolds Seite durchzustehen, doch natürlich war er da, so wie sie es sich gewünscht hätte.

Wie in einem Nebel hörte Richard die Beileidsbekundungen, schüttelte Hände, sah den Bruder gramgebeugt, gestützt von Jakob. Falk und Ludmilla waren auch da, zwei steife Gestalten, denen man nicht das geringste Gefühl ansah, wie oft sich Ludmilla die Augen auch mit einem Spitzentuch betupfen mochte. Antonie wurde von Mann und Kindern begleitet, die sofort angereist waren. Während ihres letzten Aufenthalts hatten sie einander nicht häufig gesehen. Es überraschte ihn deshalb zuerst, dass sie ihn umarmte, doch dann fühlte es sich gut an. Antonies Trauer war echt, zugleich wirkte sie sicher und geborgen im Kreise ihrer Familie. Er beneidete sie, und er wünschte sich, dass Betty dies noch einmal hätte sehen können.

Die Schlange der Trauergäste, denen man die Hände schütteln musste, wurde langsam kürzer. Er war froh darum und zugleich verzweifelt. Am liebsten, dachte er, würde ich den Lauf der Welt anhalten. Für ihn hatte die Welt für einen

Moment stillgestanden, als er in dieser einen Nacht im Gang gestanden hatte, doch jetzt drehte sie sich weiter. Arnold hatte schon am Morgen nach Bettys Tod damit begonnen, alles Weitere zu planen. Richard erinnerte sich, ihn deshalb scharf angegangen zu haben, doch der Bruder hatte nur den Kopf geschüttelt.

»Ich tue das, weil ich es tun muss, weil das Leben weitergeht, ganz gleich, was wir fühlen. Wir müssen die Beerdigung planen, wir müssen darüber nachdenken, was zu tun ist. Es liegen noch mehr als drei Wochen Feiern vor uns, und Betty hätte nicht gewollt, dass ...«

»Sag nicht, was sie gewollt hätte, Arnold, denn davon hast du keine Ahnung.«

»Weißt du es denn?«

Richard hatte die Schultern gezuckt. Nein, er wusste es nicht. Er wusste nur, dass sie ihn gebeten hatte, Arnold zu schonen ...

Er hob den Kopf und bemerkte, dass er allein stand. Alle hatten das Grab verlassen und sich auf den Weg zum Leichenschmaus begeben. Nur die Totengräber warteten darauf, endlich ihre Arbeit zu tun. Richard starrte auf den Sarg hinunter und konnte sich nicht vorstellen, dass sie darin lag. Einzelne Bilder schwebten wie Fetzen durch seine Erinnerung, er konnte keines festhalten. Er dachte daran, was er ihr noch hatte sagen wollen, Dinge, für die er die passenden Worte nicht gefunden hatte.

Vielleicht war es aber ganz unnötig, auf die passenden Worte zu warten. *Vielleicht hätte ich einfach reden sollen.*

Er dachte daran, wie schmerzlich es war, allein zurückzubleiben, denn so fühlte er sich. Er war allein. Für den Rest seines Lebens.

Jakobs Stimme in seinem Rücken ließ ihn zusammenzucken. Richard hatte nicht gemerkt, dass er noch da war.

»Was sagst du?« Richard drehte sich zu seinem Neffen um. »Entschuldige, aber ich war gerade in Gedanken.«

Jakob zögerte. Vielleicht bereute er in diesem Moment, dass er überhaupt etwas gesagt hatte. Schließlich räusperte er sich.

»Ich frage mich, ob wir doch besser auf sie hätten achten müssen. Sie war krank, und wir waren alle ständig mit dem Kaufhaus beschäftigt. Vielleicht …« Jakob runzelte die Stirn. »Ich mache mir Vorwürfe, Onkel Richard.«

Richard schauderte unwillkürlich. Vorwürfe … *Wir alle sollten uns Vorwürfe machen.* Jakob hatte ganz recht. Sie alle hatten nicht auf Betty geachtet. Richard drehte sich um und starrte wieder auf das ausgehobene Grab. Nein, vor allem hatte Arnold nicht auf sie geachtet, dem sie anvertraut gewesen war und der die Verantwortung für sie getragen hatte.

»Onkel?«

Richard fuhr erneut aus seinen Gedanken.

»Es tut mir leid, das ist alles sehr schwer für mich. Betty war etwas Besonderes. Schon immer.«

Ja, sie war etwas Besonders, und er würde sich rächen. Arnold würde für das bezahlen, was geschehen war. So schwer es ihm fiel, aber er würde Bettinas letzte Bitte nicht erfüllen können. Er konnte Arnold nicht schonen.

Die Jubiläumsfeiern erlaubten keine lange Trauerperiode. Das hatte Arnold ihnen gleich nach der Beerdigung deutlich gemacht. Jetzt ging es um alles, es ging um die Familie und das Kaufhaus, für das sie alle standen. Die Angestellten trugen Trauerflor, das Gemälde im Treppenhaus wurde entsprechend geschmückt, doch die Arbeit musste weitergehen, und die Tage zeigten sich bald wie mit einem feinen Goldfaden von Feierlichkeiten durchwirkt. Abendliche Konzerte wechselten sich ab mit Rabatt- und Sonderaktionen. Der große Tag rückte näher.

Bettina, sagte Arnold immer wieder, hätte nichts anderes gewollt. Richard hasste ihn dafür, doch er konnte warten. Er konnte auf den rechten Moment warten, denn dann würde sich alles fügen.

Fünfundfünfzigstes Kapitel

»Lynette?«

Auf Jakobs Klopfen hin hatte Agathe die Tür geöffnet und sich dann wortlos auf ihr Bett gesetzt, während er nun in dem schmalen Gang zwischen den beiden Betten stand. Lynette war von ihrem Bett aufgestanden. Ihre schmale Gestalt zeichnete sich dunkel vor dem kleinen Fenster ab.

»Jakob?« Sie versuchte sich an einem kleinen Lächeln. »Was machst du hier? Ach, ich freue mich. Ich dachte schon, ich sehe dich überhaupt nicht mehr.«

»Meine Tante ist überraschend gestorben.« Jakob brach ab, dann räusperte er sich. »Ich wollte früher kommen, aber ...«

Wieder wusste er nicht, was er sagen sollte. Lynette kam einen Schritt auf ihn zu.

»Das tut mir leid. Ich habe die Leute reden hören ... Sie war eine sehr gute Frau, sagt man. Es soll auch noch ein ganz großes Fest geben, mit einer Hochzeit?« Sie schaute ihn unsicher an. »Ich habe nicht ganz verstanden. Das Deutsch ist hier manchmal ...« Lynette suchte nach einem Wort. »Anders.«

»Anders? Du meinst, wie die Leute sprechen?«

»Wie die Leute aus der Auvergne in Paris. Sie sprechen auch anders.« Lynette schenkte ihm erneut ein Lächeln. Sie wirkte jetzt etwas mutiger. Er dachte daran, dass sie bereits etwas von der Hochzeit gehört hatte, etwas, worauf sie sich bislang keinen Reim machen konnte. Er musste mit ihr reden, bevor es zu spät war.

»Meine Tante war schon eine Weile krank, aber es kam doch unerwartet«, sagte er. »Entschuldige, ich wollte wirklich früher kommen ...«

»Ich verstehe dich. Du musst nichts mehr sagen.«

Jakob, der kurz in Gedanken versunken war, schaute die junge Französin wieder an.

Ich darf mir keine Zeit mehr lassen, dachte er, sonst laufe ich Gefahr, alles zu verlieren.

»Lynette, ich ...« Er brach wieder ab. Nein, es war zu eng hier. Er musste aus diesem Zimmer heraus. Draußen würde es sich leichter reden. »Ich ... Gehen wir ein Stück? Würdest du mich begleiten?«

Ja, gewiss fiel es ihm leichter zu sprechen, wenn sie sich bewegten. Lynette zögerte kurz, dann nickte sie. Sie schlüpfte in die Schuhe, die sie bereits ausgezogen hatte, und folgte ihm wenig später in den Flur hinaus.

Schweigend gingen sie nebeneinander her. Jakob schaute starr vor sich und suchte nach Worten. Er spürte sie neben sich, berauschend, zart, wie an dem Tag, den sie gemeinsam in Paris verbracht hatten. Der Tag, der sein Leben endgültig verändert hatte, nur dass er es in diesem Moment nicht hatte glauben können.

Als sie die Treppe erreichten, blieb Lynette abrupt stehen. Jakob drehte sich zu ihr hin und sah das Staunen in ihrem Gesicht. Dann folgte er ihrem Blick, hinab ins Erdgeschoss, an den Treppengeländern entlang, zum Dach und den Lampen hinauf. Es war still, so still, wie es tagsüber nie war. Jakob trat einen Schritt vor und umfasste die Balustrade mit beiden

Händen. Er sah, wie seine Fingerknöchel hervortraten, und lockerte den Griff wieder etwas.

»Es hat etwas Gespenstisches, so ein leeres Kaufhaus, nicht wahr? Ich habe mich daran gewöhnt, aber wenn ich darüber nachdenke ... ein Kaufhaus lebt durch seine Kunden, wenn es leer ist ...« Er zuckte die Achseln. »Gehen wir nach unten?«, fragte er dann. »In den Hof? Dort ist es schön in der Nacht um diese Jahreszeit, und wie du siehst, haben wir allen Platz für uns, und es ist immer noch warm.«

Lynette bewegte sich erst nicht, dann drehte sie sich zu ihm um.

»Ich hatte wirklich Angst, du würdest gar nicht mehr kommen.«

»Ich ...« Er hob die Schultern. »Das habe ich nicht gewollt, Lynette, es ... Ich musste über vieles nachdenken.«

Lynette schauderte unwillkürlich und legte die Arme um ihren Körper.

»Agathe hat mir übrigens immer gesagt, dass so etwas passieren würde. Sie hat mich gewarnt.«

Sie sprach weiter, als hätte sie seine Antwort gar nicht wirklich gehört. Jakob griff nach ihren Händen und hielt sie fest.

»Lynette, ich musste über vieles nachdenken, aber nicht über uns. Keine Sekunde lang habe ich über uns nachgedacht oder an uns gezweifelt.« Er hielt ihre Hände immer noch fest. »Trotzdem gibt es Dinge, die du wissen musst, und ich wusste nicht, wie ich sie dir sagen sollte. Unser Weg wird nicht leicht sein, das solltest du wissen. Wir werden allen Mut brauchen.« Er streichelte ihre Wange. »Komm, lass uns hinuntergehen. Ich glaube, dass diese Nacht wunderschön sein wird.«

Cassandra hatte noch niemals heimlich das Haus ihrer Eltern verlassen, und jetzt fühlte sie sich, als wäre sie gerade dabei, das größte Abenteuer ihres Lebens zu bestehen. Arnold Wessling hatte ihr gesagt, dass Jakob noch etwas länger im Büro geblieben sei. Sie hatte kurz abgewägt, bei den Wesslings auf ihn zu warten oder ihn persönlich abzuholen.

Sie hatte sich vorgestellt, wie sie ihn bald jeden Tag persönlich mit der Kutsche abholen würde, wenn sie erst seine Frau war. Sie würde draußen auf ihn warten, und er würde zu ihr in die Kutsche kommen und sie würden einander küssen, bis sie beide keine Luft mehr bekamen.

Cassandra spürte, wie ihr Herz schneller schlug. Ihre Füße schmerzten, das Korsett fühlte sich an wie ein Panzer aus Eisen. Sie hatte noch niemals so lange irgendwo gestanden, schon gar nicht in einem Hauseingang, aber für Jakob wollte sie das gern tun. Sie tröstete sich damit, dass es zumindest nicht kalt war. Irgendwo hörte sie eine Glocke zehn Mal schlagen. Sie wartete nun schon eine Stunde.

Wo blieb er nur? Cassandra überlegte gerade, ob es ihr denn möglich war, sich irgendwie bemerkbar zu machen, dann öffnete sich endlich die Tür am Seiteneingang.

Jakob, dachte sie, Jakob!

Sie wollte ihn schon rufen, wollte auf ihn zulaufen, da ließ sie eine zweite Stimme – eine Frauenstimme – stocksteif stehen bleiben. Sie erkannte diese Stimme sofort. Das war eine dieser Näherinnen, das war diese Lynette. Sie musste hinter ihm stehen, denn Jakob drehte sich jetzt noch einmal um. Er beugte sich vor, und Cassandra wusste, dass er diese Frau küsste, auch wenn sie es nicht sehen konnte. Jakob küsste die Französin, und es zerriss ihr das Herz.

»Erinnerst du dich an den Tag an der Seine?«, fragte Jakob Lynette sanft, während er eine Hand gegen ihre linke Wange gelegt hatte und sie den Kopf gegen seine Finger lehnte. »Ich weiß es noch wie gestern. Ich habe es nie vergessen. Ich sehe deinen Zopf, wie er sich von deinem Kleid abhebt. Ich sehen deine Beine, als du deinen Rock ein wenig lupfst, damit sie der kühle Wind berührt. Es war so warm damals, weißt du noch?«

Jakob lächelte Lynette an. Er hatte ihr alles gesagt, und es war nicht leicht gewesen. Anfangs hatte sie fortlaufen wollen. Er musste sie festhalten, doch dann hörte sie ihm zu. Ihr Gesicht entspannte sich langsam. Sie fasste wieder Mut, auch wenn sie wusste, dass es nicht einfach werden würde.

»So warm wie jetzt auch.« Lynette nahm Jakobs Finger und streichelte sie. »Wann wirst du es deinem Onkel sagen?«

»Ich werde es ihm gleich morgen sagen.«

»Und Cassandra?«

»Noch vorher.« Jakob seufzte. »Sie hat als Erste ein Anrecht darauf. Ich hätte schon etwas sagen müssen, als ich aus Paris zurückgekommen bin. Ich schäme mich dafür.«

Lynette hielt seine Finger immer noch in ihren. Ihre Hände waren rau. Er spürte die kleinen Verletzungen, die von ihrer Arbeit herrührten.

»Wir sind Menschen, oder?«, sagte sie. »Wir machen Fehler. Das macht uns aus.«

»Ja ...« Jakob runzelte die Stirn. »Aber ich habe nie gewollt, dass jemand meinetwegen unglücklich ist.« Er entzog Lynette seine Hand und trat entschlossen einen Schritt von ihr weg. »Komm, geh hinauf. Du musst noch etwas schlafen, und ich auch.«

Lynette lachte glücklich.

»Ich weiß nicht, ob ich schlafen kann.«

»Dann verbringen wir diese Nacht wohl beide ohne Schlaf.«

Jakob beugte sich ein letztes Mal vor und küsste sie, dann drehte er sich auf dem Fuß um und eilte davon.

Drei Uhr morgens ... Richard hatte einen Blick auf die Uhr geworfen und schaute jetzt wieder zu seinem jüngeren Bruder hin. Falk saß nach vorn gelehnt auf der vordersten Kante des Sessels, hatte die Ellenbogen auf seinen spitzen Knien abgestützt und hielt eine Weinflasche in den Händen. Er war seit Stunden wach, schien, anders als Richard, aber keine Müdigkeit zu empfinden. Sein Gesichtsausdruck erinnerte Richard an ihre gemeinsame Zeit im Krieg. Er wirkte angespannt, überwach. Seine Augen waren fokussiert, aber ohne Gefühl, weder zum Guten noch zum Schlechten.

»Ich habe sie beobachtet«, sagte Falk jetzt, hielt seinem Bruder die Weinflasche hin, der jedoch ablehnte. Mit einem leichten Schaudern beobachtete er, wie Falk die Flasche gleich wieder ansetzte und mit tiefen Zügen trank. »Ich habe die Französinnen beobachtet, wie du es mir gesagt hast. Ich hatte sie ja schon am ersten Abend bemerkt.« Falk lachte. »Damals habe ich gedacht, ich sehe Gespenster.«

»Sie sind eigentlich zu jung«, unterbrach ihn Richard.

»Zu jung, ja?« Falk lachte. »Hast du gewusst, dass die eine das Mal trägt? Du erinnerst dich noch, oder? Diese Lynette trägt das Mal.« Falk hob seinen rechten Ellenbogen und deutete darauf. »Genau hier. Ich habe es gesehen.«

Er trank wieder. Richard starrte ihn an. In den Stunden des tiefsten Schmerzes, die auf Bettinas Tod gefolgt waren, hatte er mit Falk gesprochen. Er hatte Andeutungen gemacht, wohl wissend, auf welch fruchtbaren Boden sie bei Falk fallen mussten. Schon in den ersten Tagen nach seiner Rückkehr hatte er bemerkt, wie stark sich Falk verändert hatte. Er war misstrauisch geworden. Er sprach von Feinden. Manchmal sah er einen für einen flüchtigen Moment an, als kenne er einen nicht mehr. Er hatte seine Sanftheit verloren, und was übrig geblieben war, wirkte bedrohlich. Immer stärker hatte er auf die Verbindung zwischen den Brüdern bestanden. Richard fragte sich, ob Arnold diese Veränderung aufgefallen war, doch er bezweifelte es. Arnold dachte an das Geschäft, er kümmerte sich wenig um die Menschen und ihre Bedürfnisse in seiner Umgebung.

»Verstehst du? Sie hat das Mal«, wiederholte Falk triumphierend.

Richard rieb sich über das Gesicht. Anders als Falk, den irgendetwas wach hielt, war er müde. Natürlich wusste er, wovon Falk redete, aber zugleich war das doch unmöglich. Das konnte nicht sein. Lynette war zu jung. Sie war Jahre nach dem Krieg geboren worden.

»Ich habe es gesehen«, sprach Falk. »Ich war bei den Näherinnen. Ich wusste, dass ich zu ihnen gehen musste, nachdem ich sie gesehen hatte.« Er schaute für einen Moment in die Ferne, als versuchte er, sich das Bild vor Augen zu führen. »Der Tag war warm. Sie machte gerade eine kurze Pause, stand am Fenster und war dabei, sich das Haar neu aufzustecken.«

Richard war verwundert, wie genau sich Falk erinnerte. Es war, als sähe er das alles gerade jetzt vor sich, als betrachtete er ein Kunstwerk, das er nur beschreiben musste.

»Sie hatte ihren Zopf geflochten und hob die Arme hoch, um ihn aufzustecken. Ein Ärmel rutschte zurück und da, da habe ich es gesehen. Erinnerst du dich noch an das Muster?«

Falks Blick wurde wieder klarer. Er schaute seinen Bruder an, während sich ein seltsames kleines Lächeln auf seinen Lippen abzeichnete. Richard fühlte sich plötzlich zutiefst unwohl. Da war etwas an Falk, das er nicht mehr kannte, etwas, das ihm durchaus unheimlich war. Zum ersten Mal hatte er den Eindruck, nicht zu wissen, zu was Falk fähig war.

Erst am frühen Morgen war Cassandra nach einer sonst schlaflosen Nacht kurz weggedämmert, hatte sich jedoch schon wieder schlafend stellen müssen, als ihr Vater zur Tür hereingeschaut hatte. Sie wusste, dass Jakob da war. Sie hatte ihn draußen gehört, aber sie würde jetzt nicht mit ihm sprechen. Sie würde ihm keine Gelegenheit geben, sich zu erklären.

»Sie schläft noch«, hörte sie ihren Vater draußen sagen. »Ich sage ihr, dass du hier warst. Sie wird sich freuen.«

»Ja, ich ... Ich werde später noch einmal vorbeikommen.«

Nachdem du sie geküsst hast, vollendete Cassandra bei sich, nachdem du mich wieder mit dieser einfachen Näherin betrogen hast, als wäre ich nichts, als hätte ich dir nicht das Wertvollste geboten, was ein Mensch dem anderen bieten kann. Sie vernahm diesen Unterton in Jakobs Stimme, den Ton, der alles veränderte. Der Ton, der ihre Hoffnungen zerstörte. Ihr Vater ahnte nichts, und sie hatte noch nicht entschieden, wann sie ihn ins Vertrauen ziehen würde.

Die ganze Nacht hatte sie darüber nachgedacht, was sie tun sollte. Erst am frühen Morgen hatte sie eine Entscheidung getroffen. Sie würde es einfach nicht zulassen, dass er sich von ihr trennte. Er hatte ihr ein Versprechen gegeben. Sie würde ihn zwingen, sich daran zu halten.

»Hast du es ihr gesagt?« Lynettes Stimme zitterte. Jakob schüttelte den Kopf. »Was? Warum nicht?« Lynette war überrascht. Als sie ihn nun anschaute, zeichnete sich Hilflosigkeit in ihrem Gesicht ab. Jakob wich ihr nicht aus. Sie sah, wie seine Lippen sich bewegten, wie er nach Worten suchte, vielleicht auch nach Erklärungen.

Was, wenn ich diese Erklärungen nicht hören möchte?

»Sie war nicht da. Sie ist verreist.«

Sie hielten sich immer noch bei den Händen, hilflos im Bemühen, einander Halt zu geben.

Was sollen wir jetzt tun?

In dieser Nacht hatten sie sich in dem Gang mit den Palmen im neuen Gebäude getroffen, der sich an den Hof anschloss. Jakob war schon da, als Lynette hinzukam. Ohne zu zögern, schlossen sie sich in die Arme. Sie hatten sich geküsst. Über ihrem Kopf hatte Lynette die Umrisse der Palmen gesehen. Da war ein leichter Geruch nach Erde und Pflanzen gewesen. Sie hatte gewusst, dass es schwer sein würde. Was aber sollten sie tun, wenn Jakob Cassandra nicht die Wahrheit sagen konnte? Die Sicherheit, die Vertrautheit, die sie eben gefühlt hatte, spürte eine leise Erschütterung.

»Sie ist nicht da?«, wiederholte sie.

Jakob nickte düster.

»Ihr Vater hat gesagt, sie besucht Verwandte. Sie wird erst am Hochzeitstag zurückkommen.« Jakobs Gesicht war mit einem Mal kreidebleich. »Ich kann ihr nicht sagen, dass ich sie nicht heiraten werde, weil sie nicht da ist.«

Lynette spürte, wie ihre Knie weich wurden. Jakob fing sie im letzten Moment auf und drückte sie an sich. Sie hielten einander fest. Ihre Atemzüge vereinigten sich. Lynette begann zu weinen.

Sechsundfünfzigstes Kapitel

Cassandra stand vor dem Spiegel und dachte, dass sie noch nie eine Frau in einem solch schönen Kleid gesehen hatte, die so unglücklich aussah. Das Kleid passte ihr wie angegossen. Es war für sie gemacht, die Perlenstickereien erinnerten an eine Blumenwiese. Der Rock war im Vorderteil gerafft, das Rückenteil verlängerte sich zu einer Schleppe. Sie sah aus wie die Prinzessin, die sie hatte sein wollen.

Er liebt mich nicht.

Sie hatte sich auch gestern noch einmal verleugnen lassen. Jetzt war Jakob längst im Warenhaus Wessling, an der Seite seines Onkels und gezwungen, auf sie zu warten. Sie hatte Tatsachen geschaffen. Er würde sie heiraten, weil es ganz unmöglich war, seine Verlobte am Tag der Hochzeit sitzen zu lassen. Solch ein Mensch war er nicht. Er würde sie nicht sitzen lassen.

Sie schenkte sich ein Lächeln, aber es wollte nicht ganz gelingen. Sie konnte ihre Augen nicht zum Lächeln bringen. In ihren Augen sah man den Schmerz, den sie vor der Welt verbergen musste.

Ich werde trotzdem gewinnen.

Es war leichtfertig gewesen, sie für so dumm zu halten. Sie würde aus diesem Kampf als Siegerin hervorgehen, auch wenn der schrecklichste Tag ihres Lebens vor ihr lag.

Ganz kurz an diesem Morgen hatte sie sich sogar vorgestellt, das Bett einfach nicht zu verlassen. Sie würde diesen Weg heute nicht antreten, weil sie krank war. Ihr Vater, da war sie sich sicher, würde nicht böse sein. Vater war ihr nie böse, sie war sein Ein und Alles. Aber sie konnte nicht liegen bleiben. Um Jakob zu besiegen, um ihn in die Schranken zu weisen, um die Genugtuung zu erfahren, nach der es ihr verlangte, musste sie den ganzen Weg gehen.

Wieder schaute sich Cassandra im Spiegel an. Sie sah traurig aus, aber sie würde nicht schwach sein. Sie stand auf und ging zur Tür, um nach ihrem Vater zu rufen.

Siebenundfünfzigstes Kapitel

Als Cassandra den kleinen Umkleideraum mitsamt seinem großen Spiegel neben der Damenabteilung im Warenhaus Wessling betreten hatte, der extra für den heutigen Tag für sie hergerichtet worden war, hatte er schon auf sie gewartet. Zuerst hatte sie gezögert, dann hatte sie den Raum mit festen Schritten betreten und den Schleier in ihrer Hand vor dem Spiegel abgelegt. Sie hatte sich Zeit gegeben, bevor sie sich umgedreht hatte. Das strahlende Lächeln hatte sie sehr viel Kraft gekostet. Sie hatte ihn hier nicht erwartet. Es war nicht gut, dass er hier war. Sie schaute ihn an und bemühte sich um Unbefangenheit.

»Du darfst die Braut nicht vorher sehen. Das bringt Unglück.«

Noch bevor Cassandra die letzten Worte ausgesprochen hatte, wünschte sie, sie hätte es nicht getan. Jakob, der zuerst noch nachdenklich gewirkt hatte, kam näher. Ihr fiel auf, wie gut er aussah. Er trug eine dunkle, schmale Hose, einen Frack und eine helle Weste mit einem zarten, grauen Muster. Das war seine Hochzeitskleidung. Sie hatte sie selbst ausgesucht. Sie konnte sich entspannen ... Doch dann sprach er weiter.

»Ich kann dich nicht heiraten, Cassandra. Ich wollte es dir früher sagen, aber du warst ...« Er schaute sie fest an, als suchte er in ihren Augen nach der Wahrheit. »Du warst nicht da, und ich konnte es nicht tun.«

Cassandra senkte den Kopf. Sie hörte seine Stimme und hörte sie zugleich nicht. Sie dachte an die handverlesenen Gäste, die dort draußen warteten, Geschäftspartner ihres Vaters und solche von Arnold Wesslings Seite. Sie alle warteten darauf, dass das Paar zur Kirche aufbrach, um ein letztes Siegel auf die Verbindung ihrer Familien zu setzen.

»Ich kann dich nicht heiraten, Cassandra, ich schätze dich, aber ich liebe dich nicht«, sprach Jakob vorsichtig weiter. Am liebsten hätte sie ihm die Hand auf den Mund gepresst. Sie sah ihm an, dass es ihm wehtat, diese Worte auszusprechen, und hasste ihn trotzdem dafür. Wie konnte er ihr das antun. Sie würde ihn ab heute immer hassen. »Um zu heiraten ...« Er wollte einfach nicht aufhören zu reden. Vielleicht sollte sie sich die Ohren zuhalten. »Um zu heiraten, sollte man sich lieben.«

»Es ist diese Französin, nicht wahr?«, entschlüpfte es ihr bitter. Es verschaffte ihr eine tiefe Genugtuung, zu sehen, wie er zusammenzuckte, wie er zuerst glaubte, nicht richtig gehört zu haben, und wie er dann erkannte, was sie da eben gesagt hatte.

»Du hast es gewusst?«

»Ich habe euch irgendwann nachts gesehen, unten am Seiteneingang.« Cassandra drückte eine Hand gegen ihren Unterleib. Ihr war übel vor Angst und weil er sie nicht liebte, weil er sie nie lieben würde, ganz gleich, was geschah, und ganz gleich, was sie tat. Sie konnte ihn niemals für sich gewinnen. Es tat so weh, dass sie meinte, es nicht aushalten zu können. Sie kämpfte gegen die Tränen an. »Wie die Tiere ...«, setzte sie dann hinzu.

»Am Seiteneingang.« Er erinnerte sich jetzt.

Sie trat einen Schritt auf ihn zu, achtete aber peinlich darauf, ihn nicht zu berühren.

»Hast du wirklich gedacht, ich bin so dumm? Hast du gedacht, du könntest mich mit einer kleinen Näherin betrügen? Hast du gedacht, ich lasse dich einfach so davonkommen?«

Mit jedem Wort fühlte sich Cassandra unglücklicher, aber sie konnte nicht aufhören. Sie wollte ihn verletzen. Sie wollte ihm zeigen, dass es keine Möglichkeit gab, all dem zu entkommen. Sie würden heiraten. Sie wollte lieber unglücklich an seiner Seite leben, als ihn preiszugeben.

»Cassandra«, sagte er sanft, und sie konnte seiner Stimme anhören, dass er wusste, was sie fühlte. Dafür hasste sie ihn noch mehr. Er durfte sie nicht schwach sehen. »Ich werde dich nicht heiraten. Ich kann nicht, weil es eine Lüge wäre.«

»Ach ja, lügen wir nicht alle unser ganzes Leben lang? Was macht dann eine Lüge mehr?« Sie kämpfte jetzt mit aller Kraft gegen die Tränen an. Sie würde ihm nicht die Genugtuung geben zu weinen. Stattdessen straffte sie die Schultern. »Du weißt, dass dein Onkel alles verlieren wird, wenn mein Vater sein Geld zurückfordert, und das wird er ohne zu zögern tun.«

Jakob schaute sie an, dann schüttelte er den Kopf.

»Wenn man jemanden kennenlernt, den man liebt, wenn man jemanden trifft, der einem von Anfang an so vertraut ist, dann schickt man ihn nicht mehr fort, verstehst du das? Das ist völlig unmöglich. So jemand muss man festhalten.«

Du bist mir vertraut, Jakob, wollte sie antworten, aber sie tat es nicht. Sie fühlte, dass sie schneeweiß im Gesicht war. Sie wollte etwas sagen, etwas, was ihn verletzte, aber sie bekam keinen Ton heraus.

Richard hatte Falk aus den Augen verloren und ein schlechtes Gefühl deswegen. Sein jüngerer Bruder machte ihm Sorgen. Inzwischen bereute er jede Andeutung, die er aus Schmerz um Bettys Verlust gemacht hatte, zutiefst. Falk hatte sich verändert. Was, wenn er die falschen Schlussfolgerungen zog? Sah er in den Französinnen eine Gefahr oder machte er, Richard, sich doch zu viele Gedanken? Wirklich, er kannte sich so nicht. Er war einmal unbekümmerter gewesen, verantwortungslos, wie es manche genannt hatten. Er hatte Fehler gemacht …

So schnell er konnte und mit so viel Höflichkeit, wie es ihm möglich war, drängte er sich durch die wartende Gästeschar. Falk blieb verschwunden. Die Gäste wirkten schon sehr aufgeregt. Man wartete auf das Brautpaar.

Richard erreichte die Treppe. Ludmilla und Arnold standen auf dem ersten Treppenabsatz.

Wären sie nicht ein wunderbares Paar gewesen?, fuhr es ihm durch den Kopf. Nun, das Leben hat anderes mit uns allen vorgehabt.

Er grüßte knapp und lief an den beiden vorbei weiter nach oben. Er konnte Arnold ansehen, wie froh er darum war. Inzwischen war da nichts mehr zwischen ihnen, noch nicht einmal mehr Hass. Was auch immer er tat, es würde ihm Betty nicht zurückbringen.

Wieder war da dieses Gefühl. Er hoffte, dass es noch nicht zu spät war, dass er keine falsche Entscheidung getroffen hatte. Er hatte Falk jetzt überall gesucht. Es blieb nur noch der dritte Stock mit den Büros.

Wie damals vor so vielen Jahren zur Einweihung war dieser Bereich auch heute durch ein Band abgesperrt. Als er den dritten Stock erreichte, blieb er stehen. Unter der Tür zu

Arnolds Büro schimmerte Licht durch. Und dann hörte er endlich auch Falks Stimme. Er hatte ihn gefunden.

»Und jetzt bleiben Sie, wo Sie sind und keine Bewegung!«, drang Falks Stimme hinter der Tür hervor. Richard hielt abrupt inne. Er horchte, doch hinter der Tür blieb es jetzt still.

»Falk?«, rief er mit gedämpfter Stimme, klopfte sacht und horchte wieder. »Falk, bist du da drin?«

»Richard?«

Ein Geräusch sagte ihm, dass etwas über den Boden geschoben wurde, dann waren Schritte zu hören. Im nächsten Moment klang Falks Stimme näher als vorher.

»Richard? Du kannst gehen. Ich brauche keine Hilfe.«

»Kann ich hereinkommen?«

»Nein.«

Falks Stimme schwankte.

»Wer ist da bei dir?«

Für einen Moment war nichts zu hören, dann wiederholte Falk mechanisch, was er schon gesagt hatte: »Ich brauche keine Hilfe.«

Richard überlegte kurz, dann legte er die Hand auf die Türklinke und drückte sie vorsichtig herunter. Er wusste nicht, was ihn hinter der Tür erwartete, aber er vermutete, dass Falk eine Waffe hatte. Er wollte ihn nicht erschrecken. Er wollte ihn nicht zu unbedachten Handlungen reizen. Vorsichtig, mit angehaltenem Atem, schob er die Tür auf. Falk stand der Tür gegenüber und hielt eine Pistole auf Richard gerichtet, die jedoch heftig hin und her schwankte.

»Mach die Tür zu«, stotterte er.

»Ich mache die Tür zu«, bestätigte Richard mit ruhiger Stimme. Ein weiterer rascher Blick zeigte ihm Lynette, die blass in der Nähe des Tischs stand. Er drehte sich zur Tür herum und zog sie sanft ins Schloss. Dann schaute er wieder zu der jungen Französin hin. »Was willst du mit ihr, Falk?«

»Sie kann alles verraten. Das lasse ich nicht zu. Du wirst stolz auf mich sein, Richard. Ich werde tun, was getan werden muss. Alles wird gut. Ihr werdet beide stolz auf mich sein, Arnold und du. Niemand wird je erfahren, was damals geschehen ist ...«

»Was soll nie jemand erfahren?«, stotterte Lynette. Sie hatte Angst. Es kostete sie Kraft, diese Frage zu stellen. Falk sah zu ihr hin.

»Das, was damals geschehen ist. Es war Krieg, du musst verstehen ... Wir wollten das nicht.« Da war etwas Flehendes in seinem Ausdruck. »Wir waren verroht, wir ...«

Lynette starrte ihn an. Man konnte ihr ansehen, dass sie überlegte. Dass sie aber immer noch nicht verstand.

»Aber ich war noch gar nicht geboren damals. Sie müssen sich irren. Es gibt nichts, was ich verraten könnte.«

Falk spürte, wie mit einem Mal Wut in ihm hochkroch, Wut auf all diese Menschen, die ihn nicht ernst nahmen und die ihn nie ernst genommen hatten. Ludmillas Gesicht tauchte vor ihm auf. Er kniff die Augen zusammen. Die Pistole, die er in der gesenkten Hand hielt, bebte wild hin und her. Richard stand plötzlich zwischen ihm und Lynette.

»Sie sagt die Wahrheit, Falk. Sie ist zu jung.«

Richard trat noch einen Schritt auf seinen Bruder zu. Falk hielt die Pistole immer noch hoch, doch sie wackelte noch stärker. Richard war sich sicher, dass er nicht treffen würde, sollte er schießen, aber er wollte das Wagnis auch nicht eingehen. Er musste überlegt handeln.

»Sie kann nichts verraten, Falk. Sie wurde erst nach dem

Krieg geboren.« Ein kurzer Seitenblick auf Lynette zeigte, wie sehr sie dieses Gespräch verwirrte. »Was damals geschehen ist, ist dreißig Jahre her, sie ...« Richard drehte sich zu Lynette hin. »Wie alt sind Sie?«

»Einundzwanzig.«

Richard nickte. »Einundzwanzig, verstehst du, Falk? Rechne einmal nach.«

Falk starrte sie nun abwechselnd an.

»Aber das Zeichen ...«

»Sie ist es nicht. Gib mir die Waffe, Falk, bevor du einen zweiten Fehler machst, der nicht wiedergutzumachen ist.«

Falk hielt die Waffe noch einen Moment lang in die Höhe, dann ließ er sie sinken. Richard nahm sie ihm aus der Hand und atmete tief durch. »Es ist gut, alles ist gut.« Er nahm seinen Bruder in die Arme, der die Berührung zu seiner Überraschung zuließ. Falks Körper wirkte knochig. Richard fiel zum ersten Mal auf, wie stark er abgenommen hatte.

Wir haben ihn allein gelassen, fuhr es ihm durch den Kopf, wir haben ihn zu lange allein gelassen.

Ab jetzt würde er sich um seinen Bruder kümmern. Er würde versuchen, nachzuholen, was er versäumt hatte.

»Falk, ich werde Lynette jetzt nach unten bringen. Sie wird dort gebraucht, und dann komme ich wieder zu dir. Warte hier auf mich.«

Falk gab keine Antwort. Richard ging mit Lynette zur Tür. Als er sich noch einmal umdrehte, stand Falk hoch aufgerichtet mitten im Raum und starrte mit leeren Augen in ihre Richtung.

Für wenige Schritte gingen Richard und Lynette schweigend nebeneinander her.

»Es tut mir leid, dass das passiert ist«, begann Richard, ohne Lynette anzusehen. »Wie hat er Sie denn in das Büro meines Bruders gelockt?«

»Er hatte mich gebeten, ihm einige Stoffproben für einen besonderen Kunden zu bringen«, entgegnete Lynette und tippte auf die Stoffe, die sie immer noch bei sich hatte. Dann blieb sie abrupt stehen und zwang Richard damit, es ihr gleichzutun.

»Wovon hat er die ganze Zeit gesprochen? Was sollte ich nicht verraten?«

Richard seufzte.

»Im Krieg damals … Wir haben jemandem unsere Hilfe verweigert, und wir haben gestohlen. Das, was wir damals getan haben, verfolgt Falk seit Jahren.« Richard lächelte schief. »Er ist eine sanftere Seele als seine Brüder, und wir hätten ihm schon vor Jahren beistehen sollen.«

»Aber ich kann das doch gar nicht gewesen sein.«

Richard zuckte die Achseln.

»Er ist verwirrt. Das hätte uns schon viel früher auffallen müssen … Allerdings …« Er schaute Lynette bittend an. »Dürfte ich das Mal an Ihrem Arm einmal sehen?«

Lynette zögerte, dann zuckte sie die Achseln und schob den rechten Ärmel hoch. Richard war auf diesen Anblick vorbereitet gewesen, doch für einen Moment stockte ihm der Atem. Das Mal sah genauso aus wie jenes, das er vor so vielen Jahren gesehen hatte. Auch Lynette bemerkte, dass ihn der Anblick offenbar verwirrte.

»Meine Mutter«, sagte sie dann langsam, »sie hat ebenfalls ein solches Mal.«

Richard wollte etwas sagen, da fiel ihm plötzlich auf, dass es unten im Erdgeschoss kurz stiller geworden war, bevor das

Stimmengemurmel im nächsten Moment wieder gedämpfter einsetzte. Lynette und er traten Seite an Seite an die Balustrade und schauten nach unten. Im ersten Stock, am Treppenanfang, war Cassandra in ihrem Hochzeitskleid aufgetaucht. Etwa zwei Schritte hinter ihr stand Jakob mit ernstem und bleichem Gesichtsausdruck.

Das Meer an Köpfen vor ihr löste sich auf und verschwand in einem Wirbel, dann lösten sich wieder einzelne Köpfe heraus. Cassandra starrte auf sie herunter. Ihr war schlecht. Sie hatte Angst und war zugleich voller Trauer über das, was sie verloren hatte und noch verlieren würde. Wenn sie zur Seite blickte, konnte sie ihren Vater sehen, der noch keine Ahnung hatte. Sie trat noch einen halben Schritt näher an die Treppe und legte eine Hand auf das Geländer.

»Neueste Entwicklungen«, hörte sie sich steif sagen, »machen es für mich notwendig, die Verbindung mit dem hier anwesenden Jakob Wessling für null und nichtig zu erklären.«

Sie sah den Nachhall ihrer Stimme in den Gesichtern.

Sagte man das so? Sie wusste es nicht. Sie hatte noch nie eine Verlobung aufgelöst. Im Erdgeschoss herrschte für einen Moment lang Totenstille, dann waren da erste aufgeregte Stimmen, und es war Cassandra, als hörte sie ihre eigenen Worte wie ein leises Echo, das sich in einer endlosen Schleife wiederholte.

»Cassandra ...«, sagte Jakob leise hinter ihr. Dann stand er an ihrer Seite. Zuerst wich sie ihm aus, doch schließlich schaute sie ihn an. Sie erkannte, dass er ihren Schmerz sah, und sie hasste es. Er sollte sie nicht schwach sehen, jetzt, wo sie Stärke zeigen wollte.

»Fräulein Fürst ...« Er streckte die Hand zu ihr hin. »Ich ...«

Man hörte immer noch das Wispern. Dann bewegte sich ihr Vater erstmals wieder.

»Cassandra ...«, hörte sie ihn sagen. »Kind, was sagst du denn da ...?«

Sie schlug die Hände vors Gesicht, spürte eine Berührung an ihrem Arm.

»Bitte«, sagte Jakob, »bitte darf ich dir helfen? Bitte, ich hätte es tun müssen.«

Sie ließ die Hände wieder sinken und schaute ihn fest an.

»Du verstehst gar nichts, nicht wahr? Diese Genugtuung hätte ich dir niemals gegeben. Niemals!«, zischte sie.

Jakob wollte etwas sagen, doch er kam nicht mehr dazu. Da war ein lautes Stöhnen, gefolgt von einem vielfach weiter getragenen Schrei aus der Menge heraus. Auf dem Treppenabsatz, auf halber Höhe zwischen dem Erdgeschoss und dem ersten Stock hielt Arnold beide Hände gegen seine linke Brust gedrückt. Er war schneeweiß im Gesicht, und dann stürzte er langsam nach vorn.

Achtundfünfzigstes Kapitel

Jakob stand am Fenster, während Richard und Falk rechts und links an Arnolds Bett saßen und ihn anstarrten. Um den Kopf trug Arnold einen Verband. Seit seinem Sturz hatte er, infolge eines Schlagflusses, wie der Arzt vermutete, das Bewusstsein nicht mehr erlangt und würde es wohl auch nicht mehr wiedererlangen. Es war sehr unwahrscheinlich, dass er überlebte, und sollte das geschehen, würde er nicht mehr derselbe sein.

Jakob rieb sich über das Gesicht und unterdrückte ein Gähnen. Sie waren alle über Stunden nicht ins Bett gekommen. Zuerst hatten Richard und er die aufgeregte Menge zerstreuen und nach Hause schicken müssen. Gustav Fürst hatte seine Tochter genommen und war ohne Abschied verschwunden. Doch es war nur eine Frage der Zeit, bis er seinen nächsten Schritt machte, und ihnen blieb nichts übrig, als darauf zu warten.

Wir werden *Wessling's* nicht halten können, fuhr es Jakob durch den Kopf, und er wusste nicht, ob er sich schämen sollte, in einem solchen Moment an das Geschäft zu denken oder nicht.

Andererseits, tröstete er sich, hätte Arnold wohl dasselbe getan. Auch deshalb war er seinem Onkel immer nahe gewesen. *Wir haben beide einen Sinn fürs Geschäft.*

Er schaute zu Falk hin, der wie erstarrt wirkte, sich dann in einer Bewegung nach vorn sinken ließ und die Stirn auf Arnolds reglos auf der Bettdecke liegende Hand presste. Er hatte seit Stunden kein Wort gesprochen.

Auch Richard beugte sich vor und musterte das Gesicht seines älteren Bruders, dann stand er auf und kam zu Jakob herüber.

»Hier ist wohl nichts mehr zu tun«, sagte er.

Jakob nickte.

»Ich werde mich um Falk kümmern, du solltest mit den Angestellten reden und dafür sorgen, dass heute alles seinen gewohnten Gang geht.«

»Ja«, hörte Jakob sich sagen. An der Tür drehte er sich noch einmal um. Richard hatte eine Hand auf Falks Schulter gelegt und sprach leise auf ihn ein. Es sah nicht aus, als würde Falk irgendetwas davon mitbekommen.

Die Arbeit hielt Jakob in der nächsten Stunde vom Nachdenken ab. Er war froh, dass Juliane und Fritz Karl da waren, die ihm halfen, Ordnung in das ganze Geschehen zu bekommen. Die Angestellten waren verunsichert. Es ging das Gerücht um, man wisse nicht, wie es mit dem Warenhaus Wessling weitergehe. Als das Warenhaus mit einstündiger Verspätung öffnete, wartete schon eine neugierige Menschenmenge.

Jakob zog sich ins Büro zurück, wo er damit anfing, die neuesten Unterlagen durchzusehen. Er arbeitete präzise und fast ohne Pause, unterbrochen lediglich von einigen Tassen starken Kaffees. Er dachte an Lynette, doch er würde erst zu ihr gehen können, wenn er seine Arbeit erledigt hatte. Das war er Arnold schuldig. Richard kam am frühen Nachmittag. Man hatte Falk ein Beruhigungsmittel gegeben und vorgeschlagen, ihn zur Erholung in ein Sanatorium zu schicken.

»Der Arzt sprach auch von einer Nervenheilanstalt, aber ich finde, er hat genug gelitten«, sagte Richard jetzt langsam. Von Arnold gab es nichts Neues.

Jakob dachte nicht zum ersten Mal an Gustav Fürst, und tatsächlich saßen sein Onkel und er noch im Büro, als Cassandras Vater auftauchte. Er sah müde aus. Man konnte deutlich sehen, dass auch hinter ihm eine schlaflose Nacht lag. Er grüßte Richard kurz und sah dann Jakob an.

»Ich wollte Sie nur wissen lassen, dass in kurzer Frist ein Schreiben meines Anwalts eintreffen wird, in dem Sie aufgefordert werden, mir das Warenhaus Wessling uneingeschränkt zum Kauf anzubieten. Sollten Sie dies nicht tun, werde ich mich als Geldgeber zurückziehen, womit Sie das Kaufhaus ohnehin verlieren würden. Und sagen Sie nicht, Sie hätten keine Verfügungsgewalt. Ich kenne Ihre Stellung genau.«

Gustav Fürst sah Jakob fest an. Der Ausdruck auf seinem Gesicht war einer von tiefer Enttäuschung. Er hatte das Beste für seine Tochter gewollt und war gescheitert. Jakob wollte nach Cassandra fragen, ließ es dann aber bleiben. Vielleicht würde er eines Tages wieder mit ihr reden können, das wusste er nicht.

»Was wollen Sie mit dem Warenhaus Wessling? Was bedeutet es Ihnen, Herr Fürst?«

»Nichts«, sagte Gustav Fürst bitter. »Ich weiß, wie viel es Ihnen bedeutet.«

Sie hatten einander nichts mehr zu sagen. Gustav Fürst ging ohne ein Wort des Abschieds, und Jakob arbeitete noch etwas weiter. Sie würden das *Wessling's* verlieren, daran führte kein

Weg vorbei, aber solange er seine Arbeit tun konnte, würde er sie tun. Richard verabschiedete sich kurz nach Gustav Fürst, um nach Falk zu sehen.

Endlich packte Jakob alle Unterlagen sorgfältig zusammen. Dann stand er auf und ging kurz zum Fenster hinüber. Unten auf der Straße ging alles seinen üblichen Gang. Er dachte an Arnold, der zu Hause in seinem Bett lag und um sein Leben kämpfte, Arnold, der nie wieder derselbe sein würde.

Endlich verließ er das Büro, um zu Lynette zu gehen, die er seit Stunden nicht gesehen hatte. Um diese Zeit hatte sie ihre Arbeit beendet und war in ihrem Zimmer anzutreffen. Jakob lief eilig die Treppen hoch. Am Zimmer der beiden jungen Frauen angekommen, klopfte er hastig und wartete, doch hinter der Tür war nichts zu hören. Mit einem unguten Gefühl öffnete er. Das Zimmer war leer. Auf Lynettes Bett lag ein kleiner Umschlag.

Neunundfünfzigstes Kapitel

»Du willst gehen, du willst das Wesslings in dieser Stunde alleinlassen?«

Richard trat Jakob in den Weg, als dieser gerade das Haus verlassen wollte. Jakob setzte die Reisetasche ab und schaute seinen Onkel einen Moment lang wortlos an.

»Ich muss«, sagte er dann. »Es gibt nichts Wichtigeres. Lynette ...«

»Lynette?«

»Ich liebe sie.«

Richards Augenbrauen zuckten nach oben, dann schaute er auf die Tasche hinunter. Er überlegte.

»Sie ist fort?«, fragte er dann.

Jakob griff wieder nach seiner Tasche, hielt den Griff fest umklammert.

»Sie ist gegangen, um nicht zwischen mir und dem Geschäft zu stehen, aber das würde sie nie, denn ...«

»Du liebst sie.«

Jakob dachte, dass es sich seltsam anhörte, wenn man es so oft wiederholte. Er schaute seinen Onkel fest an.

»Ich will keinen Fehler machen. Ich will nur mit ihr reden. Ich möchte, dass zwischen uns alles gesagt ist ...«

Er sah, wie Richard nickte.

»Und das *Wessling's*?«

»Fritz Karl wird sich um alles Notwendige kümmern. Wenn ich zurückkomme, werde ich sehen, wie es weitergeht.«

»Es sieht so aus, als würden wir das Warenhaus verlieren.« Richard schaute nachdenklich vor sich, dann richtete er den Blick wieder auf seinen Neffen. »Ich möchte dich begleiten. Es gibt da noch eine wichtige Sache, die ich endgültig klären muss. Für Falk. Ich muss es für Falk tun.«

Sechzigstes Kapitel

Paris, September 1900

War sie es? Richard trat näher heran. Doch, er war sich sicher. Es bestand kein Zweifel mehr. Dieser suchende Blick aus Christines Augen hatte sie auch damals getroffen. Er war sich fast vollkommen sicher, nein, er wusste, dass sie das Mädchen war, das sie damals zurückgelassen hatten, so unglaublich es auch klingen mochte.

Nun, vielleicht, dachte er, vielleicht billigte es ihm der Herrgott zu, alles wiedergutzumachen.

Er sah kurz zu Lynette und Jakob hin, die nebeneinander auf Lynettes schmalem Bett saßen, während Christine und er sich am Küchentisch gegenübersaßen. Es war bereits dunkel, denn sie hatten warten müssen, bis die beiden Frauen ihre Arbeit im Atelier Souza abgeschlossen hatten. Sie waren beide sehr erstaunt gewesen, Jakob und seinen Onkel auf der Straße vor dem Atelier anzutreffen. Für einen Moment hatte es so ausgesehen, als wollte Lynette weglaufen, doch sie war stehen geblieben. Sie hatten zögerlich miteinander geredet, dann hatte Christine sie zu sich nach Hause eingeladen. Hans, Lynettes Vater und Christines Ehemann, war noch unterwegs. Richard räusperte sich.

»Lynette hat erzählt, dass Sie damals aus dem Norden nach Paris gekommen seien?«

»Aus der Gegend von Thionville, ja. Ich wurde dort

während des Krieges allein aufgegriffen. Eine Familie nahm mich mit und brachte mich in ein Waisenhaus. Später kam ich zu Bauern, dann hierher ...«

»Das war sicherlich keine leichte Zeit.«

»Nein«, bestätigte Christine, »aber ich habe damals gelernt, immer nach vorn zu blicken und niemals zurück. Ich habe meinen Mann kennengelernt. Und ich habe meine Tochter bekommen.« Sie warf Lynette einen liebevollen Blick zu.

»Ich bin stolz auf dich, *maman*«, flüsterte die.

Christine schaute wieder zu Richard hin.

»Aber warum fragen Sie mich das alles?«

»Weil ich Sie kenne«, sagte Richard sehr sanft. »Und weil ich denke, dass Gott mir diese Gelegenheit gibt, etwas wiedergutzumachen.«

»Sie wollen etwas wiedergutmachen?«

»Ich war damals auch bei Thionville. Im November 1870. Kurz bevor die Stadt kapitulierte.« Richard schwieg einen Moment, bevor er weitersprach, als wollte er ihr Zeit geben, zu verstehen, was er sagte. »Wir, mein jüngerer Bruder und ich, fanden damals ein Kind an der Seite eines toten älteren Mannes, ein kleines Mädchen. Vielleicht war es ein Verwandter, vielleicht hatte er auch nichts mit ihr zu tun ... Der Mann trug Gold bei sich, Diamanten, auch Schmuck ...«

»Und ihr beide habt ihn bestohlen, ja?« Christines Stimme klang jetzt unruhig. Man sah ihr an, dass sie sich auch an etwas erinnerte. Sie schluckte schwer. »Dieser Mann ... Hätte er mir sagen können, wo ich hergekommen bin?«

Einundsechzigstes Kapitel

Bei Thionville, Lothringen, November 1870 ...

Sobald der Mond hinter den Wolken verschwand, wurde es schlagartig so dunkel, dass Falk seinen älteren Bruder Richard kaum noch vor sich erkennen konnte. Es war Samstag, ein Novemberabend. Morgen war Sonntag, der Tag des Herrn, was man bei den Zerstörungen, die sie umgaben, kaum für möglich halten mochte. Heute Morgen hatte Falk gehört, dass sich das seit Monaten belagerte Thionville dem heftigen Bombardement bald ergeben würde. Aber mit Sicherheit konnte das niemand sagen.

Wieder kam der Mond hinter einer schleierartigen Wolke hervor, tauchte die gespenstisch stille Umgebung in ein unheimliches, silbergraues Licht. Plötzlich ein Geräusch.

Falk bremste abrupt ab, auch Richard vor ihm verlangsamte seinen Schritt. Es war wieder still. Das Geräusch war zu kurz gewesen, zu leise, sodass er sich bereits fragte, ob da überhaupt etwas gewesen war. Ein bäuerliches Gehöft tauchte in den nächtlichen Schatten auf. Einmal mochte es ein prächtiger Anblick in dieser Gegend gewesen sein, doch jetzt war es beschossen worden, die Mauern zerfallen und geschwärzt vom Rauch einer Feuersbrunst, die noch nicht lange zurücklag.

Falk unterdrückte ein Schaudern. Dann dachte er an den Laut. Hatte Richard ihn auch gehört? Hatte er sich doch geirrt? In diesem Moment drehte sich der Ältere zu ihm um.

»Der Hof ist mir vor ein paar Tagen aufgefallen. Im Garten gibt es herrliche Äpfel, aber ich denke, es würde sich vielleicht lohnen, sich auch einmal genauer umzuschauen.«

»Meinst du, es gibt hier etwas zu holen?«, hörte Falk sich sagen. Der ältere Richard war immer auf der Suche nach *einer Gelegenheit*, wie er es nannte. Manchmal wusste Falk nicht, was er davon halten sollte, aber andererseits wohnte hier wohl wirklich niemand mehr. Es schadete also nicht, sich umzusehen.

Soll ich ihn nach dem Geräusch fragen? Vielleicht habe ich mir aber auch alles eingebildet? Ja, der Krieg hatte ihn schreckhaft gemacht. Voller Eifer war er an Richards Seite aufgebrochen, entschlossen, sich endlich als Mann zu beweisen, getragen von einer Welle patriotischer Begeisterung, doch der Krieg hatte ein anderes Gesicht als die Blume, die ihm seine junge Frau Ludmilla mit den Worten »Wie stolz du mich machst!« an die Uniform gesteckt hatte.

Falk ließ den Blick schweifen. Nein, hier wohnte niemand mehr. Sicherlich war man schon lange geflohen. Richard und er taten gewiss nichts Böses, wenn sie sich einmal hier umschauten. Außerdem machte er sich ohnehin schon wieder viel zu viele Gedanken.

Richard beschleunigte seinen Schritt. Falk folgte ihm mit Mühe. Der Weg, der zu dem Gehöft führte, war ausgetrampelt und schlammig von den letzten Regenschauern. Besonders in der letzten Nacht hatte es wieder heftig gegossen.

Wenig später traten sie durch das Tor in den Hof.

Hier war alles leer. Keine Wagen oder Karren waren zu sehen, keine Gerätschaften. Man hatte alles mitgenommen, oder es war gestohlen worden. Der Boden war größtenteils von Matsch bedeckt. Falk hoffte, dass der seine frisch geputzten Stiefel nicht zu sehr verschmutzte.

Wo waren die Bewohner hingegangen? Nach Thionville? In die belagerte Stadt?

Richard steuerte entschlossen auf die Haupttür zu. Er musste sich bücken, als er eintrat. Er war der Größte der drei Brüder. Arnold, der Älteste, der wegen eines Beinleidens zu Hause geblieben war, war gut einen halben Kopf kleiner, und Falk selbst war schon immer der Kleinste und Schmalste der Wessling-Brüder.

Als ob für mich nicht mehr genügend übrig war.

Ja, so fühlte er sich manchmal.

»Falk, wo bleibst du denn?«

»Ich komme.«

Falk bückte sich in der Eingangstür, obgleich er dies gar nicht tun musste. Auf dem Tisch des Raums, der offenbar einmal die Küche gewesen war, flackerte bereits eine Kerze, die Richard mitgebracht haben musste. Wie immer war er gut vorbereitet. Offenbar hatte er sich schon ausreichend umgesehen, denn er nahm die Kerze jetzt samt ihrem behelfsmäßigen Kerzenständer und wechselte in den Nachbarraum. Falk folgte ihm schweigend.

Ein kleines Sofa stand dort, ein Kamin mit den Resten eines längst erkalteten Feuers. Falk sah zu, wie Richard das zurückgelassene Kaminschutzgitter begutachtete, doch es war zu groß, um es mitnehmen zu können. Wahrscheinlich war es deshalb auch noch hier.

Richard schaute sich noch einmal um und ließ sich dann mit einem Seufzer auf das Sofa sinken. Falk setzte sich zögernd neben ihn. Er spürte Richards Enttäuschung wie seine eigene.

»Ich habe mich wohl geirrt, hier gibt es nichts zu holen.« Richard stieß einen Seufzer aus. »Dabei sah es wirklich vielversprechend aus.«

Er seufzte noch einmal, dann straffte sich seine Gestalt auch schon wieder, und er stand auf. Falk tat es ihm gleich. Richard trauerte nie lange um eine verpasste Gelegenheit.

Einen Moment später standen sie bereits wieder im Hof. Richard hielt noch die brennende Kerze und wollte sie gerade löschen, als sein Blick auf die offene Stalltür fiel.

»Unwahrscheinlich«, hörte Falk ihn murmeln, »aber einen Versuch ist es doch wert ...«

Er steuerte auf die Stalltür zu. Im nächsten Moment war er im Dunkel dahinter verschwunden, und nur noch das schwächste Flackern des Kerzenlichts ließ seine Anwesenheit erahnen. Kurz blieb es still, dann hörte Falk ihn rufen.

»Verdammt«, rief er, »komm einmal rasch her.«

Falk sah zuerst das Kind und viel später erst – so kam es ihm jedenfalls vor – den Toten. Reglos stand das kleine Mädchen in seinem einfachen grauen Kittelchen mitten im Raum und starrte die fremden Männer an. Es hatte dunkles, lockiges Haar und kam Falk wie das einsamste Wesen der Welt vor. Jetzt wusste er auch, dass er sich nicht geirrt hatte: Er hatte Laute gehört. Das Mädchen musste das gewesen sein. Es hatte um Hilfe gerufen. Auf seinem Gesicht meinte er Spuren von Tränen zu erkennen.

»Komm schon her«, riss ihn Richard aus den Gedanken. Falk näherte sich mit steifen Schritten. Das Mädchen verharrte reglos. Falk fiel auf, dass es sehr einfach gekleidet war und doch zart und behütet wirkte. Das Kittelchen war ihm ein wenig zu groß. Gehörte es ihm vielleicht gar nicht?

»Was macht sie hier?«, hörte Falk sich fragen.

Richard zuckte nur die Achseln, während er nachdenklich den toten Mann betrachtete. Falk war froh, dass Richard sich um die Leiche kümmerte. Der Krieg hatte ihn nicht kaltblütiger gemacht, wie er sich das erhofft hatte. Manchmal hatte er den Eindruck, er sei eher noch empfindlicher geworden. Er wandte sich wieder dem Mädchen zu, überlegte, ob er es ansprechen sollte. Es sah durch ihn hindurch, beobachtete ihn nur in den Momenten, da er es nicht ansah.

»Grüß dich«, entschied er sich endlich zu sagen.

Die Kleine sah ihn weder an noch antwortete sie. Falk räusperte sich unsicher. Richard, der immer noch neben dem Toten kniete, hob den Kopf.

»Versuch es in Französisch.«

Er sagte es einfach, nur ein kleiner Hinweis und keine Kritik. Trotzdem kam sich Falk vor wie ein Schuljunge. Vorübergehend war sein Kopf leer. Er überlegte, spürte, wie er sich noch mehr verkrampfte, dann stotterte er: »Bonjour, Mademoiselle.«

Richard lachte unterdrückt.

»Gute Güte, sie ist ein kleines Kind.«

Falk beschloss, einfach weiterzusprechen:

»*Comment tu t'appelles?* Wie heißt du?«

Das Mädchen presste die Lippen aufeinander. Es verstand, das konnte man in seinen Augen sehen, aber es schwieg.

Eine kleine Französin also ... Ein Kind ... Falk überlegte gerade, ob er die Hand nach ihm ausstrecken sollte, da pfiff Richard durch die Zähne.

»Na, da laust mich doch der Affe.«

»Was?« Falk schaute zu seinem Bruder herüber. Der antwortete nicht, stattdessen grinste er breit. Im Dämmerlicht des Stalls machte Falk ein kleines Säckchen in seiner Hand aus. Fragend hob er die Schultern. »Und?«

Richard griff in das Säckchen hinein und hielt dem Jüngeren dann die Handfläche entgegen. Falk kam näher. Er runzelte die Stirn.

»Steine?«

Richard schüttelte lachend den Kopf.

»Rohdiamanten.« Falk beugte sich vor. Die Steine sahen unscheinbar aus. Wollte ihn sein Bruder auf den Arm nehmen? »Rohdiamanten«, wiederholte der. »Und dann noch das, schau her ...« Richard versenkte die Steine wieder in dem Beutel und holte – wie durch Zauberei, so schien es Falk jedenfalls – ein zweites, etwas größeres Beutelchen hervor. Dessen Inhalt erkannte auch Falk sofort.

»Gold.«

»Ja ...«

»Aber wie und woher ...?«

Er brach ab. Wie sollte Richard wissen, wie dieser Mann hierhergekommen oder wie er an Gold und Diamanten gelangt war? Woher sollte er wissen, wer dieses Mädchen war?

War es seine Tochter? Falk trat etwas näher an die Leiche heran. Ja, womöglich ... Womöglich war er aber auch der Großvater ... Sie mochte etwa acht Jahre alt sein. Falk konnte es nicht sagen. Er hatte keine Erfahrung mit Kindern. Für ihn sahen sie letztlich alle gleich aus. Er räusperte sich.

»Was tun wir mit ihm?«

»Wir begraben ihn.«

Richards Antwort war schnell gekommen und ohne Zögern.

»Wo?«

»Hier.«

»Warum?«

»Willst du ihn liegen lassen?«

»Ich meine, warum im Stall ... Warum melden wir ihn nicht?«

Richard hob den Kopf.

»Muss ich dir das wirklich sagen?«

»Nein«, stotterte Falk.

»Es ist besser für uns, wenn ihn vorerst keiner vermisst.«

»Aber was ist mit seiner Familie? Sie werden ihn suchen und ...«

»Und dann werden sie auch nach dem Gold fragen und nach den Diamanten ...«

»Ja, aber sie gehören ihnen ja auch. Es wäre nicht recht, sie einfach zu behalten.«

»Was ist schon recht im Leben?« Richard lächelte ihm aufmunternd zu. »Es wird ihn schon jemand finden. Er verschwindet ja nicht auf Dauer. Wenn der Krieg vorbei ist, kommen sie zurück, und dann finden sie ihn.«

Falk konnte ein Schaudern nicht unterdrücken. War das nicht eine schreckliche Vorstellung? War es dann nicht besser, wenn der Mann auf Nimmerwiedersehen verschwand, als dass seine Verwandten die verscharrte Leiche fanden? Falls er überhaupt von hier stammte? Vielleicht war er ja auch fremd, vielleicht hatte er den kleinen Schatz ebenso unrechtmäßig an sich gebracht? Eigentlich war er viel zu einfach gekleidet, mit einer groben Hose und einem groben Hemd und derben Schuhen. Was, wenn er den Schatz gestohlen und ihm das Unglück gebracht hatte? Falk schauderte erneut.

»Denk daran, was wir mit diesem Schatz alles tun können«, unterbrach Richard seine wirren Gedanken. Dann fügte er hinzu: »Arnold wird uns sehr dankbar sein.«

Es war die Erwähnung ihres ältesten Bruders, die Falk vollends aus seinen Grübeleien riss. Er nickte langsam. Ja, Arnold würde dankbar sein, ein Gefühl, um das Falk sich seit jeher und immer wieder bemüht hatte und für das er vieles tun würde. Richard hatte genau den richtigen Ton getroffen. Ihn kümmerte Arnolds Dankbarkeit eher nicht, aber er wusste doch, dass sie wichtig für den Jüngeren war.

»Du hast recht«, sagte Falk. Seine Stimme klang kratzig.

Die nächste Dreiviertelstunde beschäftigten sie sich damit, eine nicht zu tiefe Grube auszuheben, in die sie die Leiche schließlich hineinbetteten. Offenbar war der ältere Mann schon länger tot. Die Leichenstarre hatte sich schon fast wieder vollständig gelöst. Das Mädchen bewegte sich während der ganzen Zeit nicht von der Stelle.

»Was machen wir mit ihr?«, fragte Falk endlich, nachdem sie einen Haufen alten Strohs auf dem provisorischen Grab verteilt hatten.

»Wir nehmen sie ins nächste Dorf mit.«

»Und dann?«

»Wird sich jemand um sie kümmern.«

Falk fragte nicht weiter. Richard würde wissen, was zu tun war. Er beschloss, sich auf ihn zu verlassen. Wie immer.

Es gelang ihnen, unbemerkt zur Truppe zurückzukehren. Richard verschwendete keinen Gedanken an ihre Tat. Er hinterfragte sein Glück nie. Stattdessen suchte er sein Lager auf, legte sich hin und verschränkte die Arme hinter dem Kopf, um über das Geschehene und das, was er nun tun wollte, nachzudenken.

Auf der nächsten Pritsche, kaum eine Armlänge entfernt, kämpfte Falk hörbar um den Schlaf. Sie hatten die Kleine in der Nähe eines Dorfes zurückgelassen, dessen Namen sie nicht in Erfahrung gebracht hatten, und der Jüngere machte sich nun Gedanken darum, ob das das Richtige gewesen war.

Richard zweifelte nicht, er war sich dessen sicher. Hier, bei der Truppe, hatte die Kleine keinen Platz. Man hätte sie ohnehin fortgebracht. Es machte also keinen Unterschied.

Wieder einmal wälzte sich Falk von der einen zur anderen Seite. Richard dachte an das Gold. Und die Diamanten. Vielleicht würde er mit ihrer Hilfe sein Glück in Amerika machen können, so wie er das schon länger vorgehabt hatte.

Zu Hause hält dich ohnehin nichts mehr.

Es tat immer noch weh, an sie zu denken. Er hörte, wie Falk leise aufstöhnte. Falk würde seinen Anteil an Arnold weitergeben, das war so sicher wie das Amen in der Kirche. Und der Schatz würde es Arnold erlauben, sich seinen sehnlichsten Wunsch zu erfüllen: die Erweiterung des Kurzwarengeschäfts seines Schwiegervaters. Ein Kaufhaus.

Dann hat er alles.

Ein bitteres Gefühl stieg in Richard hoch, auf das er keinen Einfluss hatte. Plötzlich sah er Bettina vor sich, die vor dem Haus neben Arnold stand, den rechten Arm um Arnolds linken geschlungen, und doch nur ihn ansah.

Du hättest ihn nicht heiraten müssen, fuhr es ihm durch den Kopf, wir sind füreinander bestimmt.

Für einen Moment schloss er die Augen und erinnerte sich an ihren Anblick, als sei Bettina erst gestern an der Seite seines Bruders zum Altar geschritten. Er sah ihr weißes, langes Kleid vor sich, das fast gerade herunterfiel, zu einem großen Teil aus Spitze bestand und im Rücken in einer kleinen Schleppe endete. Er sah den Spitzenschleier, der ihr Haar bedeckte, ein Erbe ihrer Mutter. Er sah den zarten Strauß weißer und rosafarbener Rosen und die einzelne Rose, die mit einem weißen Band an ihrem Handgelenk befestigt war.

Warum hatte sie sich nur für die Hochzeit mit Arnold entschieden? Das hatte sie ihm nie gesagt, und er hatte sie nie gefragt. Sein Stolz hatte es ihm verboten.

Epilog

Jakob und Lynette hatten noch in Paris geheiratet und waren wenige Tage nach Richard, gemeinsam mit Christine, in Frankfurt angekommen. Lynettes Mutter hatte sich bereit erklärt, Falk zu besuchen. Der hatte immer noch kein Wort gesagt, und es machte nicht den Anschein, als habe er die Absicht, je wieder etwas zu sagen. Die Ärzte berichteten, dass er den ganzen Tag in seinem Zimmer saß und aus dem Fenster schaute, ansonsten aß er wie ein Vögelchen und nahm keinen Anteil an seiner Umgebung.

Als Christine ihm ihr Muttermal zeigte, lächelte er und legte zögerlich eine Hand darauf, dann schaute er ihr tief in die Augen und nickte schließlich. Richard war sich sicher, Falk zeigte damit, dass er sie erkannt hatte. Danach wirkte er viel ruhiger, aber er sprach immer noch nicht.

Wenige Tage nach dem Besuch bei Falk wachte Arnold eines Morgens nicht mehr auf. Auf der Beerdigung brach Ludmilla zu Jakobs Erstaunen in Tränen aus. Sie kehrten in ein sehr stilles Haus zurück, das jetzt Jakob gehörte und das er so schnell wie möglich verkaufen wollte. Er brauchte es nicht, und schon bei dem Gedanken daran, sich davon zu befreien, wurde ihm leichter ums Herz.

Er wollte ganz neu anfangen, ohne Gepäck.

Am nächsten Tag gingen Lynette und Jakob erstmals

wieder am Warenhaus Wessling vorbei. Gustav Fürst hatte das Geschäft übernommen, auch wenn davon äußerlich nichts zu sehen war. Am Haupteingang versah der alte Hausdiener Helmut seine Arbeit. Jakob zögerte, dann ging er auf ihn zu.

»Guten Tag, Helmut, wie geht es Ihnen? Läuft das Geschäft?«

»Der Herr Wessling!« Helmut freute sich und sah doch zugleich ein wenig blass aus. »Ich darf Sie aber nicht hineinlassen, Herr Wessling«, sprach er hastig weiter. »Ich habe meine Anweisung.«

Jakob lächelte den älteren Mann beruhigend an.

»Keine Sorge, wir gehen gleich wieder. Geht es Juliane gut? Ist sie noch da?«

Helmut nickte. »Der Fritz Karl ist aber gegangen. Keiner weiß wohin.« Jakob war nicht überrascht. Er wusste um die tiefe Verbindung zwischen Arnold Wessling und Fritz Karl. Er sah, wie Helmut zögerte und dann doch der Neugier nachgab. »Was machen Sie denn jetzt, Herr Wessling?«

Jakob schaute zu seiner Frau hin.

»Ich werde nach neuen Verbindungen für das Atelier Souza schauen, vielleicht hier, vielleicht in Berlin ... In Berlin soll es riesige Kaufhäuser geben.«

Mit jedem Wort, das er sagte, fühlte sich Jakob gewisser. Lynette und er würden gemeinsam ihren Weg finden.

Danksagung

Das Ende eines Romans wird für mich immer von sehr gemischten Gefühlen begleitet. Einerseits bin ich froh, angekommen zu sein, andererseits traurig, lieb gewonnene Figuren zurücklassen zu müssen.

Danken möchte ich an dieser Stelle meinem Agenten Bastian Schlück, Anna Baubin vom Diana Verlag und ganz besonders meiner Lektorin Carola Fischer.

Der neue SPIEGEL-Bestseller von Katherine Webb jetzt im Taschenbuch

»Katherine Webb hat ein tolles Gespür für Atmosphäre. Ein wunderbarer Roman!« *Lucinda Riley*

978-3-453-35681-8   Auch als E-Book

Die prächtigen Häuser von Landsdown Crescent thronen über der englischen Stadt Bath – hier stellt sich Rachel als Gesellschafterin vor und begegnet dem zurückgezogenen Jonathan zum ersten Mal. Obwohl ihn dunkle Erinnerungen zu quälen scheinen, zieht er sie in seinen Bann. Einst verlor er seine große Liebe Alice unter mysteriösen Umständen. Welches Geheimnis verbindet Rachel mit jener jungen Frau, die so plötzlich verschwand und der sie aufs Haar gleicht? Immer tiefer gerät sie in eine Spurensuche, die ihr Schicksal bestimmen wird …

Leseproben unter diana-verlag.de
Besuchen Sie uns auch auf herzenszeilen.de
Alle Bände auch als E-Book